Geflügelte Worte aus Österreich

Horst Friedrich Mayer

Geflügelte Worte aus Österreich

über 1000 populäre Zitate
und
ihre genaue Herkunft

Deuticke

Folgenden Personen möchten wir für ihre Hilfe
beim Zustandekommen dieses Buches herzlich danken:

Mag. Thomas Ahrend, Christiane Böcker,
Prof. Dr. Rudolf Bretschneider, Dr. Günther Chaloupek,
Prof. Dr. Peter Csendes, Dr. Eckhard Früh, Prof. Dr. Richard Heinrich,
Christiane Huemer, Mag. Thomas Jöchler, Veronika Mader,
Dr. Klaus-Dieter Mulley, Dr. Ulrich Nachbaur,
Dr. Wolfgang Weber.

Ein besonderer Dank geht an die Mitarbeiter
der Sozialwissenschaftlichen Studienbibliothek der AK Wien,
Karl Blaha, Rudolf Pölzlbauer und Anton Schütz.

Vorwort zur ersten Auflage

Will man ein Aphorismenbuch lesen, ohne sich zu langweilen, so soll man es auf gut Glück aufschlagen, es weglegen, wenn man Interessantes gefunden hat, und nachdenken.

Charles Joseph Fürst von Ligne, „Mélanges littéraires, militaires et sentimentales", aus dem Französischen von Fritz Schalk, in: „Die französischen Moralisten" (Neue Folge), Verlag Carl Ed. Schünemann KG, Bremen o. J.

Als wir 1999 für das „Lexikon der populären Irrtümer Österreichs" recherchierten, fanden wir unter den kapitalen Missverständnissen, Vorurteilen und Denkfehlern auch viele geflügelte Worte und historische Zitate.

Denken wir nur an den berühmten Satz „Der Österreicher unterscheidet sich vom Deutschen durch die gemeinsame Sprache". Diese Worte werden oft Karl Kraus zugeschrieben. Es handelt sich jedoch um die Abwandlung eines Zitats von Oscar Wilde aus seiner Erzählung „Das Gespenst von Canterville", das sich auf die Wesensunterschiede von Amerikanern und Engländern bezieht. Dass dieser Gedanke auf das Verhältnis zwischen Deutschen und Österreichern übertragen wurde, liegt auf der Hand.

Auch einige historische Zitate sind mehr Legende als Wahrheit. So hat Leopold Figl 1945 im Radio keine Weihnachtsansprache gehalten, in welcher die Sätze fielen: „Ich kann euch zu Weihnachten nichts geben. Ich kann euch für den Christbaum, wenn ihr überhaupt einen habt, keine Kerzen geben ... Ich kann euch nur bitten: Glaubt an dieses Österreich!" Und Kaiser Franz Joseph hat offenbar nie den legendären Satz gesagt: „Mir bleibt nichts erspart!" Obwohl er dazu allen Grund gehabt hätte.

Leider gibt es in vielen Zitatensammlungen keine Quellenangaben. Damit sind natürlich Irrtümern Tür und Tor geöffnet. Eine der wenigen Ausnahmen ist das Standardwerk „Geflügelte Worte" von Dr. Georg Büchmann (1822–1884), Lehrer an einer Gewerbeschule in Berlin. Der Titel seines Werkes ist Homer entlehnt – in der Übersetzung von Friedrich Leopold Graf zu Stolberg und Johann Heinrich Voss heißt es mehrfach, dass manche Worte „wie auf Flügeln vom Sprecher zum Hörer eilen". Büchmann präzisierte im Vorwort zur 8. Auflage von 1874 sein Anliegen wie folgt: „‚Geflügelte Worte‘ nenne ich solche Worte, welche, von nachweisbaren Verfassern ausgegangen, allgemein bekannt geworden sind und allgemein wie Sprichwörter angewendet werden."

Bei der Auswahl haben wir uns an folgende Kriterien gehalten:

- Slogans, Zitate, Schlagworte und Titel bekannter Werke aus Österreich
- Autoren, die in Österreich bzw. in der Habsburgermonarchie geboren wurden, auch wenn sie Österreich verlassen mussten, und Autoren, die mit Österreichern zusammen ein Werk verfasst haben
- Autoren, die in Österreich gelebt haben oder leben
- Zitate aus Liedern aller Art, dem Kabarett, der Werbung und aus beliebten Fernsehsendungen

Natürlich mussten wir uns bei der Auswahl Grenzen setzen, daher erheben wir keinen Anspruch auf Vollständigkeit. Manche Zitate im vorliegenden Buch werden Ihnen vertraut vorkommen, andere sind Ihnen vielleicht neu, doch haben diese Bonmots unserer Meinung nach das Zeug dazu, in den allgemeinen Sprachgebrauch Eingang zu finden.

Was dieses Buch von anderen Sammlungen unterscheidet, sind die präzisen Quellenangaben bis hin zur Seitenzahl sowie die biografischen Daten bei weniger bekannten Autoren. Für die gewissenhafte Recherche zeichneten Mag. Else Rieger und Mag. Afra Margaretha verantwortlich, denen wir auf diesem Weg unseren besondern Dank aussprechen. Sie haben uns geholfen, viele geflügelte Worte, die wir nur vom Hörensagen kannten, mit genauen Belegstellen zu versehen und im korrekten Wortlaut zu zitieren.

Dr. Horst Friedrich Mayer *Dr. Robert Sedlaczek*

A

AEIOU

Kaiser Friedrich III. hat auf vielen Gegenständen und Bauwerken die Vokalreihe AEIOU anbringen lassen oder selbst angebracht. Die Buchstabenfolge findet sich in seinem persönlichen Notizbuch, das er 1437 nach einer Pilgerfahrt ins Heilige Land anlegte, doch hat er sie selbst nie näher erläutert. Aufgeführt wird das AEIOU in Büchern und Schriften sowie auf zahlreichen Gebäuden: an der Bürgerspitalkirche und an der Stadtpfarrkirche von Krems; in der Burg, an der Georgskapelle und im Dom zu Wiener Neustadt; an der Grazer Burg und am Grazer Dom; in Wien an der Ruprechtskirche und am Wiener Neustädter Altar des Stephansdoms.

Zu den ernsthafteren Deutungsversuchen der Buchstabenfolge in deutscher Sprache zählten „Alles Erdreich ist Österreich untertan", das sich noch heute in vielen Schulbüchern findet, oder „Auf Erden ist Österreich unsterblich". Daneben gab es Auslegungsversuche in lateinischer Sprache, zum Beispiel „Austria erit in orbe ultima", aber auch scherzhafte Deutungen wie „Akademikeressen ist oft ungenießbar" – so wurde die hauseigene Kost von den Eleven der Wiener Neustädter Militärakademie beurteilt, an deren Mauern deutlich sichtbar das AEIOU Friedrichs III. angebracht ist.

Anfang der fünfziger Jahre konnte der österreichische Historiker Alphons Lhotsky dieses Rätsel einer Klärung zuführen. Zunächst wies er nach, dass AEIOU kein bewusstes Kürzel für den Großmachtanspruch des Hauses Habsburg gewesen sein kann: Friedrich nutzte es bereits, bevor er zum König erwählt wurde, unter seinem erfolgreichen Sohn Maximilian I. war es nicht mehr in Gebrauch. Somit handelte es sich nicht um eine Staatsdevise, sondern wohl um ein persönliches mystisches Monogramm.

A Mann is a Mann, wann er a richtiger Mann is.

Mit diesem Satz rechtfertigt „Der Herr Karl" in dem gleichnamigen Stück von Helmut Qualtinger und Carl Merz seine außerehelichen Beziehungen.

Das vollständige Zitat lautet: „... es war ja a moderne Ehe ... a Mann is a Mann, wann er a richtiger Mann is ... im Krieg war's ja leicht mit de Weiber. I hab net einrücken müssen." (Deuticke Verlag, Wien 1996, S. 22).

Aber alles, was auch geschieht, geschieht von selbst.

Kaiserin Elisabeth, zitiert nach dem Tagebuch von Constantin Christomanos, Vorleser und Griechischlehrer „Sisis". Er wurde zu ihrem Vertrauten, dem die vielseitig interessierte Elisabeth in vielen Gesprächen ihre Überlegungen zu verschiedenen Themenbereichen offen darlegte. So sind im Tagebuch von Christomanos zahlreiche Aussprüche und Gedanken der Kaiserin überliefert, die von Renate Daimler zusammengestellt und in dem Band „‚Frei sollen die Frauen sein...' Gedanken der Kaiserin Elisabeth von Österreich" herausgegeben wurden (Verlag Christian Brandstätter, Wien 1998).

Der hier zitierte Satz findet sich in diesem Buch auf Seite 34. Elisabeth bezieht diese Aussage auf Politik, sie meint unter anderem: „Die Politiker glauben die Ereignisse zu führen und werden immer davon überrascht."

Aber das Gute geschieht nie in der Weltgeschichte.

Angesichts des kalten Winters und der hohen Kohlenpreise des Jahres 1865 verfasste der Feuilletonist Ferdinand Kürnberger den Essay „Die Kälte und die Weltgeschichte". Ausgehend von Wien stellt er Betrachtungen zum kausalen Zusammenhang zwischen klimatischen Gegebenheiten und historischen Entwicklungen verschiedener Regionen auf, die allesamt für Wien nicht sehr schmeichelhaft ausfallen.

Wir zitieren nach: Ferdinand Kürnberger, „Feuilletons" (Insel Verlag, Frankfurt 1967, S. 27).

Aber in Spanien tausendunddrei

Im 1. Akt der Oper „Don Giovanni" von Wolfgang Amadeus Mozart (Libretto von Lorenzo da Ponte) zählt der Diener Leporello in der „Registerarie" die zahlreichen Liebschaften seines Herren Don Giovanni auf. Mit dieser Auflistung will er Donna Elvira deutlich machen, welch ein Schürzenjäger ihr da die Ehe versprochen hat.

Höhepunkt der Aufzählung ist die Nennung der tausendunddrei Liebeleien, die Don Giovanni ausgerechnet im sittenstrengen Spanien hatte. Die wörtliche Übersetzung der betreffenden Stelle lautet: „Aber in Spanien sind es schon tausendunddrei.“

Abonnenten sind nicht so leicht zu vertreiben. Es ist zum Staunen, was ein guter Abonnent vertragt.

Dieser Satz stammt von Johann Nestroy. Zu finden ist das Zitat in der Posse „Mein Freund“ (2. Akt, 19. Szene), die am 4. April 1851 am Carl-Theater uraufgeführt wurde. Gemeint sind bei Nestroy nicht Theaterabonnenten, sondern Abonnenten von Büchern und Zeitschriften (die Stelle entstammt einem Dialog zwischen Leiter und Bedienstetem einer Leihbibliothek). Der Satz wird von Schlicht ausgesprochen, der Hauptfigur, die von Nestroy selbst gespielt wurde. Nestroy hat seine eigenen Rollen oft besonders pointenreich und sprachlich brillant gestaltet, bekannte Nestroy-Zitate finden sich meist im Text der ursprünglich von ihm selbst gespielten Charaktere.

Abreisen sind immer überstürzt.

Ein weiser Spruch aus Friedrich Torbergs „Tante Jolesch oder Der Untergang des Abendlandes in Anekdoten“ (dtv, 12. Auflage, München 1988, S. 17). Mit diesem Satz drückte die Tante Jolesch ihre Abneigung gegen jede Art von Ortswechsel aus.

Ach, Himmel, es ist verspielt.

Der berührende Text des bekannten Liedes „Ach, Himmel, es ist verspielt, ich kann nicht mehr lang leben ...“ stammt nicht, wie vielfach angenommen, von Andreas Hofer. Es handelt sich um ein sehr viel älteres Soldatenlied, das in den Niederlanden und in Frankreich sehr verbreitet war und wiederum auf ein altes französisches Tanzliedchen (um 1540) zurückgeht. Der Tiroler Freiheitsheld hat es wohl auch gekannt und in seinen letzten Stunden in seiner Todeszelle in Mantua niedergeschrieben. („Lieder fürs Leben“, herausgegeben von Josef Lechthaler, Gustav Moissl und Sigismund Schnabel, Österreichischer Bundesverlag, Wien 1950, Seite 169 f.)

Ach, ich hab sie ja nur auf die Schulter geküsst!

Ein Zitat aus der Operette „Der Bettelstudent“ von Karl Millöcker, Text von Camillo Walzel und Richard Genée nach „The Lady of Lyons“ von Edward

Bulwer-Lytton und „Les noces de Fernande“ von Victorien Sardou. Die Erstaufführung dieser Operette fand am 6. Dezember 1882 im Theater an der Wien statt.

Oberst Ollendorf ist pikiert, weil die von ihm umworbene Laura ihm öffentlich eine Ohrfeige verpasste, nachdem er sie auf die Schulter geküsst hatte. Der Spruch wurde zum geflügelten Wort als heitere Beschwerde wegen unverhältnismäßiger Abwehrreaktion seitens einer Dame.

Äktschn, Hombre, Äktschn!

In dem von Wolfgang Teuschl verfassten Sketch „Hombre 1986“ preist Erwin Steinhauer aufs Engagierteste die Bio-Welle der achtziger Jahre. Er ernährt sich von stillen Wassern und Müsli mit Leinsamen, wobei ihm ein klares Ziel vor Augen steht: „Die Härtestufe 10 in der Rambo-Skala: harte Blicke, harte Muskeln, harte Eier, harte Bandagen. Wough! Äktschn, Hombre, Äktschn!“

Nachzulesen ist der Text in: Erwin Steinhauer, „Cafe Plem Plem. 15 Jahre Kabarett“ (herausgegeben von Helmut A. Niederle, Verlag Ueberreuter, Wien 1989, S. 64).

Albanien ist schön, unglücklich und trotz seiner Aktualität langweilig.

Das befindet Joseph Roth im „Artikel über Albanien“, den er für die „Frankfurter Zeitung“ schrieb. Nachzulesen ist der – erstaunlich aktuelle – Text in: Joseph Roth, „Panoptikum. Gestalten und Kulissen“ (Verlag Allert de Lange, Amsterdam und Verlag Kiepenheuer und Witsch, Köln 1976 und 1983, Seite 70).

Alberne Menschen sagen Dummheiten, gescheite Leute machen sie.

Marie von Ebner-Eschenbach zitieren wir nach der Ausgabe der „Aphorismen“ im Insel-Verlag (Wiesbaden 1953, S. 47).

Alle Dinge sind Gift, und nichts ist ohne Gift. Allein die Dosis macht, dass ein Ding kein Gift ist.

Die Aussage „Dosis facit venenium“ („Die Menge macht das Gift“) wird

Paracelsus zugeschrieben, dem bekanntesten Naturforscher und Arzt zu Beginn der Neuzeit. Paracelsus verbrachte große Teile seines Lebens in Gebieten des heutigen Österreich. Er starb am 24. September 1541 in Salzburg, sein Grab findet sich in einem Gang zwischen Kirche und Friedhof von St. Sebastian.

Paracelsus drückte mit diesem Satz die für seine Lehre grundlegende Ansicht aus, dass die richtige Dosierung das wichtigste Kriterium für die Wirkung eines Arzneimittels sei.

Alle Menschen san ma zwider.

Im Jahr 1974 erschien bei Preiser Records eine Parodie auf Friedrich Schillers Ode „An die Freude" von Kurt Sowinetz (mit Ludwig van Beethovens Musik). Dort heißt es unter anderem: „Alle Menschen samma zwider, i mechts in die Goschn haun/Mir san alle Menschen zwider, in die Goschn mecht ichs haun."

Das schillersche Originalzitat „Alle Menschen werden Brüder" wurde durch die Vertonung Beethovens sehr populär. Johannes Mario Simmel griff es sogar als Titel für einen seiner Romane auf.

Alle nationale Politik führt letzten Endes in ein unvermittelbares Element, in den Idiotismus, das Wort in seinem Ursinn verstanden.

Hugo von Hofmannsthal im „Buch der Freunde", das zunächst in einer Auflage von nur 800 Stück 1922 im Insel-Verlag erschien. Unter dem gleichen Titel wurde zuletzt 1985 in der Bibliothek Suhrkamp ein Nachdruck dieser Aphorismensammlung veröffentlicht.

Das Werk wurde auch in Band 10 von Hofmannsthals „Gesammelten Werken in zehn Einzelbänden" (S. Fischer Verlag, Frankfurt 1980) aufgenommen, dort findet sich dieser Ausspruch auf Seite 274.

Alle Schönheit der Sprache liegt im Einfachen, Klaren und Gefälligen.

Peter Rosegger in: „Wahrheiten und Weisheiten", eine Sammlung seiner Aphorismen (herausgegeben von Bertl Petri, Staackmann Verlag, München 1989). In diesem Band findet sich der hier zitierte Satz auf Seite 107.

Alle Tragik der Menschen untereinander beruht auf ihrer unzulänglichen Kenntnis voneinander. Das gilt auch von den Völkern.

Anton Wildgans in: „Zu Zeit und Welt“, Historisch-Kritische Gesamtausgabe der Werke, Band 7. Der hier zitierte Ausspruch stammt aus Wildgans' Notizbüchern; in der Ausgabe von 1958 (Verlage Bellaria, Wien und Anton Pustet, Salzburg) ist er auf Seite 128 nachzulesen.

Alle Wege führen nach Rom, aber es ist immer ein anderes Rom.

Erwin Chargaff in: „Bemerkungen“, eine Sammlung seiner Aphorismen, in der sich der hier zitierte Ausspruch auf Seite 128 findet (Verlag Klett-Cotta, Stuttgart 1981).

Alle Wege zum Geist gehen von der Seele aus, aber keiner führt zurück.

Dieser Satz ist Teil der Überschrift des 86. Kapitels von Robert Musils „Mann ohne Eigenschaften“. Die vollständige Überschrift lautet: „Der Königskaufmann und die Interessenfusion Seele-Geschäft. Auch: Alle Wege zum Geist gehen von der Seele aus, aber keiner führt zurück.“

Wir zitieren nach Robert Musil, „Der Mann ohne Eigenschaften“ (I, Erstes und Zweites Buch, herausgegeben von Adolf Frisé, Rowohlt Taschenbuch, Reinbek bei Hamburg 1987, S. 380).

Alle Wissenschaft ist ein Spiel mit Auseinander- und Zusammensetzen.

Der Arzt und Philosoph Ernst von Feuchtersleben (1806-1849) veröffentlichte neben Gedichten, medizinischen und philosophisch-pädagogischen Schriften auch Werke, in denen er sich mit Entwicklungen in Kultur und Wissenschaft seiner Zeit auseinandersetzte. In dem Band „Lebensblätter“ findet sich eine Sammlung von Aphorismen und Notizen zu unterschiedlichsten Themengebieten. Wir zitieren hier nach der 3. (unveränderten) Auflage aus dem Jahr 1851 (Verlag Josef Stöckholzer von Hirschfeld, Wien-Leipzig), Seite 213.

Alles Gerettet!

Dieser voreilige Ausruf des k.k. Polizeirates Anton Landsteiner kostete am 8. Dezember 1881 vielen Menschen das Leben: Bei einem verheerenden Brand im Wiener Ringtheater starben 386 Personen; die Hitzeentwicklung war so enorm, dass nur 295 Opfer identifiziert werden konnten, die übrigen waren vollständig verkohlt. Während sie im brennenden Theatergebäude eingesperrt gewesen waren, kam es infolge Landsteiners Fehleinschätzung zu einer verhängnisvollen Entwarnung der Rettungs- und Hilfsmannschaften. Der Prozess um den Ringtheaterbrand endete nichtsdestotrotz mit Freispruch für alle prominenten Angeklagten.

Der Ausdruck wurde daraufhin zum geflügelten Wort, woran Karl Kraus einen nicht geringen Anteil hatte, wurden doch in der von ihm herausgegebenen Zeitschrift „Die Fackel“ beschwichtigende Aussagen gern mit einem zynischen „Alles gerettet!“ kommentiert.

Aus den transkribierten Prozessakten gestalteten Carl Merz und Helmut Qualtinger im Jahr 1963 ein Fernsehspiel mit dem Titel „Alles gerettet“.

Alles ist nur Bild. Aber die Bilder leiden.

Franz Werfel in: „Zwischen oben und unten“, Aphorismen, nachzulesen in den „Gesammelten Werken“. Der hier zitierte Ausspruch findet sich auf Seite 808 (Langen-Müller Verlag, München-Wien 1975).

Alles kommt auf die Perspektive an.

Thomas Bernhard im Gespräch mit der Journalistin Krista Fleischmann. Eines der Interviews beginnt Bernhard mit folgenden Ausführungen: „Alles kommt auf die Perspektive an. Jeder hat eine andere, Gott sei Dank. Und selbst hat man immer die richtige, auch wenn die anderen immer das Gegenteil behaupten, für einen selbst ist die eigenen Perspektive immer die richtige.“

Wir zitieren nach der als Buch veröffentlichten Abschrift: Thomas Bernhard, „Thomas Bernhard – Eine Begegnung. Gespräche mit Krista Fleischmann“ (Edition S, Verlag der Österreichischen Staatsdruckerei, Wien 1991, S. 75).

Alles Pathologische beruht auf einer zu weit gehenden Intimität mit sich selbst, also dem Gegenteil der Selbstverleugnung.

Heimito von Doderer kennzeichnete in seinen Aufzeichnungen stets bestimmte Notizen, die in eine von ihm „Repertorium“ genannte Zusammenstellung von Stichworten definitorischen Charakters aufgenommen werden sollten. Dieses Buch wurde zu seinen Lebzeiten nicht fertig gestellt; erst 1969, drei Jahre nach Doderers Tod, veröffentlichte Dietrich Weber eine Auswahl der Aufzeichnungen unter dem Titel „Repertorium. Ein Begreifbuch von höheren und niederen Lebens-Sachen“ (Verlag C. H. Beck, 2. Auflage, München 1996).

Die hier zitierte Definition stammt aus dem Jahr 1944, sie findet sich im „Repertorium“ auf Seite 180.

Alles Unglück kommt von der Terminologie.

Dieser Ausspruch stammt von Anton Kuh. Wir zitieren nach dem Band „Luftlinien“ (Löcker Verlag, Wien 1981), in dem sich das Zitat auf Seite 307 findet.

Alles, was auf der Welt ist, ist ein Schauspiel.

Thomas Bernhard im Gespräch mit der Journalistin Krista Fleischmann. Bernhards Sicht auf die Weltgeschichte bringen die folgende Sätze auf den Punkt: „Alles, was auf der Welt ist, ist ja ein Schauspiel. ... Der Papst und der Ronald Reagan und der Breschnjew, das ist wie der Bronner und der Farkas und der Wehle, auf etwas kleinerer Stufe.“

Wir zitieren nach der als Buch veröffentlichten Abschrift: Thomas Bernhard, „Thomas Bernhard – Eine Begegnung. Gespräche mit Krista Fleischmann“ (Edition S, Verlag der Österreichischen Staatsdruckerei, Wien 1991, S. 104).

Allgemeinbildung ist, so harmlos das Krankheitsbild immer auf den ersten Blick aussehen mag, doch nur in sehr vereinzelten Fällen heilbar.

Heimito von Doderer in seinem „Repertorium“. Zitiert nach: „Repertorium. Ein Begreifbuch von höheren und niederen Lebens-Sachen“ (herausgegeben von Dietrich Weber, Verlag C.H.Beck, 2. Auflage, München 1996). Das hier zitierte Bonmot findet sich auf Seite 24.

Als der Großvater auf die Großmutter schoss

Unter diesem Titel gab Paul Flora 1971 einen Band mit einer Auswahl von Zeichnungen heraus. Es ist eine Persiflage auf die Anfangszeile des Gedichts „Das Großvaterlied", geschrieben 1812 von dem Berliner Schriftsteller August Friedrich Langbein. Sie lautet: „Als der Großvater die Großmutter nahm." 1886 wurde diese Zeile als Titel einer von dem deutschen Musikforscher Gustav Wustmann herausgegebenen, populären Liedersammlung verwendet. Heute wird sie noch manchmal benutzt, um die „gute alte Zeit" heraufzubeschwören.

Als eine Frau lesen lernte, trat die Frauenfrage in die Welt.

Diese prägnante Zitat ist heute noch bekannt, doch nicht alle, die es kennen, wissen, dass es aus dem Jahr 1880 stammt und von einer Österreicherin geschrieben wurde: Die Schriftstellerin Marie von Ebner-Eschenbach war eine engagierte Vordenkerin der Ersten Frauenbewegung, die sich wiederholt mit deutlichen Worten für die Rechte der Frauen einsetzte.

Im Jahr 1880 veröffentlichte Ebner-Eschenbach eine Sammlung von Sprüchen und Bonmots. Viele der heutzutage bekannten Aussprüche von Ebner-Eschenbach stammen aus dieser Zusammenstellung. Wir zitieren nach der Ausgabe der „Aphorismen" im Insel-Verlag (Wiesbaden 1953), in welcher sich das Zitat auf Seite 39 findet.

Als ich erkannte, dass man sich den Leuten nicht gut ohne Gebrauchsanweisung verschreiben kann, entschloss ich mich zum Aphorismus.

Der heute in Vergessenheit geratene Dichter Alfred Grünewald wurde 1884 in Wien geboren. Er arbeitete als Architekt; sein eigentliches Interesses galt jedoch der Tätigkeit als Lyriker, Balladendichter und Dramatiker. Nach dem „Anschluss" Österreichs im März 1938 wurde er ins Konzentrationslager Dachau gebracht, jedoch noch vor Kriegsbeginn wieder entlassen. Er floh nach Südfrankreich, wurde 1942 wieder verhaftet und wahrscheinlich in einem nationalsozialistischen Vernichtungslager im Osten ermordet.

1990 präsentierte die von Hans Weigel herausgegebene Reihe „Bibliothek Wiederaufnahme Österreichischer Literatur des 20. Jahrhunderts" (Jungbrunnen Verlag, Wien-München) unter dem Titel „Lass meine Seele dir Heimat sein" eine Auswahl aus dem Werk Alfred Grünewalds, die auch eine Aphorismensammlung beinhaltet. Der zitierte Ausspruch ist den Aphorismen als Motto vorangestellt (S. 81).

Als ich noch ein Waldbauernbub war

Der Ausdruck wird heute als geflügeltes Wort verwendet und vielfach abgewandelt („Als ich noch ... war") um auf vergangene Zeiten anzuspielen, insbesondere wenn jemand andeuten will, dass er früher sehr naiv war.

Es handelt sich um den Titel eines sehr populären, dreibändigen Werks von Peter Rosegger aus den Jahren 1899-1902, das autobiografisch geprägte Erzählungen des Autors vereint.

Als Künstlernatur bezeichnen wir im Allgemeinen die Summe von Eigenschaften, die den Künstler im Produzieren behindert.

Dieser Ausspruch stammt von Arthur Schnitzler. Er findet sich erstmals im „Buch der Sprüche und Bedenken" von 1927 unter der Rubrik „Werk und Widerhall". Nachzulesen in: „Gesammelte Werke, Aphorismen und Betrachtungen" (herausgegeben von Robert Weiss, S. Fischer Verlag, Frankfurt 1977, Bd. 1, S. 111).

Als Österreicher zeigt man nicht, dass man mit dem Leben nicht fertig wird. Da macht man lieber einen Wurschtel.

Dieser Satz von H. C. Artmann findet sich in dem von Klaus Reichert herausgegeben Band „The Best of H. C. Artmann" (Suhrkamp Verlag, Frankfurt 1967) unter dem Titel „Ein Gedicht und sein Autor". In der Originalorthografie lautet er: „Als österreicher zeigt man nicht, daß man mit dem leben nicht fertig wird. Da macht man lieber einen wurschtel."

Alt werden will freilich keiner, aber jung bleiben will jeder.

Peter Rosegger in: „Wahrheiten und Weisheiten“ (herausgegeben von Bertl Petri, Staackmann Verlag, München 1989). In diesem Band findet sich der hier zitierte Satz auf Seite 119.

Altkluge Kinder und unreife Greise sind in gewissen Weltzuständen genug da.

Hugo von Hofmannsthal im „Buch der Freunde“, das 1922 zunächst in einer Auflage von nur 800 Stück im Insel-Verlag, erschien. Unter dem gleichen Titel wurde zuletzt 1985 in der Bibliothek Suhrkamp ein Nachdruck dieser Aphorismensammlung veröffentlicht.

Das Werk wurde auch in Band 10 von Hofmannsthals „Gesammelten Werken in zehn Einzelbänden“ (S. Fischer Verlag, Frankfurt 1980) aufgenommen, dort findet sich dieser Ausspruch auf Seite 245.

Am besten sitzt man bei dem Blitzwetter
Still im Kaffeehaus und liest Witzblätter.

Der Wiener Pianist Franz Mittler war Kapellmeister, Kammermusiker und Komponist und vor allem ein begnadeter Schüttelreimer. Friedrich Torberg, einer seiner glühendsten Verehrer, veröffentlichte viele der Mittler-Worträtsel in der von ihm von 1954–1965 herausgegebenen Zeitschrift „Forum“.

Unser Reim stammt aus dem von Friedrich Torberg herausgegebenen Band: Franz Mittler, „Gesammelte Schüttelreime“ (Verlag Christian Brandstätter, Wien 1991, S. 41).

Am Brunnen vor dem Tore

Das ist der Anfang des Gedichtes „Der Lindenbaum“ aus dem Gedichtszyklus „Winterreise“, den der deutsche Dichter Wilhelm Müller in den Jahren 1821/24 verfasste. Die Anfangszeilen des Gedichtes lauten:

Am Brunnen vor dem Tore,
Da steht ein Lindenbaum;
Ich träumt in seinem Schatten
So manchen süßen Traum.

Dieser Zyklus gehört zu den „Gedichten aus den hinterlassenen Papieren eines reisenden Waldhornisten". Er wurde durch die Vertonung von Franz Schubert populär und hat Volksliedcharakter angenommen.

Am Chauvinismus ist nicht so sehr die Abneigung gegen die fremden Nationen als die Liebe zur eigenen unsympathisch.

Karl Kraus veröffentlichte in der von ihm herausgegebenen Zeitschrift „Die Fackel" des öfteren kleine Sammlungen von Aphorismen zu verschiedensten Themen. Er versah sie stets mit Übertiteln, die er für weitere Zusammenstellungen von Sinnsprüchen in späteren Ausgaben wieder aufgriff. Viele dieser erstmals in der „Fackel" publizierten Aussprüche erschienen auch in Büchern; Kraus selbst fasste sie zu Aphorismensammlungen zusammen und gab ihnen die Titel „Sprüche und Widersprüche", „Pro domo et mundo" und „Nachts".

Dieses Zitat findet sich unter dem Titel „Tagebuch" in der „Fackel" Nr. 270 vom 19. Jänner 1909 auf Seite 34.

Am Pfad der Erkenntnis steht der Zweifel als ein Wegweiser ohne Inschrift.

Auf Anraten seines Verlegers Otto Müller stellte Karl Heinrich Waggerl aus Zitaten seiner Werke einige Aussprüche zusammen, die 1957 unter dem Titel „Kleine Münze" als eigenständige Aphorismensammlung erschienen. In Waggerls „Sämtlichen Werken" (Otto Müller Verlag, Salzburg-Wien 1970, Neuauflage 1997) sind die Sinnsprüche in Band 2 abgedruckt. Dieses Zitat findet sich auf Seite 641.

An der schönen blauen Donau

Diese Komposition von Johann Strauss Sohn, die als inoffizielle Hymne Österreichs gilt, wurde im Fasching 1867 im Ballsaal des Dianabades zum ersten Mal aufgeführt. Damals war sie unterlegt mit einem kabarettistischen Text des Dichters Josef Weyl, einem Beamten der Polizeidirektion, der Hausdichter des Wiener Männergesangsvereins war.

Weyl textete für den Walzer Zeilen wie „Wiener, seid froh! – Oho, wieso?" und „Ei, Fasching ist da – Ah so, na ja!", in Anspielung auf die damalige triste Stimmung nach der verlorenen Schlacht bei Königgrätz und die damit verbundene katastrophale Lage der Staatsfinanzen: In jenem Jahr wurden viele Bälle durch Konzerte ersetzt, auch die Veranstaltung im Dianabad war als „Faschings-Liedertafel“ angekündigt.

Weyls Text stieß allerdings beim Publikum auf wenig Begeisterung. Erfolgreicher war der Oberlandesgerichtsrat Dr. Franz von Gerneth, der 1890 die selbe Melodie mit dem Text „Donau so blau, durch Flur und Au ...“ versah, was ihrem bis heute andauerndem Erfolg den Weg ebnete.

Auf die Idee für den Titel des Walzers brachte Johann Strauss wahrscheinlich das Gedicht „An der Donau“ aus den „Stillen Liedern“ von Karl Beck (1839 in Leipzig veröffentlicht), in dem sich die Worte „An der schönen blauen Donau“ finden. Die Stadt Wien jedenfalls lag damals nicht an der Donau: Die – noch unregulierte – Donau floss zu dieser Zeit durch großteils unbewohntes Gebiet an Wien vorbei.

An ihren Superlativen sollt ihr sie erkennen.

Erwin Chargaff in: „Bemerkungen“, eine Sammlung seiner Aphorismen, in der sich der hier zitierte Ausspruch auf Seite 110 findet (Verlag Klett-Cotta, Stuttgart 1981).

An Rheumatismen und wahre Liebe glaubt man erst, wenn man davon befallen wird.

Marie von Ebner-Eschenbach zitieren wir nach der Ausgabe der „Aphorismen“ im Insel-Verlag (Wiesbaden 1953, S. 31).

An unseren Gedanken hat der Wille weit mehr Anteil als der Verstand.

Hugo von Hofmannsthal im „Buch der Freunde“, das zunächst in einer Auflage von nur 800 Stück 1922 im Insel-Verlag erschien. Unter dem gleichen Titel wurde zuletzt 1985 in der Bibliothek Suhrkamp ein Nachdruck dieser Aphorismensammlung veröffentlicht.

Das Werk wurde auch in Band 10 von Hofmannsthals „Gesammelten Werken in zehn Einzelbänden“ (S. Fischer Verlag, Frankfurt 1980) aufgenommen, dort findet sich dieser Ausspruch auf Seite 260.

Anders als die Andern

Dieses geflügelte Wort ist der Titel eines Chansons von Georg Kreisler, welches erstmals 1969 bei Preiser Records auf der Langspielplatte „Der Tod, das muss ein Wiener sein" dokumentiert ist. Die erste Strophe lautet:

Was hast Du eigentlich Dir vorgestellt?
Hast Du Dein Leben bis zum Schluss gedacht?
Wie hast Du Dir den letzten Kuss gedacht?
Und was ist das Ergebnis? Und wer bezahlt's Begräbnis?

Ante coitum omne animal est Tristan.

Das behauptet der Lebemann, geniale Spötter und Feuilletonist Anton Kuh in: „Von Goethe abwärts. Aphorismen. Essays. Kleine Prosa" (Forum Verlag, Wien 1963, S. 296).

Aphorismen sind Lyrik der Vernunft.

Erwin Chargaff in: „Bemerkungen", eine Sammlung seiner Aphorismen, in der sich der hier zitierte Ausspruch auf Seite 142 findet (Verlag Klett-Cotta, Stuttgart 1981).

Aphorismus = das kleinste mögliche Ganze.

Von Robert Musil stammt diese kleinst mögliche ganze Aussage über das Wesen von Aphorismen. Sie findet sich am Schluss der mit „Aus einem Rapial" betitelten Sammlung von Aphorismen und kurzen Skizzen in Band 7 der „Gesammelten Werke" von Musil (Rowohlt Verlag, Reinbek bei Hamburg 1978, S. 863).

Auch Bewegung ist Rasten – vom Rasten!

Die Schrift „Wie ich es sehe" war das erste Buch, das der Schriftsteller und Bohemien Peter Altenberg veröffentlichte. Sie besteht aus aneinandermontierten Sequenzen unterschiedlicher Länge, in denen Altenberg verschiedene Beobachtungen zum Leben im Wien der Jahrhundertwende anstellt und interpretiert. Gegen Ende der mit „Revolutionär (Studienreihe)" übertitelten Passage findet sich dieser Satz. Wir zitieren nach: Peter Altenberg, „Ausgewählte Werke in zwei Bänden" (Carl Hanser Verlag, München 1979, Band 1, S. 39).

Auch böse Menschen haben Grammophone.

Diese Abwandlung von: „Wo man singt, da lass dich ruhig nieder, böse Menschen haben keine Lieder" stammt von Erwin Chargaff. In dem Band „Bemerkungen", einer Sammlung seiner Aphorismen, findet sich der hier zitierte Ausspruch auf Seite 11 (Verlag Klett-Cotta, Stuttgart 1981).

Auch das Chaos gruppiert sich um einen festen Punkt, sonst wäre es nicht einmal als Chaos da.

Arthur Schnitzler im „Buch der Sprüche und Bedenken" aus dem Jahr 1927, unter der Rubrik „Kleine Sprüche". Nachzulesen in: Arthur Schnitzler, „Gesammelte Werke, Aphorismen und Betrachtungen" (herausgegeben von Robert Weiss, S. Fischer Verlag, Frankfurt 1977, Bd. 1, S. 129).

Auch ein schöner Mensch ist ja innen nicht angenehm.

Befragt nach seinem Verhältnis zu Salzburg, antwortete Thomas Bernhard: „Ich weiß zu viel von den Geistesinnereien des ganzen salzburgischen Stadtkörpers. Auch ein schöner Mensch – wenn man den auseinander nimmt – ist ja innen nicht angenehm".

Das Interview führte Armin Eichholz, das Zitat ist nachzulesen in dem Band: „Von einer Katastrophe in die andere. 13 Gespräche mit Thomas Bernhard" (herausgegeben von Sepp Dreissinger, Bibliothek der Provinz, Weitra 1992, S. 39).

Auch ich habe in Arkadien gelebt.

So lauten Titel und Beginn einer Kurzerzählung, die Ingeborg Bachmann 1952 für die Wiener Monatsschrift „Morgen" verfasste. Sie spielt damit auf das Arkadien-Motiv an, das seit der griechischen Antike als Utopie idyllischen Landlebens vielfache Verwendung fand: In den „Bucolia" des Vergil ebenso wie in Ovids „Metamorphosen", ab dem Rokoko taucht es immer wieder nicht nur in der Dichtung, sondern auch in der Malerei und der Musik auf.

Geografisch gesehen ist die Landschaft Arkadien ein Teil des Peloponnes, einer Halbinsel am südlichen Ende des griechischen Festlandes.

Auch in ein neues Glück muss man sich schicken lernen.

Marie von Ebner-Eschenbach, zitiert nach der Ausgabe der „Aphorismen" im Insel-Verlag (Wiesbaden 1953, S. 17).

Auch was wir am meisten sind, sind wir nicht immer.

Marie von Ebner-Eschenbach, zitiert nach der Ausgabe der „Aphorismen" im Insel-Verlag (Wiesbaden 1953, S. 15).

Auf dem Weg zur Hölle regnet es auf die guten Vorsätze.

Erwin Chargaff in: „Bemerkungen", eine Sammlung seiner Aphorismen, in der sich der hier zitierte Ausspruch auf Seite 23 findet (Verlag Klett-Cotta, Stuttgart 1981).

Auf Rotationspapier gehört sich keine Kunst.

So zitiert Friedrich Torberg in „Die Tante Jolesch oder Der Untergang des Abendlandes in Anekdoten" den stellvertretenden Chefredakteur des „Prager Tagblattes", Rudi Thomas (dtv, 12. Auflage, München 1988, S. 120). Rudi Thomas war leidenschaftlicher Journalist, Kunst hatte für ihn keinen Platz in einer Tageszeitung, das Feuilleton schätzte er wenig. Und das machte er dem jungen Friedrich Torberg sofort deutlich, als dieser seine ersten Gedichte und Kurzgeschichten im „Prager Tagblatt" untergebracht hatte und von Max Brod zur ständigen Mitarbeit aufgefordert worden war. Dennoch avancierte Torberg nach und nach zum Redakteur und später zum Wiener Kulturkorrespondenten des Blattes.

Aufmerksamkeit und Liebe bedingen einander wechselseitig.

Hugo von Hofmannsthal im „Buch der Freunde", das zunächst in einer Auflage von nur 800 Stück 1922 im Insel-Verlag erschien. Unter dem gleichen Titel wurde zuletzt 1985 in der Bibliothek Suhrkamp ein Nachdruck dieser Aphorismensammlung veröffentlicht.

Das Werk wurde auch in Band 10 von Hofmannsthals „Gesammelten

Werken in zehn Einzelbänden" (S. Fischer Verlag, Frankfurt 1980) aufgenommen, dort findet sich dieser Ausspruch auf Seite 249.

„Augen zu, Mund auf", das ist das ganze Weltgeheimnis.

Thomas Bernhard im Gespräch mit der Journalistin Krista Fleischmann. Befragt, ob er manchmal sein Leben und seine Arbeit rekapituliere, meinte Bernhard: „Ich kapituliere ja nicht, also werd ich auch nicht re-kapitulieren. ... Spannend kann nur das sein, was kommt im nächsten Moment. ... Müssen Sie sich überraschen lassen. ‚Augen zu', heißt es, ‚Mund auf' ..., Augen zu, Mund auf', das ist das ganze Weltgeheimnis."

Wir zitieren nach der als Buch veröffentlichten Abschrift: Thomas Bernhard, „Thomas Bernhard – Eine Begegnung. Gespräche mit Krista Fleischmann" (Edition S, Verlag der Österreichischen Staatsdruckerei, Wien 1991, S. 225).

Aus dem Verlangen nach dem Überflüssigen ist die Kunst entstanden.

Marie von Ebner-Eschenbach, zitiert nach der Ausgabe der „Aphorismen" im Insel-Verlag (Wiesbaden 1953, S. 16).

Ausgerechnet Bananen!

Frei nach der englischen Vorlage „Yes, we have no bananas", dichtete Fritz Löhner in den zwanziger Jahren diesen deutschen Schlagertitel, der zum geflügelten Wort für das Ausdrücken von größerer Verblüffung wurde. Während der Originaltext einen Obst- und Gemüsehändler beschreibt, der aus Prinzip nie das Wort „nein" verwendet und deshalb auch die Frage nach Bananen nur mit einem vorangestellten „ja" verneint, ist die löhnersche Fassung ganz anderen Fragestellungen gewidmet. Schon die ersten Zeilen kündigen an, worum es geht: „Meier ist ein Don Juan, und er weiß Bescheid:/Mit den Blumen fängt man an bei der Weiblichkeit!" – Diesmal hat Meier allerdings kein Glück, denn: „Ausgerechnet Bananen,/Bananen verlangt sie von mir!"

Nachzulesen ist der Text in der von Christian Seiler herausgegebenen Anthologie „Die beliebtesten Schlager der 20er Jahre" (Perlen-Reihe Band 1014, Deuticke Verlag, Wien-München o. J., S. 181f).

B

Bei Anwesenheit gewisser Geister bin ich geistes*abwesend*.

Alfred Grünewald, zitiert nach: „Lass meine Seele dir Heimat sein", eine Aphorismensammlung, die Hans Weigel in die von ihm herausgegebene Reihe „Bibliothek Wiederaufnahme Österreichischer Literatur des 20. Jahrhunderts" (Verlag Jungbrunnen, Wien-München 1990) aufnahm. Der zitierte Ausspruch findet sich auf Seite 88.

Bei Männern, welche Liebe fühlen

Ein Zitat aus der Oper „Die Zauberflöte" von Wolfgang Amadeus Mozart: Pamina, die Tochter der Königin der Nacht, wird von dem Sonnenkönig Sarastro in seinem Reich festgehalten. Prinz Tamino hat zusammen mit dem Auftrag, Pamina zu befreien, ein Bild von ihr erhalten und sich sofort heftig in sie verliebt. Gegen Ende der 2. Szene des 1. Aufzugs erfährt sie, dass er unterwegs ist, um sie zu retten. Als Pamina von seinem Aufbruch hört, singt sie zusammen mit dem Vogelfänger Papageno das Duett: „Bei Männern, welche Liebe fühlen,/Fehlt auch ein gutes Herze nicht".

Heute wird dieses Zitat, entgegen der ursprünglichen Verwendung, gern spöttisch eingesetzt, um auf ausgefallene Verhaltensweisen verliebter Männer anzuspielen.

Beim Denken ans Vermögen leidet oft das Denkvermögen.

Im Anhang der Karl-Farkas-Biografie „Das große Karl Farkas Buch" von Georg Markus finden sich einige kurzgefasste Definitionen und Bonmots des Altmeisters des Wiener Kabaretts. Der hier zitierte Ausspruch ist dort auf Seite 295 nachzulesen (Amalthea Verlag, Wien-München 1993).

Besser ein mittelmäßiger Frieden als glücklicher Krieg.

So mahnte Maria Theresia ihren Sohn Joseph II. in einem Brief vom 8. Juni 1778 anlässlich des bayrischen Erfolgekrieges. Sie hatte zwar selbst Krieg führen müssen, um ihre Erbansprüche durchzusetzen, war aber ein Leben lang bestrebt, Konflikte gütlich beizulegen. Schon im April des selben Jahres hatte sie Joseph beschworen, diesen Feldzug zu überdenken: „Was für ein abscheuliches Gewerbe ist doch der Krieg, gegen die Menschlichkeit und gegen das Glück!", schrieb sie ihm am 12. April.

Doch ihre Bemühungen blieben fruchtlos, erst am 13. Mai 1779 kam nach einer Pattsituation auf dem Schlachtfeld der Friede von Teschen zustande, in dem Österreich immerhin das Innviertel zugeschlagen wurde.

Siehe: „Die Mutter und die Kaiserin. Briefe der Maria Theresia an ihre Kinder und Vertrauten." Aus dem Französischen übertragen und herausgegeben von Carl Rothe, Herold Verlag, Wien 1968, S. 65).

Besser, es wird einem nichts gestohlen. Dann hat man wenigsten keine Unannehmlichkeiten mit der Polizei.

Karl Kraus, „Tagebuch", in der „Fackel" Nr. 250 vom 14. April 1908, Seite 43.

Bildung ist das, was die meisten empfangen, viele weitergeben und wenige haben.

Karl Kraus, „Tagebuch", in der „Fackel" Nr. 277 vom 31. März 1909, Seite 58.

Bleib'n ma no a Wengerl sitzen.

Diese Aufforderung stammt aus einem Wienerlied, dem sie auch den Titel gab. Sie wird gern in fröhlicher Runde zitiert, sei es beim Heurigen oder anderswo, wenn niemand rechte Lust zum Aufbrechen verspürt. Den Text des Liedes verfassten Hugo Wiener und Josef Kunerth, der auch die Melodie schrieb.

Blumen sind an jedem Weg zu finden, /Doch nicht jeder weiß den Kranz zu winden.

Ein Spruch von Anastasius Grün, nachzulesen im 3. Band der von Eduard Castle besorgten Ausgabe der Werke Grüns in sechs Teilbänden (Deutsches Verlagshaus Bong & Co, Berlin o. J., S. 91).

Böhmen liegt am Meer.

Das in sich widersinnige Zitat ist der Titel eines Gedichtes von Ingeborg Bachmann. Bachmann verwendet dieses poetische Bild als Metapher für ein unerreichbares Land, welches die (unerfüllten) Sehnsüchte der Menschen symbolisiert. Sie bezieht sich dabei auf die Verbindung von Meer und Böhmen in William Shakespeares „Wintermärchen", das abwechselnd in Sizilien und in Böhmen spielt. Die 6. Szene des 3. Aufzuges zeigt „Böhmen, nahe an der See" – eine geografische Angabe, die heutigem Verständnis nach nur im Märchen möglich ist.

Milo Dor schreibt dazu: „In den mittelalterlichen Chroniken des Russen Nestor sowie der Polen Kudlubek, Boguchwal und Dlugosz-Longinus wird von dem kroatischen Adligen Czech erzählt, der wegen einer Mordsache in den Norden fliehen muss und dort das tschechische Reich gründet. ... Lange Zeit herrschte bei den Tschechen die Meinung vor, sie seien Abkommen der Südslawen, die entlang des adriatischen Meeres lebten. Damit kann man nun die poetischen Variationen leichter erklären." Wir zitieren nach: „Meine Reisen nach Prag", aus dem Band „Schriftsteller und Potentaten", einer Auswahl von Essays, Aufsätzen und Reden des Autors (Picus Verlag, Wien 1991, S. 130).

Brüder, reicht die Hand zum Bunde!

Das „Bundeslied" der Freimaurer wurde auch über Freimaurerkreise hinaus bekannt und populär. Es beginnt mit den Worten: „Brüder, reicht die Hand zum Bunde! /Diese schöne Feierstunde /führ' uns hin zu lichten Höh'n!"

Der Text stammt von Franz Gerhard Wegeler, die Melodie von Johann Hol(t)zer. Diese Melodie sollte eineinhalb Jahrhunderte später zur Melodie der österreichischen Bundeshymne werden, die am 25. Februar 1947 in der heute noch gültigen Form eingeführt wurde. Damals ging man noch davon aus, dass Wolfgang Amadeus Mozart der Komponist sei.

In einer früheren Fassung hatte das Lied einen anderen Text, der weniger bekannt ist: „Lasst uns mit geschwungnen Händen, /Brüder, diese Arbeit enden, /unter frohem Jubelschall!" Damals lautete der Titel übrigens „Kettenlied". Der Name spielt darauf an, dass die Freimaurer das Lied zum Abschluss ihrer Versammlungen mit verschlungenen Händen als Zeichen ihrer Gemeinschaft zu singen pflegten.

Brüderlein fein, Brüderlein fein

Das Lied der „Jugend" aus dem Zaubermärchen mit Gesang „Das Mädchen aus der Feenwelt oder Der Bauer als Millionär" von Ferdinand Raimund enthält die bekannten Zeilen „Brüderlein fein, Brüderlein fein, /Musst mir ja nicht böse sein!", mit denen sich die Jugend vom alternden Millionär verabschiedet. Nachzulesen ist das Lied in: „Raimunds Werke in zwei Bänden" (herausgegeben von Franz Hadamowsky, Das Bergland-Buch, Salzburg 1971, Bd. 1, S. 274-276).

Die Musik zum „Bauer als Millionär" schrieb Joseph Drechsler. Die Melodie zum Lied der „Jugend" stammt allerdings von Raimund selbst, der in der Uraufführung am 10. November 1826 auch die Hauptfigur Fortunatus Wurzel spielte, einen ehemaligen Waldbauern, der Millionär wird.

C

Chacun à son goût.

Dieses geflügelte Wort („Jeder nach seinem Geschmack“) findet sich im Couplet des Prinzen Orlowsky aus der Operette „Die Fledermaus“ von Johann Strauss Sohn: „’s ist mal bei mir so Sitte, /Chacun à son goût“ lautet der Refrain, der gerne achselzuckend als Kommentar zu unverständlichen Vorlieben eines Mitmenschen eingesetzt wird. Der Text stammt von Carl Haffner und Richard Genée, die sich an dem Stück „Réveillon“ von Henri Meilhac und Ludovic Halévy orientierten. Johann Strauss komponierte diese berühmte Operette in den Jahren 1873/74, sie wurde sofort ein Erfolg.

Charakter ist seltener als Verstand.

Erzherzog Carl besiegte 1809 in der Schlacht bei Aspern Napoleon, wurde aber kurz danach von diesem bei Wagram geschlagen. Am Wiener Heldenplatz erinnert ein Denkmal an den Reformer des österreichischen Heeres.

Erzherzog Carls gesammelte Schriften beinhalten eine Zusammenstellung von Aphorismen, die im Jahr 1893 auch als eigenständiges Buch herausgegeben wurde. Wir zitieren nach dieser Ausgabe, die im Verlag Braunmüller in Wien erschien; der obige Ausspruch findet sich auf Seite 39.

Così fan tutte.

Titel einer komischen Oper von Wolfgang Amadeus Mozart (Libretto von Lorenzo da Ponte), die im Jahr 1790 uraufgeführt wurde.

„Così fan tutte“ bedeutet so viel wie „So machen es alle Frauen“ oder „So sind sie halt, die Frauen“: Die Offiziere Fernando und Guglielmo wetten auf die Treue ihrer Bräute und stellen sie auf die Probe – was für alle Beteiligten einige Irrungen und Wirrungen und die Erkenntnis mit sich bringt, dass man mit Gefühlen nicht spielen sollte. Der Untertitel dieses Werks ist bezeichnenderweise „La scuola degli amanti“ („Die Schule der Liebenden“).

D

Da geh' ich zu Maxim.

Aus Franz Lehárs Operette „Die lustige Witwe" (1905) stammt dieses populäre Couplet. Es ist das Auftrittslied des Grafen Danilo Danilowitsch, eines Gesandtschaftssekretärs in Paris. Seine Aufgabe als Diplomat ist, so Danilowitsch, durchaus wichtig, doch unentbehrlich ist ihm das Pariser Nachtleben: Der Graf fühlt sich bei Maxim ganz zu Hause: „ ... dort bin ich sehr intim, ich duze alle Damen, nenn' sie beim Kosenamen ... sie lassen mich vergessen / das teure Vaterland."

Der Text wird oftmals zitiert als „Da geh ich ins Maxim", da er ja auf das berühmte Nachtlokal Chez Maxim anspielt; in dem von Victor Léon und Leo Stein verfassten Text der Operette findet er sich jedoch in der hier wiedergegebenen Form. Wir zitieren nach dem Klavierauszug mit Text, der 1982 zur Erinnerung an die 500. Aufführung der Operette vom Glocken-Verlag (London) zusammen mit dem Verlag Doblinger (Wien) herausgegeben wurde (S. 32).

Da streiten sich die Leut herum / oft um den Wert des Glücks.

So beginnt das „Hobellied" aus Ferdinand Raimunds Zaubermärchen „Der Verschwender". In der 6. Szene des 3. Aktes singt Valentin:

Da streiten sich die Leut herum,
oft um den Wert des Glücks,
der eine heißt den andern dumm,
am End weiß keiner nix.
Da ist der allerärmste Mann
dem andern viel zu reich.
Das Schicksal setzt den Hobel an,
und hobelt s' alle gleich.

Am Ende der letzten Strophe räsoniert Valentin, wie er dem Tod gegenübertreten wird, wenn der zu ihm „Brüderl kumm“ sagt: „Da leg ich meinen Hobel hin /und sag der Welt ade.“

Nachzulesen in: „Raimunds Werke in zwei Bänden“ (herausgegeben von Franz Hadamowsky, Das Bergland-Buch, Salzburg 1971, Bd. 2, S. 171-172).

Da wird einem halt angst und bang, die Welt steht auf kein Fall mehr lang.

Ein Vers aus Johann Nestroys Stück „Der böse Geist Lumpazivagabundus“ (3. Akt, 8. Szene). Er findet sich in einem Lied des Knieriem (der Rolle, die bei der Uraufführung am 11. April 1833 von Nestroy selbst gespielt wurde), der vom baldigen Untergang der Welt durch den Zusammenstoß mit einem Kometen überzeugt ist. In der Zeit der Entstehung des „Lumpazivagabundus“ kamen viele wichtige wissenschaftliche Erkenntnisse über Kometenbahnen an die breite Öffentlichkeit; dadurch erhielten populärwissenschaftliche Spekulationen üppige Nahrung.

Damit ein Mensch ganz er selbst werde, muss er vor allem die Einflüsse seiner Umgebung und seiner Erziehung überwinden.

Rosa Mayreder (1858-1938) hat sich in ihren Schriften sehr kritisch mit dem Einfluss der Erziehungsmethoden ihrer Zeit auseinandergesetzt, die ihr für die Selbstwerdung des Menschen mehr hinderlich als dienlich schienen. Wir zitieren nach dem von Hanna Schnedl zusammengestellten und eingeleiteten Band mit Essays von Rosa Mayreder: „Zur Kritik der Weiblichkeit“ (Verlag Frauenoffensive, München 1981, S. 53).

Dank vom Haus Österreich!

Dieser Ausruf wird gerne Franz Grillparzer zugeschrieben, stammt aber aus der Feder von Friedrich Schiller. In seinem Trauerspiel „Wallensteins Tod“ (2. Aufzug, 6. Auftritt) legt Schiller den ironisch gemeinten Ausspruch Oberst Buttler in den Mund, der Oktavio Piccolomini die sprichwörtliche Undankbarkeit des österreichischen Herrscherhauses in politischen Angelegenheiten erläutert. „Dank vom Haus Österreich“ bedeutet so viel wie Undank.

Dann sollen sie doch Kuchen essen!

So patzig soll Marie Antoinette, die jüngste Tochter Maria Theresias, die Klagen ihrer Untertanen, sie hätten kein Brot zu essen, abgewiesen haben. Aber wie so viele berühmte Worte ist auch dieser Ausspruch nie gefallen, jedenfalls nicht aus dem Mund von Marie Antoinette, der Gemahlin Ludwigs XIV. von Frankreich.

Im französischen Original heißt der Satz: „Qu'ils mangent de la brioche!" Diese Worte sind erfunden, und zwar schon 1760 von Jean-Jacques Rousseau, als Marie Antoinette gerade erst fünf Jahre alt war. Rousseau hatte sie in seinen „Confessions" einer anonymen „großen Fürstin" in den Mund gelegt.

Später wurde dieser Satz Marie Antoinette zugeschrieben – nicht, weil sie ihn wirklich gesagt hatte, sondern weil sie ihn hätte sagen können, galt sie doch als hochmütig, oberflächlich und verschwenderisch. Sie verkörperte den selbstsüchtigen, aller Not gegenüber unempfindlichen Hochadel. Nach dem Ausbruch der Französischen Revolution 1789 wurde sie im August 1793 inhaftiert und nach kurzem Prozess enthauptet.

Ferdinand Kürnberger erklärt im Jahr 1871 die ablehnende Haltung Österreichs gegenüber allen reformistischen und aufklärerischen Bestrebungen aus diesem Geschehen: „Als das Haupt der Marie Antoinette fiel, verlor jedes Haus, jede Familie in Österreich eine Tochter, eine Schwester. Das österreichische Volksherz ... war an seiner empfindlichsten Stelle verwundet. ... Die Rückwärtsstrebenden zeigten jetzt auf das Blutgerüst, welches die Tochter Österreichs bestiegen, und sagten sophistisch: ‚Seht, das sind die Wege der Aufklärung! Aufklärung heißt es am Anfang, Guillotine heißt es am Ende.'" (Ferdinand Kürnberger in: „Werke Band 2: Literarische Herzenssachen", Georg Müller Verlag, München-Leipzig 1911, S. 261f.).

„Darf ich aufrichtig sein?" – Einmal ein Manierlicher. Er fragt wenigstens.

Alfred Grünewald, zitiert nach „Lass meine Seele dir Heimat sein" in der von Hans Weigel herausgegebenen Reihe „Bibliothek Wiederaufnahme Österreichischer Literatur des 20. Jahrhunderts" (Jungbrunnen Verlag, Wien-München 1990). Der Ausspruch findet sich auf Seite 87.

Das Alter verklärt oder versteinert.

Marie von Ebner-Eschenbach, zitiert nach der Ausgabe der „Aphorismen" im Insel-Verlag (Wiesbaden 1953, S. 10).

Das Anthropozentrische ist auch eine Art von Chauvinismus.

Hofmannsthal wendet sich mit diesem Zitat gegen eine Weltsicht, die den Menschen als Maß aller Dinge ansieht. Eine solche Einstellung weist er als Überheblichkeit zurück.

Nachzulesen ist dies im „Buch der Freunde", das zunächst in einer Auflage von nur 800 Stück 1922 im Insel-Verlag erschien. Unter dem gleichen Titel wurde zuletzt 1985 in der Bibliothek Suhrkamp ein Nachdruck dieser Aphorismensammlung veröffentlicht.

Das Werk wurde auch in Band 10 von Hofmannsthals „Gesammelten Werken in zehn Einzelbänden" (S. Fischer Verlag, Frankfurt 1980) aufgenommen, dort findet sich dieser Ausspruch auf Seite 275.

Das Buchenwaldlied

Der Wiener Operettenlibrettist und Liedertexter Fritz Löhner war einer der wichtigsten deutschsprachigen Schlagertexter der zwanziger Jahre. Unter anderem arbeitete er sehr erfolgreich als Librettist für Franz Lehár und war Schöpfer zahlreicher heute noch populärer Titel. Am 13. März 1938 wurde er als einer der prominentesten Juden Wiens von der Gestapo verhaftet. Zunächst brachte man ihn ins Konzentrationslager Dachau, bald darauf nach Buchenwald.

Dort schrieb er Ende 1938 das „Buchenwaldlied", die offizielle Hymne des Konzentrationslagers. Die Musik dazu komponierte der gemeinsam mit ihm inhaftierte Hermann Leopoldi. Da Löhner und Leopoldi Juden waren, durften sie nicht offiziell als Schöpfer dieses Liedes aufscheinen; an ihrer Stelle gab sich ein nichtjüdischer Leidensgenosse als Autor und Komponist aus.

Der Auftrag, diese Hymne zu schreiben, ging von der Lager-SS aus. Im Unterschied dazu wurde das ebenfalls von zwei Österreichern (Jura Soyfer und Herbert Zipper) geschaffene „Dachaulied" mit dem Refrain „Doch wir haben die Losung von Dachau gelernt" inoffiziell verbreitet. Beide Lieder werden heute vielfach bei Gedenkveranstaltungen intoniert und sind durch ihre eindrucksvollen Texte und Melodien darüber hinaus bekannt geworden. Der Refrain des Buchenwaldliedes lautet:

O Buchenwald, ich kann dich nicht vergessen,
weil du mein Schicksal bist.
Wer dich verließ, der kann es erst ermessen,
wie wundervoll die Freiheit ist!
O Buchenwald, wir jammern nicht und klagen,
und was auch unser Schicksal sei,
wir wollen trotzdem ja zum Leben sagen,
denn einmal kommt der Tag: dann sind wir frei!

Ein Zitat aus diesem Refrain verwendete der österreichische Psychiater Viktor Frankl als Titel der Erinnerungen an seine Zeit im KZ „... trotzdem Ja zum Leben sagen“ (dtv, München 1977).

Hermann Leopoldi und Herbert Zipper gelang es nach ihrer Freilassung 1939 zu emigrieren; Jura Soyfer starb 1939 in Buchenwald. Fritz Löhner starb am 4. Dezember 1942 im Lager Monowitz/Auschwitz.

Das Burgtheater wird alles überleben.

Thomas Bernhard im Gespräch mit der Journalistin Krista Fleischmann. Wir zitieren nach der als Buch veröffentlichten Abschrift: Thomas Bernhard, „Thomas Bernhard – Eine Begegnung. Gespräche mit Krista Fleischmann“ (Edition S, Verlag der Österreichischen Staatsdruckerei, Wien 1991, S. 175).

Das Denken ist ein an der Unmöglichkeit seiner Befriedigung abgeprallter Trieb.

Anton Wildgans in: „Zu Zeit und Welt“, Historisch-Kritische Gesamtausgabe der Werke, Band 7. Der hier zitierte Ausspruch stammt aus Wildgans’ Notizbüchern; in der Ausgabe von 1958 (Verlage Bellaria, Wien und Anton Pustet, Salzburg) ist er auf Seite 44 nachzulesen.

Das eben ist der Liebe Zaubermacht.

Der Satz stammt aus dem Trauerspiel „Sappho“ von Franz Grillparzer. Sappho beschreibt nach ihrem Sieg im Dichterwettstreit in Olympia ihre

Liebe zu dem Jüngling Phaon, den sie aus Olympia mit in ihre Heimat Lesbos nimmt:

Das eben ist der Liebe Zaubermacht,
Dass sie veredelt, was ihr Hauch berührt,
Der Sonne ähnlich, deren goldner Strahl
Gewitterwolken selbst in Gold verwandelt.

Nachzulesen ist dieses Zitat in: Franz Grillparzer, „Sämtliche Werke" (Carl Hanser Verlag, 2., erweiterte Auflage, München 1970, Bd. 1, S. 728).

Das Eigenartige an den Menschen ist wohl, dass es zum guten Ton gehört, mit einem Schuldkomplex zu kokettieren.

„Lauf Alter. Die Welt ist hinter dir her" ist der Titel einer Erzählung von Helmut Eisendle (Deuticke Verlag, Wien 2000): Ein Mann von Ende fünfzig steigt einsam auf einen Berg und lässt dabei seine Gedanken schweifen. Das Zitat findet sich auf Seite 70.

Das einzige Ende, worauf es ankommt, ist das nocht nicht verkündete Ende des Elends.

Erwin Chargaff gehört mit seinen wissenschafts- und kulturkritischen Essays zu den profiliertesten Kritikern der modernen Naturwissenschaften. Geäußert hat der den Ausspruch in: „Bedauerliche Erfüllung einer Vorhersage – Zu einigen Sätzen von Adalbert Stifter". Wir zitieren nach dem Abdruck des Textes in dem Band „Vermächtnis", einer Essay-Sammlung von Chargaff (Ernst Klett, Stuttgart 1992, S. 85).

Das erotische Vergnügen ist ein Hindernisrennen.

Karl Kraus, „Kehraus", in der „Fackel" Nr. 229 vom 2. Juli 1907, Seite 5.

Das Familienleben qualifiziert sich als Eingriff in das Privatleben.

Karl Kraus, „Tagebuch", in der „Fackel" Nr. 270 vom 19. Jänner 1909, Seite 34.

Das Fremde zu schauen hindert die Fremdheit, das Vertraute zu erkennen verwehrt die Vertrautheit.

Hugo von Hofmannsthal im „Buch der Freunde“, das zunächst in einer Auflage von nur 800 Stück 1922 im Insel-Verlag erschien. Unter dem gleichen Titel wurde zuletzt 1985 in der Bibliothek Suhrkamp ein Nachdruck dieser Aphorismensammlung veröffentlicht.

Das Werk wurde auch in Band 10 von Hofmannsthals „Gesammelten Werken in zehn Einzelbänden“ (S. Fischer Verlag, Frankfurt 1980) aufgenommen, dort findet sich dieser Ausspruch auf Seite 265.

Das Geheimnis des Agitators ist, sich so dumm zu machen, wie seine Zuhörer sind, damit sie glauben, sie seien so gescheit wie er.

Karl Kraus , „Sprüche und Widersprüche“, in der „Fackel“ Nr. 275 vom 25. März 1909, Seite 29.

Das Geheimnis und die Aufgabe des Künstlers: Das Chaos „ich“ mit der Welt „du“ zu versöhnen.

Im Jahr 1996 wurden die Werke des Schriftstellers Josef Weinheber in einer Neuausgabe im Otto Müller Verlag publiziert. Im 3. Band dieser Ausgabe finden sich einige aus verschiedenen Handschriften zusammengestellten Notizen und Aphorismen; der hier zitierte Satz ist auf Seite 526 nachzulesen.

Das gemeinsame Haus Europa

Dieser Ausdruck stammt aus Michail Gorbatschows Buch „Perestroika. Die Zweite Russische Revolution“ (Verlag Droemer Knaur, München 1987). Er spricht wörtlich von „Europa, unser gemeinsames Haus“ und gab seinem zweiten Buch diesen Titel („Das gemeinsame Haus Europa“, Econ Verlag, Düsseldorf 1989). Das Bild von Europa als Haus findet sich allerdings bereits früher: Für die erste Ausgabe der österreichischen Ausgabe der Zeitschrift „Weltbühne“ vom 29. September 1932 schrieb Kurt Tucholsky in Wien einen Leitartikel, in dem sich der Satz findet: „Europa ist ein großes Haus.“

Der Chefredakteur der „Weltbühne“, Carl von Ossietzky, hatte zusammen mit Tucholsky bereits seit 1930 überlegt, für den Fall einer nationalsozialistischen Machtergreifung in Deutschland die Zeitschrift ins Ausland zu verlagern. Als Ossietzky 1932 wegen eines Artikels inhaftiert wurde, der die Verwendung von Geldern des Verkehrsministeriums für militärische Zwecke aufdeckte, fiel die Wahl Tucholskys auf Wien als Standort für eine Auslandsversion der „Weltbühne". Die Zeitung wurde dort allerdings nur kurze Zeit herausgegeben (unter der Leitung von Willi Schlamm), nach Übersiedlungen nach Prag und Paris stellte sie 1939 ihr Erscheinen ein.

Das Glück ist ein Vogerl.

Diese Redewendung wurde vermutlich erst durch ein Wienerlied so richtig populär. Der Text des Liedes stammt von Alexander von Biczo, die Musik von Karl Kratzl. Der Refrain beginnt mit folgenden Worten:

Das Glück is a Vogerl,
gar liab, aber scheu,
es lasst si schwer fangen,
aber fortg'flog'n is glei.

Der Text ist nachzulesen in dem Band „Die schönsten Wiener Lieder. Gesammelt und herausgegeben von Leo Parthé" (Perlen-Reihe Band 1015, Deuticke, 4., völlig neu bearbeitete Auflage, Wien-München o. J., S. 40).

Das Glück liegt im Detail und nicht im großen Aufriss.

Ein Satz von Milo Dor, nachzulesen in dem Text „An meinen Sohn". Wir zitieren nach dem Band „Schriftsteller und Potentaten", einer Auswahl von Essays, Aufsätzen und Reden des Autors (Picus Verlag, Wien 1991, S. 15).

Das goldene Wiener Herz

Ein in Wienerliedern vielbesungenes Organ. Beispielsweise heißt es da: „Göttliches, goldenes Wienerherz / du bist – i nimm's net z'ruck / Dem Herrgott sei Masterstuck" (Text und Musik von J. P. Fiebrich). Diese und andere Verse, die sich dem goldenen Wiener Herzen widmen, sind nachzulesen in Peter Wehles Buch „Singen Sie wienerisch?" (Ueberreuter Verlag, Wien 1986, S. 61 – 62).

Von Josef Czermak stammt ein Lied, welches „Das goldene Wiener Herz" gleich als Titel trägt. Die vierte Strophe lautet:

Drum kommen d'Weaner a in Himmel h'nauf,
Der Petrus, der macht gleich das Türl auf
Und sagt zum Herrgott:" Schau, jetzt ruckens an,
dö Weaner, dö nur Gutes hab'n getan."
Der Strauß und der Lanner greifen zu dö Geig'n,
Und a der alte Drahrer tuat sich zeig'n.
Im Himmel droben wird bei Lust und Scherz,
Gefeiert dann das goldne Wienerherz.

Das größte Verhängnis des Wiener Lebens ist es, Stammgast zu sein.

Karl Kraus, „Illusionen", in der „Fackel" Nr. 237 vom 2. Dezember 1907, Seite 12. Karl Kraus ergänzt anschließend: „Man muss sich für Individualitäten interessieren, für die man sich nicht interessieren möchte, und wird einer Aufmerksamkeit teilhaftig, die man nicht wünscht. Der einzige Vorteil besteht darin, dass einem bei der Begrüßung sein Name zugerufen wird, den man ja immerhin vergessen haben könnte und den sich nun wenigstens die anderen Stammgäste zuverlässig merken."

Das Gute wird erst gut durch Güte.

Karl Heinrich Waggerl in: „Kleine Münze", Aphorismen (Otto Müller Verlag, Salzburg 1957). In Waggerls „Sämtlichen Werken" (Otto Müller Verlag, Salzburg-Wien 1970, Neuauflage 1997) sind die Sinnsprüche in Band 2 abgedruckt. Das Zitat findet sich dort auf Seite 640.

Das Gesetz der Weltgeschichte ist nichts anderes, als der Staatsgrundsatz des „Fortwurstelns" im alten Kakanien.

Dieser Satz findet sich als „Abschweifung zwei" im 83. Kapitel von Robert Musils „Mann ohne Eigenschaften". Das vollständige Zitat lautet: „Abschweifung zwei: Das Gesetz der Weltgeschichte – fiel ihm dabei ein – ist nichts anderes, als der Staatsgrundsatz des ‚Fortwurstelns' im alten Kakanien."

Wir zitieren nach: Robert Musil, „Der Mann ohne Eigenschaften" (I, Erstes und Zweites Buch, herausgegeben von Adolf Frisé, Rowohlt Taschenbuch, Reinbek bei Hamburg 1987, S. 361).

Das Halbwahre ist verderblicher als das Falsche.

Ernst von Feuchtersleben (1806-1849) in „Lebensblätter", einer Sammlung von Aphorismen und Notizen zu unterschiedlichsten Themengebieten. Wir zitieren hier nach der 3. (unveränderten) Auflage aus dem Jahr 1851 (Verlag Josef Stöckholzer von Hirschfeld, Wien-Leipzig), in welcher dieses Zitat auf Seite 214 steht.

Das Herz wird immer verstanden.

„Literarische Herzenssachen" lautet der Titel einer Anthologie mit „Reflexionen und Kritiken" des Feuilletonisten Ferdinand Kürnberger (1821-1879). In der Vorrede des Buches erläutert Kürnberger zu diesem Titel: „Er erklärt sich von selbst. Das Herz wird immer verstanden."

Ferdinand Kürnberger, „Werke. Band 2: Literarische Herzenssachen" (Georg Müller Verlag, München- Leipzig 1911, S. 4).

Das höchste der Gefühle

In der „Zauberflöte" von Wolfgang Amadeus Mozart findet sich neben manch anderen zu geflügelten Wörtern gewordenen Textpassagen auch dieser populäre Ausdruck. Im Duett Papagena /Papageno im 2. Akt malen sich die beiden aus, wie sie eine Familie gründen und Kinder bekommen werden. Und dabei verwenden sie freudig diesen Begriff.

Entgegen der heutigen, oftmals spöttischen Auslegung im Sinne von „etwas Besseres gibt es nun mal nicht", ist bei Mozart mit dem Ausdruck „das höchste der Gefühle" so viel wie das „schönste aller möglichen Gefühle" gemeint: Die Redewendung hat im Lauf der Zeit eine Bedeutungsverschiebung erfahren.

Das ist das Wunderbare an dieser Jugend in meinen Augen, dass sie mit dieser Welt, die wir ihr präsentieren, *nicht* zufrieden ist.

Erwin Ringel in: „Eine neue Rede über Österreich" (In: „Die österreichische Seele. Zehn Reden über Medizin, Politik, Kunst und Religion", Europa Verlag, Hamburg-Wien, 13. Auflage 2001, Seite 40).

Das ist der ganze Unterschied beim Staunen: der eine tut's mit offenem Mund, der andere mit offenen Augen.

Alfred Grünewald, zitiert nach „Laß meine Seele dir Heimat sein", eine Auswahl aus seinem Werk, enthalten in der von Hans Weigel herausgegebenen Reihe „Bibliothek Wiederaufnahme Österreichischer Literatur des 20. Jahrhunderts" (Verlag Jungbrunnen, Wien-München 1990). Der zitierte Ausspruch findet sich auf Seite 89.

Das ist der Jargon der Staatsmänner! Sie geben uns in den kriegerischen Ausdrücken die Hoffnung, dass der Friede erhalten bleibt.

Mit diesen Sätzen kommentierte Karl Farkas in einer Doppelconference mit Fritz Grünbaum die Politik der dreißiger Jahre. Das vollständige Zitat lautet:

> *Farkas: ... überhaupt, es wird viel zu viel geredet.*
> *Grünbaum: Das sag ich auch. Alle reden! In Rom, in Berlin, in London,in Paris ... dabei schlägt jeder auf den Tisch, rasselt mit der Kanone und erklärt zum Schluss, er will den Frieden.*
> *Farkas: Das ist der Jargon der Staatsmänner! Sie geben uns in den kriegerischen Ausdrücken die Hoffnung, dass der Friede erhalten bleibt.*

Das Zitat findet sich in dem Ausstellungskatalog „Die Welt des Karl Farkas" (herausgegeben von Marcus G. Patka und Alfred Stalzer, Holzhausen Verlag, Wien 2001, S. 14).

Die friedlichen Zeiten, die bereits von kriegerischen Tönen begleitet wurden, waren für Grünbaum und Farkas 1938 mit dem „Anschluss" Österreichs endgültig vorbei: Farkas gelang unter schwierigsten Umständen die Flucht in die USA, Grünbaum jedoch wurde verhaftet und kam 1940 im KZ Dachau um.

Das ist ein weites Feld, von dem Ihr da redet.

Gewöhnlich wird dieser Ausspruch nach Theodor Fontanes Roman „Effi Briest" von 1895 zitiert, in dem er mehrfach von Effis Vater geäußert wird. Er findet sich allerdings auch schon 1857 in Adalbert Stifters Roman „Der Nachsommer" in der hier wiedergegebenen Version. Nachzulesen in der

„Gesamtausgabe“ der Werke von Adalbert Stifter (Kohlhammer Verlag, Stuttgart-Berlin-Köln 1997, Bd. 4.1, S. 123).

Die Tragikomödie „Das weite Land“ wiederum stammt von Arthur Schnitzler, der diesen Ausdruck als Sinnbild der menschlichen Seele verwendet.

Das Kind ist ein Buch, aus dem wir lesen und in das wir schreiben sollten.

Peter Rosegger in: „Wahrheiten und Weisheiten“ (Aphorismen, herausgegeben von Bertl Petri, Staackmann Verlag, München 1989). In diesem Band findet sich der hier zitierte Satz auf Seite 77.

Das Land des Lächelns

Der Titel der 1929 uraufgeführten Operette von Franz Lehár (Text von Fritz Löhner und Ludwig Herzer) wurde zum Sinnbild für die vermeintliche sanfte Freundlichkeit Südostasiens. Die Autoren orientierten sich an einer Vorlage von Viktor Léon, „Die gelbe Jacke“, dem Libretto einer mittelmäßig erfolgreichen Lehár-Operette, die am 9. Februar 1923 im Theater an der Wien uraufgeführt worden war. Das heute noch sehr beliebte „Land des Lächelns“ erzählt die Geschichte des Prinzen Sou-Chong, der sich – natürlich in Wien – in die Grafentochter Lisa verliebt. Diese folgt ihm in seine Heimat China, kann sich allerdings in dem fremden Land nicht zurechtfinden, was zur Trennung des Paares führt.

Das Leben hat an und für sich lauter Nachteile.

Thomas Bernhard sprach mit Kurt Hofmann über seine Arbeit, seine Einstellung zum Leben und vor allem zum Schreiben. Nachzulesen ist dieses programmatische Zitat in dem Band „Aus Gesprächen mit Thomas Bernhard“ (herausgegeben von Kurt Hofmann, Löcker Verlag, Wien 1988), auf Seite 39.

Bernhard führt weiter aus: „Weil in der Jugend ist es scheußlich, und man ist angegriffen, überall, und man hat keinen Halt, und wenn man einen hat, wird einem die Hand sofort abgehackt. Wenn man älter wird, hat man auch nichts davon, weil man die Dinge noch mehr durchschaut und außerdem alt wird. Es ist alles nicht sehr angenehm.“

Das Leben hat nur den einen Zweck, in seiner jeweiligen Form überwunden zu werden wie eine Krankheit.

Kaiserin Elisabeth zu Constantin Christomanos, ihrem Vorleser und Griechischlehrer, dem die vielseitig interessierte Kaiserin ihre Überlegungen zu verschiedenen Themenbereichen offen darlegte. So sind im Tagebuch von Christomanos viele ihrer Aussprüche und Gedanken überliefert, die von Renate Daimler zusammengestellt und in dem Band „‚Frei sollen die Frauen sein...' Gedanken der Kaiserin Elisabeth von Österreich" herausgegeben wurden (Verlag Christian Brandstätter, Wien 1998). Der hier zitierte Satz findet sich in diesem Buch auf Seite 22.

Das Leben ist eine Anstrengung, die einer besonderen Sache würdig wäre.

Karl Kraus , „Pro domo et mundo", in der„Fackel" Nr. 315 vom 26. Jänner 1911, Seite 36.

Das Leben ist eine fortwährende Anstrengung, die nicht einmal zur Besinnung darüber kommen lässt, wovon sie ablenkt.

Neben anderen Notizen findet sich in den „Nachgelassenen Schriften" von Franz Kafka dieses Bonmot. Nachzulesen in: Franz Kafka, „Schriften Tagebücher Briefe. Kritische Ausgabe" (herausgegeben von Jost Schillemeit, S. Fischer Verlag, Frankfurt 1992, Bd. 6.1, S. 34).

Das Leben ist eine Geburt des Willens und der Nötigung.

Ernst von Feuchtersleben in: „Lebensblätter", einer Sammlung von Aphorismen und Notizen zu unterschiedlichsten Themengebieten. Wir zitieren hier nach der 3. (unveränderten) Auflage aus dem Jahr 1851 (Verlag Josef Stöckholzer von Hirschfeld, Wien-Leipzig), in welcher dieses Zitat auf Seite 230 steht.

Das Leben ist eine Tapete, wo man hintritt, ein Muster.

H. C. Artmann veröffentlichte 1974 im Residenz Verlag eine Sammlung von Montagen und Sequenzen mit dem Titel „Unter der Bedeckung eines

Hutes“, in der sich der zitierte Ausspruch auf Seite 48 findet. Der gesamte Satz in der Originalorthografie lautet: „Das leben ist eine tapete, wo man hintritt ein muster, so ist es, wer könnte das leugnen?“

Das Leben ist einfach und das Sterben schön, wenn man fortschrittsgläubig ist.

In dem Essay „Am Rande leben“ aus dem Jahr 1952 setzt sich Milo Dor mit den gesellschaftlichen Auswirkungen des kommunistischen Systems auseinander, das es verstand, den Menschen den Eindruck gemeinschaftlicher Geborgenheit zu vermitteln. Wir zitieren nach dem Band „Schriftsteller und Potentaten“, einer Auswahl von Essays, Aufsätzen und Reden des Autors (Picus Verlag, Wien 1991, S. 15).

Das leere Wort ist voller Gift.

Erwin Chargaff in: „Bemerkungen“, eine Sammlung seiner Aphorismen, in der sich der hier zitierte Ausspruch auf Seite 71 findet (Verlag Klett-Cotta, Stuttgart 1981).

Das Lügen ist was Schrecklich's, man kommt immer mehr drein.

Dieser Satz stammt aus Johann Nestroys Posse „Nur keck“ (1. Akt, 5. Szene), die 1855 entstand, aber zu Nestroys Lebzeiten nicht aufgeführt wurde. Warum Nestroy, der 1854 nach dem Tod Karl Carls auch die Direktion des Carl-Theaters übernommen hatte, das fast fertige Stück nicht vollendete und zur Aufführung brachte, ist bisher nicht geklärt.

Das Protokoll der österreichisch-deutschen Beziehung würde als Autor einen Freud mit dem Nuancenreichtum eines Proust erfordern.

Dieses Bonmot findet sich in Hans Weigels „O du mein Österreich. Versuch des Fragments einer Improvisation für Anfänger und solche, die es werden wollen“ (Steingrüben Verlag, Stuttgart 1955, S. 90).

Das Publikum ist ja so dankbar, wenn es einmal jemanden mag.

Das Zitat stammt aus Helmut Qualtingers „Der Burschi und sein Publikum“ (Werkausgabe, Deuticke Verlag, Wien 1996, Band 4, S. 9). Dabei handelt es sich um das Gespräch eines älteren Schauspielers mit einem Papagei, der auf dem Dach seines Käfigs sitzt. Der Sketch beginnt mit folgenden Worten: „Geliebt wird er von seinem Publikum, der Burschi ... Und warum? Weil er immer sein Publikum geliebt hat. Das Publikum ist ja so dankbar, wenn es einmal jemanden mag.“

Der Monolog „Der Burschi und sein Publikum“ wurde in einer Produktion des Wiener Schauspielhauses in der Spielzeit 1980/81 unter der Regie von Helmut Qualtinger uraufgeführt. Er war Teil der Szenenfolge „Das Kleine Wiener Halbweltstheater“.

Das Repräsentieren geht auf die Bandscheiben.

Ein Zitat aus Helmut Qualtingers „Jahrhunderte blicken herab“. Zwei Würdenträger, wie es in den Regieanweisungen heißt, „haben sich mit Cocktailgläsern während eines Empfanges zurückgezogen“, und erörtern ihre ganz private Weltsicht: „Erster: Bist auch müd, Herr Professor? – Zweiter: Das Repräsentieren geht auf die Bandscheiben, Herr Hofrat. – Erster: Darf man weitererzählen? – Zweiter: Der Ausspruch stammt vom Sektionschef Sterntaler ...“

Nachzulesen ist der Text in Band 3 der fünfbändigen Qualtinger-Werkausgabe (Deuticke Verlag, Wien 1996, S. 212).

Das Schicksal macht lange die Augen zu, aber einmal sieht es uns doch.

Kaiserin Elisabeth zu Constantin Christomanos, ihrem Vorleser und Griechischlehrer. In seinem Tagebuch notierte er zahlreiche Aussprüche und Gedanken von „Sisi“, die von Renate Daimler zusammengestellt und in dem Band „‚Frei sollen die Frauen sein...‘ Gedanken der Kaiserin Elisabeth von Österreich“ herausgegeben wurden (Verlag Christian Brandstätter, Wien 1998). Der hier zitierte Satz findet sich auf Seite 29.

Das schlimmste Vorurteil, das wir aus unserer Jugendzeit mitnehmen, ist die Idee vom Ernst des Lebens.

Das beklagte Egon Friedell, für den Lehrer Spielverderber waren. Das Zitat stammt aus der Essay-Sammlung „Abschaffung des Genies“, Wien 1982, erläutert in: „Das Friedell-Lesebuch“ (herausgegeben von Heribert Illig, Verlag C.H. Beck, München 1988, S. 12).

Das Schönste am Seitensprung ist der Anlauf.

Im Anhang der Karl-Farkas-Biografie „Das große Karl Farkas Buch“ von Georg Markus finden sich einige kurzgefasste Definitionen und Bonmots des Altmeisters des Wiener Kabaretts. Der hier zitierte Ausspruch ist auf Seite 295 nachzulesen (Amalthea Verlag, Wien-München 1993).

Das Steigen ist anziehender als jede erreichte Spitze.

Kaiserin Elisabeth zu Constantin Christomanos, aus dessen Tagebuch von Renate Daimler Aussprüche und Gedanken der Kaiserin ausgewählt und in dem Band „‚Frei sollen die Frauen sein...‘ Gedanken der Kaiserin Elisabeth von Österreich“ herausgegeben wurden (Verlag Christian Brandstätter, Wien 1998, S. 54).

Der Satz bezieht sich auf das von der Kaiserin so sehr geliebte Bergsteigen.

Das Talent wird, das Genie ist.

Im Jahr 1996 wurden die Werke des Schriftstellers Josef Weinheber in einer Neuausgabe im Otto Müller Verlag, Salzburg, publiziert. Im 3. Band dieser Ausgabe finden sich einige aus verschiedenen Handschriften zusammengestellten Notizen und Aphorismen; der hier zitierte Satz ist auf Seite 526 nachzulesen.

Das Unbehagen in der Kultur

So lautet der Titel einer 1930 veröffentlichten sozialpsychologischen Schrift von Sigmund Freud. Er vertritt in diesem Werk die These, dass Menschen durch gesellschaftliche Zwänge (so ist „Kultur“ hier zu verstehen) daran gehindert werden, sich ihrem Triebleben ungehemmt hinzugeben. Deshalb müssten sie immer mehr Aggressionen verdrängen, woraus zunehmende Schuldgefühle entstünden – eben jenes „Unbehagen in der Kultur“.

Heute werden die Worte verwendet, um Unbehagen an der zeitgenössischen Kultur im eigentlichen Sinn des Wortes auszudrücken. Häufig wird das Zitat geringfügig umformuliert, und man spricht vom „Unbehagen an der Kultur“.

Das Unglück der Deutschen: Sie glauben, dass das Wort „Erotik" von „erröten" kommt.

Dieses Bonmot stammt von Anton Kuh. Wir zitieren nach dem Band „Luftlinien" (Löcker Verlag, Wien 1981), in dem sich das Zitat im Kapitel „Res publica oder Der Bürger" auf Seite 256 findet.

Das Universum ist pedantisch.

Alfred Grünewald in: „Lass meine Seele dir Heimat sein", eine Auswahl aus seinem Werk, nachzulesen in der von Hans Weigel herausgegebenen Reihe „Bibliothek Wiederaufnahme Österreichischer Literatur des 20. Jahrhunderts" (Verlag Jungbrunnen, Wien-München 1990). Der zitierte Ausspruch findet sich auf Seite 86.

Das Vergnügen erringt den Frieden.

Feldmarschall Charles Joseph Fürst von Ligne kommentierte den Wiener Kongress nicht nur mit dem schnell zum geflügelten Wort gewordenen Ausspruch „Der Kongress tanzt", mit dem er auf die zahlreichen gesellschaftlichen Veranstaltungen rund um den Kongress anspielte. Von ihm stammen auch die folgenden Zeilen, die sich ebenfalls auf die unterhaltsamen Veranstaltungen neben den politischen Verhandlungen beziehen: „Die Eintracht hat endlich die Völker verbunden, die so lange feindlich waren: ihre berühmtesten Vertreter geben das erste Beispiel dazu. Eine seltsame Sache, die man hier zum ersten Male sieht: das Vergnügen erringt den Frieden."

Wir zitieren nach der Anthologie „Wienärrische Welt. Witz, Satire, Parodie einst und jetzt" (herausgegeben von Hermann Hakel, Forum Verlag, Wien 1961, S. 14).

Das Wandern ist des Müllers Lust.

Das heute geflügelte Wort ist die Anfangszeile des Liedes „Wanderschaft" aus dem Zyklus „Die schöne Müllerin", den der deutschen Dichter Wilhelm Müller 1820 im ersten Bandes seiner Lyriksammlung „Siebenundsiebzig Gedichte aus den hinterlassenen Papieren eines reisenden Waldhornisten" veröffentlichte. Der Zyklus besteht aus zwanzig Liedern, die von der unerfüllten Liebe eines jungen Mannes handeln. Er wurde durch die Vertonung von Franz Schubert aus dem Jahr 1823 berühmt. Die erste Strophe dieses Liedes lautet:

Das Wandern ist des Müllers Lust,
Das Wandern!
Das muss ein schlechter Müller sein,
Dem niemals fiel das Wandern ein,
Das Wandern.

Das Wesentliche an der Existenz des Menschen ist seine Fähigkeit, sich nicht anzupassen.

Karl Heinrich Waggerl in: „Kleine Münze" (Aphorismen, Otto Müller Verlag, Salzburg 1957).

In Waggerls „Sämtlichen Werken" (Otto Müller, Salzburg-Wien 1970, Neuauflage 1997), sind die Sinnsprüche in Band 2 abgedruckt. Dieses Zitat findet sich dort auf Seite 643.

Das wichtigste im menschlichen Verkehr bleibt immer: die Leute bei schlechtem Gewissen zu erhalten

Dieses boshafte Bonmot findet sich unter den Aphorismen und Betrachtungen aus Arthur Schnitzlers Nachlass. Nachzulesen in: „Gesammelte Werke, Aphorismen und Betrachtungen" (herausgegeben von Robert Weiss, S. Fischer Verlag, Frankfurt 1977, Bd. 1, S. 273).

Das wichtigste Resultat aller Bildung ist die *Selbsterkenntnis.*

Dieser heute noch in vielen Zitatensammlungen anzutreffende Satz stammt von Ernst von Feuchtersleben. Er findet sich in seinem bekanntesten Werk, „Zur Diätetik der Seele", aus dem Jahr 1838 (Gerold Verlag, 28. Auflage, Wien 1865, S. 60). Dieses Buch war zu seiner Zeit ein Bestseller, es erlebte zahlreiche Auflagen und wurde vielfach übersetzt.

Feuchtersleben zeigt sich mit dieser Aussage der Tradition der Aufklärung verhaftet, der die Selbsterkenntnis des Menschen ein wichtiges Anliegen war: So gab etwa der deutsche Psychologe und Schriftsteller Karl Philipp Moritz in den Jahren 1783 bis 1793 eine Zeitschrift mit dem programmatischen Titel „Gnothi seauton" („Erkenne dich selbst") heraus.

Das Wörtliche ist der Bankrott des Wortes.

Alfred Grünewald in: „Lass meine Seele dir Heimat sein“, einer Auswahl aus seinem Werk, aufgenommen in die von Hans Weigel herausgegebene Reihe „Bibliothek Wiederaufnahme Österreichischer Literatur des 20. Jahrhunderts“ (Verlag Jungbrunnen, Wien-München 1990). Der zitierte Ausspruch findet sich auf Seite 96.

Dass es die Todesstrafe gibt, ist weniger bezeichnend für unsere Gesittung, als dass sich Henker finden.

Aphorismus von Franz Werfel, enthalten in dem Band „Zwischen oben und unten“, nachzulesen in den „Gesammelten Werken“ Werfels. Der zitierte Ausspruch findet sich dort auf Seite 797 (Langen-Müller Verlag, München-Wien 1975).

Dass Gott tot ist, wird gerne von denen ausgestreut, die sein Erbe anzutreten hoffen.

Erwin Chargaff in: „Bemerkungen“, eine Sammlung seiner Aphorismen, in der sich der hier zitierte Ausspruch auf Seite 41 findet (Verlag Klett-Cotta, Stuttgart 1981).

Dass irgendwo die Macht wirklich beim Volk liegt, das ist durch Wahlen alle paar Jahre und durch eine durch Massenmedien beeinflusste Wählerschaft, die nicht so denken gelernt hat, dass sie über die eigentlichen Hintergründe der Dinge entscheidet, keineswegs garantiert.

So skeptisch äußerte sich Erich Fried 1984 in einem Gespräch mit Helfried Brandl, nachzulesen in: „Nicht verdrängen, nicht gewöhnen. Texte zum Thema Österreich“ (herausgegeben von Michael Lewin, Europa Verlag, Wien 1987, S. 232).

Dein ist mein ganzes Herz!

Eines der vielen populären Lieder von Ludwig Herzer und Fritz Löhner. Dieses Lied stammt aus Franz Lehárs Operette „Das Land des Lächelns“.

Es wurde in der Interpretation durch Richard Tauber zum Riesenerfolg und ist heute noch eines der beliebtesten Operettenlieder.

Dein ist mein ganzes Herz!
Wo du nicht bist, kann ich nicht sein.
So wie die Blume welkt,
wenn sie nicht küsst der Sonnenschein!
Dein ist mein schönstes Lied,
weil es allein aus der Liebe erblüht.
Sag mir noch einmal, mein einzig Lieb,
oh sag noch einmal mir:
Ich hab dich lieb!

Dem Steirer ist alles natürlich.

Reinhard P. Gruber veröffentlichte im Jahr 1973 das Buch „Aus dem Leben Hödlmosers. Ein steirischer Roman mit Regie". In Teil III („kurzexcurse") finden sich unter dem Titel „kurzdefinitionen" folgende Ausführungen:

„- dem steirer ist nichts kunst, weil ihm alles kunst ist.
- dem steirer ist alles kunst, weil ihm nichts kunst ist.
- noch kürzer: dem steirer ist alles natürlich."

Wir zitieren nach der Sonderausgabe von 1982 (Residenz Verlag, Salzburg, S. 25).

Dem Zivilverstand ist auch auf dem Weg der Körperkultur schwer beizukommen.

Aus dieser lakonischen Feststellung besteht die Überschrift des 93. Kapitel in Robert Musils „Der Mann ohne Eigenschaften".

Nachzulesen in: Robert Musil, „Der Mann ohne Eigenschaften" (I, Erstes und Zweites Buch, herausgegeben von Adolf Frisé, Rowohlt Taschenbuch, Reinbek bei Hamburg 1987, S. 421).

Den Leuten ein X für ein U vormachen – wo ist die Zeitung, die diesen Druckfehler zugäbe?

Karl Kraus, „Tagebuch", in der „Fackel" Nr. 256 vom 5. Juni 1908, Seite 32. Kaum einen Berufsstand hat Kraus so nachhaltig angegriffen wie den von ihm als „Journaille" titulierten – das Zeitungswesen war *das* Feindbild schlechthin für Kraus.

Den Mist, auf dem er kräht, preist mancher als seine Erfahrung.

Richard von Schaukals Roman „Leben und Meinungen des Herrn Andreas von Balthessar" erschien erstmals 1907: Ein fiktiver Berichterstatter zeichnet die Ansichten des „Dandy" Balthessar nach und flicht dabei Äußerungen zur bürgerlichen Gesellschaft seiner Zeit in Glossen, Gesprächen und Aphorismen ein. Am Ende des Werks findet sich „Einiges aus Andreas von Balthessars leider nicht gesammelten Sinnsprüchen und Glossen" – dort ist auch dieses Zitat nachzulesen. (Herausgeber: Lotte von Schaukal und Joachim Schondorff, unter dem Titel: „Um die Jahrhundertwende", Verlag Albert Langen/Georg Müller, München-Wien 1965, S. 273).

Denk viel. Lies viel. Schreib viel. Äußere dich zu allem, aber *schweigend*.

Elias Canetti in: „Das Geheimherz der Uhr. Aufzeichnungen 1973-1985" (Fischer Taschenbuch Verlag, Frankfurt 1990, S. 72).

Denn alles Glück der Ehe besteht im gegenseitigen Vertrauen und in gegenseitiger Zuvorkommenheit.

Maria Theresia in ihrem Brief vom April 1766 an ihre Tochter Marie Christine zu deren Vermählung mit Albert von Sachsen –Teschen. Sie fährt in diesem Brief fort: „Die verrückte Liebe ist bald dahin – man muss einander achten und einer muss dem andern dienen, man muss Freundschaft für einander empfinden, um in einer Ehe glücklich zu leben. Nur so wird man die Widerwärtigkeiten dieser Welt ertragen können. Es stünde besser um viele Ehen, wenn man sich also verhalten würde." Die direkte Herzlichkeit des Briefes ist charakteristisch für die Korrespondenz dieser ungewöhnlichen Herrscherin.

(„Maria Theresia und ihre Zeit", Katalog zur Ausstellung zur 200. Wiederkehr des Todestages; 13. Mai bis 26. Oktober 1980, Wien, Schloß Schönbrunn, Residenz Verlag, Salzburg-Wien, S. 256)

Der Adler kann nicht vom flachen Boden wegfliegen; er muss mühselig auf einen Fels oder Baumstrunk hüpfen: von dort aber schwingt er sich zu den Sternen.

Hugo von Hofmannsthal im „Buch der Freunde", das zunächst in einer Auflage von nur 800 Stück 1922 im Insel-Verlag erschien. Unter dem gleichen Titel wurde zuletzt 1985 in der Bibliothek Suhrkamp ein Nachdruck dieser Aphorismensammlung veröffentlicht.

Das Werk wurde auch in Band 10 von Hofmannsthals „Gesammelten Werken in zehn Einzelbänden" (S. Fischer Verlag, Frankfurt 1980), aufgenommen. Dort findet sich dieser Ausspruch auf Seite 259.

Der alte Sünder, der kennt sich aus.

Der Refrain eines Wienerlieds von Hans Lang beginnt mit diesen Worten. Das Lied lobt neidvoll das Leben des „alten Sünders", der „trinkt und küsst" und deshalb ewig zwanzig bleibt, „so alt er ist". Den Text des Liedes schrieben Martin Costa und Erich Meder.

Nachzulesen ist der Text in dem Band „Die schönsten Wiener Lieder. Gesammelt und herausgegeben von Leo Parthé" (Perlen-Reihe Band 1015, Deuticke, 4., völlig neu bearbeitete Auflage, Wien-München o. J., S. 45).

Der alte Goethe und der Alte Fritz – sie haben sich beide mit dem Rücken zu ihrem Volk von ihm verehren lassen.

Dieses Bonmot stammt vom Anton Kuh. Wir zitieren nach dem Band „Luftlinien" (Löcker Verlag, Wien 1981), in dem sich das Zitat im Kapitel „Res publica oder Der Bürger" auf Seite 256 findet.

Der ans Ziel getragen wurde, darf nicht glauben, es erreicht zu haben.

Marie von Ebner-Eschenbach zitieren wir nach der Ausgabe der „Aphorismen" im Insel-Verlag (Wiesbaden 1953, S. 37).

Der Antisemitismus ist der Morphinismus der kleinen Leute.

Hermann Bahr stellte 1893 einige Interviews mit verschiedenen Persönlichkeiten zum Thema Antisemitismus zusammen, nachdem er nach Aufenthalten in Berlin, Paris und St. Petersburg – mit Abstechern nach Spanien und Nordafrika – wieder in Wien angelangt war. In seinem Vorwort kommentiert er die sehr unterschiedlichen Antworten, die er auf die von ihm verschickten Fragen erhalten hatte.

Unser Zitat findet sich in: Hermann Bahr, „Der Antisemitismus – ein internationales Interview" (herausgegeben und mit einem Nachwort versehen von Hermann Greive, Jüdischer Verlag, Königstein/Ts. 1979), auf Seite 15.

Der Aphorismus deckt sich nie mit der Wahrheit; er ist entweder eine halbe Wahrheit oder anderthalb.

Karl Kraus , „Tagebuch", in der „Fackel" Nr. 270 vom 19. Jänner 1909, Seite 32.

Der Aphorismus ist der wahre Homunculus; so klein und so komplett; und in seiner Vollkommenheit leicht widerlich.

Dass viele Aphoristiker ein ambivalentes Verhältnis zu den Produkten ihres Tuns haben, mag verständlich sein – wenige bringen es so deutlich auf den Punkt wie der bekannte Biochemiker und Kulturkritiker Erwin Chargaff. Unter dem Titel „Bemerkungen" gab er einer Sammlung seiner Aphorismen heraus, in der sich der hier zitierte Ausspruch auf Seite 29 findet (Verlag Klett-Cotta, Stuttgart 1981).

Der Balkan beginnt hinter Wien.

Von diesem geflügelten Ausspruch gibt es verschiedenste Varianten und nicht nur Wien erhebt den Anspruch, die letzte Bastion vor dem Balkan zu sein: In Hamburg heißt es beispielsweise, der Balkan beginne hinter dem dortigen Elbtunnel.

Was Wien betrifft, so gibt es verschiedene Angaben, wo denn genau die Grenze verlaufe. Sie kumulieren eindeutig im Südosten der Stadt: So werden etwa bei Peter Wehle wie auch in einem Essay von Theodor W. Adorno der Rennweg im 3. Wiener Gemeindebezirk genannt, eine alte Straße, die vom heutigen Schwarzenbergplatz Richtung Südosten führt.

Der von Adorno als Urheber des Ausspruches erwähnte, aber namentlich nicht genannte österreichische Staatsmann „aus dem 19. Jahrhundert“ soll Metternich gewesen sein. Sowohl der Feuilletonist Ferdinand Kürnberger als auch der Literat Karl Emil Franzos schreiben ihm derartige Aussagen zu. Franzos meint unter der Überschrift „Von Wien nach Czernowitz“: „Metternich erschien der Linienwall von St. Marx als Schranke“ (also die Stadtbefestigung in der Nähe des südöstlichen Ende des Rennweges). Kürnberger spricht von „Metternichs Bonmot ...: ‚Asien fängt auf der Landstraße an‘.“ Der Begriff „Asien“ wird hier als Gegensatz zu „europäisch“, d.h. „österreichisch“ resp. „deutsch“ verwendet. „Landstraße“ ist der Name des 1850 aus verschiedenen Vorstädten zusammengeschlossenen 3. Bezirkes, den Kürnberger als „ungarische Straßenherberge“ bezeichnet.

Nachzulesen sind die Zitate in: Theodor W. Adorno, „Wien, nach Ostern 1967“ (wir zitieren nach dem Abdruck in der von Ulrich Weinzierl herausgegebenen Anthologie „Lächelnd über seine Bestatter: Österreich“, Piper, München 1989, S. 407); Karl Emil Franzos, „Aus Halb-Asien: Land und Leute des östlichen Europas“ (wir zitieren nach dem Teilabdruck in: „Kritik und Dichtung“, Peter Lang Publishing, New York u. a. 1992, S. 55); Ferdinand Kürnberger, „Friedrich Schlögls ‚Wiener Blut‘“ in: „Werke, Band 2: Literarische Herzenssachen“ (Georg Müller Verlag, München-Leipzig 1911, S. 252); Peter Wehle, „Singen Sie wienerisch?“ (Verlag Carl Ueberreuter, Wien 1986, S. 23).

Der Bürokrat tut seine Pflicht von neun bis eins! Mehr tut er nicht!

In der Operette „Der Obersteiger“ von Carl Zeller (uraufgeführt im Jahr 1894) findet sich ein Couplet, dessen Refrain diese bekannten Worte bilden. Sie spiegeln eindrücklich die Wunschvorstellungen der k.u.k. Beamten wieder: In bestimmten gehobenen Positionen hatten diese eine tägliche Arbeitszeit von nur sechs Stunden. Zeller wusste, wovon er sprach, war er doch selbst als Ministerialrat im Unterrichtsministerium tätig.

Der Dialekt ist der natürliche Vater der hochdeutschen Sprache – oder ihr verkommener Sohn. Im ersten Fall heißt er Volksmundart, im letzteren – Jargon.

Peter Rosegger in: „Wahrheiten und Weisheiten“ (Aphorismen, zusammengestellt von Bertl Petri, Staackmann Verlag, München 1989). In diesem Band finden sich die hier zitierten Sätze auf Seite 106.

Der dritte Mann

Innerhalb weniger Wochen wurde im Nachkriegswien und seinem ausgedehnten unterirdischen Kanalsystem der weltbekannte Film mit Orson Welles in der Rolle des Penicillinschiebers Harry Lime gedreht. Der Titel wird heute gerne verwendet, um auf die gespenstische Zeit des besetzten Wien anzuspielen, aber auch als Metapher für Kriminelle, die skrupellos im Hintergrund die Fäden ziehen. Die begleitende Zithermusik von Anton Karas wurde ebenfalls weltberühmt und hat inzwischen Volksliedstatus angenommen. Vorlage für diesen Film war der gleichnamige Roman des englischen Schriftstellers Graham Greene.

Der Endzweck aller Kultur ist es, das was wir „Politik“ nennen, überflüssig, jedoch Wissenschaft und Kunst der Menschheit unentbehrlich zu machen.

Dieser Ausspruch stammt von Arthur Schnitzler. Er findet sich erstmals im „Buch der Sprüche und Bedenken“ von 1927. Nachzulesen in „Gesammelte Werke, Aphorismen und Betrachtungen“ (herausgegeben von Robert Weiss, S. Fischer Verlag, Frankfurt 1977, Bd. 1, S. 93).

Der Ehrgeiz, nicht ehrgeizig zu sein, ist ein großer Ehrgeiz.

Ilse Aichinger notierte während der Jahre 1950-1985 in ihren Aufzeichnungen eine Sammlung von Aphorismen und Gedanken zu verschiedenen Themenbereichen. Sie sind nachzulesen in dem Band „Kleist. Moos. Fasane“ (Fischer Taschenbuch Verlag, Frankfurt 1991), der zitierte Ausspruch findet sich auf Seite 46.

Der Ehstand bringt zwar viele Freuden, allein auch Kummer bringet er.

Zur bevorstehenden Hochzeit seiner Schwester Nannerl schrieb Wolfgang Amadeus Mozart im Jahr 1784 ein in scherzhaftem Ton gehaltenes Gedicht mit Ratschlägen für die zukünftige Ehefrau. Das Zitat bildet den Schlussvers der zweiten Strophe. Wir zitieren nach dem von Otto Schenk herausgegebenen Band „Sachen zum Lachen“ (Buchgemeinschaft Donauland Kremayr & Scheriau, Wien o. J., S. 130).

Der einfachste Mensch ist immer noch ein sehr kompliziertes Wesen.

Marie von Ebner-Eschenbach zitieren wir nach der Ausgabe der „Aphorismen“ im Insel-Verlag (Wiesbaden 1953, S. 45).

Der Eroberer hat immer recht.

Richard von Schaukal in: „Leben und Meinungen des Herrn Andreas von Balthessar“ (Roman, 1907), in dem Kapitel „Einiges aus Andreas von Balthessars leider nicht gesammelten Sinnsprüchen und Glossen“ (In: „Um die Jahrhundertwende“, herausgegeben von Lotte von Schaukal und Joachim Schondorff, Albert Langen/Georg Müller Verlag, München-Wien 1965, S. 289).

Der erste Sportbericht:
Im Himmel traf ein Kabel ein:
„Knockout schlug ich den Abel. Kain.“

Der Wiener Pianist Franz Mittler war Kapellmeister, Kammermusiker und Komponist und vor allem ein begnadeter Schüttelreimer. Friedrich Torberg, einer seiner glühendsten Verehrer, veröffentlichte viele der Mittler-Worträtsel in der von ihm von 1954-1965 herausgegebenen Zeitschrift „Forum“. Unser Reim stammt aus dem von Friedrich Torberg herausgegebenen Band: Franz Mittler, „Gesammelte Schüttelreime“ (Verlag Christian Brandstätter, Wien 1991, S. 63).

Der Fahrplan der Österreichischen Bundesbahnen ist ein Kompendium von Annährungswerten.

Dieses Bonmot findet sich in Hans Weigels „O du mein Österreich. Versuch des Fragments einer Improvisation für Anfänger und solche, die es werden wollen“ (Steingrüben Verlag, Stuttgart 1955, S. 40). Weiter heißt es: „Die Generaldirektion und das ihr vorgesetzte Ministerium sorgen dafür, dass auch im Zeitalter höchstentwickelter Technik das Reisen wie einst vom Zauber unvorhergesehener Abenteuerlichkeit umwittert bleibt. Dazu gehört auch, dass die an den Bahnhöfen ausgerufenen oder angeschriebenen Verspätungen mit der Wirklichkeit in spannungsträchtiger Divergenz stehen.“ Schließlich meint Weigel, dass die Bundesbahnen nur deswegen den Ruf der Unzuverlässigkeit hätten, „weil hie und da einzelne Züge das System eigenmächtig durchbrechen und die Unpünktlichkeit so extrem auf die Spitze treiben, dass sie den Fahrplan einhalten und dadurch zur vorgesehenen noch unvorhergesehene Verwirrung stiften."

Der Fortschritt hat seine Nachteile: Von Zeit zu Zeit explodiert er.

Elias Canetti in: „Die Provinz des Menschen. Aufzeichnungen 1942-1972" (Fischer Taschenbuch Verlag, Frankfurt 1976, S. 74).

Der Fortschritt ist ein Hirngespinst konstitutionell Unglücklicher.

Helmut Eisenreich äußerte diesen Ausspruch in einem Essay mit dem beredten Titel: „Roman und Zeitgeist" aus dem Jahr 1959. Wir zitieren nach: Helmut Eisenreich, „Reaktionen. Essays zur Literatur" (Sigbert Mohn Verlag, Gütersloh 1964, S. 115).

Der ganze Fortschritt wird schließlich darin bestehen, die unausrottbaren Torheiten mit Geduld ertragen gelernt zu haben.

Peter Rosegger in: „Wahrheiten und Weisheiten" (Aphorismen, zusammengestellt von Bertl Petri, Staackmann Verlag, München 1989). In diesem Band findet sich der hier zitierte Satz auf Seite 27.

Der ganze Kampf der Menschheit spielt sich zwischen denen ab, die etwas sein, und denen, die etwas gelten wollen.

Dieser Ausspruch stammt von Anton Kuh. Wir zitieren nach dem Band „Luftlinien" (Löcker Verlag, Wien 1981), in dem sich das Zitat in dem Kapitel „Res Publica oder Der Bürger" auf Seite 255 findet.

Der Gebildete kennt in jedem Moment sein inneres Bedürfnis, und wo es zu befriedigen ist.

Ernst von Feuchtersleben in: „Lebensblätter", eine Sammlung von Aphorismen und Notizen zu unterschiedlichsten Themengebieten. Wir zitieren hier nach der 3. (unveränderten) Auflage aus dem Jahr 1851 (Verlag Josef Stöckholzer von Hirschfeld, Wien-Leipzig), in welcher dieses Zitat auf Seite 211 steht. Der Ausspruch knüpft inhaltlich an Feuchterslebens Aufforderung zur Selbsterkenntnis als Ziel jeder Bildung an (s. S. 46).

Der Geist weht wo er will.

Ein Zitat von Alois Brandstetter, nachzulesen unter dem Titel „Pfingsten" in seinem Buch „Romulus und Wörthersee. Ein poetisches Wörterbuch" (Residenz Verlag, Salzburg 1989, S. 87).

Der Gescheitere gibt nach! Eine traurige Wahrheit; sie begründet die Weltherrschaft der Dummheit.

Marie von Ebner-Eschenbach zitieren wir nach der Ausgabe der „Aphorismen" im Insel-Verlag (Wiesbaden 1953, S. 6).

Der größte Feind des Österreichers ist der Borkenkäfer.

„Glückliches Österreich. Literarische Besichtigung eines Vaterlandes" lautet der Titel eines im Jahr 1978 (im Residenz Verlag, Salzburg) erschienenen Sammelbandes. Verschiedene Autoren wurden nach ihrem Verhältnis zu Österreich befragt, die Beiträge von Jochen Jung gesammelt und herausgegeben.

Die hier zitierte Aussage ist der Titel des Beitrages von Alois Brandstetter. Er zitiert sich damit selbst, stammt der Satz doch aus einem seiner Schulaufsätze. Brandstetter hatte in der Volksschule gelernt, dass das wichtigste österreichische Exportgut und somit die Basis des heimatlichen „Wohlergehens und Glückes" – Holz sei. (Nachzulesen in dem genannten Band auf Seite 33.)

Der Held braucht Verhängnis und Unglück, um sich beweisen zu können.

Aphorismus von Robert Musil. Er findet sich unter dem Titel „Notizen" in den „Gesammelten Werken" (Rowohlt Verlag, Reinbek bei Hamburg 1978, Bd. 7, S. 813). Dort wird er weitergeführt mit den Worten „Not und Held gehören zusammen wie Krankheit und Fieber".

Der Henker hole die Journale.

Franz Grillparzer hat immer wieder den Journalistenstand angegriffen, wobei einige seiner Zeilen auch heute noch durchaus Gültigkeit haben:

Du brauchst nicht mehr zu wissen noch zu denken,
Ein Tagblatt denkt für dich nach deiner Wahl.
Die Weisheit statt zu kaufen steht zu schenken:
Zu kaufen brauchst du nichts als das Journal.

„Der Henker hole die Journale" in: Franz Grillparzer, „Gesamtausgabe", herausgegeben von Edwin Zellweker, Donau-Verlag, Wien o.J., Band 4, Seite 346.

Der Herr Karl ist wieder aktuell, furchtbar aktuell. Heute trägt er Modesakkos und Maßschuhe.

So sah Helmut Qualtinger Ende der achtziger Jahre die anhaltende Aktualität seines Stückes „Der Herr Karl". Der Satz fiel in einem Interview mit der Zeitschrift „Basta", abgedruckt in der Oktoberausgabe des Jahres 1986.

Der ist kein ganzer Mensch, der nicht lachen und nicht weinen kann zur rechten Zeit.

Peter Rosegger in: „Wahrheiten und Weisheiten" (Aphorismen, zusammengestellt von Bertl Petri, Staackmann Verlag, München 1989). In diesem Band findet sich der hier zitierte Satz auf Seite 165.

Der Kongress tanzt.

Das Bonmot „Der Kongress tanzt, er kommt aber nicht weiter" des 80-jährigen Feldmarschalls Charles Joseph Fürst von Ligne zum Wiener Kongress aus dem Jahr 1815 ist heute noch bekannt. Der Fürst bezog sich auf die zahlreichen Feste, die am Rande des Kongresses stattfanden. Allerdings muss angemerkt werden, dass die vielen Kontakte, die bei den legendären gesellschaftlichen Anlässen rund um den Kongress entstanden, sich bei den Verhandlungen bemerkbar machten. Der Ausspruch ist nachzulesen u.a. in Helmut Rumplers Buch: „Eine Chance für Mitteleuropa. Bürgerliche Emanzipation und Staatsverfall in der Habsburgermonarchie" (Böhlau Verlag, Wien 1997, S. 140).

Der Mai ist gekommen.

Dieses Zitat gibt es in zwei Versionen mit verschiedenen Fortsetzungen: „Der Mai ist gekommen, die Bäume schlagen aus" entstammt dem Gedicht „Wanderlust", das der deutsche Dichter Emmanuel Geibel verfasste. Die Zeile „Der Mai ist gekommen, der Winter ist aus" findet sich in dem Gedicht „Trockne Blumen" aus dem Zyklus „Die schöne Müllerin" von dessen Landsmann Wilhelm Müller. Der Zyklus Wilhelm Müllers wurde durch die Vertonung von Franz Schubert weltberühmt.

Der Mann legt die Frauenseele auf das Prokrustesbett seiner Bedürfnisse.

Die Schrift „Wie ich es sehe" war das erste Buch, das der Schriftsteller und Bohemien Peter Altenberg veröffentlichte. Sie besteht aus aneinander montierten Sequenzen unterschiedlicher Länge, in denen Altenberg Beobachtungen zum Leben im Wien der Jahrhundertwende anstellt und interpretiert. In der mit „Revolutionär (Studienreihe)" betitelten Passage findet sich dieser Satz. Wir zitieren nach: Peter Altenberg, „Ausgewählte Werke in zwei Bänden" (Carl Hanser Verlag, München 1979, Band 1, S. 36).

Der Markt produziert keine Saurier.

Für den Ökonomen Friedrich von Hayek ist das Entstehen von Riesenfirmen nicht so sehr der Privatwirtschaft, sondern eher der staatlichen Wirtschaftspolitik anzulasten. Das Zitat stammt aus einem Gespräch, welches in dem Buch „Markt, Plan, Freiheit. Franz Kreuzer im Gespräch mit Friedrich von Hayek und Ralf Dahrendorf" (Deuticke Verlag, Wien 1983, S. 40) nachzulesen ist.

Der Mensch erfüllt sich und seinen Sinn erst in der Gemeinschaft.

Damit will Erwin Ringel nicht die Selbstlosigkeit verherrlichen, sondern die Bedeutung der gefühlsbetonten Zuwendung zu anderen unterstreichen. Nicht reines Pflichtbewußtsein, sondern vielmehr die Freude an der Übernahme von Verantwortung für andere Menschen, eine wahrhaft empfundene Solidarität sind für ihn Fundament von gesunden Beziehungen. Nachzulesen ist dies in: „Wege der Selbstverwirklichung in unserer Zeit" (in:

Erwin Ringel, „Die österreichische Seele. Zehn Reden über Medizin, Politik, Kunst und Religion“, (Europa Verlag, Hamburg-Wien, 13. Auflage 2001, Seite 57).

Der Mensch hält mehr aus, als ihm lieb ist.

Der Waffenstillstand am 3. November 1918 beendete zwar den Ersten Weltkrieg, doch flammten unmittelbar danach neue Kämpfe in Grenzregionen auf, weil die neuen Nationen, die neuen Nachbarn ihre Ansprüche gegeneinander festigen wollten, bevor unwiderrufliche Tatsachen geschaffen würden. Besonders bitter war dies für die ehemaligen k.u.k. Offiziere und Soldaten, die im Ersten Weltkrieg miteinander in einer Armee gekämpft hatten, nun aber von einem Tag auf den anderen Feinde sein sollten.

Für Franz Theodor Csokor war der Untergang der alten Monarchie, des „verfrühten Völkerbundes“, wie er sie nannte, die Einleitung zur Tragödie Europas, die ihren Höhepunkt in der Zeit von 1939 – 1945 erreichte. Das Zitat findet sich in: Franz Theodor Csokor, „3. November 1918“ (Zsolnay Verlag, Wien 1936; 4. Auflage 1957, S. 28).

Der Mensch ist geboren, nackt zu gehen und Kokosnüsse zu essen, nicht Uniformen zu tragen und Militärbudgets zu bewilligen.

Angesichts des kalten Winters und der hohen Kohlenpreise des Jahres 1865 verfasste der Feuilletonist Ferdinand Kürnberger den Essay „Die Kälte und die Weltgeschichte“. Ausgehend von Wien stellt er Betrachtungen zum kausalen Zusammenhang zwischen klimatischen Gegebenheiten und historischen Entwicklungen verschiedener Regionen auf, die allesamt für Wien nicht sehr schmeichelhaft ausfallen.

Wir zitieren nach Ferdinand Kürnberger: „Feuilletons“ (Insel Verlag, Frankfurt 1967, S. 27).

„Der Mensch ist gut“, sagte die Bestie, als sie ihn fraß.

Der 1873 in Wien geborene Essayist und Theaterkritiker Alfred Polgar, der 1938 zur Emigration gezwungen wurde und 1955 in Zürich starb, gab 1927 erstmals das „Handbuch des Kritikers“ heraus, eine Sammlung kurzer Glossen und Notizen. Wir zitieren nach der Neuauflage aus dem Jahr

1997 (Paul Zsolnay Verlag, Wien), in der sich dieses Bonmot auf Seite 75 findet.

Der Mensch kann lügen, das Tier nicht.

Mit diesen Worten wird in dem von Franz Kreuzer herausgegebenen Buch: R. Popper/Konrad Lorenz: „Die Zukunft ist offen. Das Altenberger Gespräch. Mit den Texten des Wiener Popper-Symposiums" (Piper Taschenbuch, München/Zürich, 4. Auflage 1990), in einer Überschrift eine These des Philosophen Karl R. Popper zusammengefasst.

Popper äußerte sich am zweiten Tag des „Symposiums aus Anlass des 80. Geburtstages von Karl R. Popper" (Wien, 24.-26. Mai 1983) folgendermaßen: „Meine Probleme sind vor allem der Unterschied zwischen der menschlichen und der tierischen Sprache (S. 94 f.) ... Das scheint mir nun die Grundlage der menschlichen Kultur zu sein: die Möglichkeit, sprachlich ... Dinge zu formulieren. Man kann das auch ganz kurz damit ausdrücken, dass der Mensch mit seiner Sprache zumindest in einer Weise lügen kann, wie es die Tiere nicht können. Wie das dann genauer analysiert ist, darüber könnte man sehr viel sagen. Natürlich können die Tiere in gewissem Sinn lügen, aber der Mensch kann nicht nur wahre Dinge, sondern auch falsche Dinge sagen. Und diese falschen Dinge sind ja gewöhnlich gar keine Lügen, sondern Irrtümer".

Der Mensch zeigt erst dann seinen wahren Charakter, wenn er ins Auto einsteigt.

Unter dem Titel „Die Seele des österreichischen Autofahrers" analysierte Erwin Ringel das Innenleben der heimischen Autobesitzer und -benutzer. Es handelt sich dabei um die überarbeitete und erweiterte Fassung eines am 13. Mai 1986 in der Wiener Hofburg gehaltenen Vortrags.

Ringel sagte unter anderem: „Es hat einmal einer gesagt: Der Mensch verliert seinen Charakter, wenn er ins Auto einsteigt. Ich würde sagen: Der Mensch zeigt erst dann seinen wahren Charakter. Im Auto wird die Struktur eines Menschen sichtbar, seine Verantwortungsbereitschaft oder seine Tendenz, ungelöste Konflikte in der Fahrweise auszudrücken."

Nachzulesen ist das Zitat in: „Freiheit mit hundert PS. Der Österreicher und sein Auto" (herausgegeben von Robert Sedlaczek und Günther Hanreich, Österreichischer Bundesverlag/Kremayr & Scheriau, Wien 1989, S. 14).

Der Nationalismus ist ein Sprudel, in dem jeder andere Gedanke versintert.

Karl Kraus, „Aphorismen", in der „Fackel" Nr. 281 vom 4. Juni 1909, Seite 29.

Der Nowak lässt mich nicht verkommen.

Der Kabarettist Hugo Wiener schrieb für seine Frau Cissy Kraner zahlreiche Chansontexte, von denen „Der Nowak lässt mich nicht verkommen" wahrscheinlich das bekannteste ist. In ihren Erinnerungen erzählt Cissy Kraner vom Zustandekommen dieses Chansons: „Wir lernten eine bildhübsche Nachwuchsschauspielerin kennen, die mit einem wesentlich älteren Fabrikanten verheiratet war. Und der hieß – ja, er hieß Nowak. Sie sagte nie ‚mein Mann', wenn sie über ihn sprach, sondern immer nur ‚der Nowak'. Eines Tages gestand sie uns wortwörtlich: ‚Ich hätte ja schon in der Gosse geendet, aber der Nowak läßt mich nicht verkommen.' Hugo und ich, wir haben uns angeschaut und sofort erkannt: Das ist eine Zeile!" (Cissy Kraner, „Aber der Hugo ließ mich nicht verkommen. Lieder und Erinnerungen". Aufgezeichnet von Georg Markus, Amalthea Verlag, Wien 1994, Seite 30).

Der Österreicher denkt sich sein Teil und lässt die anderen reden.

Franz Grillparzer lässt in „König Ottokars Glück und Ende" seinen Ottokar von Horneck folgenden Satz sagen: „Da tritt der Österreicher hin vor jeden,/Denkt sich sein' Teil und lässt die anderen reden!" Seither wird dieser Satz immer wieder zitiert, meist in der vereinfachten Form: „Der Österreicher denkt sich sein' Teil und lässt die anderen reden." Nachzulesen ist der Ausspruch in: Franz Grillparzer, „Sämtliche Werke" (Carl Hanser Verlag, 2., erweiterte Auflage, München 1970, S. 1037).

„König Ottokars Glück und Ende" wurde bereits 1823 geschrieben, konnte aber wegen Schwierigkeiten mit der Zensur erst am 19. Februar 1825 am Wiener Burgtheater aufgeführt werden.

Der Österreicher ist so deutsch, wie seine Donau blau ist.

Meist wird dieses Zitat von Alfred Polgar in der leicht veränderten Form „Die Österreicher sind so deutsch, wie die Donau blau ist" verwendet. Der Ausspruch wird im Originaltext folgendermaßen vervollständigt: „Dies ist sie bekanntlich, obschon das Walzerlied es obstinat behauptet, keineswegs. Sie war es vielleicht einmal ... in der Idee. Aber nach einer langen Karriere als Strom sieht sie so aus, als hätte der liebe Gott alle Pinsel, mit denen er das Land ringsum bemalt hat, in ihren Wassern abgewaschen."

Nachzulesen ist dies in: Alfred Polgar, „Kleine Schriften" (Rowohlt Verlag, Reinbek bei Hamburg 1982, Bd. 1, S. 209).

Der Österreicher ist von Natur aus dagegen.

Mit diesen Worten diagnostiziert Hans Weigel bei seinen Landsleuten einen grundlegenden Oppositionsdrang – jedoch mit Einschränkungen: „Aber nur, solange der Bestand dessen, wogegen er [der Österreicher] ist, gesichert scheint. Würde nämlich das, was er bekämpft, wirklich verschwinden, wogegen sollte er denn dann sein?"

Das Zitat findet sich in dem Text „Land ohne Hymne". Wir zitieren nach der von Ulrich Weinzierl herausgegebenen Anthologie „Lächelnd über seine Bestatter: Österreich" (Piper Verlag, München 1989, S. 81).

Der Österreicher schmeckt sich selbst am besten.

In dem Text „Was ist österreichisches Theater? Eine Gleichung" skizziert Wolfgang Bauer seine Ideen zum Theater („Werke in sieben Bänden", herausgegeben von Gerhard Melzer, Droschl Verlag, Wien-Graz 1989, Bd. 6, S. 106). Bauer erläutert diese interessante Aussage so: „Sein Imponiergehabe besteht eben nicht im einfachen Angeben (was das Natürlichste von der Welt ist!), nein, er beißt ein Stück von sich selbst ab, frisst es und sagt dann: Schaut her in aller Welt, wie mir mein eigener Mist schmeckt!"

Der Österreicher unterscheidet sich vom Deutschen durch die gemeinsame Sprache.

Dieser Satz stammt nachweislich nicht von Karl Kraus, obwohl er ihm von österreichischen und deutschen Politikern in Tischreden immer wieder zugeschrieben wird. Dies kann man deshalb mit Bestimmtheit sagen, weil die Österreichische Akademie der Wissenschaften in der maschinenlesbaren Arbeitsdatei der gesamten „Fackel“ und auch in Kraus’ Texten außerhalb der „Fackel“ keinen Hinweis auf dieses Bonmot gefunden hat.

Im Englischen sind ähnliche Bonmots gebräuchlich, die George Bernhard Shaw zugeschrieben werden („England and America are two countries divided by a common language“), allerdings konnte bisher kein Beleg gefunden werden. Hingegen ist erwiesen, dass Oscar Wilde folgenden Satz geprägt hat: „... we have really everything in common with America nowadays, except, of course, language“. Dieses Zitat stammt aus „Das Gespenst von Canterville“, einem Werk, das häufig als Schullektüre verwendet wird. Auf diesem Wege könnte es bei uns heimisch geworden sein.

Eine andere Theorie besagt, dass USA-Emigranten wie Alfred Polgar, Karl Farkas oder Friedrich Torberg das Bonmot im Exil kennen gelernt und auf Österreich und Deutschland übertragen haben. Die älteste bisher schriftlich belegte Verwendung stammt von Alexander Lernet-Holenia aus dem Jahr 1957. Der Satz ist in ähnlicher Form auch in Ingeborg Bachmanns „Requiem für Fanny Goldberg“ zu finden: „... dass man wirklich einiges mit den Deutschen gemeinsam hatte, ... in vieler Hinsicht alles, natürlich mit Ausnahme der Sprache ...“

Die vergebliche Suche nach dem vermeintlichen Kraus-Zitat ist dokumentiert in der Zeitschrift „Österreich in Geschichte und Literatur“ (40. Jg., 1996, Heft 4 –5a, S. 301–304 und 42. Jg., 1998, Heft 1, S. 23–28).

Der Österreicher, wenn er betrunken war, wollte die ganze Welt umarmen; der germanische Bruder, im gleichen Fall, sie kurz und klein schlagen.

Ein Ausspruch von Alfred Polgar, der sich in einem Text mit dem Titel „Der Österreicher (Ein Nachruf)“ findet. Polgar setzt sich dort kritisch mit den Unterschieden zwischen typischen Eigenschaften der durchschnittlichen Österreicher und Deutschen vor 1938 auseinander. (Alfred Polgar, „Kleine Schriften“, Rowohlt Verlag, Reinbek bei Hamburg 1982, Bd. 1, S. 207).

Der österreichischen Literatur wurde vorgeworfen, sie hätte keinen Klassiker. Falsch, sie hat sogar zweieinhalb: Raimund, Nestroy und Grillparzer.

Dieses Bonmot findet sich in Hans Weigels „O du mein Österreich. Versuch des Fragments einer Improvisation für Anfänger und solche, die es werden wollen" (Steingrüben Verlag, Stuttgart 1955, S. 111).

Der Papa wird's schon richten.

Gerhard Bronners Chanson „Der Papa wird's schon richten" ist in der Interpretation Helmut Qualtingers der erfolgreichste Song dieser beiden Kabarettisten geworden. Er ist abgedruckt in der fünfbändigen Qualtinger-Werkausgabe (Deuticke Verlag, Wien 1996, Bd. 2, S. 349-351).

Auslöser für das Lied, das erstmals am 3. Juni 1959 im ORF gesendet wurde, war die Affäre um einen Sohn von Nationalratspräsident Felix Hurdes, der in alkoholisiertem Zustand einen tödlichen Autounfall verursachte. Der einflussreiche Vater wollte die Folgen zugunsten seines hoffnungsvollen Sprösslings „richten", doch der Skandal ließ sich nicht unterdrücken und beendete praktisch Felix Hurdes' Karriere.

Der Titel des Liedes wird heute gerne zitiert, wenn sich jemand allzu sorglos in Schwierigkeiten begibt und dabei offensichtlich davon ausgeht, dass ihm unabhängig von eigenem Verschulden geholfen werden wird. Er ist auch zu einem Ausdruck für Situationen geworden, in denen sich jemand aufgrund höherer Protektion Fehlgriffe leisten darf, ohne mit negativen Folgen rechnen zu müssen.

Der Philister langweilt sich und sucht die Dinge, die ihn nicht langweilen. Den Künstler langweilen die Dinge, aber er langweilt sich nicht.

Karl Kraus, „Vorurteile", in der „Fackel" Nr. 241 vom 15. Jänner 1908, Seite 1.

Der rasende Reporter

Unter diesem Titel erschien im Jahr 1925 eine Reportagen-Sammlung von Egon Erwin Kisch. Das Buch verschaffte Kisch den literarischen Durchbruch. Der Titel wurde zum Synonym für den umtriebigen Autor, heute ist er ein nicht nur im Berichterstattungswesen gern verwendetes geflügeltes Wort.

Der Schein trügt. Besonders in der Welt des Scheins.

„Reigen 51" ist der an Arthur Schnitzlers berühmten „Reigen" angelehnte Titel eines Theaterstückes, das Helmut Qualtinger zusammen mit Michael Kehlmann und Carl Merz verfasste. Es handelt sich um eine Bestandsaufnahme der Wiener Gesellschaft des Jahres 1951. Zusammengehalten und kommentiert werden die Geschehnisse von einem, wie es im Vorwort heißt „ein wenig missgestimmten, melancholischen Barpianisten" in einer ansonsten leeren Bar.
Nachzulesen ist der Text in Band 1 der fünfbändigen Qualtinger Werkausgabe (Deuticke, Wien 1996, S. 117 f., Anmerkungen S. 352-358).

Der sicherste Reichtum ist die Armut an Bedürfnissen.

Franz Werfels Werk enthält zahlreiche Aphorismen und Sentenzen, die in dem Band „Zwischen oben und unten", nachzulesen sind, einem Teil seiner „Gesammelten Werke". Der hier zitierte Ausspruch findet sich in den „Profanen Nachträgen" zu den „Theologumena" betitelten Überlegungen (Langen-Müller Verlag, München-Wien 1975, S. 168).

Der steinerne Gast

Der Ausdruck bezieht sich auf das steinerne Standbild des erstochenen Komturs in Mozarts „Don Giovanni". Das Standbild erscheint bei einem Gastmahl Don Giovannis und schickt diesen zur Hölle, weil er seine Sünden nicht bereuen will. Bei dieser Figur handelt es sich um ein Motiv aus spanischen Romanzen: Das Libretto Lorenzo da Pontes basiert auf dem Stück des spanischen Dramatikers Tirso de Molina, „El burlador de Sevilla o el convidado de piedra" (Der Spötter von Sevilla oder der Steinerne Gast), der selbst auf zwei Legenden zurückgegriffen hatte.

Der Stoff, aus dem die Träume sind

Ein Romantitel von Johannes Mario Simmel mit längerer literarischer Vorgeschichte: In Shakespeares Komödie „The Tempest" („Der Sturm") finden sich die Zeilen „We are such stuff/As dreams are made of, and our little life/Is rounded with a sleep" („Wir sind solcher Stoff, aus dem Träume gemacht sind und unser kleines Leben ist von einem Schlaf umgeben"). Hugo von Hofmannsthal wiederum lässt ein Gedicht aus der Gruppe „Über

Vergänglichkeit“ mit der Zeile „Wir sind aus solchem Zeug,/Wie das zu Träumen“ beginnen. Nachzulesen in: Hugo von Hofmannsthal, „Sämtliche Werke“ (Kritische Ausgabe, herausgegeben von Eugene Weber, S. Fischer Verlag, Frankfurt 1984, Bd. I.1, S. 48).

Der teuerste Sport ist die Dummheit. Darum ist er auch der nobelste.

Anton Wildgans in: „Zu Zeit und Welt“, Historisch-Kritische Gesamtausgabe der Werke, Band 7. Er umfasst unter anderem Aufzeichnungen aus Notiz- und Tagebüchern, Austriaca und Viennensia sowie Reden. Der hier zitierte Ausspruch stammt aus Wildgans' Notizbüchern; in der Ausgabe von 1958 (Verlage Bellaria, Wien und Anton Pustet, Salzburg), ist er auf Seite 153 nachzulesen.

Der Tod, das muss ein Wiener sein

Im Jahr 1969 erschien bei Preiser Records eine Langspielplatte von Georg Kreisler, die nach einem der auf ihr eingespielten Lieder diesen Titel trägt. Dessen Refrain lautet:

Der Tod, das muss ein Wiener sein,
genau wie die Lieb a Französin.
Denn wer bringt dich pünktlich zur Himmelstür?
Ja da hat nur ein Wiener das G'spür dafür.
Der Tod, das muss ein Wiener sein,
nur er trifft den richtigen Ton:
Geh Schatzerl, geh Katzerl, was sperrst dich denn ein?
Der Tod muss ein Wiener sein.

Der Tod ist nicht tragisch für den, der stirbt, sondern für die, so ihn überleben.

Anton Wildgans in: „Zu Zeit und Welt“, Historisch-Kritische Gesamtausgabe der Werke, Band 7. Der hier zitierte Ausspruch stammt aus Wildgans' Notizbüchern; in der Ausgabe von 1958 (Verlage Bellaria, Wien und Anton Pustet, Salzburg), ist er auf Seite 143 nachzulesen.

Der Tod ist unsere Obsession.

Ein Zitat von Alois Brandstetter, nachzulesen unter dem Titel „Kummernummer“ in seinem Buch „Romulus und Wörthersee. Ein poetisches Wörterbuch“ (Residenz Verlag, Salzburg 1989, S. 121).

Der treffende Aphorismus setzt den getroffenen Aphoristiker voraus.

Der Theaterkritiker Alfred Polgar gab 1927 erstmals das „Handbuch des Kritikers“ heraus, eine Sammlung kurzer Glossen und Notizen. Wir zitieren nach der Neuauflage aus dem Jahr 1997 (Paul Zsolnay Verlag, Wien), in der sich dieses Bonmot auf Seite 32 findet.

Der Umgang mit Menschen ist wahrer Umgang. Man geht ewig umeinander herum, ohne sich näher zu kommen.

Ernst von Feuchtersleben in: „Lebensblätter“, eine Sammlung von Aphorismen und Notizen zu unterschiedlichsten Themengebieten. Wir zitieren hier nach der 3. (unveränderten) Auflage aus dem Jahr 1851 (Verlag Josef Stöckholzer von Hirschfeld, Wien-Leipzig), in welcher dieses Zitat auf Seite 234 nachzulesen ist.

Der Untergang Österreichs war eine der katastrophalsten Humorlosigkeiten der Weltgeschichte.

Mit Hinweis auf seine jahrelange Beschäftigung mit dem Oeuvre Fritz von Herzmanovsky-Orlandos trifft Friedrich Torberg in „Die Tante Jolesch oder Der Untergang des Abendlandes in Anekdoten“ (dtv, 12. Auflage, München 1988, S. 220), diese Feststellung. Er verknüpft damit die Frage, ob der Untergang im Jahr 1918 erfolgte oder in Wahrheit erst 1938.

Der Verkehr mit Egon Friedell ist ein Beruf, der den ganzen Menschen in Anspruch nimmt.

Max Reinhardts Chefdramaturg Arthur Kahane beschrieb seine Freundschaft mit Egon Friedell in seinem Tagebuch unter anderem mit diesen

Worten. Wir zitieren nach dem „Friedell-Lesebuch“ (herausgegeben von Heribert Illig, Verlag C.H. Beck, München 1988, S. 267).

Der Verstand der Österreicher ist seit Jahrhunderten von Musik umnebelt.

Der studierte Musikwissenschaftler und Schriftsteller Thomas Bernhard stellte 1982 in einem Interview mit Rita Cirio die interessante These auf: „Der Verstand der Österreicher ist seit Jahrhunderten von der Musik umnebelt; er ist es nicht gewohnt, sich in Worten auszudrücken.“

Das Zitat ist nachzulesen in dem Band: „Von einer Katastrophe in die andere. 13 Gespräche mit Thomas Bernhard“ (herausgegeben von Sepp Dreissinger, Bibliothek der Provinz, Weitra 1992, S. 99).

Der Verstand und die Fähigkeit ihn zu brauchen sind zwei verschiedene Gaben.

Franz Grillparzers Aphorismen haben nichts von ihrer Schärfe eingebüßt. Dieser Spruch stammt aus den Jahren 1837/38. Wir zitieren nach: Franz Grillparzer, „Gesammelte Werke. Auf Grund der von der Gemeinde Wien veranstalteten kritischen Gesamtausgabe herausgegeben von Edwin Rollet und August Sauer“ (Kunstverlag Anton Schroll & Co, Wien 1923, Bd. 2, S. 147).

Der Vogelfänger bin ich ja!

Mit diesem Lied stellt sich Papageno in Mozarts „Zauberflöte“ vor: „Der Vogelfänger bin ich ja,/ Stets lustig, heisa, hopsassa!“ und er macht auch gleich deutlich, was sein größter Wunsch ist: „Ein Netz für Mädchen möchte ich,/Ich fing sie dutzendweis für mich.“

Bei der Uraufführung im Theater auf der Wieden (Freihaustheater) spielte der Komiker Emanuel Schikaneder diese Rolle, die er sich selbst auf den Leib geschrieben hatte.

Der Weg zu sich selbst ist ein Umweg durch die ganze Welt.

Karl Heinrich Waggerl in: „Kleine Münze“ (Otto Müller Verlag, Salzburg 1957). In Waggerls „Sämtlichen Werken“ (Otto Müller Verlag, Salzburg-

Wien 1970, Neuauflage 1997), sind die Sinnsprüche in Band 2 abgedruckt. Dieses Zitat findet sich dort auf Seite 651.

Der Wein is a Luada.

Ein bekanntes Zitat, das – naturgemäß – einem Wienerlied entstammt. Unter dem Titel „Der Wein is a Luada“ verfassten Kurt Schneider und Willy Jelinek ein Lied, dessen Refrain folgendermaßen beginnt:

O Bruada, Frau Muatta,
der Wein is a Luada,
der hat eine Kraft unerhört,
er kann so schön schmeicheln,
kann heucheln und streicheln,
dann haut er dich boshaft um'd Erd.

Nachzulesen ist der Text in dem Band „Die schönsten Wiener Lieder. Gesammelt und herausgegeben von Leo Parthé“ (Perlen-Reihe Band 1015, Deuticke, 4., völlig neu bearbeitete Auflage, Wien-München o. J., S. 51).

Der Weise ist selten klug.

Marie von Ebner-Eschenbach zitieren wir nach der Ausgabe der „Aphorismen“ im Insel-Verlag (Wiesbaden 1953, S. 28).

Der Weisheit höchste ist die Güte.

Peter Rosegger in: „Wahrheiten und Weisheiten“ (Aphorismen, zusammengestellt von Bertl Petri, Staackmann Verlag, München 1989). In diesem Band findet sich der hier zitierte Satz auf Seite 92.

Der Wiener – der geborene Saboteur der Wirklichkeit.

Dieses Bonmot stammt von dem Literaten Hans Sassmann. Er schreibt: „Der Wiener – der geborene Saboteur der Wirklichkeit, ihm gilt eine Sache als realisiert, wenn sie eingehend besprochen wurde, und er ist immer sehr erstaunt, wenn sie dann nicht geschieht.“

Wir zitieren nach der Anthologie „Wienärrische Welt. Witz Satire Parodie einst und jetzt“ (herausgegeben von Hermann Hakel, Forum Verlag, Wien 1961, S. 143).

Der Wiener ist zu allem zu bringen, zur Revolution und zu geduldigem, jahrzehntelangem Ertragen.

Diese bedenkenswerte Diagnose stammt aus dem Essay „Wien und die Wiener“ von Friedrich Uhl (1815 –1906). Wir zitieren nach dem Abdruck des Textes in der von Jörg Mauthe herausgegebenen Anthologie „Wiener Meister Feuilletons“ (Wiener Verlag, Wien 1946, S. 147).

Des Meeres und der Liebe Wellen

Titel einer Tragödie von Franz Grillparzer, deren Uraufführung in Wien am 5. April 1831 stattfand. Grillparzer hatte an diesem Werk von 1819 bis 1829 gearbeitet, die Buchausgabe erschien allerdings erst 1840. Das Stück beschreibt die tragische Liebe zwischen der jungen Priesterin Hero und dem Jüngling Leander: Leander ertrinkt bei einem Versuch, über das Meer zu seiner Geliebten zu gelangen.

Dichter: Hochstapler der Seele

Im Jahr 1996 wurden die Werke des Schriftstellers Josef Weinheber in einer Neuausgabe im Otto Müller Verlag publiziert. Im 3. Band dieser Ausgabe finden sich einige aus verschiedenen Handschriften zusammengestellten Notizen und Aphorismen; der hier zitierte Satz ist auf Seite 525 nachzulesen.

Die Angst des Tormanns beim Elfmeter

Peter Handke veröffentlichte 1970 (im Suhrkamp Verlag, Frankfurt) eine Erzählung mit diesem Titel, der gerne zitiert wird, um die Angst eines Menschen in schwierigen und entscheidungsträchtigen Situationen auszudrücken.

Die Antiquiertheit des Menschen

Titel eines zweibändigen Werkes des österreichischen Philosophen Günter Anders. Anders vertritt die Ansicht, dass der Mensch im 20. Jahrhundert der von ihm geschaffenen Technik nicht gewachsen sei. Der Untertitel des 1956 veröffentlichten ersten Bandes lautet „Über die Seele im Zeitalter der zweiten industriellen Revolution“, der Untertitel des 1980 veröffentlichten zweiten Bandes „Über die Zerstörung des Lebens im Zeitalter der zweiten industriellen Revolution“.

Dem zweiten Band ist ein Motto vorangestellt, aus dem das folgende Zitat stammt: „Es genügt nicht, die Welt zu verändern. Das tun wir ohnehin. Und weitgehend geschieht das sogar ohne unser Zutun. Wir haben diese Veränderung auch zu interpretieren. Und zwar, um diese zu verändern.“ Diese Sätze greifen in veränderter Form ein bekanntes Diktum von Karl Marx auf: „Die Philosophen haben die Welt nur verschieden interpretiert; es kommt aber darauf an, sie zu verändern.“ (Beide Bände im Verlag C.H. Beck, München 1956 und 1980).

Die Antwort kennt nur der Wind.

Johannes Mario Simmel wählte 1973 als Titel eines Romans die sinngemäße Übersetzung des Refrains aus einem Song von Bob Dylan, „The answer is blowin' in the wind“.

Die anzige Art von Anerkennung, die's in Wien gibt, is der Neid.

Ein Zitat aus „Sitzt ana und glaubt er is zwa“ von André Heller und Helmut Qualtinger. Es handelt sich dabei um das Gedicht mit dem Titel „Punktum“, das vollständig so lautet:

Die anzige Art von Anerkennung,
die's in Wien gibt, is der Neid.
Die anzige Art von Zufriedenheit,
die's in Wien gibt, is der Tod.

Die in dem 1996 erschienen Buch versammelten Texte sind Gemeinschaftsarbeiten von Heller und Qualtinger aus den späten sechziger und frühen siebziger Jahren, als die beiden Künstler eng befreundet waren (André Heller/Helmut Qualtinger, „Sitzt ana und glaubt er is zwa. Verlorengeglaubte Gelegenheitsgedichte.“ Buchschmuck von Peter Pongratz. Verlag Christian Brandstätter, Wien 1996, Gedicht Nr. 13).

Die Arbeit ist kein Hase, die läuft nicht davon.

Ein Zitat von Johann Nestroy aus der Posse „Die verhängnisvolle Faschingsnacht“, (1. Akt, 27. Szene), aus dem Jahr 1839. Bei Nestroy ist der Satz in

Wiener Mundart zu finden: „D' Arbeit is kein Haas, die lauft nit davon." Das virtuose Spiel mit Metaphern kennzeichnet vor allem die von Nestroy selbst gespielten Rollen, zu denen auch die des Holzhackers Lorenz zählte, dem er diesen Satz in den Mund legt.

Die Außenwelt ist eine lästige Begleiterscheinung eines unbehaglichen Zustandes.

Karl Kraus, „Pro domo et mundo", in der „Fackel" Nr. 309 vom 31. Oktober 1910, Seite 44.

Die Beschimpfung charakterisiert zumeist mehr den Schimpfer als den Beschimpften.

Anton Wildgans in: „Zu Zeit und Welt", Historisch-Kritische Gesamtausgabe der Werke, Band 7. Der hier zitierte Ausspruch stammt aus Wildgans' Notizbüchern; in der Ausgabe von 1958 (Verlage Bellaria, Wien und Anton Pustet, Salzburg), ist er auf Seite 110 nachzulesen.

Die Bevölkerung schrumpft sich krank.

Ein Zitat von Alois Brandstetter, mit dem er, ausgehend von seiner eigenen Familiengeschichte, die allgemein sinkende Anzahl von Kindern und den daraus resultierenden Bevölkerungsrückgang kommentiert. Der Satz lautet im Original: „Die Bevölkerung schrumpft, sie schrumpft sich aber nicht gesund, sondern krank, das ist das Problematische." (Nachzulesen in: Alois Brandstetter, „Romulus und Wörthersee. Ein poetisches Wörterbuch", Residenz Verlag, Salzburg 1989, S. 23).

Die Christel von der Post

Die „Christel von der Post" ist eine bekannten Figur aus der Operette „Der Vogelhändler" von Carl Zeller aus dem Jahr 1891. Ihr Auftrittslied beginnt mit den Worten: „Ich bin die Christel von der Post/Klein das Salär und schmal die Kost." Christel ist die Braut der männlichen Hauptfigur, des Tiroler Vogelfängers Adam. Die schwungvolle Melodie des Auftrittslieds der Post-Christel hat dieses zu einem Volkslied gemacht.

Die da klagen, sie kämen nicht zu sich selbst, wüssten gar nicht, was sie dort beginnen sollten.

Alfred Grünewald, zitiert nach „Lass meine Seele deine Heimat sein“, eine Auswahl aus seinem Werk, nachzulesen in der von Hans Weigel herausgegebenen Reihe „Bibliothek Wiederaufnahme Österreichischer Literatur des 20. Jahrhunderts“ (Jungbrunnen Verlag, Wien-München 1990, Seite 88).

Die Dämonie der Gemütlichkeit

Dieser zum geflügelten Wort gewordene Ausdruck ist der Titel eines Buches von Hilde Spiel, in dem Glossen und andere Kurzprosa aus den Jahren 1963-1990 zusammengefasst sind. Der titelgebende Beitrag bezieht sich auf die Wiener Gemütlichkeit. Eine Gemütlichkeit, die für Hilde Spiel einen dämonischen Zug hat, nämlich die mit „Lug und Trug“ verhüllte „Nachtseite“ der Wiener Bevölkerung und ihrer Freude am Zerstörerischen, Sadistischen.

Nachzulesen in: Hilde Spiel, „Die Dämonie der Gemütlichkeit. Glossen zur Zeit und andere Prosa“ (herausgegeben von Hans A. Neunzig, Paul List Verlag, München 1991; S. 15-22).

Die Ehe ist ein Himmel; wie soll der Himmel immer wolkenlos sein?

Peter Rosegger in: „Wahrheiten und Weisheiten“ (Aphorismen, ausgewählt von Bertl Petri, Staackmann Verlag, München 1989). In diesem Band findet sich der hier zitierte Satz auf Seite 103. Der vollständige Text lautet: „Die Ehe zwischen zwei Menschen ist ein Himmel; wie soll der Himmel immer wolkenlos sein?“

Die Entwicklung bis zum äußersten ist nicht immer ein Gewinn.

Peter Rosegger in: „Wahrheiten und Weisheiten“ (Aphorismen, ausgewählt von Bertl Petri, Staackmann Verlag, München 1989, Seite 17).

Die Entwicklung der Technik ist bei der Wehrlosigkeit vor der Technik angelangt.

Karl Kraus, „Nachts“, in der „Fackel“ Nr. 406 vom 5. Oktober 1915, Seite 163. Karl Kraus warnt des öfteren sehr eindrücklich vor eine Verselbständigung der Technikentwicklung, er spricht vom Ersten Weltkrieg als dem „Krieg der Maschine“. Kraus vertrat allerdings auch die Ansicht, dass man sich der Technik bedienen müsse, um ihr zu entkommen. So gehörte er zum Beispiel zu den ersten Autobesitzern Wiens.

Die Erde ist entsetzlich unpraktisch verteilt.

Angesichts des kalten Winters und der hohen Kohlenpreise des Jahres 1865 verfasste der Feuilletonist Ferdinand Kürnberger den Essay „Die Kälte und die Weltgeschichte“. Ausgehend von Wien stellt er Betrachtungen zum Zusammenhang zwischen klimatischen Gegebenheiten und historischen Entwicklungen verschiedener Regionen auf, die allesamt für Wien nicht sehr schmeichelhaft ausfallen.

Wir zitieren nach: Ferdinand Kürnberger, „Feuilletons“ (Insel Verlag, Frankfurt 1967, S. 27).

Die Erziehung im Sacré-Coeur ist eine Empfehlung an Lebemänner.

Karl Kraus , „Kehraus“, in der „Fackel“ Nr. 229 vom 2. Juli 1907, Seite 6. Die Gesellschaft der Damen vom Heiligen Herzen Jesu (Dames du Sacré Coeur) wurde 1800 in Paris von Madeleine Barat gegründet. Der Orden widmete sich der Ausbildung junger Mädchen; die streng katholische Erziehung zu absolutem Gehorsam und Pflichtbewusstsein war für höhere Töchter eine gute Voraussetzung für eine gute Partie. Und die Absolventinnen des Sacré-Coeur waren sehr begehrt: Die Ehemänner konnten davon ausgehen, dass solche Ehefrauen ihre ehelichen Pflichten ernst und dem Ehemann seine Freiheit nie nehmen würden. Liebhaber behaupteten, dass gerade diese streng erzogenen jungen Mädchen auf Avancen besonders temperamentvoll reagierten, weil sie ihre Libido so sehr unterdrücken mussten.

Das im Jahr 1868 als Mädchen-Pensionat gegründete Wiener Sacré-Coeur findet sich heute noch im 3. Wiener Gemeindebezirk, es wird derzeit von der Erzdiözese Wien geführt.

Die Erziehung, wie sie heute gang und gäbe ist, entartet die sittlichen Anlagen der Menschen und führt zum Ruin.

Peter Rosegger in: „Wahrheiten und Weisheiten" (Aphorismen, herausgegeben von Bertl Petri, Staackmann Verlag, München 1989, Seite 90).

Die ewig Heutigen

Die hier zitierte Abwandlung des geflügelten Wortes von den „ewig Gestrigen" stammt aus der „Rede über Österreich", die Anton Wildgans 1929 für die Schwedisch-Österreichische Gesandtschaft in Stockholm verfasste. (Werkausgabe, Verlage Bellaria, Wien und Anton Pustet, Salzburg 1958, S. 420). Wildgans charakterisiert mit diesem Ausdruck allzu fortschrittsgläubige Menschen, die mangels Tradition und Geschichte jeder Neuerung unkritisch das Wort reden. Er geht davon aus, dass die Geschichte Österreichs seine Einwohner vor einer solchen Haltung bewahre.

Die fixe Idee des Genies ist höchst mobil.

Alfred Grünewald, zitiert nach „Lass meine Seele dir Heimat sein", eine Auswahl aus seinem Werk, nachzulesen in der von Hans Weigel herausgegebenen Reihe „Bibliothek Wiederaufnahme Österreichischer Literatur des 20. Jahrhunderts" (Jungbrunnen Verlag, Wien-München 1990). Der Ausspruch findet sich auf Seite 86.

Die freudlose Gasse

Titel eines bekannten Stummfilms des österreichischen Regisseurs G. W. Pabst aus dem Jahr 1925 nach dem Fortsetzungsroman von Hugo Bettauer (der während der Dreharbeiten von einem Rechtsradikalen ermordet wurde). Adaptiert wurde der Text von dem Literaten und Filmkritiker Willy Haas.

Der Film war Pabsts erster großer Erfolg, die zeitgenössische Kritik feierte ihn als Meisterwerk. Pabst zeigt ein eindrucksvolles Bild Wiens während der Inflationszeit anhand von Geschehnisse in einer einzigen Straße: eben jener „freudlosen Gasse" und ihrer Bewohner, deren Leben von Leidenschaft ebenso wie von nackter materieller Not bestimmt wird. Als Darstellerinnen wirkten unter anderen Asta Nielsen, Greta Garbo und Marlene Dietrich mit.

Die ganze Steiermark ist ein einziger Jodler; ein schöner.

Reinhard P. Gruber veröffentlichte 1973 „Aus dem Leben Hödlmosers. Ein steirischer Roman mit Regie". Wir zitieren nach der Sonderausgabe von 1982 (Residenz Verlag, Salzburg), in der sich dieser Ausspruch auf Seite 23 findet.

Die ganze Welt ist zum Verzweifeln traurig.

Diese eindeutige Aussage ist die letzte Zeile eines Gedichtes von Nikolaus Lenau. Die vollständige Strophe lautet:

„Lieblos und ohne Gott! der Weg ist schaurig,
Der Zugwind in den Gassen kalt; und du?
Die ganze Welt ist zum Verzweifeln traurig."

Nikolaus Lenau, „Einsamkeit", Sämtliche Werke und Briefe, Band 2 (Verlag Deuticke/Verlag Klett-Cotta, Wien 1995, Seite 214.)

Die gefährlichste Sorte von Dummheit ist ein scharfer Verstand.

Hugo von Hofmannsthal im „Buch der Freunde", das zunächst in einer Auflage von nur 800 Stück 1922 im Insel-Verlag erschien. Unter dem gleichen Titel wurde zuletzt 1985 in der Bibliothek Suhrkamp ein Nachdruck dieser Aphorismensammlung veröffentlicht.

Das Werk wurde auch in Band 10 von Hofmannsthals „Gesammelten Werken in zehn Einzelbänden" (S. Fischer Verlag, Frankfurt 1980) aufgenommen, dort findet sich dieser Ausspruch auf Seite 266.

Die genetische Evolution wird fortgesetzt und zum Teil korrigiert durch die kulturelle Evolution.

Der streitbare Ökonom Friedrich von Hayek liebt die Provokation und die zugespitzte Formulierung. Seine Politik- und Wirtschaftstheorien brachten ihm 1974 den Nobelpreis ein, seine Thesen werden gegenwärtig, im Zeitalter des entfesselten Kapitalismus und der Globalisierung, wieder heftig diskutiert.

1983 führte Franz Kreuzer ein Gespräch mit Friedrich von Hayek, welches in dem Band „Markt, Plan, Freiheit. Franz Kreuzer im Gespräch mit

Friedrich von Hayek und Ralf Dahrendorf" (Deuticke Verlag, Wien 1983) nachzulesen ist; das Zitat findet sich auf Seite 22.

Die Geschichte ist die Zoologie der Menschheit.

In Franz Grillparzers umfangreichen Werk finden sich auch überaus scharfsinnige Aphorismen. Dieser Satz ist nachzulesen in: Franz Grillparzer, „Gesammelte Werke. Auf Grund der von der Gemeinde Wien veranstalteten kritischen Gesamtausgabe herausgegeben von Edwin Rollet und August Sauer" (Kunstverlag Anton Schroll & Co, Wien 1923, Bd. 2, S. 154).

Die Gier nach Geld darf nur so weit gerade gehen, um Seele und Geist *frei* zu machen von *der Gier nach Geld.*

Ein Ausspruch von Peter Altenberg, der bekanntlich ein großer Schnorrer war (und in dessen Hinterlassenschaft sich dennoch eine nicht unerhebliche Menge Geld fand).

Das Bonmot ist nachzulesen in Altenbergs Schrift „Nachfechsung". Wir zitieren nach: Peter Altenberg, „Auswahl aus seinen Büchern von Karl Kraus" (Insel Verlag, Frankfurt-Leipzig 1997, S. 364).

Die glücklichsten Sklaven sind die erbittersten Feinde der Freiheit.

Marie von Ebner-Eschenbach zitieren wir nach der Ausgabe der „Aphorismen" im Insel-Verlag (Wiesbaden 1953, S. 53).

Die großen Aphoristiker lesen sich so, als ob sie einander alle gut gekannt hätten.

Elias Canetti in: „Die Provinz des Menschen. Aufzeichnungen 1942-1972" (Fischer Taschenbuch Verlag, Frankfurt 1976, S. 51).

Die größte Nachsicht mit einem Menschen entspringt aus der Verzweiflung an ihm.

Marie von Ebner-Eschenbach zitieren wir nach der Ausgabe der „Aphorismen" im Insel-Verlag (Wiesbaden 1953, S. 31).

Die guten Bücher sollte man verbieten, damit sie auch gelesen werden.

Im Anhang der Karl-Farkas-Biografie „Das große Karl Farkas Buch“ von Georg Markus finden sich einige kurzgefasste Definitionen und Bonmots des Altmeisters des Wiener Kabaretts. Der hier zitierte Ausspruch ist auf Seite 296 nachzulesen (Amalthea Verlag, Wien-München 1993).

Die Hauptstadt von Europa

Der Untertitel dieses Textes, den Hermann Bahr im Jahr 1900 verfasste, verrät, was es mit diesem so aktuell klingenden Ausdruck auf sich hat: „Eine Phantasie in Salzburg“. Bahr geht mit einem Freund auf dem Mönchsberg spazieren und phantasiert davon, die Stadt Salzburg aufzukaufen, um dort eine Kolonie für Weise, Künstler und die Jugend zu errichten.

Wir zitieren nach dem Abdruck des Textes in der von Jörg Mauthe herausgegeben Anthologie „Wiener Meister Feuilletons“ (Wiener Verlag, Wien 1946, S. 293-302).

Die Höhe eines Lebens wird nicht erreicht, damit man sich hinaufsetzt, sondern damit man in besserer Luft weitergeht.

Heimito von Doderer in seinem „Repertorium“. Dieses Buch wurde zu seinen Lebzeiten nicht fertig gestellt. Erst 1969 veröffentlichte Dietrich Weber eine Auswahl der Aufzeichnungen Doderers unter dem Titel „Repertorium. Ein Begreifbuch von höheren und niederen Lebens-Sachen“ (Verlag C.H. Beck, 2. Auflage, München 1996). Das hier zitierte Bonmot findet sich auf Seite 118.

Die Hölle erkennen wir immer erst rückblickend. Solange wir in ihr schmoren, reden wir von Heimat.

Ein Zitat von Robert Menasse. In seinem Roman „Die Vertreibung aus der Hölle“ (Suhrkamp Verlag, Frankfurt 2001), schreibt er: „Die Hölle erkennen wir immer erst rückblickend. Nach der Vertreibung. Solange wir in ihr schmoren, reden wir von Heimat.“

Die Ideensumme eines literarischen Aufsatzes sei das Ergebnis einer Multiplikation, nicht einer Addition.

Karl Kraus, „Kehraus", in der „Fackel" Nr. 229 vom 2. Juli 1907, Seite 1.

Die Individuation des Menschen beginnt damit, dass er alle andern für Esel hält.

Erwin Chargaff in: „Bemerkungen", eine Sammlung seiner Aphorismen, in der sich der hier zitierte Ausspruch auf Seite 12 findet (Verlag Klett-Cotta, Stuttgart 1981).

Die Irreligiösen sind religiöser als sie selbst wissen und die Religiösen sind's weniger als sie meinen.

Wir zitieren Franz Grillparzer nach: „Gesammelte Werke. Auf Grund der von der Gemeinde Wien veranstalteten kritischen Gesamtausgabe herausgegeben von Edwin Rollet und August Sauer" (Kunstverlag Anton Schroll & Co, Wien 1923, Bd. 2, S. 154).

Die Jugend überschätzt das Neueste, weil sie sich mit ihm gleichaltrig fühlt.

Diese Bemerkung stammt von Robert Musil. Sie findet sich unter den „Aphorismen" in Band 7 der „Gesammelten Werke" (Rowohlt Verlag, Reinbek bei Hamburg 1978, S. 814). Dort wird sie mit den Worten ergänzt: „Darum ist es zweifaches Unglück, wenn das Neueste zu ihrer Zeit schlecht ist."

Die Kleinfamilie ist die Keimzelle im Staatsgefängnis.

Ein Zitat von Günter Eichberger, der damit den bekannten Spruch „Die Familie ist die Keimzelle des Staates" umwandelte. Nachzulesen ist der Satz in „Ich Fabelwesen" (Styria Verlag, Graz 1996, S. 61).

Die Kleingesellschaft, in der unsere Instinkte formiert wurden, basiert darauf, dass wir uns in einer wohlbekannten Umgebung zu bewähren hatten. Die Entstehung der Großgesellschaft oder, wie ich es gerne nenne, *der ausge-*

dehnten Gesellschaft* ist möglich geworden, weil wir gelernt haben, uns anzupassen an Umstände, *die wir nicht kennen.

Der Ökonom Friedrich von Hayek hat für seine Thesen (etwa: Solidarität als Auslaufmodell) viel Kritik einstecken müssen. Seine nüchterne Betrachtung der Entwicklung der Weltwirtschaft erweist sich allerdings als Realität. In einem Gespräch mit Franz Kreuzer erläuterte Hayek seine Ideen. Nachzulesen ist dies in „Markt, Plan, Freiheit. Franz Kreuzer im Gespräch mit Friedrich von Hayek und Ralf Dahrendorf" (Deuticke Verlag, Wien 1983), das Zitat findet sich auf Seite 20.

Die Klugheit gibt nur Rat, die Tat entscheidet.

Eine Zeile aus Franz Grillparzers Trauerspiel „Ein Bruderzwist in Habsburg" („Sämtliche Werke", Carl Hanser Verlag, 2., erweiterte Auflage, München 1970, Bd. 2, S. 389).

Grillparzer, der sich nach dem Misserfolg von „Weh dem, der lügt" im Jahr 1838 vom Theater zurückgezogen hatte, verfügte in seinem Testament die Vernichtung dieses Werkes (zusammen mit den ebenfalls um 1850 fertig gestellten Dramen „Libussa" und „Die Jüdin von Toledo"). Die Uraufführung fand deshalb erst am 24. September 1872 statt, nach dem Tod Grillparzers im Jänner desselben Jahres.

Die Kultur ersticken heißt Zivilisation.

Kaiserin Elisabeth bemerkte dies zu ihrem Griechischlehrer Constantin Christomanos, der in seinem Tagebuch zahlreiche Aussprüche und Gedanken von „Sisi" notierte. Renate Daimler hat eine Auswahl daraus zusammengestellt und in dem Band „‚Frei sollen die Frauen sein...' Gedanken der Kaiserin Elisabeth von Österreich" herausgegeben (Verlag Christian Brandstätter, Wien 1998).

Der hier zitierte Satz findet sich auf den Seiten 32-33. Elisabeth geht es dabei um die grundsätzliche Unterscheidung von Kultur und Zivilisation: „Zivilisation ist Belesenheit, Kultur sind die Gedanken. Die Zivilisation beansprucht jeden einzelnen Menschen für sich und alle in einen Käfig hinein. Die Kultur hat jeder Mensch für sich, als Erbteil seiner Vorexistenzen."

Die Leiden der jungen Wörter

„Die Leiden der jungen Wörter. Ein Antiwörterbuch" nannte Hans Weigel sein 1974 erschienenes Werk, das er „In memoriam Karl Kraus" schrieb. Der Titel ist natürlich eine Anspielung auf Goethes „Die Leiden des jungen Werthers" aus dem Jahr 1774, in dem die tragische Liebe Werthers zu der von ihm verehrten Lotte dargestellt wird. Weigels Titel wird in letzter Zeit gern in Zusammenhang mit der Rechtschreibreform verwendet.

Die Leidenschaft ist immer ein Leiden, auch die befriedigte.

Marie von Ebner-Eschenbach zitieren wir nach der Ausgabe der „Aphorismen" im Insel-Verlag (Wiesbaden 1953, S. 7).

Die letzten Tage der Menschheit

Das Weltuntergangsdrama von Karl Kraus entstand in den Jahren 1914-1917, erschien zunächst in vier Sonderausgaben der „Fackel" (1918/19) und wurde im Jahr 1922 in überarbeiteter Fassung publiziert. Das monumentale Werk montiert 220 dokumentarische Szenen mit 500 Figuren zu einer Gesamtschau des Ersten Weltkrieges, wobei je einer der fünf Akte für ein Kriegsjahr steht. Ein Großteil des Textes ist aus Zitaten erstellt (Zeitungsausschnitte, Gedichte, Werbungsannoncen etc.), das einzige inhaltlich verbindende Element ist die im Krieg entfesselte Unvernunft der Menschen. „Die Uraufführung des Dramas, dessen Umfang nach irdischem Zeitmaß etwa zehn Abende umfassen würde, ist einem Marstheater zugedacht. Theatergänger dieser Welt vermöchten ihm nicht standzuhalten", sagte Karl Kraus selbst in seinem Vorwort. Er wollte das Werk hauptsächlich als Lesedrama verstanden wissen.

Die Leut werden auf der Welt mit allem betrogen.

Thomas Bernhard im Gespräch mit der Journalistin Krista Fleischmann. Der Originaltext rund um den hier zitierten Ausspruch lautet folgendermaßen: „Die Leut werden allerdings auf der Welt mit allem betrogen. Also, es ist schon egal, ob sie mit der Psychoanalyse zusätzlich betrogen werden oder nicht. Letzten Endes ist ja alles ein Betrug, überspitzt gesagt, ein gigantischer. Nur: Alle Menschen, solange sie leben, fühlen sich in dem Betrogenwerden ja sauwohl. Das sieht man ja an sich selbst."

Wir zitieren nach der als Buch veröffentlichten Abschrift: Thomas Bernhard: „Thomas Bernhard – Eine Begegnung. Gespräche mit Krista Fleischmann“ (Edition S, Verlag der Österreichischen Staatsdruckerei, Wien 1991, S. 22).

Die lustige Witwe

Titel einer Operette von Franz Lehár, die 1905 uraufgeführt wurde. Die Handlung basiert auf dem Lustspiel „Der Gesellschaftsattaché“ des französischen Dramatikers Henri Meilhac, arrangiert wurde der Text von Leo Stein und Viktor Léon: Graf Danilo hat seinerzeit die Liebe der schönen Hanna Glawari verschmäht, weil sie arm und nicht standesgemäß war. Nun taucht sie als reiche Witwe in Paris auf, und Graf Danilo verliebt sich in sie.

Dieses Werk wurde nicht zuletzt aufgrund der für damalige Verhältnisse sehr erotischen Geschichte ein Riesenerfolg und machte Lehár zum reichen Mann. Es gelangte Ende Dezember 1905 unter der Leitung von Robert Stolz im Theater an der Wien zur Uraufführung. In der darauffolgenden Spielzeit erlebte die Operette zahllose Aufführungen und wurde in den folgenden Jahren sowohl in Europa als auch in Amerika zum Dauerbrenner.

Die meisten Ehen scheitern an den Verhältnissen. Aber es sind auch schon sehr schöne Verhältnisse an Ehen gescheitert.

Dem Band „Zeitspiel“, einer Sammlung kabarettistischer Texte von Werner Schneyder, sind einige seiner besten Bonmots vorangestellt, unter denen sich auch diese Sätze finden (Kremayr & Scheriau, Wien 1997, S. 12).

Die meisten Menschen sehen das Problem der Liebe in erster Linie als das Problem, *selbst geliebt zu werden,* statt *zu lieben* und lieben zu können.

Erich Fromm hat sich in „Die Kunst des Liebens“ mit der tiefsten Sehnsucht der Menschen auseinandergesetzt und sie aus ungewöhnlicher Perspektive betrachtet. Er zählt die Mittel auf, derer sich Männer und Frauen bedienen, in der Hoffnung, durch diese liebenswert zu werden und weist darauf hin, dass das Zugehen auf den Partner, das Interesse an dessen Person in seinen Augen für die Liebe von viel größerer Bedeutung sind. Wir zitieren nach: Erich Fromm, „Die Kunst des Liebens“ (Deutsche Verlagsanstalt, Stuttgart 1980, Seite 11).

Die Menschen, denen wir eine Stütze sind, geben uns den Halt im Leben.

Marie von Ebner-Eschenbach zitieren wir nach der Ausgabe der „Aphorismen“ im Insel-Verlag (Wiesbaden 1953, S. 31).

Die Menschen, mit denen man Umgang haben möchte, muss man sich erst erfinden.

Unter dem Titel „Ich Fabelwesen“ veröffentlichte Günter Eichberger 1996 ein „Prosamosaik“, in dem ein Dichter namens Wandel W. Layd eine tragende Rolle spielt. Layd wird im Anschluss an den hier zitierten Satz als Eichbergers „Schöpfung“ vorgestellt, als ein von ihm erfundener Mensch (Styria Verlag, Graz 1996, S. 13).

Die Menschen wandeln auf Erden als Weissagungen der Zukunft.

Robert Musil in: „Der Mann ohne Eigenschaften“. Vollständig lautet das Zitat: „Die Menschen wandeln auf Erden als Weissagungen der Zukunft, und alle ihre Taten sind Versuche und Proben, denn jede Tat kann durch die nächste übertroffen werden!“

Der Satz ist auch in Musils Roman ein Zitat, dessen Herkunft wie folgt beschrieben wird: „Genau genommen war dieser Satz sogar von Ulrich und aus mehreren Sätzen von Emerson zusammengestellt.“

Wir zitieren nach: Robert Musil, „Der Mann ohne Eigenschaften“ (I, Erstes und Zweites Buch, herausgegeben von Adolf Frisé, Rowohlt Taschenbuch, Reinbek bei Hamburg 1987, S. 38).

Die Möglichkeit, die Regierung ohne Schüsse abzusetzen, ist das Wichtigste an der Demokratie.

Der Philosoph Karl R. Popper äußerte sich in Bezug auf die Bemerkung von Winston Churchill: „Die Demokratie ist die schlechteste aller Regierungsformen – mit der alleinigen Ausnahme aller anderen“, folgendermaßen: „Damit wollte er sagen: Es gibt keine gute Regierungsform. Es gibt nur solche Regierungsformen, die unverbesserlich schlecht sind, die also nur durch Gewalt ersetzt werden können, und solche Regierungsformen, in denen man durch eine Abstimmung die Regierung absetzen kann. Die Möglichkeit, die Regierung ohne Schüsse abzusetzen, ist das Wichtigste an der Demokratie. Alles andere hängt an den Bürgern, an den Demokraten."

Diese Ansicht äußerte Popper am dritten Tag des Symposiums, das aus Anlass seines 80. Geburtstages von 24.-26. Mai 1983 in Wien veranstaltet wurde. Dokumentiert ist sie in dem von Franz Kreuzer herausgegebenen Buch: R. Popper/Konrad Lorenz, „Die Zukunft ist offen. Das Altenberger Gespräch. Mit den Texten des Wiener Popper-Symposiums" (Piper Taschenbuch, München/Zürich, 4. Auflage 1990, S. 110).

Die Moral ist ein isothermischer Begriff!

Angesichts des kalten Winters und der hohen Kohlenpreise des Jahres 1865 verfasste der Feuilletonist Ferdinand Kürnberger den Essay „Die Kälte und die Weltgeschichte". Ausgehend von Wien stellt er Betrachtungen zum kausalen Zusammenhang zwischen klimatischen Gegebenheiten und historischen Entwicklungen verschiedener Regionen auf, die allesamt für Wien nicht sehr schmeichelhaft ausfallen.

Wir zitieren nach: Ferdinand Kürnberger, „Feuilletons" (Insel Verlag, Frankfurt 1967, S. 27).

Die Moral ist ein Topf, den man mit jedem Inhalt füllen kann, auch mit dem unmoralischsten, ohne dass sie darob ihre Form verlöre.

Franz Werfels Aphorismen und Sentenzen sind in dem Band „Zwischen oben und unten" nachzulesen, einem Teil der „Gesammelten Werke". Der zitierte Ausspruch findet sich dort auf Seite 810 (Langen-Müller Verlag, München-Wien 1975).

Die Mutterschaft mag als Hindernis der äußeren Gleichstellung mit dem Manne schwer ins Gewicht fallen; als innerlicher Zustand ist sie so wenig ein allgemeingültiges

Kriterium der Weiblichkeit, wie irgend eine andere generelle Bestimmung.

In ihren kultur- und zeitkritischen Essays beleuchtete Rosa Mayreder (1858-1938) die Weiblichkeitsmythen und den Männlichkeitswahn ihrer Zeitgenossen Freud und Weininger und betonte immer wieder die soziokulturelle Determination der Frauenrolle.

Wir zitieren nach dem von Hanna Schnedl zusammengestellten und eingeleiteten Band mit Essays von Rosa Mayreder: „Zur Kritik der Weiblichkeit" (Verlag Frauenoffensive, München 1981, S. 40).

Die Not hat er gekannt, die Macht erobert, den Verstand gebraucht und jetzt ist er tot, der Landesvater.

Mit diesen lakonischen Worten kommentiert die Titelfigur in Reinhard P. Grubers Buch „Aus dem Leben Hödlmosers. Ein steirischer Roman mit Regie" das plötzliche Ableben des steirischen Landeshauptmanns bei einer Veranstaltung in Hödlmosers Nachbargemeinde Kumpitz.

Wir zitieren nach der Sonderausgabe von 1982 (Residenz Verlag, Salzburg, S. 140).

Die Naturwissenschaften sind ein imperialistischer Angriff auf die Natur.

Erwin Chargaff in: „Bemerkungen", eine Sammlung seiner Aphorismen, in der sich der hier zitierte Ausspruch auf Seite 125 findet (Verlag Klett-Cotta, Stuttgart 1981).

Die offene Gesellschaft

Der abgekürzte Titel des Buches von Karl R. Popper „Die offene Gesellschaft und ihre Feinde" ist heute ein vielzitierter Begriff. Popper veröffentlichte dieses Werk erstmals 1945 in englischer Sprache.

Er selbst erklärte später: „Ich entschloss mich, dieses Buch zu schreiben, an dem Tag, als ich die Nachricht erhielt, dass Hitler in Österreich einmarschiert war. Das Buch ist eine Verteidigung der Demokratie, geschrieben in einer Zeit, als die Demokratie nicht viele überzeugte Anhänger hatte: Fast jeder, der damals schrieb oder mit dem ich zu sprechen Gelegenheit hatte, prophezeite das nahe Ende der Demokratie und den Sieg des Rechtsfaschismus oder des Linksfaschismus, und jedermann sprach von der inneren Schwäche der Demokratie. Mit dem Ausdruck ‚offene Gesellschaft' bezeichne ich nicht sosehr eine Staatsform oder Regierungsform, sondern eher eine Art des menschlichen Zusammenlebens, in dem Freiheit der Individuen, Gewaltlosigkeit, Schutz der Minderheiten, Schutz der Schwachen wichtige Werte sind. In unseren westlichen Demokratien sind diese Werte für die meisten Menschen geradezu Selbstverständlichkeiten."

Nachzulesen ist diese Erklärung in einem Nachwort zu dem von Franz Kreuzer herausgegebenen Buch: R. Popper/Konrad Lorenz, „Die Zukunft ist offen. Das Altenberger Gespräch. Mit den Texten des Wiener Popper-Symposiums" (Piper Taschenbuch, München/Zürich, 4. Auflage 1990, S. 136 f.).

Die öffentliche Meinung ist wie alle öffentlichen Häuser ein Ort, wo man zahlen muss, um seine besten Kräfte vergeuden zu dürfen.

Karl Kraus, „Splitter", in der „Fackel" Nr. 201 vom 19. April 1906, Seite 17. Gemeint ist nicht die öffentliche Meinung im heutigen Sinn einer allgemein bekannten und von einer Mehrheit vertretenen Meinung, sondern die veröffentlichte Meinung: die in der Presse anzutreffenden Einschätzungen.

Die Österreicher sind liab und bleiben blöd.

Thomas Bernhard im Gespräch mit der Journalistin Krista Fleischmann. Die zitierte Aussage, die auf Bernhards Verhältnis zu Österreich ein recht exemplarisches Licht wirft, leitet Bernhard hier aus mangelhaften kulinarischen Kenntnissen seiner Landsleute ab: „ ... wenn ich in Österreich einen Sherry verlangt hab, haben s' mir immer einen Cherry Brandy gebracht, weil s' keine Ahnung g'habt haben, was ein Sherry ist. Aber man sagt bei uns natürlich auch Cherry, und dann ist das Ganze schon wieder verkirscht und erledigt. Leider. Die Österreicher sind liab und bleiben blöd."

Wir zitieren nach der als Buch veröffentlichten Abschrift: Thomas Bernhard, „Thomas Bernhard – Eine Begegnung. Gespräche mit Krista Fleischmann" (Edition S, Verlag der Österreichischen Staatsdruckerei, Wien 1991, S. 60).

Die Österreicher verlieren alle Schlachten bis auf die aussichtslosen.

Dieser Satz findet sich in Hans Weigels „O du mein Österreich. Versuch des Fragments einer Improvisation für Anfänger und solche, die es werden wollen" (Steingrüben Verlag, Stuttgart 1955, S. 204). Das vollständige Zitat lautet: „Die Engländer, so sagt man, verlieren jede Schlacht bis auf die letzte. Die Österreicher, so scheint es, verlieren alle Schlachten bis auf die aussichtslosen."

Die Poesie ist die Aufhebung der Beschränkungen des Lebens.

Franz Grillparzers Aphorismus ist nachzulesen in: „Gesammelte Werke. Auf Grund der von der Gemeinde Wien veranstalteten kritischen Gesamtausgabe herausgegeben von Edwin Rollet und August Sauer" (Kunstverlag Anton Schroll & Co, Wien 1923, Bd. 2, S. 144).

Die Persönlichkeit hat's in sich, das Talent an sich.

Karl Kraus, „Vorurteile", in der „Fackel" Nr. 241 vom 19. Jänner 1908, Seite 17.

Die Polizei ist das schlechte Gewissen des Staates.

Im Jahr 1996 wurden die Werke des Schriftstellers Josef Weinheber in einer Neuausgabe im Otto Müller Verlag publiziert. Im 3. Band dieser Ausgabe finden sich einige aus verschiedenen Handschriften zusammengestellten Notizen und Aphorismen; der hier zitierte Satz ist auf Seite 533 nachzulesen.

Die Presse leitet ihren Ursprung her von Klatsch und dem Bedürfnis nach übler Nachrede.

Robert Musils boshaftes Bonmot findet sich unter dem Titel „Motive – Überlegungen" in Band 7 von Musils „Gesammelten Werken" (Rowohlt Verlag, Reinbek bei Hamburg 1978, S. 905).

Die Psychoanalyse hat es möglich gemacht, Teufelsanbetung und Exorzismus in *einer* Person zu vereinigen.

Erwin Chargaff in: „Bemerkungen", eine Sammlung seiner Aphorismen, in der sich der hier zitierte Ausspruch auf Seite 74 findet (Verlag Klett-Cotta, Stuttgart 1981).

Die Religionen rechnen damit, dass glauben nichts wissen heißt.

Karl Kraus, „Kehraus", in der „Fackel" Nr. 229 vom 2. Juli 1907, Seite 11. Die Aussage ist durchaus so eindeutig zu verstehen, wie sie erscheint: Kraus stand den Religionen skeptisch gegenüber. Er selbst konvertierte vom Judentum zum Katholizismus, trat allerdings aus der katholischen Kirche wieder aus, als diese sich bereit erklärte, im Zuge der Salzburger Festspiele den Domplatz für die Aufführung des von Kraus nicht geschätzten „Jedermann" von Hugo von Hofmannsthal zur Verfügung zu stellen.

Die schöne Leich ist ein Lebensziel.

Mit dem Ausdruck „a schöne Leich" wird in Wien ein feierliches Begräbnis bezeichnet, das alle Trauergäste als gelungene Veranstaltung empfinden. In „Singen Sie wienerisch?" vermerkt Peter Wehle dazu: „Die schöne Leich' ist ein Lebensziel." (Ueberreuter Verlag, Wien 1986, S. 71 – 76).

Die schöne Leich' wird auch ausführlich in Wienerliedern besungen. Wir führen hier stellvertretend für viele andere das bekannte „Allwei fidel" von Carl Rieder (1819-1886) an, da heißt es wörtlich:

Wann i amal stirb, stirb, stirb,
müssen mi' d'Fiaker trag'n
und dabei Zithern schlag'n
weil i des liab, liab, liab,
spielt's an Tanz laut und hell
allweil fidel!

Die schönsten Dinge erlebt man schon in der Gegenwart als Erinnerung.

Dieser Ausspruch stammt von Anton Kuh. Wir zitieren nach dem Band „Luftlinien" (Löcker Verlag, Wien 1981), in dem sich das Zitat auf Seite 301 findet.

Die Sonne geht im Osten auf, wandert entsetzt weiter, erträgt auch den Westen nicht und geht endgültig unter.

Mit diesem Satz beschreibt der Kabarettist Werner Schneyder auf die wohl kürzest mögliche Art den Weltzustand im ausgehenden 20. Jahrhundert. Nachzulesen ist das Bonmot in dem Band „Schreibzeit“ (Kremayr & Scheriau, Wien 1996, S. 8).

Die stärkste Kraft reicht nicht an die Energie heran, mit der manch einer seine Schwäche verteidigt.

Karl Kraus, „Sprüche und Widersprüche“, in der „Fackel“ Nr. 275 vom 22. März 1909, Seite 17.

Die Strafen dienen zur Abschreckung derer, die keine Sünden begehen wollen.

Karl Kraus, „Tagebuch“, in der „Fackel“ Nr. 259 vom 13. Juli 1908, Seite 36. Kraus, der in den ersten Jahren des 20. Jahrhunderts vorwiegend sozial- und justizkritische Themen aufgriff, äußerte sich wiederholt polemisch bis vernichtend über die Justiz seiner Zeit.

Die Tiefe muss man verstecken. Wo? An der Oberfläche.

Hugo von Hofmannsthal im „Buch der Freunde“, das zunächst in einer Auflage von nur 800 Stück 1922 im Insel-Verlag erschien. Unter dem gleichen Titel wurde zuletzt 1985 in der Bibliothek Suhrkamp ein Nachdruck dieser Aphorismensammlung veröffentlicht.

Das Werk wurde auch in Band 10 von Hofmannsthals „Gesammelten Werken in zehn Einzelbänden“ (S. Fischer Verlag, Frankfurt 1980) aufgenommen, dort findet sich dieser Ausspruch auf Seite 268.

Die Trägheit ist das Zentralgebäude im weitläufigen Gebäudekomplex der Dummheit.

Heimito von Doderer in: „Repertorium“. Dieses Buch wurde zu seinen Lebzeiten nicht fertig gestellt. Erst 1969 veröffentlichte Dietrich Weber eine Auswahl der Aufzeichnungen Doderers unter dem Titel „Repertorium. Ein Begreifbuch von höheren und niederen Lebens-Sachen“ (Verlag C. H. Beck, 2. Auflage, München 1996). Das hier zitierte Bonmot findet sich auf Seite 244.

Die unheimlichste Stille ist die, die man *hört.*

Im Jahr 1996 wurden die Werke des Schriftstellers Josef Weinheber in einer Neuausgabe im Otto Müller Verlag publiziert. Im 3. Band dieser Ausgabe finden sich einige aus verschiedenen Handschriften zusammengestellten Notizen und Aphorismen; der hier zitierte Satz ist auf Seite 525 nachzulesen.

Die Verbesserung von Mitteleuropa

Dieses Schlagwort ist aus dem gleichlautenden Titel eines Buches von Oswald Wiener entstanden. „die verbesserung von mitteleuropa. ein roman" erschien 1969 (im Rowohlt Verlag, Reinbek bei Hamburg). Heute wird der Ausdruck gerne umgewandelt in „die Verbesserung von ..." – je nachdem, was gerade verbesserungswürdig erscheint; dabei schwingt ein ironischer Unterton mit, der aber die Ernsthaftigkeit des jeweiligen Anliegens nicht von vornherein in Abrede stellt.

Die verdächtigen Eigenschaften, welche Menschen bei anderen Menschen wahrnehmen, schlummern in ihnen selbst.

Ein Ausspruch von Peter Turrini, nachzulesen in „Liebe Mörder", einer Anthologie verschiedener Stellungnahmen Turrinis zu politischen und kulturellen Zuständen und Entwicklungen in Österreich (Luchterhand Literaturverlag, München 1996, S. 53).

Die Verkleidung ist zur Kleidung herabgesunken.

Mit diesen Worten kritisiert Egon Friedell in der „Kulturgeschichte der Neuzeit" die einheitlich – phantasielose Kleidung der Bankmenschen. Wir zitieren nach „Das Friedell-Lesebuch" (herausgegeben von Heribert Illig, Verlag C.H. Beck, München 1988, S. 218).

Die vor sich hinbrüllt,
Das ist die Brünnhild.

Der Wiener Pianist Franz Mittler war Kapellmeister, Kammermusiker und Komponist und vor allem ein begnadeter Schüttelreimer. Friedrich Torberg, einer seiner glühendsten Verehrer, veröffentlichte viele der Mittler-Worträtsel in der von ihm von 1954–1965 herausgegebenen Zeitschrift „Forum". Unser Reim stammt aus dem von Friedrich Torberg herausgegebenen Band: Franz Mittler, „Gesammelte Schüttelreime" (Verlag Christian Brandstätter, Wien 1991, S. 53), in dem übrigens Wagner-Opern eine ganze Seite gewidmet ist.

Die Waffen nieder!

Der 1889 unter diesem Titel erschienene Roman der Bertha von Suttner ist ein klares Bekenntnis zum Pazifismus, eine mutige Gesinnung zu einer Zeit, in der das Militär einen hohen politischen und gesellschaftlichen Stellenwert hatte. So war die Aufnahme gespalten zwischen begeisterter Zustimmung (das Buch wurde in sämtliche Weltsprachen übersetzt und die Auflage überstieg schnell 100.000 Exemplare) und wütender Ablehnung in konservativen und militärischen Kreisen. Der Roman selbst ist nicht von hoher literarischer Qualität, seine Bedeutung beruht vielmehr auf der Tatsache, dass Krieg nicht als heroische Anstrengung für das Vaterland, sondern als für alle Beteiligten grausamer, unmenschlicher Wahnsinn dargestellt wird.

Bertha von Suttner begründete gemeinsam mit ihrem Mann 1891 die Österreichische Friedensgesellschaft und wurde 1905 mit dem Friedens-Nobelpreis ausgezeichnet, sie starb 1914, kurz bevor der Erste Weltkrieg ausbrach, den sie so sehr versucht hatte zu verhindern.

Die Parodie „Die Röcke nieder" stammt übrigens von Karl Kraus, der erst durch die Erfahrungen des Ersten Weltkrieges zum überzeugten Pazifisten wurde.

Die Wahrheit ist den Menschen zumutbar.

Titel der Rede Ingeborg Bachmanns zur Verleihung des Hörspielpreises der Kriegsblinden am 17. März 1959, den sie für ihr Hörspiel „Der gute Gott von Manhattan" aus dem Jahr 1958 zugesprochen bekam. Die Aussage ist programmatisch für Bachmanns Verständnis von Kunst, wie sie es in diesem Text ausführt: „Und das sollte die Kunst zuwege bringen: dass uns … die Augen aufgehen." (Abgedruckt in: „Der Kriegsblinde", 10. Jg., Bielefeld 1959, Heft 8.)

Wir zitieren nach dem im Piper Verlag erschienenen Sammelband

„Gedichte Erzählungen Hörspiele Essays“ (7., durchgesehene Auflage, München-Zürich 1992, S. 300).

Die Wahrheit ist doch nur die beste Lüge.

Helmut Eisendle in der Erzählung: „Lauf Alter. Die Welt ist hinter dir her.“ Ein Mann von Ende fünfzig steigt einsam auf einen Berg und lässt dabei seine Gedanke zu verschiedensten Bereichen schweifen. Das Zitat ist Teil des 9. Kapitels und seiner Überschrift: „Die Wahrheit ist doch nur die beste Lüge. Was? Schlagen wir sie doch tot. Einfach tot.“

Nachzulesen in: Helmut Eisendle, „Lauf Alter. Die Welt ist hinter dir her.“ (Deuticke Verlag, Wien 2000, S. 66 f.).

Die Wahrheit ist immer einfacher als der Weg zu ihr.

Erwin Chargaff in: „Bemerkungen“, eine Sammlung seiner Aphorismen, in der sich der hier zitierte Ausspruch auf Seite 68 findet (Verlag Klett-Cotta, Stuttgart 1981).

Die Wahrheit ist nicht darauf angewiesen, von uns entdeckt zu werden.

Karl Heinrich Waggerl in: „Kleine Münze“, Aphorismensammlung, zusammengestellt vom Autor, erschienen erstmals im Otto Müller Verlag, Salzburg 1957.

In Waggerls „Sämtlichen Werken“ (Otto Müller Verlag, Salzburg-Wien 1970, Neuauflage 1997), sind die Sinnsprüche in Band 2 abgedruckt. Dieses Zitat findet sich auf Seite 643.

Die Welt bin ich und das ist meine Sache.

Konrad Bayer war einer der Begründer der Wiener Gruppe, einer avantgardistischen Vereinigung von Künstlern und Schriftstellern im Wien der fünfziger und sechziger Jahre. Unter seinen Notizen aus dem Jahr 1963 findet sich auch dieser programmatische Ausspruch. Nachzulesen in: Konrad Bayer, „Sämtliche Werke“ (herausgegeben von Gerhard Rühm, Österreichischer Bundesverlag/Verlag Klett-Cotta, Wien 1985, Bd. 1, S. 343).

Die Welt ist alles, was der Fall ist.

Der Philosoph Ludwig Wittgenstein beginnt mit diesem Satz seinen berühmten „Tractatus Logico-Philosophicus" (erschienen erstmals 1921 in Wilhelm Ostwalds „Annalen der Naturphilosophie"). Wittgenstein vertritt die Ansicht, dass die Welt aus voneinander unabhängigen einzelnen Tatsachen besteht, über die Gesamtheit der Tatsachen hinaus ist die Welt – nichts. Deshalb kann der Mensch nichts anderes als Tatsachen erkennen, und auch die Philosophie kann keine über den Tatsachen stehenden Erkenntnisse leisten. Ihre Aufgabe ist es vielmehr, mögliche Fehler in der Logik der wissenschaftlichen Analyse der Tatsachen aufzuzeigen.

Die Welt ist ein Gefängnis, in dem Einzelhaft vorzuziehen ist.

Karl Kraus, „Tagebuch", in der „Fackel" Nr. 264 vom 18. November 1908, Seite 26.

Die Welt ist so, wie du sie siehst.

Peter Rosegger in: „Wahrheiten und Weisheiten", Aphorismen (zusammengestellt von Bertl Petri, Staackmann Verlag, München 1989). In diesem Band findet sich der zitierte Satz auf Seite 127; dort ist auch nachzulesen, wie Rosegger die Aussage vervollständigt: „... sie gibt sich genauso, wie du sie nimmst. Nimmst du sie ernst, so ist sie's für dich, nimmst du sie heiter, so ist sie's."

Die Weltgeschichte ist eine Verschwörung der Diplomaten gegen den gesunden Menschenverstand.

Dieses Bonmot von Arthur Schnitzler findet sich in den Aphorismen aus seinem Nachlass. Nachzulesen in den „Gesammelte Werken, Aphorismen und Betrachtungen" (herausgegeben von Robert Weiss, S. Fischer Verlag, Frankfurt 1977, Bd. 1, S. 200).

Die Wertung des Weibes als bloßes Liebesobjekt für den Mann ist eine Nichtanerkennung seines vollen Menschentums.

Peter Rosegger in: „Wahrheiten und Weisheiten", Aphorismen (zusammengestellt von Bertl Petri, Staackmann Verlag, München 1989). In diesem Band findet sich der zitierte Satz auf Seite 101. Rosegger führt im folgenden weiter aus: „Denn was Mensch ist, das hat gegenseitig auch andere Interessen als die sexuellen."

Die Wiener Bohème kann ihre älplerische Herkunft nicht verleugnen, der Bildungsunterschied zwischen Spießern und Kaffeehausliteraten ist minimal.

Diesen kleinen Seitenhieb konnte sich Hilde Spiel in ihrer enthusiastischen Besprechung der Aufführung von Wolfgang Bauers „Change" im Volkstheater (Frankfurter Allgemeine Zeitung vom 29. Februar 1969 unter dem Titel „Horváths Erbe") nicht verkneifen.

Die Wiener Küche ist der Einbrennpunkt der Wiener Interessen.

Karl Kraus, „Illusionen", in der „Fackel" Nr. 237 vom 2. Dezember 1907, Seite 5.

Die wirklich revolutionäre Alternative zu Kapitalismus, Imperialismus, Kommunismus, Nationalismus – zu Schwarz, Rot, Blau oder Braun – ist nicht Grün, sondern KLEIN.

Der Philosoph und Ökonom Leopold Kohr wurde am 5. Oktober 1909 in Oberndorf bei Salzburg geboren, musste 1938 in die USA emigrieren und verstarb 1994 in seiner britischen Wahlheimat Gloucester. Mit dem hier zitierten Satz bringt er seine Überzeugung des „Small is beautiful" (siehe dort) auf den Punkt. Im Gegensatz zur gängigen Meinung, nur permanentes wirtschaftliches Wachstum könne die Zukunft der Menschheit sichern, war Kohr der Überzeugung, dass die Rückkehr zu einem „menschlichen Maß", d. h. kleineren wirtschaftlichen und politischen Einheiten notwendig sei. Im Jahr 1983 erhielt er für sein Werk den alternativen Nobelpreis.

Nachzulesen ist das Zitat in: Leopold Kohr, „Die Überentwickelten Nationen" (Verlag Alfred Winter, Salzburg 1983, S. 12).

Die Wollust liebt die Mittel, nicht den Zweck.

Hugo von Hofmannsthal im „Buch der Freunde", das zunächst in einer Auflage von nur 800 Stück 1922 im Insel-Verlag, erschien. Unter dem gleichen Titel wurde zuletzt 1985 in der Bibliothek Suhrkamp ein Nachdruck dieser Aphorismensammlung veröffentlicht.

Das Werk wurde auch in Band 10 von Hofmannsthals „Gesammelten Werken in zehn Einzelbänden" (S. Fischer Verlag, Frankfurt 1980) aufgenommen, dort findet sich dieser Ausspruch auf Seite 250.

Die Zeit heilt Wunden und schlägt Narben.

Alfred Grünewald in: „Lass meine Seele dir Heimat sein", eine Auswahl aus seinem Werk, aufgenommen in die von Hans Weigel herausgegebene Reihe „Bibliothek Wiederaufnahme Österreichischer Literatur des 20. Jahrhunderts" (Verlag Jungbrunnen, Wien-München 1990). Der zitierte Ausspruch findet sich auf Seite 83.

Die Zukunft endet, wenn man die Vergangenheit flieht.

Erwin Chargaff in: „Bemerkungen", eine Sammlung seiner Aphorismen, in der sich der hier zitierte Ausspruch auf Seite 55 findet (Verlag Klett-Cotta, Stuttgart 1981).

Die Zukunft hat ka Zukunft mehr.

Diese Variation auf die „No Future"-Slogans Ende des vergangen Jahrhunderts ist Titel eines Liedes von Lukas Resetarits, dessen Text Wolfgang Teuschl verfasste. Nachzulesen in: Lukas Resetarits, „Rekapituliere. 10 Programme und 1" (Kremayr & Scheriau, Wien 1987, S. 115).

Die Zukunft hat schon begonnen.

So lautet der Titel des 1952 (bei Scherz & Goverts, Stuttgart) erschienenen Buches des Zukunftsforschers Robert Jungk, in dem er sich kritisch mit den Einflüssen der Technikentwicklung auf das moderne Leben beschäftigt.

Dies Bildnis ist bezaubernd schön!

Im 1. Akt der „Zauberflöte" von Wolfgang Amadeus Mozart schmachtet Prinz Tamino das Bildnis der reizenden Pamina, der Tochter der Königin der Nacht, an:

Dies Bildnis ist bezaubernd schön,
Wie noch kein Auge je gesehn!
Ich fühl es, wie dies Götterbild
Mein Herz mit neuer Regung füllt.
Dies Etwas kann ich zwar nicht nennen,
Doch fühl ich's hier wie Feuer brennen.
Soll die Empfindung Liebe sein?
Ja, ja die Liebe ist's allein.

Natürlich wird von den spottlustigen Wienern das berühmte „Dies Bildnis ist bezaubernd schön" auch für Porträts von von der Natur stiefmütterlich behandelte Personen eingesetzt.

Dies Österreich ist eine kleine Welt, in der die große ihre Probe hält, Und waltet erst bei uns das Gleichgewicht, so wird's auch in der andern wieder licht.

Dieser Satz stammt aus einer Zeit, zu der Österreich noch um einiges größer war als heute, und zwar aus dem „Prolog zum 26. Februar 1862" von Friedrich Hebbel, der zur Feier des ersten Jahrestages der sogenannten Februar-Verfassung im Operntheater am Kärntner Tor vor dem Kaiser und hochrangigem Publikum vorgetragen wurde.

Hebbel war ursprünglich Deutscher, er ging 1845 nach Wien, wo er bis an sein Lebensende blieb.

Dass ausgerechnet ein ausländischer Dichter vom Magistrat der Stadt Wien mit dieser Aufgabe betraut wurde, der noch dazu mit einem Gedicht an den König von Preußen einiges Aufsehen erregt hatte, in dem er die in der Wiener Prominenz zahlreich vertretenen Polen und Tschechen „Bedientenvölker" nannte, wunderte Hebbel selbst nicht wenig.

Der vollständige Prolog ist nachzulesen in: Friedrich Hebbel, „Sämtliche Werke. Historisch-kritische Ausgabe" (herausgegeben von Richard Maria Werner, Verlag B. Berhs, Berlin 1904, Bd. 6, S. 421).

Ein Brief Hebbels, in dem er sich zu dem Prolog äußert, findet sich in

Band 7 (S. 144f.), ein zeitgenössischer Pressespiegel zu den Feierlichkeiten, zu denen Hebbel selbst nicht geladen wurde, in Band 10 (S. 451 – 453).

Diese Gesellschaft gibt mir zu denken. Das ist alles, was sie mir gibt.

Der Band „Überwindung der Blitzangst" ist eine Zusammenstellung von Prosatexten des Schriftstellers Alois Brandstetter. Unter der Überschrift „Diese Gesellschaft" findet sich dieses Bonmot (Residenz Verlag, Salzburg 1971, S. 105).

Dieses Land ist eine Brutstätte der Neurose.

Erwin Ringel in: „Eine neue Rede über Österreich". Erwin Ringel fährt in dieser Rede fort: „Ich will das Verdienst Freuds, dieses einmaligen Genies, wahrlich nicht schmälern, aber es war nicht schwer, in diesem Land die Neurose zu entdecken." Er begründet diese Ansicht mit den Erziehungszielen der Mehrheit der österreichischen Eltern, nämlich Gehorsam, Höflichkeit und Sparsamkeit. Nachzulesen ist diese fulminante Rede in: Erwin Ringel, „Die österreichische Seele. Zehn Reden über Medizin, Politik, Kunst und Religion" (Europa Verlag, Hamburg-Wien, 13. Auflage 2001, Seite 9 f.)

Dilettant sein, das heißt: seiner eigenen Einfälle nicht wert, aber auf sie stolz sein.

Dieser Ausspruch stammt von Arthur Schnitzler. Er findet sich erstmals im „Buch der Sprüche und Bedenken" aus dem Jahr 1927 unter der Rubrik „Kleine Sprüche". (Nachzulesen in „Gesammelte Werke, Aphorismen und Betrachtungen", herausgegeben von Robert Weiss, S. Fischer Verlag, Frankfurt 1977, Bd. 1, S. 129).

Dreimäderlhaus

Ursprünglich der Name eines kleinen Bürgerhauses im 1. Bezirk auf der Mölkerbastei, Schreyvogelgasse 10; welches 1803 erbaut wurde. Dieses Haus wird gern mit Franz Schubert in Verbindung gebracht. In dem 1912 erschienenen Roman „Schwammerl" beschreibt Rudolf Bartsch auf romantisch-tragische Art die Freundschaft von Franz Schubert zur Familie Tschöll, die mit ihren drei Töchtern in diesem Haus lebt: Der Komponist verliebt sich der Reihe nach unglücklich in die jungen Damen.

Unter den Illustrationen, die Alfred Keller für dieses Buch schuf, findet sich auch eine Abbildung des Gebäudes mit dem Titel „Das Dreimäderlhaus“ (L. Staackmann Verlag, Leipzig 1912, S. 63). „Schwammerl“ ist jedoch ein rein fiktionales Werk, es gibt keinen historischen Bezug des Hauses auf der Mölkerbastei zu Schubert. Der Ausdruck „Schwammerl“ hat in diesem Fall übrigens nichts mit Sporengewächsen zu tun, es ist vielmehr ein veraltetes Wort für den Zustand, in dem sich jemand nach einem ausführlichen Heurigenbesuch befindet. Als Spitzname für Schubert spielt er auf dessen Trinkfreudigkeit an.

Der sehr erfolgreiche Roman von Bartsch bildete die Textvorlage zur Operette „Dreimäderlhaus“ von Heinrich Berté mit Musik nach Franz Schubert. Berté arrangierte für dieses Werk unter anderem Teile aus Schuberts „Rosamunde“ und aus seiner „Unvollendeten“. Diese Operette wurde im Jänner 1916 uraufgeführt und war sofort ein großer Erfolg. 1958 entstand unter dem gleichen Namen ein Film, Regie führte Ernst Marischka.

Drunten in der Lobau

Die Lobau ist ein Augebiet am linken Donauufer. Ursprünglich Jagdsportgebiet des kaiserlichen Hofes, wurde sie in den zwanziger Jahren als Naturschutzgebiet allgemein zugänglich gemacht. Sie entwickelte sich schnell zum Zufluchtsgebiet für Erholungsbedürftige aller Art, Anhänger der Freikörperkultur und die damals sehr zahlreichen Arbeitslosen, die kein Geld für die städtischen Bäder hatten und in der Lobau ganze Sommer verbrachten. Auch das horizontale Gewerbe fand in diesem malerischen Gebiet einiges an Betätigungsmöglichkeiten.

„Drunten in der Lobau, da hab ich ein Mädel geküsst“ gilt als einer der erfolgreichsten Schlager von Fritz Löhner. Der Text wird manchmal auch Alois Eckhardt zugeschrieben – richtig dürfte es sein, von einer Gemeinschaftsarbeit der beiden auszugehen. Sicher ist, dass der Komponist Heinrich Strecker die Musik zu diesem Lied aus dem Jahr 1928 schrieb. Der Prozess, den er Anfang der sechziger Jahre gegen die Erben von Löhner und Eckhardt anstrengte, um auch als Texter des Liedes anerkannt zu werden, endete mit einem Vergleich. Eine kurze Dokumentation dieser Geschichte findet sich in Peter Wehles Buch „Singen Sie wienerisch?“ (Verlag Ueberreuter, Wien 1986, S. 94f. und S. 129).

Du bist die Rose vom Wörthersee.

Das Lied „Du bist die Rose vom Wörthersee" stammt aus dem Jahr 1948. Der Text ist von Erich Meder, die Musik von Hans Lang. Das Lied wurde von der Schauspielerin Maria Andergast im Duett mit dem Komponisten interpretiert.

In Anspielung auf dieses Lied schrieb Helmut Qualtinger das Programm „Die Rose von Gumpendorf", das in der Spielzeit 1980/81 am Wiener Schauspielhaus aufgeführt wurde. Auch Wolfgang Ambros griff diesen Ausdruck auf: Er schrieb das Lied „Du bist die Blume aus dem Gemeindebau". Am Ende seines Liedes heißt es: „Komm lass dich pflücken, du Rose aus Stadlau."

Du bist zu alt, um jung zu sterben.

Ein Bonmot des Schriftstellers Günter Eichberger, nachzulesen in seinem Erstlingswerk „Der Wolkenpfleger" (Residenz Verlag, Wien-Salzburg 1988).

Du hast eines, was den meisten Menschen in dieser Stadt fehlt: Schwung!

Ein Zitat aus der„ Rose von Gumpendorf" einem Programm, das Qualtinger in Anspielung auf das Lied „Du bist die Rose vom Wörthersee" schrieb. „Die Rose von Gumpendorf" wurde in der Spielzeit 1980/81 am Wiener Schauspielhaus mit Helmut Qualtinger und Louise Martini aufgeführt und auch im Fernsehen übertragen.

(Nachzulesen ist dies in der fünfbändigen Qualtinger-Gesamtausgabe, Deuticke Verlag, Wien 1996).

Du liabes altes Haus, schaust mich so freundlich an.

Ein Vers aus dem Wienerlied „Das silberne Kanderl" von J. P. Fiebrich. Der Refrain lautet:

Du liabes, altes Haus,
Schaust mi so freundlich an
Und sagst: „Geh komm zu mir,
schaff dir a Glaserl an.
Bist amal bei mir drin,

kommst sicher alle Tag,
weil i a Wirtshaus bin
so nach'n alten Schlag.“

Nachzulesen ist der Text, der den Wiener Hang zu Sentimentalität in Verbindung mit Stammbeiseln unterstreicht, in dem Band „Die schönsten Wiener Lieder. Gesammelt und herausgegeben von Leo Parthé“ (Perlen-Reihe Band 1015, Deuticke Verlag, 4., völlig neu bearbeitete Auflage, Wien-München o. J., S. 43f.).

Durch Gesetz und Treue

Wahlspruch von Kaiser Franz II./I., des Neffen Joseph II. Er war der letzte Kaiser des Heiligen Römischen Reichs (Franz II., 1792-1806) und erster Kaiser von Österreich (Franz I., 1804-35). „Der gute Kaiser Franz“, wie er genannt wurde, galt als volkstümlicher Monarch, gleichwohl sich seine Regierung durch ihren Antiliberalismus auszeichnete. Unter seiner Herrschaft wurde Fürst Metternich Außenminister und später Haus-, Hof- und Staatskanzler, der gegen alle nationalen, liberalen und revolutionären Bewegungen ankämpfte, um die 1815 wiederhergestellte Ordnung zu sichern. Kaiser Franz ließ seinem Kanzler bewußt freie Hand, gab sich aber persönlich bescheiden und seinen Untertanen gegenüber von großer Liebenswürdigkeit und Schlichtheit. (Siehe auch: Edward Crankshaw, „Die Habsburger“, Verlag Fritz Molden, Wien-München-Zürich 1971, Seite 204 ff.).

E

Eher bringt man einen Hund dazu, sich eine Wurstsammlung anzulegen, als die Politiker zum Sparen.

Dieses Zitat wird dem Ökonomen Joseph Alois Schumpeter zugeschrieben. Offenbar wurde es aber nur mündlich kolportiert. Auch seinem Kollegen Arthur Spiethoff wird nachgesagt, dieses Bonmot kreiert zu haben.

Ehrlich währt etwas länger.

Erwin Chargaff in: „Bemerkungen", eine Sammlung seiner Aphorismen, in der sich der hier zitierte Ausspruch auf Seite 50 findet (Verlag Klett-Cotta, Stuttgart 1981).

Eifersucht ist ein Hundegebell, das die Diebe anlockt.

Karl Kraus, „Aphorismen" in der „Fackel" Nr. 283 vom 26. Juni 1909, Seite 37.

Eifersüchtige sind Wucherer, die vom eigenen Pfund die höchsten Zinsen nehmen.

Karl Kraus, „Splitter", in der „Fackel" Nr. 376 vom 30. Mai 1913, Seite 18.

Eigentlich schrecklich, dass es kein Wort für das Gegenteil von „Sünde" gibt!

Ein Ausspruch von Hans Weigel, der sich in dem Band: „Die tausend Todsünden" (Styria Verlag, Graz 1988) findet. Wir zitieren nach der Lizenzausgabe für die Buchgemeinschaft Donauland, in der dieser Satz auf Seite 44 steht.

Ein anständiger Gast stellt beim Verlassen des Kaffeehauses seinen Sessel selbst auf den Tisch.

Diesen Satz hat angeblich Gustav Grüner geprägt, der in mehreren Wiener Kaffeehäusern Stammgast war und stets erst zur Sperrstunde das Lokal verließ. Wir finden diese Bemerkung in Friedrich Torbergs „Die Tante Jolesch oder Der Untergang des Abendlandes in Anekdoten" (dtv, 12. Auflage, München 1988, S. 138).

Ein anständiger Mann sollte alle dreißig Jahre auswandern.

Erwin Chargaff in „Bemerkungen", eine Sammlung seiner Aphorismen, in der sich der hier zitierte Ausspruch auf Seite 115 findet (Verlag Klett-Cotta, Stuttgart 1981).

Ein Aphorismus braucht nicht wahr zu sein, aber er soll die Wahrheit überflügeln.

Dieses Bonmot stammt von einem passionierten Aphorismenerzeuger: Karl Kraus veröffentlichte es in der Fackel Nr. 264 vom 18. November 1908, Seite 33. Kraus fährt fort: „Er muss gleichsam mit einem Satz über sie hinauskommen."

Ein „ausgeglichener" Mensch kann ein Eunuch oder ein Bankrotteur sein.

Richard von Schaukals Text „Leben und Meinungen des Herrn Andreas von Balthessar" erschien erstmals 1907: Ein fiktiver Berichterstatter zeichnet die Ansichten des „Dandy" Balthessars auf und fügt Äußerungen zur bürgerlichen Gesellschaft seiner Zeit in Gespräche und Aphorismen ein. Am Ende des Werks findet sich „Einiges aus Andreas von Balthessars leider nicht gesammelten Sinnsprüchen und Glossen" – dort ist auch dieses Zitat nachzulesen (herausgegeben von Lotte von Schaukal und Joachim Schondorff unter dem Titel „Um die Jahrhundertwende", Albert Langen/Georg Müller Verlag, München-Wien 1965, S. 270).

Ein bisschen Exaltation schadet ja nicht.

Thomas Bernhard im Gespräch mit der Journalistin Krista Fleischmann.

Wir zitieren nach der als Buch veröffentlichten Abschrift: Thomas Bernhard: „Thomas Bernhard – Eine Begegnung. Gespräche mit Krista Fleischmann“ (Edition S, Verlag der Österreichischen Staatsdruckerei, Wien 1991, S. 38).

Ein echter Wiener geht nicht unter.

Heute wird dieser Satz mit dem Titel der erfolgreichen ORF-Fernsehserie von Ernst Hinterberger verbunden, in der Karl Merkatz die Hauptfigur des Mundl verkörperte. Die Serie geht zurück auf Hinterbergers 1966 erschienenen Roman „Salz der Erde“, der später unter dem Titel „Mundl. Ein echter Wiener geht nicht unter“ neu aufgelegt wurde (Deuticke Verlag, Wien 1995). Die erste Fernsehverfilmung trug ebenfalls den Titel „Salz der Erde“. Als sich der ORF entschloss, auf Grund des großen Erfolges eine Serie zu starten, suchte man einen neuen Titel. Hinterberger schlug in Anlehnung an ein altes Wienerlied: „Ein echter Wiener geht nicht unter“ vor. Der Refrain dieses Liedes lautet: „Allweil lustig, fesch und munter/duliulioi duliulioi/, denn der Weaner geht net unter.“

Das geflügelte Wort vom Wiener, der nicht untergeht, ist schon lange im Umlauf. Die Abwandlung „Der alte Wiener geht nicht unter ... Immer lustig, nein nicht immer ...“ findet sich in dem Essay „Wien und die Wiener“ von Friedrich Uhl, der sich mit den Entwicklungen befasst, die Wien im 19. Jahrhundert grundlegend veränderten. Wir zitieren nach dem Abdruck des Textes in der von Jörg Mauthe herausgegeben Anthologie „Wiener Meister Feuilletons“ (Wiener Verlag, Wien 1946, S. 147).

Bei Karl Kraus lesen wir: „Der Wiener wird nie untergehen, sondern im Gegenteil immer hinaufgehen und sich's richten“ sowie „‚Der Wiener geht nicht unter.‘ Hoffnung oder Drohung? Vielleicht nur eine Höflichkeit, für ‚Unkraut verdirbt nicht‘“. Beide Sentenzen finden sich in der „Fackel“ Nr. 406 vom 5. Oktober 1915 auf Seite 154 in einer Aphorismensammlung mit dem Titel „Nachts.“

Auch Jura Soyfer hat das Motiv in seinem „Weltuntergang oder Die Welt steht auf kein' Fall mehr lang“ aufgegriffen. In dem 1936 uraufgeführten Stück findet sich das Lied „Geh'n ma halt a bisserl unter“, dessen Text in der Gesamtausgabe der Werke Jura Soyfers nachzulesen ist. (Jura Soyfer, „Das Gesamtwerk“, herausgegeben von Horst Jarka, Europa Verlag, Wien-München-Zürich 1980, Seite 221).

Ein ganzes Buch – ein ganzes Leben.

Marie von Ebner-Eschenbach zitieren wir nach der Ausgabe der „Aphorismen“ im Insel-Verlag (Wiesbaden 1953, S. 31).

Ein Gast ist ein Tier.

Dieses Zitat stammt aus Friedrich Torbergs „Die Tante Jolesch oder Der Untergang des Abendlandes in Anekdoten“ (dtv, 12. Auflage, München 1988, S. 16). Wenn sich endlich alle Gäste verabschiedet hatten, rückte die Tante Jolesch die Fauteuils zurecht, nahm die gebrauchten Tischtücher und Servietten an sich, betrachtete die Speisereste, schüttelte den Kopf über die von verschüttetem Wein hervorgerufenen Flecke, sammelte Zigarettenstummel ein, die in manches Häkeldeckchen ein Loch gesengt hatten, und murmelte missbilligend immer wieder: „Ein Gast ist ein Tier.“

Ein Großteil der Kartellgesetzgebung besteht heute in der Festlegung der Bedingungen, unter denen Kartelle angeblich nützlich sind und die also gegen Konkurrenz geschützt werden.

Friedrich von Hayek ist ein Verfechter des wirklich freien Marktes. Seiner Ansicht nach könnte dieser durchaus der Tendenz zu Kartellierung und zu Zusammenschlüssen entgegen wirken, wenn es keine Kartellgesetzgebung gäbe. Hayeks Politik- und Wirtschaftstheorien brachten ihm 1974 den Nobelpreis ein, seine Thesen werden vor allem gegenwärtig, im Zeitalter des entfesselten Kapitalismus und der Globalisierung, wieder heftig diskutiert.

1983 führte Franz Kreuzer ein Gespräch mit Hayek, welches im Band „Markt, Plan, Freiheit. Franz Kreuzer im Gespräch mit Friedrich von Hayek und Ralf Dahrendorf“ (Deuticke Verlag, Wien 1983) nachzulesen ist, das Zitat findet sich auf Seite 38.

Ein guter Dialog besteht aus zwei Monologen, die einander ein Bein stellen.

Erwin Chargaff in: „Bemerkungen“, eine Sammlung seiner Aphorismen, in der sich der hier zitierte Ausspruch auf Seite 96 findet (Verlag Klett-Cotta, Stuttgart 1981).

Ein guter Einfall ist wie ein Hahn am Morgen. Gleich krähen andere Hähne mit.

Karl Heinrich Waggerl in: „Kleine Münze“, Aphorismensammlung (herausgegeben vom Autor, Otto Müller Verlag, Salzburg 1957).

In Waggerls „Sämtlichen Werken“ (Otto Müller Verlag, Salzburg-Wien 1970, Neuauflage 1997) sind die Sinnsprüche in Band 2 abgedruckt. Dieses Zitat findet sich auf Seite 656.

Ein Langes und Breites – kurz gesagt: ein Flaches.

Alfred Grünewald in: „Lass meine Seele dir Heimat sein“, eine Auswahl aus seinem Werk, aufgenommen in die von Hans Weigel herausgegebene Reihe „Bibliothek Wiederaufnahme Österreichischer Literatur des 20. Jahrhunderts“ (Jungbrunnen Verlag, Wien-München 1990). Der zitierte Ausspruch findet sich auf Seite 82.

Ein lediger Mensch kann auch am Kanapee schlafen.

Ein Zitat aus Friedrich Torbergs „Die Tante Jolesch oder Der Untergang des Abendlandes in Anekdoten“ (dtv, 12. Auflage, München 1988, S. 16). Wenn die Tante Jolesch so viele Gäste hatte, dass die Schlafmöglichkeiten knapp wurden, entschied sie, dass die Notbetten für Alleinstehende durchaus geeignet waren. Ein lediger Mensch könne auch am Kanapee schlafen, nur ein verheirateter hatte Anspruch auf ein Ehebett.

Ein Mann ist eitler als zehn Frauen!

Diesen Stoßseufzer hörte Ernst Lothar des öfteren von seiner ersten Frau Mary, wobei er selbst zugibt, dass er ihr allen Grund dafür bot. (Nachzulesen in: Ernst Lothar, „Das Wunder des Überlebens. Erinnerungen und Ergebnisse“, Paul Zsolnay Verlag, Wien 1960, Seite 63).

Ein Mann mit großen Ideen ist ein unbequemer Nachbar.

Marie von Ebner-Eschenbach zitieren wir nach der Ausgabe der „Aphorismen“ im Insel-Verlag (Wiesbaden 1953, S. 24).

Ein Mensch, der sich im Auto zu Hause fühlt, legt seinen Hut ab.

Unter dem Titel „Die Seele des österreichischen Autofahrers" analysierte Erwin Ringel das Innenleben der heimischen Autobesitzer und -benutzer. Es handelt sich dabei um die überarbeitete und erweiterte Fassung eines am 13. Mai 1986 in der Wiener Hofburg gehaltenen Vortrags.

Ringel sagte unter anderem: „Ein Autofahrer, der mit dem Hut fährt, hat eine schlechte Beziehung zum Auto. Und es ist sehr gefährlich, hinter einem Mann herzufahren, der den Hut auf hat. Ein solcher Mann bringt einen durch sein langsames Tempo zum Rasen (im doppelten Sinn des Wortes), und das wird dann sehr gefährlich."

Nachzulesen ist das Zitat in: „Freiheit mit hundert PS. Der Österreicher und sein Auto" (herausgegeben von Robert Sedlaczek und Günter Hanreich, Österreichischer Bundesverlag/Kremayr&Scheriau, Wien 1989, S. 14).

Ein Mord, den jeder begeht

Titel eines Romans von Heimito von Doderer (Verlag C.H.Beck, München 1938), in dem ein junger Mann erkennen muss, dass er infolge seines Leichtsinns am Tod seiner Schwägerin mitschuldig ist. Das Zitat soll verdeutlichen, wie sehr jeder für das Wohlergehen seiner Mitmenschen in der einen oder anderen Weise Verantwortung trägt.

Ein Österreicher, der einen Tschechen oder Kroaten beschimpft, beschimpft sich selbst.

Mit Blick auf die Geschichte des ehemaligen Vielvölkerstaates Österreich meint Peter Turrini: „Der ethnisch reine Österreicher ist eine Erfindung, es gibt ihn nicht. ... Es gibt und gab jüdische und kroatische und tschechische Einwanderer und deren Nachkommen ... Was man Österreicher nennt, ist ein europäisches Gemisch gleichen Namens ..."

Nachzulesen in „Liebe Mörder", einer Anthologie verschiedener Stellungnahmen Turrinis zu politischen und kulturellen Zuständen und Entwicklungen in Österreich (Luchterhand Literaturverlag, München 1996, S. 50).

Ein österreichischer Patriot ist ein Mann, der böse wird, wenn ein Fremder Österreich kritisiert, wie er es selbst immer tut.

Im Anhang der Karl-Farkas-Biografie „Das große Karl Farkas Buch" von Georg Markus finden sich einige kurzgefasste Definitionen und Bonmots des Altmeisters des Wiener Kabaretts. Der hier zitierte Ausspruch ist auf Seite 291 nachzulesen (Amalthea Verlag, Wien-München 1993).

Ein Siebzigjähriger lässt sich keinen Überzieher machen.

Ein weiteres berühmtes Zitat aus Friedrich Torbergs „Die Tante Jolesch oder Der Untergang des Abendlandes in Anekdoten" (dtv, 12. Auflage, München 1988, S. 14). Hier geht es um den Onkel, der ein „Gigerl" gewesen sein soll, also ein Geck. Er ließ sich noch in hohem Alter Kleidung nach Maß anfertigen und bestand darauf, dass der Schneider zum Anmessen ins Haus käme. Als eines Tages der Schneider bei der Tür hereinkam, um einen Überzieher anzumessen, fuhr die Tante Jolesch dazwischen: „Ein Siebzigjähriger lässt sich keinen Überzieher machen", erklärte sie. „Und wenn, soll ihn Franzl gleich mitprobieren." Franz war der jugendliche Lieblingsneffe der Tante Jolesch.

Ein trauriger Mensch ist auch im Fasching nicht leicht zu unterhalten.

Ein Zitat von Alois Brandstetter, nachzulesen unter dem Titel „Kummernummer" in seinem Buch „Romulus und Wörthersee. Ein poetisches Wörterbuch" (Residenz Verlag, Salzburg 1989, S. 58).

Ein Weib ist unter Umständen ein ganz brauchbares Surrogat für die Freuden der Selbstbefriedigung. Freilich gehört ein Übermaß von Fantasie dazu.

Dieses misogyne Zitat von Karl Kraus findet sich unter dem Titel „Kehraus" in der „Fackel" Nr. 229 vom 2. Juli 1907 auf Seite 2.

Eine der größten Gemeinheiten, die wir begehen, ist die: zum Vergnügen lesen!

Franz Werfels Werk enthält zahlreiche Aphorismen und Sentenzen, die in dem Band „Zwischen oben und unten“ nachzulesen sind, einem Teil seiner „Gesammelten Werke“. Der hier zitierte Ausspruch findet sich dort auf Seite 799 (Langen-Müller Verlag, München-Wien 1975); er wird von Werfel folgendermaßen erläutert: „Für die meisten Leute hat das Evangelium vor allem den Reiz einer Kriminalgeschichte.“

Eine der verbreitetsten Krankheiten ist die Diagnose.

Karl Kraus , „Pro domo et mundo“ in der „Fackel“ Nr. 336 vom 23. November 1911 auf Seite 41. Die Aussage ist in Zusammenhang mit Kraus' ablehnender Haltung gegenüber der Psychoanalyse zu sehen (siehe auch „Psychoanalyse ...“, S. 221).

Eine Frau, die nicht hässlich sein kann, ist nicht schön.

Kraus-Zitate über Frauen sind meist eher frauenfeindlich, dieses ist eine Ausnahme. Kraus publizierte es in der Ausgabe Nr. 229 der „Fackel“ vom 2. Juli 1907 in einer Aphorismensammlung mit dem Titel „Kehraus“ (S. 3). Das vollständige Zitat lautet: „Eine Frau, die nicht hässlich sein kann, ist nicht schön. Einförmige Schönheit versagt gerade in dem Augenblick, auf den es hauptsächlich ankommt.“

Eine gescheite Frau hat Millionen geborener Feinde: alle dummen Männer.

Marie von Ebner-Eschenbach zitieren wir nach der Ausgabe der „Aphorismen“ im Insel-Verlag (Wiesbaden 1953, S. 19).

Eine Gesellschaft ist so gut, wie sehr sie den Benachteiligten nicht im Stich lässt.

Für Erwin Ringel werden in der modernen Industriegesellschaft nicht nur die Kinder, sondern auch die alternden Menschen schwer benachteiligt. Eindringlich geht er auf diese Problematik ein in: „Wege der Selbstverwirklichung in unserer Zeit.“ (Nachzulesen in: „Die österreichische Seele.

Zehn Reden über Medizin, Politik, Kunst und Religion." Wir zitieren Ringel nach der 13. Auflage, Europa Verlag, Hamburg-Wien 2001, das Zitat findet sich auf Seite 59.)

Eine halbe Wahrheit ist nie die Hälfte einer ganzen.

Karl Heinrich Waggerl in: „Kleine Münze", Aphorismen (herausgegeben vom Autor, Otto Müller Verlag, Salzburg 1957).

In Waggerls „Sämtlichen Werken" (Otto Müller Verlag, Salzburg-Wien 1970, Neuauflage 1997) sind die Sinnsprüche in Band 2 abgedruckt. Dieses Zitat findet sich dort auf Seite 648.

Eine Nacht in Venedig

Titel einer Operette von Johann Strauß mit einem Libretto von Camillo Walzel und Richard Genée. Diese Operette erlebte als einzige Straußoperette ihre Uraufführung in Berlin, wo sie allerdings bei Publikum und Presse durchfiel.

Strauss überarbeitete das Stück daraufhin insbesondere für die Wiener Erstaufführung, weshalb es von diesem Werk mehrere Versionen gibt: Die Berliner Uraufführungsfassung vom 3. Oktober 1883 und die Wiener Erstaufführungsfassung vom 9. Oktober 1883 unterscheiden sich in einigen Passagen deutlich voneinander.

Eine stolz getragene Niederlage ist auch ein Sieg.

Marie von Ebner-Eschenbach zitieren wir nach der Ausgabe der „Aphorismen" im Insel-Verlag (Wiesbaden 1953, S. 59).

Einen Brief befördern heißt in Österreich einen Brief aufgeben.

Friedrich Torberg schreibt in „Die Tante Jolesch oder Der Untergang des Abendlandes in Anekdoten" diesen Satz Karl Kraus zu (dtv, 12. Auflage, München 1988, S. 147). Er findet sich tatsächlich in der „Fackel", und zwar in der Nr. 381 vom 19. September 1913 auf Seite 71.

Einen Jux will er sich machen.

Titel einer am 10. März 1842 uraufgeführten Posse mit Gesang in vier Aufzügen von Johann Nestroy. Der Kaufmannsgehilfe Weinberl soll die Geschäfte führen, während sein Chef abwesend ist. Stattdessen sinnt er zusammen mit dem Lehrjungen Christopherl auf Abenteuer. Das Stück zählte zu Nestroys erfolgreichsten Werken, sein Titel wurde in Wien bald zum geflügelten Wort.

Einen Menschen erziehen heißt, ihm zu sich selbst verhelfen.

Peter Altenbergs Buch „Was der Tag mir zuträgt" vereinigte, wie der Titel schon sagt, Eindrücke des Alltags, die Altenberg in meist sehr kurzen Passagen aneinandermontierte. Dazwischen finden sich auch verstreute Bonmots und Sinnsprüche. Wir zitieren nach: Peter Altenberg, „Ausgewählte Werke in zwei Bänden" (Carl Hanser Verlag, München 1979, Band 1, S. 109).

Eine wirkliche Schauspielerin hat kein Privatleben.

So tadelte Max Reinhardt die junge Adrienne Gessner, weil sie eine Probe wegen einer Verabredung pünktlich verließ. Ernst Lothar versichert dies in seinen Memoiren, er selbst war nämlich der Grund für die Eile der jungen Schauspielerin. Kurz darauf wurde Adrienne Gessner seine Frau. (Nachzulesen in: Ernst Lothar, „Das Wunder des Überlebens. Erinnerungen und Ergebnisse", Paul Zsolnay Verlag, Wien 1960, auf Seite 66.)

Einsamkeit ist eine starke Nahrung.

Kaiserin Elisabeth zu Constantin Christomanos, ihrem Vorleser und Griechischlehrer. Im Tagebuch von Christomanos sind zahlreiche Aussprüche und Gedanken von „Sisi" überliefert, die von Renate Daimler zusammengestellt und in dem Band „‚Frei sollen die Frauen sein …' Gedanken der Kaiserin Elisabeth von Österreich" herausgegeben wurden (Verlag Christian Brandstätter, Wien 1998). Der hier zitierte Satz findet sich in diesem Buch auf Seite 61.

Enthaltsamkeit rächt sich immer. Bei dem einen erzeugt sie Wimmerln, beim andern Sexualgesetze.

Karl Kraus, „Kehraus", in der „Fackel" Nr. 229 vom 2. Juli 1907, Seite 2. Kraus, der sich zu dieser Zeit besonders für sozialkritischen Fragen interessierte, beobachtete oftmals Sittlichkeitsprozesse vor Gericht. Er spricht sich in deutlichen Worten gegen die Sexualgesetzgebung seiner Zeit aus, Moral ist für ihn eine Privatangelegenheit, nicht Sache des Gesetzgebers.

Er komponiert gern – und diese Freude vergönne ich einem bedeutenden Dirigenten –, aber muss ich zuhören?

Hans Weigel über Leonard Bernstein in „Die tausend Todsünden" (Styria Verlag, Graz 1988), zitiert nach der Lizenzausgabe für die Buchgemeinschaft Donauland, S. 17.

Erfahrungen wären nur dann von Wert, wenn man sie hätte, ehe man sie machen muss.

Karl Heinrich Waggerl in: „Kleine Münze", Aphorismen (herausgegeben vom Autor, Otto Müller Verlag, Salzburg 1957).
In Waggerls „Sämtlichen Werken" (Otto Müller Verlag, Salzburg-Wien 1970, Neuauflage 1997) sind die Sinnsprüche in Band 2 abgedruckt. Dieses Zitat findet sich auf Seite 640.

Erfolg, das Rattengift des Menschen, ganz wenige kommen davon.

Elias Canetti in: „Die Provinz des Menschen. Aufzeichnungen 1942-1972" (Fischer Taschenbuch Verlag, Frankfurt 1976, S. 30).

Erkenntnis fordert Bekenntnis.

Peter Rosegger in: „Wahrheiten und Weisheiten" , Aphorismen (herausgegeben von Bertl Petri, Staackmann Verlag, München 1989). In diesem Band findet sich der hier zitierte Ausspruch auf Seite 35.

Erfolge wollen unverdient sein.

Franz Werfels Werk enthält zahlreiche Aphorismen und Sentenzen, die in dem Band „Zwischen oben und unten“ nachzulesen sind, einem Teil der „Gesammelten Werke“ Werfels. Der hier zitierte Ausspruch findet sich in den „Profanen Nachträgen“ zu den „Theologumena“ (Langen-Müller Verlag, München-Wien 1975, S. 169).

Erotik ist Überwindung von Hindernissen. Das verlockendste und populärste Hindernis ist die Moral.

Karl Kraus , „Abfälle“, in der „Fackel“ Nr. 198 vom 2. März 1906, Seite 3.

Erst im Exil kommt man darauf, zu einem wie wichtigen Teil die Welt schon immer eine Welt von Verbannten war.

Elias Canetti in: „Die Provinz des Menschen. Aufzeichnungen 1942-1972“ (Fischer Taschenbuch Verlag, Frankfurt 1976, S. 45).

Es gibt Druckfehler der Weltgeschichte, die sich hartnäckig als Wirklichkeit behaupten.

Dieses Bonmot stammt vom Anton Kuh. Wir zitieren nach dem Band „Luftlinien“ (Löcker Verlag, Wien 1981), in dem sich das Zitat im Kapitel „Res publica oder Der Bürger“ auf Seite 262 findet.

Es gibt einen Typus, den ich Universaldummkopf nennen möchte.

Alfred Grünewald in: „Lass meine Seele dir Heimat sein“, eine Auswahl aus seinem Werk, aufgenommen in die von Hans Weigel herausgegebene Reihe „Bibliothek Wiederaufnahme Österreichischer Literatur des 20. Jahrhunderts“ (Jungbrunnen Verlag, Wien-München 1990). Der zitierte Ausspruch findet sich auf Seite 89.

Es gibt Frauen, die nicht schön sind, sondern nur so aussehen.

Karl Kraus, „Kehraus“, in der „Fackel“ Nr. 229 vom 2. Juli 1907, Seite 5.

Es gibt immer nur ein und dieselbe Alternative.

Erwin Chargaff in: „Bemerkungen", eine Sammlung seiner Aphorismen, in der sich der hier zitierte Ausspruch auf Seite 139 findet (Verlag Klett-Cotta, Stuttgart 1981).

Es gibt kein geschichtliches Gebilde in Europa, dessen Existenz so sehr mit den Identitätsproblemen seiner Mitglieder verbunden ist wie Österreich.

Mit diesem Satz beginnt der Historiker und Kulturkritiker Friedrich Heer sein Buch „Der Kampf um die österreichische Identität" (Böhlau Verlag, Wien 1981, S. 9).

Heer spielt damit auf die verschiedenen Identitätskonstruktionen der österreichischen Bevölkerung an: Fand sie einst ihre Identität im Hause Habsburg, so wurde 1918 der Anschluss an Deutschland, ohne das sich Österreich nicht lebensfähig wähnte, politisches Programm. Die „Österreich-Ideologie" des sogenannten „Ständestaates" als „zweiter deutscher Staat" ließ sich als politische Alternative nicht durchsetzen. Die Mehrheit des Volkes votierte 1938 für den Anschluss an das nationalsozialistische Deutschland. Nach 1945 suchte Österreich in den Zeiten des Kalten Krieges einen Teil seiner Identität in einer „Brückenfunktion" zwischen Ost und West.

Es gibt kein Haben, nur ein Sein.

Neben anderen Notizen findet sich in den „Nachgelassenen Schriften" von Franz Kafka dieses Bonmot. In der Originalversion fügt Kafka hinzu: „nur ein nach dem letzten Atem, nach Ersticken verlangendes Sein."

Nachzulesen in: Franz Kafka, „Schriften Tagebücher Briefe. Kritische Ausgabe" (herausgegeben von Jost Schillemeit, S. Fischer Verlag, Frankfurt 1992, Bd. 6.1, S. 34).

Es gibt kein unfehlbares Kriterium der Wahrheit: Wir können eben nie, oder fast nie, ganz sicher sein, dass wir uns nicht geirrt haben.

1979 führte Franz Kreuzer mehrere Gespräche mit dem österreichischen Philosophen Sir Karl Popper, in deren Verlauf dieser noch einmal seine

Grundgedanken zusammenfasste. Die Gespräche wurden aus Anlass des 80. Geburtstages Poppers in dem Band „Offene Gesellschaft – offenes Universum, Franz Kreuzer im Gespräch mit Karl R. Popper“ (Deuticke Verlag, Wien 1982) veröffentlicht. Aufgenommen wurde auch Poppers Tübinger Vortrag zum Thema „Duldsamkeit und intellektuelle Verantwortlichkeit“, aus dem das Zitat stammt (4. Auflage 1986, S. 109).

Es gibt keine blöden Fragen, nur blöde Antworten.

Thomas Bernhard im Gespräch mit der Journalistin Krista Fleischmann. Dass Bernhard sich mit seiner Interviewerin gut verstand, zeigt nicht zuletzt der hier zitierte Ausspruch. Der ist zwar nicht von ihm, kann aber nicht oft genug wiederholt werden.

Wir zitieren nach der als Buch veröffentlichten Abschrift: Thomas Bernhard: „Thomas Bernhard – Eine Begegnung. Gespräche mit Krista Fleischmann“ (Edition S, Verlag der Österreichischen Staatsdruckerei, Wien 1991, S. 29).

Es gibt keine Menschenrechte, nur Menschenpflichten.

Anton Wildgans in: „Zu Zeit und Welt“, Historisch-Kritische Gesamtausgabe der Werke, Band 7. Der hier zitierte Ausspruch stammt aus Wildgans’ Notizbüchern; in der Ausgabe von 1958 (Verlage Bellaria, Wien und Anton Pustet, Salzburg) ist er auf Seite 101 nachzulesen.

Es gibt keine Wahrheit auf Erden; und gerade in diesen kleinen Sätzen dachtest du sie zu finden?

Dieser Aphorismus zum Thema Aphorismen stammt von Arthur Schnitzler. Er findet sich erstmals im „Buch der Sprüche und Bedenken“ von 1927 unter der Rubrik „Kleine Sprüche“. Nachzulesen in: „Gesammelte Werke, Aphorismen und Betrachtungen“ (herausgegeben von Robert Weiss, S. Fischer Verlag, Frankfurt 1977, Bd. 1, S. 133).

Es gibt Leute, die nur darum so hastig in die Zukunft hineinfliehen möchten, weil sie sich vor ihrer Vergangenheit fürchten.

Peter Rosegger in: „Wahrheiten und Weisheiten“, Aphorismen (herausgegeben von Bertl Petri, Staackmann Verlag, München 1989). In diesem Band findet sich der hier zitierte Satz auf Seite 142.

Es gibt Menschen, die heiser werden, wenn sie ununterbrochen acht Tage lang mit niemandem ein Wort gesprochen haben.

Karl Kraus, „Persönliches", in der „Fackel" Nr. 266 vom 30. November 1908, Seite 19.

Es gibt nur Vorurteile. Urteil gibt's keines.

Thomas Bernhard im Gespräch mit Krista Fleischmann. Der Text rund um die hier zitierten Sätze lautet folgendermaßen: „Es gibt ja nur Vorurteile. Meine Urteile können nur Vorurteile sein. Es gibt im Grund nur Vorurteile, weil selbst Richter, die unumstößliche Urteile fällen, fällen im Grunde leider nur Vorurteile. Urteil gibt's ja keines."

Wir zitieren nach der als Buch veröffentlichten Abschrift: Thomas Bernhard, „Thomas Bernhard – Eine Begegnung. Gespräche mit Krista Fleischmann" (Edition S, Verlag der Österreichischen Staatsdruckerei, Wien 1991, S. 58).

Es gibt schlechterdings keinen bedeutenden Gedanken, den die Dummheit nicht anzuwenden verstünde.

Ein Zitat aus Robert Musils Roman „Der Mann ohne Eigenschaften". Der Text wird folgendermaßen weitergeführt: „... sie ist allseitig beweglich und kann alle Kleider der Wahrheit anziehen. Die Wahrheit dagegen hat jeweils nur ein Kleid und einen Weg und ist immer im Nachteil."

Wir zitieren nach: Robert Musil, „Der Mann ohne Eigenschaften" (I, Erstes und Zweites Buch, herausgegeben von Adolf Frisé, Rowohlt Taschenbuch, Reinbek bei Hamburg 1987, S. 59).

Es gibt so viele, die man fragen möchte: Worauf warten Sie noch?

Alfred Grünewald in: „Lass meine Seele dir Heimat sein", eine Auswahl aus seinem Werk, aufgenommen in die von Hans Weigel herausgegebene Reihe „Bibliothek Wiederaufnahme Österreichischer Literatur des 20. Jahrhunderts“ (Jungbrunnen Verlag, Wien-München 1990). Der zitierte Ausspruch findet sich auf Seite 92.

Es gibt wenig aufrichtige Freunde – die Nachfrage ist auch gering.

Marie von Ebner-Eschenbach zitieren wir nach der Ausgabe der „Aphorismen“ im Insel-Verlag (Wiesbaden 1953, S. 48).

Es gibt zarte Krankheiten, die vor Gesundheitsanfällen zu behüten sind.

Alfred Grünewald in: „Lass meine Seele dir Heimat sein“, eine Auswahl aus seinem Werk, aufgenommen in die von Hans Weigel herausgegebene Reihe „Bibliothek Wiederaufnahme Österreichischer Literatur des 20. Jahrhunderts“ (Jungbrunnen Verlag, Wien-München 1990). Der zitierte Ausspruch findet sich auf Seite 84.

Es gehört zu den Eigentümlichkeiten der Bewohner der Bundeshauptstadt Wien, sich vor neun Uhr morgens ausgesprochen mies zu fühlen.

So beginnt in Jörg Mauthes Roman „Die große Hitze oder Die Errettung Österreichs durch den Legationsrat Dr. Tuzzi“ (Molden Verlag, Wien, 2. Auflage 1974, S. 12.) das 2. Kapitel. Zuvor, am eigentlichen Beginn des Textes, heißt es: „Der Anfang ist das Wichtigste an einem Buch, sagen meine Freunde, die sich auf das Schreiben von Büchern verstehen. Sorge dafür, sagen sie, dass der Anfang Vergnügen bereitet, und du wirst es leichter mit deinem Leser haben.“ Deshalb schreibt Mauthe im ersten Kapitel, welchen Freunden, die er sich als Leser vorstellen kann, er sein Buch widmen möchte, und lässt die eigentliche Handlung erst im zweiten Kapitel beginnen.

Es gibt nur ein wirklich kostbares Gut, das ist die Zeit. Denn sie ist unwiederbringlich.

Maria Theresia, zitiert nach: „Maria Theresia und ihre Zeit“, Katalog zur Ausstellung zur 200. Wiederkehr des Todestages; 13. Mai bis 26. Oktober 1980, Wien, Schloß Schönbrunn (Residenz Verlag, Salzburg-Wien), Seite 196.

Es hat alles zwei Seiten. Aber erst wenn man erkennt, dass es drei sind, erfasst man die Sache.

Heimito von Doderer in: „Repertorium". Dieses Buch wurde zu seinen Lebzeiten nicht fertig gestellt. Erst 1969 veröffentlichte Dietrich Weber eine Auswahl der Aufzeichnungen Doderers unter dem Titel „Repertorium. Ein Begreifbuch von höheren und niederen Lebens-Sachen" (Verlag C. H. Beck, 2. Auflage, München 1996). Das hier zitierte Bonmot findet sich auf Seite 172.

Es ist Aufgabe der Frauen, sich durchzusetzen, und nicht der Männer.

Thomas Bernhard im Gespräch mit der Journalistin Krista Fleischmann. Wir zitieren nach der als Buch veröffentlichten Abschrift: Thomas Bernhard, „Thomas Bernhard – Eine Begegnung. Gespräche mit Krista Fleischmann" (Edition S, Verlag der Österreichischen Staatsdruckerei, Wien 1991, S. 12).

Es ist der Traum die Uhr des Lebens, nur hier können wir ablesen, wieviel's schlagen wird.

Heimito von Doderer in: „Repertorium". Dieses Buch wurde zu seinen Lebzeiten nicht fertiggestellt. Erst 1969 veröffentlichte Dietrich Weber eine Auswahl der Aufzeichnungen Doderers unter dem Titel „Repertorium. Ein Begreifbuch von höheren und niederen Lebens-Sachen" (Verlag C. H. Beck, 2. Auflage, München 1996). Der hier zitierte Ausspruch findet sich dort auf Seite 246.

Es ist ein Beispiel jener Arroganz der Intellektuellen, dass sie glauben, sie können – oder müssen – voraussagen, wie sich die Dinge in Zukunft entwickeln werden.

Für den Nobelpreisträger Friedrich von Hayek sind allzu ausgetüftelte Prognosen eine Absurdität, wie er 1982 in einem Gespräch darlegte. Nachzulesen ist dies in dem Band „Markt, Plan, Freiheit. Franz Kreuzer im Gespräch mit Friedrich von Hayek und Ralf Dahrendorf" (Deuticke Verlag, Wien 1983), das Zitat findet sich auf Seite 59.

Es ist eine auffällige Tatsache, dass der gewöhnliche Mann keine Schätzung für die freie, das heißt, die uninteressierte Geschlechtshingebung des Weibes hat.

In ihren Essays zur weiblichen Erotik und Sexualität protestierte Rosa Mayreder (1858-1938) gegen die Funktionalisierung der Frau und forderte das Recht auf eine selbstbestimmte sexuelle Identität ein. Der Originaltext wird folgendermaßen fortgeführt: „... seinem eigenen sexuellen Interesse entgegen lässt er jene Frauen allein als moralisch vollwertig gelten, die auf ihre Hingabe den äußersten Preis setzen, den er zu geben hat – seine Bindung durch die Ehe."

Wir zitieren nach dem von Hanna Schnedl zusammengestellten und eingeleiteten Band mit Essays von Rosa Mayreder, „Zur Kritik der Weiblichkeit" (Verlag Frauenoffensive, München 1981, S. 48).

Es ist hoffnungsvoll, dass die ganze Erde so heißt wie jedes Stück von ihr.

Elias Canetti in: „Die Provinz des Menschen. Aufzeichnungen 1942-1972" (Fischer Taschenbuch Verlag, Frankfurt 1976, S. 82).

Es ist keine Höflichkeit, einem Lahmen den Stock tragen zu wollen.

Dieser Ausspruch stammt von Arthur Schnitzler. Er findet sich erstmals im „Buch der Sprüche und Bedenken" von 1927 unter der Rubrik „Kleine Sprüche". (Nachzulesen in „Gesammelte Werke, Aphorismen und Betrachtungen", herausgegeben von Robert Weiss, S. Fischer Verlag, Frankfurt 1977, Bd. 1, S. 127).

Es ist leichter die Wahrheit zu finden als zu erkennen.

Erwin Chargaff in: „Bemerkungen", eine Sammlung seiner Aphorismen, in der sich der hier zitierte Ausspruch auf Seite 59 findet (Verlag Klett-Cotta, Stuttgart 1981).

Es ist meiner Meinung nach überaus wichtig, dass die Intellektuellen endlich jede Art von intellektueller Anmaßung aufgeben.

1979 führte Franz Kreuzer mehrere Gespräche mit dem österreichischen Philosophen Sir Karl Popper, in deren Verlauf dieser noch einmal seine Grundgedanken zusammenfasste. Die Gespräche wurden aus Anlass des 80. Geburtstages Poppers in dem Band „Offene Gesellschaft – offenes Universum. Franz Kreuzer im Gespräch mit Karl R. Popper“ (Deuticke Verlag, Wien 1982) veröffentlicht. Das Zitat findet sich in der 4. Auflage (1986) auf Seite 15.

Es ist nicht Sitte, eine Frau zu heiraten, die vorher ein Verhältnis gehabt hat. Aber es ist Sitte, mit einer Frau ein Verhältnis zu haben, die vorher geheiratet hat.

Karl Kraus, „Kehraus“, in der „Fackel“ Nr. 229 vom 2. Juli 1907 auf Seite 11.

Es ist nicht wahr, dass man ohne eine Frau nicht leben kann. Man kann bloß ohne eine Frau nicht gelebt haben.

Karl Kraus, „Vorurteile“, in der „Fackel“ Nr.241 vom 15. Jänner 1908, Seite 28.

Es ist nichts im Innern wesentlich, das nicht zugleich im Äußern wahrgenommen wird.

Hugo von Hofmannsthal im „Buch der Freunde“, das zunächst in einer Auflage von nur 800 Stück 1922 im Insel-Verlag erschien. Unter dem gleichen Titel wurde zuletzt 1985 in der Bibliothek Suhrkamp ein Nachdruck dieser Aphorismensammlung veröffentlicht.

Das Werk wurde auch in Band 10 von Hofmannsthals „Gesammelten Werken in zehn Einzelbänden“ (S. Fischer Verlag, Frankfurt 1980) aufgenommen, dort findet sich dieser Ausspruch auf Seite 262.

Es ist nichts unwiderstehlicher als die Lockung, den inneren Raum eines Menschen zu betreten.

Mit diesen Worten beschreibt Elias Canetti in seiner Lebensgeschichte „Die Fackel im Ohr“ den Zauber, den seine spätere Frau Veza auf ihn ausübte, und fährt fort: „Wenn es einer ist, der seine Worte sehr wohl zu setzen vermag, steigert sein Schweigen die Verlockung aufs höchste. Man unternimmt es, sich seine Worte zu holen und hofft sie hinterm Lächeln zu finden, wo sie den Besucher erwarten.“ (Carl Hanser Verlag, München 1980, S. 154 f.).

Es ist nur gut, sich manchmal zu hassen, nicht zu oft; sonst braucht man wieder sehr viel Hass gegen andere, um den Selbsthass auszugleichen.

Elias Canetti in: „Die Provinz des Menschen. Aufzeichnungen 1942-1972“ (Fischer Taschenbuch Verlag, Frankfurt 1976, S. 107).

Es ist passiert, sagt man in Österreich, wenn andre Leute anderswo glauben, es sei wunder was geschehen.

Dieser Satz findet sich in jenem Kapitel von Robert Musils Roman „Der Mann ohne Eigenschaften“, in dem das Land Kakanien charakterisiert wird. Obwohl das Zitat auf Kakanien gemünzt ist, „diesem seither untergegangenen, unverstandenen Staat, der in so vielem ohne Anerkennung vorbildlich gewesen ist“, wird es heute auf Österreich bezogen, um die sprachlichen Gegensätze gegenüber Deutschland zu charakterisieren. Musil bezeichnet „passieren“ als „ein eigenartiges, nirgendwo sonst im Deutschen oder einer andern Sprache vorkommendes Wort, in dessen Hauch Tatsachen und Schicksalsschläge so leicht wurden wie Flaumfedern und Gedanken.“

Wir zitieren nach: Robert Musil, „Der Mann ohne Eigenschaften“ (I, Erstes und Zweites Buch, herausgegeben von Adolf Frisé, Rowohlt Taschenbuch, Reinbek bei Hamburg 1987, S. 35).

Es ist so schön, jemand zu sagen: Ich werde dich immer lieben. Aber wenn man es dann wirklich tut!

Elias Canetti in: „Die Provinz des Menschen. Aufzeichnungen 1942-1972“ (Fischer Taschenbuch Verlag, Frankfurt 1976, S. 85).

Es ist unsittlich, einer Gesellschaft anzugehören, in der es Hungernde gibt. – Niemand sollte, um essen zu können, arbeiten müssen.

Anton Wildgans in: „Zu Zeit und Welt“, Historisch-Kritische Gesamtausgabe der Werke, Band 7. Dieser umfasst unter anderem Aufzeichnungen aus Notiz- und Tagebüchern, Austriaca und Viennensia sowie Reden. Der hier zitierte Ausspruch stammt aus Wildgans' Notizbüchern; in der Ausgabe von 1958 (Verlage Bellaria, Wien und Anton Pustet, Salzburg), ist er auf Seite 158 nachzulesen

Es kommt weniger darauf an, *was* als *wie* man weiß.

Ernst von Feuchtersleben in: „Lebensblätter“, eine Sammlung von Aphorismen und Notizen zu unterschiedlichsten Themengebieten. Wir zitieren hier nach der 3. (unveränderten) Auflage aus dem Jahr 1851 (Josef Stöckholzer von Hirschfeld, Wien-Leipzig), in welcher dieses Zitat auf Seite 215 steht.

Es muss ja nicht gleich sein, es hat ja noch Zeit.

Diese gern zitierte Zeile aus einem Couplet in der Posse „Verrechnet“ von Friedrich Kaiser ist charakteristisch für die vielgerühmte und -geschmähte spezifisch Wiener Gemütlichkeit. Das Couplet stammt nicht von Kaiser, sondern von Johann Nestroy, der bei Bedarf immer wieder Couplets für fremde Stücke verfasste.

Friedrich Kaiser (1814-1874) war wie Nestroy ein sehr produktiver Dramatiker für das Alt-Wiener Volkstheater und Schauspieler; „Verrechnet“ war sein größter Erfolg. Seine Stücke werden heute nicht mehr gespielt. („Verrechnet. Original-Charakterbild mit Gesang“ von Friedrich Kaiser, Musik von Carl Binder, erschienen in der Reihe „Wiener Theater Repertoire“ [93. Lieferung], Verlag der Wallishausser'schen Buchhandlung Josef Klemm, Wien 1862, S. 36 f.).

Es muss nicht immer Kaviar sein.

1960 erschien ein Roman von Johannes Mario Simmel unter diesem Titel, der schnell zum geflügelten Wort wurde.

Ein Lied mit dem diesem Ausspruch verwandten Titel „Es muss nicht Hummer sein“ ist Teil des deutschen Films „Delikatessen“ aus dem Jahr

1930. Vertont wurde es von dem in Wien geborenen und damals in Berlin lebenden Komponisten Fred Raymond. Regie in diesem Film führte Géza von Bolváry, der bekannteste Darsteller ist Paul Hörbiger.

Es muss was Wunderbares sein, von dir geliebt zu werden.

Das ist der Anfang eines Liedes aus der erstmals 1930 in Berlin aufgeführten Revueoperette „Im weißen Rössl“ von Ralph Benatzky: Der Oberkellner Leopold schwärmt für seine Chefin, die Wirtin Josepha Vogelhuber. Die Melodie dieses Liedes stammt von Benatzky, der Text von dem aus Berlin stammenden Robert Gilbert. Mehrere Verfilmungen trugen zu der großen Popularität dieses Stückes bei; die bekannteste ist jene mit Peter Alexander in der Hauptrolle des Leopold.

Es sind zuletzt die Tröstungen, die uns untröstlich machen.

Ilse Aichinger notierte während der Jahre 1950 – 1985 in ihren Aufzeichnungen eine Sammlung von Aphorismen und Gedanken zu verschiedenen Themenbereichen. Sie sind nachzulesen in dem Band „Kleist. Moos. Fasane“ (Fischer Taschenbuch Verlag, Frankfurt 1991), der zitierte Ausspruch findet sich auf Seite 68.

Es sprüht mein Geist nur träge Funken,
Weil ich noch nicht Kaffee getrunken.

Der Wiener Pianist Franz Mittler war Kapellmeister, Kammermusiker und Komponist und vor allem ein begnadeter Schüttelreimer. Friedrich Torberg, einer seiner glühendsten Verehrer, veröffentlichte viele der Mittler-Worträtsel in der von ihm von 1954–1965 herausgegebenen Zeitschrift „Forum“. Unser Reim stammt aus dem von Friedrich Torberg herausgegebenen Band: Franz Mittler, „Gesammelte Schüttelreime“ (Verlag Christian Brandstätter, Wien 1991, Seite 21).

Es steht das Wort und nicht die Tat im Vordergrund beim Götzzitat.

Das ist sicher auch besser so – Jura Soyfer hat dieser Tatsache ein Gedicht gewidmet, dessen letzte Strophe folgendermaßen lautet:

Der Gentleman umspinnt's mit Ranken,
Und unverblümt sagt's der Prolet.
Die Dame heischt nur in Gedanken
Die Tat, auf der man nicht besteht.
Es steht das Wort und nicht die Tat
Im Vordergrund beim Götzzitat.

Wir zitieren nach: Jura Soyfer, „Das Gesamtwerk“ (herausgegeben von Horst Janka, Europa Verlag, Wien 1980, S. 205).

Es war wia a riesiger Heiriger.

So beschreibt die Hauptfigur in „Der Herr Karl“ von Helmut Qualtinger und Carl Merz den Einmarsch Hitlers in das Wien des Jahres 1938 und die Großveranstaltung am Heldenplatz. Das vollständige Zitat lautet: „Achtadreißig? Naja, also mir san alle ... i waaß no ... am Ring und am Heldenplatz g'standen ... unübersehbar warn mir ... man hat gefühlt, ma is unter sich ... es war wia bein Heirigen ... es war wia a riesiger Heiriger ... Aber feierlich. Ein Taumel.“ (Deuticke Verlag, Wien 1996, S. 22).

Es wäre unsinnig zu sagen, dass man unsere Welt nicht mehr verbessern kann.

Der Philosoph Karl R. Popper bezieht sich mit diesem Satz auf das bekannte Wort von „der besten aller Welten“. Diese Formulierung geht zurück auf den deutschen Philosophen und Theologen Georg Wilhelm Leibnitz (1646 – 1716), der meinte: „Gott hat die beste aller Welten geschaffen.“ Voltaire hat allerdings in seinem „Candide“ eine weniger optimistische Haltung eingenommen und den Satz ironisch eingesetzt.

Popper erläutert: „Es wäre unsinnig zu sagen, dass man unsere Welt nicht mehr verbessern kann. Es ist unsere Aufgabe und die Aufgabe junger Menschen, unsere Welt weiter zu verbessern – aber wirklich zu verbessern und nicht zu verschlechtern.“ Wir zitieren nach dem von Franz Kreuzer herausgegebenen Buch: R. Popper/Konrad Lorenz, „Die Zukunft ist offen. Das Altenberger Gespräch. Mit den Texten des Wiener Popper-Symposiums“ (Piper Taschenbuch, München/Zürich, 4. Auflage 1990, S. 106-107).

Es wird ein Wein sein und wir wer'n nimmer sein.

Dieser Stoßseufzer ist eindeutig einer der bekanntesten und am häufigsten zitierten Verse aus einem Wienerlied. Der Text ist von Josef Hornig, die Melodie von Ludwig Gruber.

Der Text des Liedes ist nachzulesen in dem Band „Die schönsten Wiener Lieder. Gesammelt und herausgegeben von Leo Parthé" (Perlen-Reihe Band 1015, Deuticke Verlag, 4., völlig neu bearbeitete Auflage, Wien-München o. J., S. 149-150).

F

Fallen seh ich Zweig' auf Zweige.

Am Anfang des Dramas „Die Ahnfrau" von Franz Grillparzer beklagt Graf Borotin, das letzte männliche Mitglied der Familie, den absehbaren Untergang seines Hauses: „Nun, wohlan! Was muss, geschehe!/Fallen seh ich Zweig' auf Zweige,/Kaum noch hält der morsche Stamm." (Franz Grillparzer, „Sämtliche Werke", Carl Hanser Verlag, 2., erweiterte Auflage, München 1970, Bd. 1, S. 609).

Falsche Propheten sind in ihrem Vaterland besonders hoch geschätzt.

Diese Umformung des bekannten Wortes vom Propheten, der in seinem Vaterland nicht geschätzt wird, hat sich der bekannte Biochemiker und Kulturkritiker Erwin Chargaff ausgedacht. Chargaff, der Karl Kraus sehr verehrte, zeichnet sich wie dieser durch die Freude an pointierten Formulierungen und Aphorismen aus. Das hier zitierte Bonmot findet man in seinen „Bemerkungen", eine Sammlung seiner Aphorismen (Verlag Klett-Cotta, Stuttgart 1981, Seite 92).

Feig, wirklich feig ist nur, wer sich vor seiner Erinnerung fürchtet.

Elias Canetti in: „Die Provinz des Menschen. Aufzeichnungen 1942-1972" (Fischer Taschenbuch Verlag, Frankfurt 1976, S. 197).

Fein, Fein, schmeckt uns der Wein.

Dieser inhaltlich sehr eindeutige Vers stammt aus einem Wienerlied des Operetten- und Wienerliedkomponisten Edmund Eysler (1874-1949).

Fein sein, beinander bleibn.

So lauten Titel und Anfang der ersten Strophe eines alten Volksliedes aus Tirol, das etwa um 1800 entstanden ist. „Fein sein, beinander bleib'n, fein sein, beinander bleib'n/Mags reg'n oder winden oder aber schneib'n./Fein sein, beinander bleib'n, fein sein, beinander bleib'n." Das Lied war ursprünglich ein sogenanntes Ehestandslied, in dem die Mutter der Tochter weise Lehren fürs Leben gibt. („Lieder fürs Leben. Ein Sing- und Musizierbuch für die Jugend." Herausgegeben von Josef Lechthaler, Gustav Moissl und Sigismund Schnabl, Österreichischer Bundesverlag, Wien 1950, Seite 22).

Feine Bildung ist gleich erfreulich wie naive Geradheit.

Ernst von Feuchtersleben in: „Lebensblätter" (Verlag Josef Stöckholzer von Hirschfeld, Wien-Leipzig 1851, S. 248). Er fährt fort: „Unerträglich sind nur jene Zwitterkreise, wo man ohne Bildung vornehm und ohne Wahrheit natürlich sein will."

Film und Radio – zwei Errungenschaften und die gleiche Bestimmung: dass sie, entgegen ihrem Sinn, die Wirklichkeit zu verbreiten, die Unwirklichkeit vermehrt haben.

Dieses Zitat stammt von Anton Kuh; wir zitieren nach: Anton Kuh, „Von Goethe abwärts. Aphorismen. Essays. Kleine Prosa" (Forum Verlag, Wien 1963), das Zitat findet sich auf Seite 322.

Frauen wollen anziehend aussehen und ausziehend angesehen werden.

Karl Kraus , „Abfälle", in der „Fackel" Nr. 202 vom 30. April 1906, Seite 2.

„Frauenrechte" sind Männerpflichten.

Karl Kraus, „Kehraus", in der „Fackel" Nr. 229 vom 2. Juli 1907, Seite 14. Er wendet sich damit gegen die Erste Frauenbewegung.

Frei sollen die Frauen sein.

Kaiserin Elisabeth zu Constantin Christomanos, ihrem Vorleser und Griechischlehrer. Im Tagebuch von Christomanos sind zahlreiche Aussprüche und Gedanken von „Sisi" überliefert, die von Renate Daimler zusammengestellt und in dem Band „‚Frei sollen die Frauen sein...' Gedanken der Kaiserin Elisabeth von Österreich" herausgegeben wurden (Verlag Christian Brandstätter, Wien 1998).

Der hier zitierte Satz findet sich in diesem Buch auf Seite 19; er wird dort folgendermaßen fortgeführt: „... sie sind oft würdiger es zu sein als die Männer. ... Aber was die sogenannte Bildung betrifft, so bin ich dagegen. Je weniger die Frauen lernen, desto wertvoller sind sie, dann wissen sie alles aus sich selbst heraus." Elisabeth zeigt sich damit als Vorreiterin der Ersten Frauenbewegung, der es um die Stärkung des weiblichen Wesens als solchem ging.

Freisein bedeutet nicht mehr und nicht weniger als: unter keinen Umständen lügen zu müssen.

Anton Wildgans in: „Zu Zeit und Welt", Historisch-Kritische Gesamtausgabe der Werke, Band 7. Er umfasst unter anderem Aufzeichnungen aus Notiz- und Tagebüchern, Austriaca und Viennensia sowie Reden. Der hier zitierte Ausspruch stammt aus Wildgans' Notizbüchern; in der Ausgabe von 1958 (Verlage Bellaria, Wien und Anton Pustet, Salzburg) ist er auf Seite 101 nachzulesen.

Freiheit ist ein Zwang, den wir als Zwang nicht erkennen.

Karl Heinrich Waggerl in: „Kleine Münze", Aphorismen (vom Autor selbst herausgegeben, Otto Müller Verlag, Salzburg 1957).
In Waggerls „Sämtlichen Werken" (Otto Müller Verlag, Salzburg-Wien 1970, Neuauflage 1997), sind die Sinnsprüche in Band 2 abgedruckt. Dieses Zitat findet sich dort auf Seite 650.

Fremd bin ich eingezogen, fremd zieh ich wieder aus.

Dieser Vers ist der Beginn des Gedichtes „Gute Nacht", einem Teil des Gedichtszyklus' „Winterreise", den der deutsche Dichter Wilhelm Müller in den Jahren 1821/24 verfasste. Die erste Strophe erzählt die Geschichte einer nicht erfüllten Liebe:

Fremd bin ich eingezogen,
Fremd zieh ich wieder aus.
Der Mai war mir gewogen
Mit manchem Blumenstrauß.
Das Mädchen sprach von Liebe,
Die Mutter gar von Eh' –
Nun ist die Welt so trübe,
Der Weg gehüllt in Schnee.

Im Jahr 1827 vertonte Franz Schubert diesen Zyklus, der heute zum Repertoire aller großen Liedsänger und -sängerinnen gehört.

Fremden Einflüssen zugänglich sein heißt: Hohlräume beherbergen.

Anton Wildgans in: „Zu Zeit und Welt", Historisch-Kritische Gesamtausgabe der Werke, Band 7. Er umfasst Aufzeichnungen aus Notiz- und Tagebüchern, Austriaca und Viennensia sowie Reden. Der hier zitierte Ausspruch stammt aus Wildgans' Notizbüchern; in der Ausgabe von 1958 (Verlage Bellaria, Wien und Anton Pustet, Salzburg) ist er auf Seite 153 nachzulesen.

Fröhliche Apokalypse

Heute wird dieser vielzitierte Ausdruck ganz allgemein mit dem Wien der Jahrhundertwende verbunden. Auch das dem Leben von Kaiserin „Sisi" gewidmete Musical „Elisabeth", uraufgeführt am 3. September 1992 im Theater an der Wien, enthält ein Lied mit dem Titel „Die fröhliche Apokalypse".

Das literarische Vorbild für dieses geflügelte Wort stammt von Hermann Broch: Er schrieb den Text „Die fröhliche Apokalypse Wiens um 1880", der mit folgender Feststellung beginnt: „Auch in Wien beherrschte das Wert-Vakuum die Jahre von 1870 bis 1890, aber die waren hier eben die Backhendl- und nicht wie in Deutschland die Gründerzeit, und sie wurden daher so leicht genommen, wie es sich für ein Vakuum geziemt."

Das Zitat stammt aus Brochs Werk „Hofmannsthal und seine Zeit", wir zitieren nach dem Abdruck in der Anthologie „Die Wiener Moderne" (herausgegeben von Gotthart Wunberg, Reclam Verlag, Stuttgart 1981, S. 86).

Für Köflach bin ich zu individuell.

Reinhard P. Gruber veröffentlichte im Jahr 1973 das Buch „Aus dem Leben Hödlmosers. Ein steirischer Roman mit Regie“. Nach einem Besuch in der Gemeinde Köflach subsummiert der Titelheld seine ebenso eindeutigen wie negativen Erfahrungen mit den Einwohnern dieser Ortschaft in dem Satz: „für köflach bin ich zu individuell“. Wir zitieren nach der Sonderausgabe von 1982 (Residenz Verlag, Salzburg, S. 94).

G

Ganz ohne Weiber geht die Chose nicht.

Dieser Ausruf ist der Operette „Die Csárdásfürstin“ von Emmerich Kálmán entnommen; der Text stammt von Leo Stein und Béla Jenbach. Das im November 1915 in Wien uraufgeführte Stück spielt in Wien und Budapest am Vorabend des ersten Weltkrieges. Ein junger adeliger Lebemann und eine Chansonette verlieben sich ineinander – der Vater des jungen Mannes zwingt ihn jedoch, sich standesgemäß zu verloben.

Geben ist seliger denn nehmen. Besonders für den, der nimmt.

Im Anhang der Karl-Farkas-Biografie „Das große Karl Farkas Buch“ von Georg Markus finden sich einige kurzgefasste Definitionen und Bonmots des Altmeisters des Wiener Kabaretts. Der hier zitierte Ausspruch ist dort auf Seite 292 nachzulesen (Amalthea Verlag, Wien-München 1993).

Gebeugt erst zeigt der Bogen seine Kraft.

Am Schluss des Trauerspieles „Sappho“ von Franz Grillparzer verwendet die Titelfigur diese Metapher, um ihre Situation zu beschreiben, nachdem der von ihr geliebte Phaon sie abgewiesen hat. Die aus dieser Erfahrung resultierende Einsicht, dass sie sich der Kunst verschreiben muss, nicht dem Leben, ist für Sappho schwer zu ertragen. Allmählich verleiht sie ihr aber auch die Kraft, den Freitod zu wählen. Nachzulesen in: Franz Grillparzer, „Sämtliche Werke“ (Carl Hanser Verlag, 2., erweiterte Auflage, München 1970, Bd. 1, S. 786).

Gebrannte Kinder fürchten das Feuer oder vernarren sich darein.

Marie von Ebner-Eschenbach zitieren wir nach der Ausgabe der „Aphorismen“ im Insel-Verlag (Wiesbaden 1953, S. 7).

Gedanken sind zollfrei. Aber man hat doch Scherereien.

Karl Kraus, „Illusionen“, in der „Fackel“ Nr. 237 vom 2. Dezember 1907, Seite 7.

Gegenüber dem Leiden anderer ist es leicht ein Stoiker zu sein.

Erwin Chargaff in: „Vermächtnis“, Essay im gleichnamigen Sammelband (Ernst Klett, Stuttgart 1992, S. 22).

Geh, Pepperl, plausch net!

Franz Prager und Viktor Korzhe schrieben 1935 ein Wienerlied unter diesem Titel, der noch heute gern zitiert wird, wenn jemand die Weltsicht seines Gegenübers als allzu negativ empfindet. Das Lied widmet sich dem wichtigsten Thema, das ein Wienerlied beschreiben kann (mit Ausnahme des Weines und seiner vielfältigen Eigenschaften natürlich): der Wiener Musik und dem Wienerlied.

Der Text beschwört die Fortdauer dieser beiden Institutionen, die von der Figur des „Pepperl“ in Frage gestellt wurde. Nach einem Abend beim Heurigen befürchtet er bei der Heimfahrt in der letzten „Blauen“ (der letzten Straßenbahn vor Betriebsschluss, die in Wien durch ein blaues Schild gekennzeichnet ist) den baldigen Untergang des Wienerliedes. Sein Freund fährt ihm jedoch „drüber glei“ und stellt klar:

Geh, Pepperl, plausch net,
's is' ja net wahr!
So lang als mir san,
is no ka G'fahr!

Nachzulesen ist der Text in dem Band „Die schönsten Wiener Lieder. Gesammelt und herausgegeben von Leo Parthé“ (Perlen-Reihe Band 1015, Deuticke Verlag, 4., völlig neu bearbeitete Auflage, Wien-München o. J., S. 78-79).

Geister werden nicht besser sichtbar, wenn man Licht macht.

Der Theaterkritiker Alfred Polgar gab 1927 erstmals das „Handbuch des Kritikers“ heraus, eine Sammlung kurzer Glossen und Notizen. Wir zitieren nach der Neuauflage aus dem Jahr 1997 (Paul Zsolnay Verlag, Wien), in der sich dieses Bonmot auf Seite 102 findet.

Geld kann viel Gutes stiften, aber noch mehr Schlechtes.

Peter Rosegger in: „Wahrheiten und Weisheiten“, Aphorismen (herausgegeben von Bertl Petri, Staackmann Verlag, München 1989, Seite 41).

Gelten lassen ist schwerer als sich begeistern.

Hugo von Hofmannsthal im „Buch der Freunde“, das zunächst in einer Auflage von nur 800 Stück 1922 im Insel-Verlag erschien. Unter dem gleichen Titel wurde zuletzt 1985 in der Bibliothek Suhrkamp ein Nachdruck dieser Aphorismensammlung veröffentlicht.

Das Werk wurde auch in Band 10 von Hofmannsthals „Gesammelten Werken in zehn Einzelbänden“ (S. Fischer Verlag, Frankfurt 1980) aufgenommen, dort findet sich dieser Ausspruch auf Seite 236.

Genau gesehen, und wie unsere Welt beschaffen ist, ist nichts wirklich definierbar.

Ein Ausspruch des österreichisch-amerikanischen Biochemikers Erwin Chargaff, der mit seinen wissenschafts- und kulturkritischen Essays einer der profiliertesten Kritiker der modernen Naturwissenschaften ist. Nachzulesen in dem Text „Fragmente vom unbewussten Wissen“; wir zitieren nach dem Abdruck in „Vermächtnis“, einem Sammelband mit Essays von Chargaff (Ernst Klett, Stuttgart 1992, S. 41).

Genie hin, Genie her, Reinlichkeit ist auch keine üble Sache.

Dieser Ausspruch stammt von Arthur Schnitzler. Er findet sich neben anderen Aphorismen und Betrachtungen aus Schnitzlers Nachlass bei den Materialien zu einer Studie über Kunst und Kritik. (Nachzulesen in:

„Gesammelte Werke, Aphorismen und Betrachtungen“, herausgegeben von Robert Weiss, S. Fischer Verlag, Frankfurt 1977, Bd. 1, S. 377).

Gerechtigkeit ist das Fundament der Königreiche.

Franz I. ließ diesen Wahlspruch (Iustitia Regnorum Fundamentum) auf Anregung von Metternich und dessen Mitarbeiter und Vertrauten Friedrich von Gentz an der Schauseite des Tores der Wiener Hofburg anbringen. Es war dies „eine demonstrative Erinnerung an die napolianische Zeit, als im Namen von Freiheit und Gleichheit die ‚Macht‘ zum bestimmenden Prinzip der außen- und innenpolitischen Ordnung wurde.“
Nachzulesen ist die Geschichte dieses Zitats in: Helmut Rumpler, „Eine Chance für Mitteleuropa. Bürgerliche Emanzipation und Staatsverfall in der Habsburgermonarchie“ (Böhlau Verlag, Wien 1997, S. 30).

Geronnenes Lächeln wird sauer.

Alfred Grünewald in: „Lass meine Seele dir Heimat sein“, eine Auswahl aus seinem Werk, aufgenommen in die von Hans Weigel herausgegebene Reihe „Bibliothek Wiederaufnahme Österreichischer Literatur des 20. Jahrhunderts“ (Jungbrunnen Verlag, Wien-München 1990). Der zitierte Ausspruch findet sich auf Seite 93.

Geschichte wird von Schafen geschrieben, die eine Schwäche für Wölfe haben.

Erwin Chargaff in: „Bemerkungen“, eine Sammlung seiner Aphorismen, in der sich der hier zitierte Ausspruch auf Seite 79 findet (Verlag Klett-Cotta, Stuttgart 1981).

Geschichten aus dem Wienerwald

Es war ursprünglich Johann Strauß Sohn, der im Jahr 1868 einer seiner Kompositionen diesen Titel gab. Wie aus der Darstellung am Titelblatt der Partitur deutlich wird, ging es ihm dabei nicht um die Naturschönheit an sich, sondern um den Wienerwald als Ausflugsziel der erholungssuchenden städtischen Bevölkerung. „Geschichten aus dem Wienerwald“, eine Verbindung von Walzer und Ländler für klassisches Symphonieorchester, hat eine konzertante Einleitung mit mehreren Nummern und einen breit angelegten Schluss, in dem bereits angespielte Motive wiederkehren.

Den selben Titel trägt auch ein sozialkritisches Stück Ödön von Horvaths, das 1931 uraufgeführt wurde. Eine Schlüsselszene ist ein Picknick im Wienerwald, bei dem sich die weibliche Hauptfigur Marianne mit dem Strizzi Alfred einlässt, obwohl sie eigentlich mit dem Fleischermeister Oskar verlobt ist.

Gestehen wir es uns nur ein, die Menschheit ist seit der Einführung der Menschenrechte auf den Hund gekommen.

Karl Kraus, „Vorurteile", in der „Fackel" Nr. 241 vom 15. Jänner 1908, Seite 24. Es wäre ein Missverständnis, zu glauben, Kraus wende sich gegen die Aufklärung im historisch-kulturgeschichtlichen Sinn. Er verwendet den Begriff nur zur zeitlichen Abgrenzung; seine Aussage muss als historische Bestandsaufnahme gewertet werden.

Gewisse Bemerkungen müssen zur Unzeit gemacht werden.

Ein Ausspruch des Feuilletonisten Ferdinand Kürnberger (1821-1879); nachzulesen in: „Werke. Band 2: Literarische Herzenssachen" (Georg Müller Verlag, München-Leipzig 1911, S. 32).

Gewisse Dinge verstehe ich nicht mehr, sobald ich sie begriffen habe.

Karl Heinrich Waggerl in: „Kleine Münze", Aphorismen (herausgegeben vom Autor, Otto Müller Verlag, Salzburg 1957).
In Waggerls „Sämtlichen Werken" (Otto Müller Verlag, Salzburg-Wien 1970, Neuauflage 1997), sind die Sinnsprüche in Band 2 abgedruckt. Dieses Zitat findet sich dort auf Seite 649.

Gewisse Satiren schreiben sich selbst.

So resümiert Ferdinand Kürnberger am Ende einer Glosse zum Wiener Zeitungswesen seine polemische Bestandsaufnahme desselben. Er spricht sich insbesondere gegen die Verbreitung der illustrierten Zeitungen aus, die er

„Tätowierpresse" nennt, und meint in einer in ihrer Diktion an den Kürnberger-Leser Ludwig Wittgenstein gemahnenden Formulierung: „Die Knödelpresse und die Tätowierpresse beherrschen den Wiener Journalismus. Das war zu sagen; *darüber* zu sagen – ist nichts!" Wir zitieren nach: Ferdinand Kürnberger, „Feuilletons" (Insel Verlag, Frankfurt 1967, S. 170).

Nicht nur Illustrierte kritisiert Kürnberger, er spricht sich auch, mit Verweis auf Jean Paul, gegen das „Illustrations-Wesen oder -Unwesen" bei Büchern aus, und fragt seine Leser: „... wie aber rettet man sich vor dem ... Kleiderluxus der Bücher, vor der Illustration, womit das Innere des Buches durchschossen ist, so dass dem Freund des edlen unverfälschten *Geschrifts* sein reiner Wein wie mit schändlichem Bleizucker vergiftet wird?" („Werke, Band 2: Literarische Herzenssachen", Georg Müller Verlag, München-Leipzig 1911, S. 33).

Kürnbergers Forderung nach ungeschmückter Reinheit und die Metaphorik des „tätowierten Wilden", der der Ornamentfreudigkeit des wienerischen Fin de Siècle einen Spiegel vorhält, scheint Adolf Loos' Argumentation in „Ornament und Verbrechen" (1909) vorwegzunehmen. Loos verwendet das Bild des Tätowierten als Beispiel für den verbrecherischen Menschen, der aus seiner Sicht der überbordenden Ornamentik der Jahrhundertwende entspricht.

Gewissensbisse sind das erste Symptom der schwindenden Männerkraft.

Diese interessante Diagnose von Anton Kuh findet sich in dem Band „Von Goethe abwärts. Aphorismen. Essays. Kleine Prosa" (Forum Verlag, Wien 1963), auf Seite 302.

Gewissensbisse sind die sadistischen Regungen des Christentums.

Karl Kraus, „Kehraus", in der „Fackel" Nr. 229 vom 2. Juli 1907, Seite 1.

Glaube keinem, der immer die Wahrheit spricht.

Elias Canetti in: „Die Provinz des Menschen. Aufzeichnungen 1942-1972" (Fischer Taschenbuch Verlag, Frankfurt 1976, S. 30).

Glaube nie den Buchstaben ein Wort, sie lügen wie gedruckt.

Von Günter Eichberger stammt dieses jede andere Form von Sprachskepsis entbehrlich machende Bonmot. Es ist in Eichbergers Erstlingswerk „Der Wolkenpfleger“ nachzulesen. (Residenz Verlag, Wien-Salzburg 1988, S. 117).

Glück und Unglück sind gleich gefährliche Zustände, wenn man versäumt, sich sofort damit einzurichten.

Karl Heinrich Waggerl in: „Kleine Münze“, Aphorismen (herausgegeben vom Autor, Otto Müller Verlag, Salzburg 1957).

In Waggerls „Sämtlichen Werken“ (Otto Müller Verlag, Salzburg-Wien 1970, Neuauflage 1997) sind die Sinnsprüche in Band 2 abgedruckt. Dieses Zitat findet sich auf Seite 642.

Glücklich ist, wer vergisst, was nicht mehr zu ändern ist.

Ein populäres Bonmot aus dem 1. Akt der Operette „Die Fledermaus“ von Johann Strauss. Alfred, der verliebte einstige Gesangslehrer der Rosalinde von Eisenstein bringt sie mit dieser Aufforderung dazu, sich um ihren abwesenden Ehemann keine Gedanken mehr zu machen.

Die Idee zur „Fledermaus“ stammt aus „Le Réveillon“, dem Kassenschlager der Pariser Saison 1872. Das Libretto schrieben Carl Haffner und Richard Genée, und Strauß komponierte dazu in angeblich nur 42 Tagen die Musik. Die Uraufführung erfolgte im Theater an der Wien am 5. April 1874. Die Zeitungen lobten die brillante Aufführung, und das Stück brachte dem „Walzerkönig“ den endgültigen Durchbruch als Operettenkomponist.

Die Geschichte um den Katzenjammer nach einer rauschenden Nacht traf genau die Zeitstimmung nach dem Börsenkrach (dem „Schwarzen Freitag“ am 9. Mai 1873). Das gilt natürlich ganz besonders für den Satz: „Glücklich ist, wer vergisst, was nicht mehr zu ändern ist.“

Ein Zitat mit ähnlichem Inhalt findet sich bereits bei Kaiser Friedrich III.: „Rerum irrecuperabilium summa felicitas est oblivio.“ (Siehe: Edward Crankshaw, „Die Habsburger“, Verlag Fritz Molden, Wien-München-Zürich 1971, Seite 41.)

Gnädige Frau, für platonische Liebe bin ich impotent.

Angeblich hat der Herausgeber des Prager Tagblattes, Rudolf Keller, diesen Satz geäußert, als ihm eine Dame zu verstehen gab, dass sie nur eine rein freundschaftliche Beziehung wünsche. Wir finden dieses Zitat in Friedrich Torbergs „Die Tante Jolesch oder Der Untergang des Abendlandes in Anekdoten“ (dtv, 12. Auflage, München 1988, S. 118).

Gott schuf den Menschen, und der Mensch schuf den Teufel – jeder nach seinem Ebenbild: Kopien sind immer schlechter als das Original.

Erwin Chargaff in:„Bemerkungen“, eine Sammlung seiner Aphorismen, in der sich der hier zitierte Ausspruch auf Seite 109 findet (Verlag Klett-Cotta, Stuttgart 1981).

Gott soll einen hüten vor allem, was noch ein Glück ist.

Der Satz stammt aus Friedrich Torbergs 1975 erschienenen Buch „Die Tante Jolesch oder Der Untergang des Abendlandes in Anekdoten“ (dtv, 12. Auflage, München 1988, S. 14). Als ihr Lieblingsneffe Franz von einer Autofahrt heimkehrt, auf der er einen Unfall mit Blechschaden hatte, ist dies Thema des Tischgesprächs. Franz erzählt, wie sein Wagen auf einer regennassen Straße ins Schleudern geriet und schmückt seinen Bericht mit immer neuen Details aus. Schließlich sagt er: „Noch ein Glück, dass ich mit dem Wagen nicht auf die Gegenfahrbahn gerutscht bin, sondern ans Brückengeländer.“ Da erhebt die Tante Jolesch mahnend den Zeigefinger und sagt mit Nachdruck: „Gott soll einen hüten vor allem, was noch ein Glück ist.“

Grausamkeit entsteht durch Domestikation.

Dieser Aphorismus stammt von Robert Musil. Er findet sich unter dem Titel „Aus einem Rapial“ in Band 7 der „Gesammelten Werke“ von Musil (Rowohlt Verlag, Reinbek bei Hamburg 1978, S. 849). Dort wird er mit den Worten ergänzt: „Der Trieb dient nicht mehr seinem naiven Zweck.“

Graz ist stolz darauf, eine Großstadt zu sein. Die Linzer sind stolz darauf, dass Linz keine Großstadt ist. Salzburg ist darauf nicht einmal stolz.

Ein Bonmot aus Hans Weigels Buch „O du mein Österreich. Versuch des Fragments einer Improvisation für Anfänger und solche, die es werden wollen“ (Steingrüben Verlag, Stuttgart 1955, S. 174).

Große Rede führen und *dann nichts leisten*: Das ist *echt österreichisch.*

Diese Sätze finden sich in einem Text von Egon Friedell. Wir zitieren nach dem Abdruck in dem von Otto Schenk herausgegebene Band „Sachen zum Lachen“ (Buchgemeinschaft Donauland Kremayr & Scheriau, Wien o. J., S. 65).

Große Staatsmänner wirken äußerlich immer etwas komisch.

In Fritz von Herzmanovsky-Orlandos „Das Maskenspiel der Genien“ findet sich dieser Satz. Er bezieht sich auf den mächtigsten Mann im „Reich der Tarocke“, dem Sküs, der als Reichskanzler „den Staat mit diktatorischer Gewalt lenkte“. Sein Name stammt von der Tarockkarte Sküs ab, eine „ein wenig komische“, harlekinartige Figur. „Doch sei man weit entfernt zu glauben, dass diese unbedeutende Äußerlichkeit auch nur das geringste mit der inneren, erhabenen Würde der Stellung zu tun gehabt hätte. Große Staatsmänner wirken äußerlich immer etwas komisch.“ (Fritz von Herzmanovsky-Orlando, „Sämtliche Werke“, Residenz Verlag, Salzburg-Wien 1989, Band III, S. 15).

Es war Friedrich Torberg, der nach Herzmanovsky-Orlandos Tod den Roman 1958 erstmals veröffentlichte. Dabei griff er stark in den Text ein: Nicht nur, dass er ihn radikal kürzte, er strich auch Personen der Handlung und änderte zahlreiche Namen. Aus dem Namen des Landes, „Tarockei“, machte er „Tarockanien“, offensichtlich in Anlehnung an das musilsche „Kakanien“.

Das besagte Zitat wurde von ihm nur geringfügig verändert. Es lautet in der von Torberg herausgegebenen Ausgabe: „Große Staatsmänner wirken nach außenhin immer ein wenig komisch.“ (Fritz von Herzmanovsky-

Orlando, Gesamtwerk, herausgegeben von Friedrich Torberg, Langen-Müller Verlag, München 1957, S. 142).

Grüß euch Gott alle miteinander!

Der Titel eines Liedes aus der Operette „Der Vogelhändler“ von Carl Zeller wurde zum geflügelten Wort. Adam, ein Tiroler Vogelhändler, tritt in der zweiten Nummer des 1. Aktes zum ersten mal auf. Dazu singt der Chor der Tiroler ein Lied, das mit dieser Zeile beginnt und endet, die Adam selbst sogleich aufgreift. Auch das Finale des „Vogelhändlers“ nimmt noch einmal Bezug auf diese Worte: Adam verabschiedet sich mit den Worten „B'hüt enk Gott, alle miteinander!/I geh ham, nie mehr auf die Wander!“

Diese Operette gilt als die letzte der klassischen „goldenen“ Wiener Operetten. Die erfolgreiche Uraufführung fand am 10. Jänner 1891 im Theater an der Wien statt, das Libretto verfassten Moritz West und Ludwig Held nach einer Idee von Edmond de Biéville.

Gscherte im Pelz

Carl Merz und Helmut Qualtinger schrieben von 1958 bis 1975 „Travniceks gesammelte Werke“: zwölf Dialoge, die zum Großteil im Kabarettprogramm des Österreichischen Fernsehens von Helmut Qualtinger und Gerhard Bronner interpretiert wurden.

Die Doppelconference „Travnicek im Urlaub“ wurde am 22. Oktober 1958 ausgestrahlt wurde (siehe auch die Zitate: „Simmering – Kapfenberg, das nenn i Brutalität“ und „Wann mi das Reisebüro net vermittelt hätt“). In diesem Sketch diskutieren Travnicek und sein Freund alle denkbaren Reisedestinationen durch, wobei Travnicek sich als äußerst resistent gegenüber jeglicher Form von Fernweh erweist. Als der Freund ihn fragt, warum er sich denn nicht vom Reisebüro „nach dem Norden“ habe vermitteln lassen, ins Land der Mitternachtssonne und der Fjorde, räsoniert Travnicek: „Fjorde? Nirgends kann ma baden ... So was wie das Gänsehäufel haben die dort net ... Und die Lappen? Gscherte im Pelz ...!“

Der heute noch recht allgemein verwendete Ausdruck „Gscherte“ geht auf die Leibeigenen früherer Zeiten zurück, denen die Haare geschoren wurden. In Wien wurde und wird er vor allem für die Bewohner Niederösterreichs benutzt, darüber hinaus aber auch überhaupt für all jene Menschen, die keine Wiener sind. Der Ausdruck „Gscherte im Pelz“ hat natürlich auch Anklänge an „Die Venus im Pelz“, die berühmte Novelle Leopold von Sacher-Masochs aus dem Jahr 1870.

In Druck erschienen zehn der zwölf Dialoge erstmals in dem Auswahlband „An der lauen Donau“. Alle zwölf Doppelconferencen finden sich in der fünfbändigen Werkausgabe Qualtingers (Deuticke Verlag, Wien 1996, Bd. 3, S. 9-56, das Zitat findet sich auf Seite 10; Anmerkungen Bd. 4, S. 219 ff.).

Gute Ansichten sind wertlos. Es kommt darauf an, wer sie hat.

Karl Kraus, „Aphorismen“, in der „Fackel“ Nr. 293 vom Dezember 1909, Seite 281.

H

Haarspalterei ist im Recht, sofern das Haar sich spalten lässt.

Alfred Grünewald in: „Lass meine Seele dir Heimat sein“, eine Auswahl aus seinem Werk, aufgenommen in die von Hans Weigel herausgegebene Reihe „Bibliothek Wiederaufnahme Österreichischer Literatur des 20. Jahrhunderts“ (Jungbrunnen Verlag, Wien-München 1990). Der zitierte Ausspruch findet sich auf Seite 94.

Handle so, wie du nie wieder handeln könntest.

Elias Canetti in: „Die Provinz des Menschen. Aufzeichnungen 1942-1972“ (Fischer Taschenbuch Verlag, Frankfurt 1976, S. 28).

Hätten wir das Wort, hätten wir die Sprache, wir bräuchten die Waffen nicht.

Im Wintersemester 1959/60 übernahm Ingeborg Bachmann als erste Dozentin die vom S. Fischer Verlag gestiftete Gastdozentur für Poetik an der Johann Wolfgang Goethe-Universität Frankfurt. Ursprünglich standen die Vorlesungen Bachmanns unter dem Titel „Fragen zeitgenössischer Dichtung“; der heutige Titel „Probleme zeitgenössischer Dichtung“ leitet sich von Rundfunkaufnahmen dieser Vorträge ab, die Bachmann im April 1960 gemacht hat.

Die Autorin formuliert in diesen Texten ihr persönliches Credo zu Stellung und Aufgabe von Literatur. Der zitierte Satz bezieht sich zum einen auf das Phänomen, dass zeitgenössische Sprachentwicklungen, ähnlich solchen der Geschichte, immer nur aus rückblickender Perspektive beschreibbar sind. Sprache „besitzt“ man nie, man hat sie immer nur nachträglich. Zum anderen verbindet Bachmann die zitierte Aussage mit einem Hinweis auf die Literatur der vorangegangenen 50 Jahre. Der Satz erhält dadurch einen sehr realen Hintergrund: Die Uneinholbarkeit der Sprache, die von Bachmann konstatierte Unmöglichkeit, zeitgenössische Sprache zu besitzen, wird in Bezug gesetzt zu den beiden Weltkriegen des 20. Jahrhunderts.

Nachzulesen ist das Zitat in: Ingeborg Bachmann, „Frankfurter Vorlesungen. Probleme zeitgenössischer Dichtung“ (Piper Verlag, München-Zürich 1982, S. 9).

Heimat bist du großer Zwerge.

Im Nachlass Helmut Qualtingers fand sich das Manuskript einer Satirensammlung mit dem Titel „Heimat bist du großer Zwerge“. Die undatierten Beiträge dieser Sammlung entstanden wahrscheinlich in den Jahren 1983/84. Sie erschienen erstmals in der fünfbändigen Werkausgabe (Deuticke Verlag, Wien 1997, Bd. 4, S. 141–213, Anmerkungen S. 330).

„Heimat bist du großer Zwerge“ bezieht sich auf eine Zeile der Bundeshymne: „Heimat bist du großer Söhne“. Der Text der Bundeshymne stammt von Paula von Preradovic, die Melodie nicht von Wolfgang Amadeus Mozart, wie man lange glaubte, sondern von Johann Hol(t)zer. Als Vorlage diente das „Bundeslied“ der Freimaurer mit dem Text: „Brüder, reicht die Hand zum Bunde!“ (siehe dort).

Vermutlich dürfte Qualtinger auch das geflügelte Wort „Wenn die Sonne der Kultur tief steht, werfen selbst Zwerge lange Schatten“ gekannt haben, denn erst vor dem Hintergrund dieses Zitats gewinnt der Satz „Heimat bist du großer Zwerge“ seine schillernde Bedeutung.

Heimat war für mich nie ein geographischer Ort. Sie war, wenn überhaupt, ein politischer Ort.

Der streitbare Dramatiker Peter Turrini meint in dem Text „Ich bin ein Gefangener meiner Biographie“, er sei ein „grundsätzlich Heimatloser“, der Zugehörigkeitsgefühle nur in Spuren erlebt habe.

Nachzulesen in „Liebe Mörder“, einer Anthologie verschiedener Stellungnahmen Turrinis zu politischen und kulturellen Zuständen und Entwicklungen in Österreich (Luchterhand Literaturverlag, München 1996, S. 11).

Herr, es gescheh dein Wille bei Tag, und meiner in der Nacht.

Wolfgang Amadeus Mozart schrieb zur bevorstehenden Heirat seiner

Schwester Nannerl im Jahr 1784 ein in scherzhaftem Ton gehaltenes Gedicht, in dem er ihr unter anderem rät, schlechte Launen ihres zukünftigen Gatten nicht allzu ernst zu nehmen:

Drum, wenn dein Mann dir finstre Mienen,
die du glaubst nicht zu verdienen,
in seiner übeln Laune macht,
so denke, das ist Männergrille,
und sag: Herr, es gescheh dein Wille
bei Tag, und meiner in der Nacht.

Wir zitieren nach dem von Otto Schenk herausgegebenen Band „Sachen zum Lachen“ (Buchgemeinschaft Donauland Kremayr & Scheriau, Wien o. J., S. 63).

Herr, es ist Zeit. Der Sommer war sehr groß.

So beginnt das Gedicht „Herbsttag“ von Rainer Maria Rilke, veröffentlicht 1902 im „Buch der Bilder“. Die erste Strophe lautet: „Herr, es ist Zeit. Der Sommer war sehr groß./Leg deinen Schatten auf die Sonnenuhren,/Und auf den Fluren lass die Winde los.“

Herrlicher als jede Tat ist das Ungeschehene.

Kaiserin Elisabeth zu Constantin Christomanos, ihrem Vorleser und Griechischlehrer. In seinem Tagebuch hat er zahlreiche Aussprüche und Gedanken von „Sisi“ überliefert, die von Renate Daimler zusammengestellt und in dem Band „‚Frei sollen die Frauen sein…‘ Gedanken der Kaiserin Elisabeth von Österreich“ herausgegeben wurden (Verlag Christian Brandstätter, Wien 1998). Der hier zitierte Satz findet sich auf Seite 63.

Herrschaften kommen mit kleiner Verspätung und müssen etwas früher weg.

Der Band „Überwindung der Blitzangst“ ist eine Zusammenstellung von Prosatexten des Schriftstellers Alois Brandstetter. Unter der Überschrift „Warten“ findet sich unter anderem dieses Bonmot.

Nachzulesen in Alois Brandstetter: „Überwindung der Blitzangst“ (Residenz Verlag, Salzburg 1971, S. 106).

Heut reiß i der Welt an Haxen aus.

In dem Wienerlied „Kinder, wer ka Geld hat, der bleibt z'Haus, heut' komm i erst übermorgen z'Haus" findet sich diese Form der heute noch in Wien gängigen Redensart „der Welt einen Haxen ausreißen", was soviel bedeutet wie sich Extravaganzen leisten oder etwas Außergewöhnliches unternehmen. Nicht verwechseln sollte man diesen Spruch mit „sich einen Haxen ausreißen", was soviel bedeutet wie sich ungewöhnlich viel Mühe geben. Gesungen wurde das Lied aus dem Jahr 1904 von der populären Soubrette Hansi Führer. Im selben Jahr findet sich die Formulierung auch in der von Karl Kraus herausgegebenen Zeitschrift „Die Fackel" (Nr. 169, S. 24). Nachzulesen ist die Geschichte dieses Ausspruchs im „Wörterbuch der Redensarten zu der von Karl Kraus 1899-1936 herausgegebenen Zeitschrift Die Fackel" (herausgegeben von Werner Welzig, Verlag der Österreichischen Akademie der Wissenschaften, Wien 1999, S. 938).

Heute ziagt der g'schupfte Ferdl frische Socken an, grün und gelb gestreift, das ist so elegant.

Es war nicht Helmut Qualtinger, sondern Gerhard Bronner, der Text und Melodie des „G'schupften Ferdl" geschrieben hat. Aber die Interpretation von Qualtinger ist so eindrucksvoll, dass der Textautor und Komponist gerne vergessen wird.

Vorlage für den „G'schupften Ferdl" („leicht verrückten Ferdinand") war das Hernalser Original Ferdinand Valek, der es auf 52 Vorstrafen brachte und „beim Thumser [ein Lokal] in Neulerchenfeld" dem Kabarettisten Gerhard Bronner auffiel. Die ebenfalls real existierende Mitzi Wastapschik war übrigens nur ein Flirt: Während der „G'schupfte Ferdl" das Tanzbein schwang, wartete zu Hause seine Elfriede mit sechs Kindern; später kamen noch vier weitere hinzu. Diese Informationen kann man etwas ausführlicher dem „Kurier" vom 11. Juni 2000 entnehmen (S. 9, Andrea Wasinger, „Das Leben des Hernalser Originals: ‚I bin der g'schupfte Ferdl!'").

Der „G'schupfte Ferdl" war die Hauptnummer des Kabaretts „Brettl vor dem Kopf", das 1952 im Wiener Kleinen Theater im Konzerthaus uraufgeführt wurde. Der Text findet sich in den Anmerkungen zu Band 2 der fünfbändigen Qualtinger-Werkausgabe (Deuticke Verlag, Wien 1996, S. 331–332).

Auf Wunsch von Helmut Qualtinger schrieb Gerhard Bronner für das spätere „Blattl-vorm-Mund"-Programm „wieder so was ähnliches wie den ‚G'schupften Ferdl'". Dieses Stück hieß „Der Wilde mit seiner Maschin".

Heutzutage hat keiner genug, weil jeder zuviel hat.

Karl Heinrich Waggerl in: „Kleine Münze", Aphorismen (zusammengestellt vom Autor, Otto Müller Verlag, Salzburg 1957).

In Waggerls „Sämtlichen Werken" (Otto Müller Verlag, Salzburg-Wien 1970, Neuauflage 1997), sind die Sinnsprüche in Band 2 abgedruckt. Dieses Zitat findet sich dort auf Seite 640.

Hier in Wien sammelt man seine großen Söhne und Töchter, sowenig man sie zeitweilig schätzte, gern als verblichene Hüllen wieder ein und verstaut sie in „Ehrengräbern".

Hilde Spiel charakterisiert mit diesem Ausspruch den Umgang der Wiener mit bedeutenden Österreichern, die während des „Dritten Reiches" vertrieben und posthum durch ein Ehrengrab am Wiener Zentralfriedhof geehrt wurden.

Spiel schreibt: „Hier in Wien sammelt man seine großen Söhne und Töchter, so wenig man sie zeitweilig schätzte, gern als verblichene Hülle wieder ein und verstaut sie zumeist in dem weitläufigen, durch Bäume, Sträucher und Rasenstücke in seiner Furchtbarkeit nur wenig gemilderten Totenreich des Zentralfriedhofs in ‚Ehrengräbern'." Nachzulesen in: Hilde Spiel, „Die Dämonie der Gemütlichkeit. Glossen zur Zeit und andere Prosa" (herausgegeben von Hans A. Neunzig, Paul List Verlag, München 1991; Seite 185).

Hiermit soll der Sehnsucht nach einer besseren Vergangenheit entgegengetreten werden; wehmütiges Sich-Erinnern ist fruchtlos.

H. C. Artmann veröffentlichte 1974 im Residenz Verlag eine Sammlung von Montagen und Sequenzen mit dem Titel „Unter der Bedeckung eines Hutes", in der sich der zitierte Ausspruch auf Seite 7 findet. Der gesamte Satz in der Originalorthografie lautet: „Hiermit soll der sehnsucht nach einer besseren vergangenheit entgegengetreten werden; wehmütiges sicherinnern ist fruchtlos, ein abgestorbener kirschbaum, der sich nie mehr beblättern wird."

Hinaus aus Wien mit dem Schuft!

1925 erschien unter dem Titel „Hinaus aus Wien mit dem Schuft!“ in der von Karl Kraus herausgegebenen Zeitschrift „Die Fackel“ und als Plakat eine Schrift von Karl Kraus gegen den erpresserischen Zeitungsherausgeber Imre Békessy. Békessy hatte mehrfach betroffenen Personen angeboten, Enthüllungsartikel gegen entsprechendes Honorar nicht abzudrucken. Die Plakatierfirma verweigerte zwar die Affichierung der krausschen Polemik, der Text wurde dennoch sehr bekannt und der Titel ist heute noch ein geflügeltes Wort.

Hitler hat die Deutschen zu Juden gemacht, in einigen wenigen Jahren, und „deutsch“ ist nun ein Wort geworden, so schmerzlich wie „jüdisch“.

Diesen Satz schrieb im Frühjahr 1945 der österreichische Schriftsteller und Philosoph Elias Canetti, der selbst 1938 emigrieren mußte. Dieses Zitat findet sich in dem Band „Die Provinz des Menschen. Aufzeichnungen 1942-1972“ (Fischer Taschenbuch Verlag, Frankfurt 1976, Seite 79).

Hohe Liebende haben nichts zu lachen.

So lautet die Überschrift zum 105.Kapitel von Robert Musils Roman „Der Mann ohne Eigenschaften“.

Wir zitieren nach: Robert Musil, „Der Mann ohne Eigenschaften“ (I, Erstes und Zweites Buch, herausgegeben von Adolf Frisé, Rowohlt Taschenbuch, Reinbek bei Hamburg 1987, S. 501).

Hölle ist, wo man sich nicht nach dem Himmel sehnt.

Erwin Chargaff in: „Bemerkungen“, eine Sammlung seiner Aphorismen, in der sich der hier zitierte Ausspruch auf Seite 53 findet (Verlag Klett-Cotta, Stuttgart 1981).

Hörst, mei Bier is’ net deppert!

In der Fernsehserie „Mundl. Ein echter Wiener geht nicht unter“ muss sich die Titelfigur des von Karl Merkatz dargestellten Mundl des öfteren für seinen starken Bierkonsum rechtfertigen, vor allem vor seiner Frau Toni. Meist fällt dann im Lauf der Debatte unter anderem dieser Satz, der zum geflügelten Wort wurde. Ein typischer Diskussionsverlauf Mundl – Toni sieht in etwa folgendermaßen aus: Toni: „Mundi! Du mit deinem depperten Bier! Kannst nicht an was anderes denken?" Mundl: „Hörst, mei' Bier is' net deppert!"

Die erfolgreiche ORF-Fernsehserie von Ernst Hinterberger geht zurück auf Hinterbergers 1966 erschienenen Roman „Salz der Erde", der später unter dem Titel „Mundl. Ein echter Wiener geht nicht unter" neu aufgelegt wurde (Deuticke Verlag, Wien 1995). Die besten Sprüche aus der Serie sind zusammengefasst in Hinterbergers Buch „Mundlsprüche" (Deuticke Verlag, Wien 1996).

Humor ist der einzige Umweg um die Welt.

Erwin Chargaff in: „Bemerkungen", eine Sammlung seiner Aphorismen, in der sich der hier zitierte Ausspruch auf Seite 95 findet (Verlag Klett-Cotta, Stuttgart 1981).

I

Ich bin ein Pechvogel.

Kaiser Franz Joseph war keineswegs frei von Selbstkritik. Sein Handelsminister Schäffle berichtete der Öffentlichkeit von dieser Äusserung im Frühjahr 1871. Anlass war offenbar das Scheitern der österreichischen Aussenpolitik, die im deutsch-französischen Krieg auf einen raschen Sieg Frankreichs gesetzt hatte. Dass Preussen Frankreich besiegen und als Führungsmacht eines geeinten deutschen Kaiserreiches hervorgehen würde, hatte man am Wiener Ballhausplatz nicht einmal geahnt.

(Albert von Margutti, „Vom alten Kaiser". Persönliche Erinnerungen. Leonhardt Verlag, Leipzig und Wien 1921, S. 245).

I haaß Kolaric, du haaßt Kolaric. Warum sogens zu dir Tschusch?

Dieser heute noch sehr bekannte Text einer Plakatwerbung aus den Jahren 1973/74 führt die Ausländerfeindlichkeit ad absurdum: Der eine Kolaric ist offensichtlich Gastarbeiter, der andere hingegen ein Ur-Wiener Kind in Lederhose, dessen Familie vielleicht schon in Zeiten der Monarchie zugewandert ist. Das Kind sagt zu dem Mann: „I haaß Kolaric, du haaßt Kolaric. Warum sogens zu dir Tschusch?"

Das Plakat wurde von einer der SPÖ nahe stehenden Initiative entworfen und affichiert. Mit der beginnenden Hochkonjunktur in den sechziger Jahren war es zu einem massiven Zuzug von Gastarbeitern gekommen, der 1974 seinen Höhepunkt erreichte: Beinahe 90.000 ausländische Arbeitskräfte waren in Wien beschäftigt. Da die Bevölkerungszahl schon lange stagnierte, war der Zustrom von jungen und erwerbsfähigen Altersgruppen auch für die Wirtschaft von Bedeutung. Mit dem Abflauen der Hochkonjunktur verstärkte sich die Diskussion um die ausländischen Arbeitskräfte, ihre Zahl nahm nach 1974 wieder ab.

Der Text der Plakatwerbung wurde von Carl Merz und Helmut Qualtinger in den Travnicek-Dialogen aufgegriffen. In „Travnicek und das neue Wien“ sagt Travnicek: „I haaß Travnicek, du haaßt Travnicek, warum nennen s' dich Tschusch?“ ... An Tschuschen wollen s' mi nennen, damit s' die nächste Wahl gewinnen ...“

„Travnicek und das neue Wien“, der letzte Sketch innerhalb der Travnicek-Serie, ist nachzulesen in der fünfbändigen Werkausgabe Qualtingers (Deuticke Verlag, Wien 1996, Bd. 3, S. 50-53; Anmerkungen Bd. 4, S. 227-228.).

I hab die schönen Maderln net erfunden.

Dieses Wiener Lied von Ludwig Schmidseder (Text von Theo Prosel) liefert eine pauschale Entschuldigung für Genüsse aller Art, es fordert auf zu genießen, ohne ein schlechtes Gewissen haben zu müssen:

I hab die schönen Maderln net erfunden,
der guate Wein is auch net mein Patent,
i bin net schuld an den gewissen Stunden,
wo man vor Glück fast aus der Haut fahrn könnt.
I hab die ersten Geig'n net machen lassen,
i hör's nur für mein Leben soviel gern.
Und wem's net recht is, der soll Trübsal blasen
Und soll sich bei dem Herrn da ob'n beschwern!

Nachzulesen ist der Text in dem Band „Die schönsten Wiener Lieder. Gesammelt und herausgegeben von Leo Parthé“ (Perlen-Reihe Band 1015, DeutickeVerlag, 4., völlig neu bearbeitete Auflage, Wien-München o. J., S. 96-97).

I hab zwar keine Ahnung, wo i hinfahr, aber dafür bin i g'schwinder durt!

Auf Wunsch von Helmut Qualtinger schrieb Gerhard Bronner für das „Blattl vorm Mund“-Programm „wieder so was Ähnliches wie den g'schupften Ferdl“: „Der Halbwilde“, besser bekannt unter dem Titel „Der Wilde mit seiner Maschin“. Die Hauptfigur des Liedes sieht im Kärntnerkino mit seiner Freundin Hilde den Marlon Brando-Film „Der Wilde“ und kauft sich anschließend „a klasse Maschin“. Das Verhältnis zu seiner Neuerwerbung und die damit verbundenen Möglichkeiten bringt der hier zitierte Satz auf den Punkt.

Der Text von Gerhard Bronner findet sich in den Anmerkungen von Band 2 der fünfbändigen Qualtinger-Werkausgabe (Deuticke Verlag, Wien 1996, S. 332–333). Dort ist auch nachzulesen, dass Friedrich Torberg „Blattl vorm Mund“ als „das beste der vielen Kleinkunstprogramme, die man während der letzten Jahre in Wien zu sehen bekam“ bezeichnete.

„Der Wilde mit seiner Maschin“ hat zu Nachahmungen angeregt: Lukas Resetarits beschreibt in seinem Lied „Mir hams des Wüüde abegraamt“ den „Wüüden an der Mischmaschin“, der sich angesichts von Arbeit, Frau und Kindern nur mehr dunkel erinnert „an die fuffzger Jahr“, als er noch „a klana Tschems Dien“ war. Der Text dieses Liedes ist nachzulesen in: Lukas Resetarits, „Rekapituliere. 10 Programme und 1“ (Kremayr & Scheriau, Wien 1987, S. 36).

Ich beglückwünsche uns, dass wir nicht unsere Nachkommen sind!

Peter Rosegger in: „Wahrheiten und Weisheiten“, eine Auswahl seiner Aphorismen und bekannten Zitate (herausgegeben von Bertl Petri, Staackmann Verlag, München 1989). In diesem Band findet sich der hier zitierte Satz auf Seite 41.

Ich begreife wohl, dass man für sein Volk leben müsse, aber nicht, dass man für dasselbe zu sterben habe.

Peter Rosegger in: „Wahrheiten und Weisheiten“ (herausgegeben von Bertl Petri, Staackmann Verlag, München 1989). In diesem Band findet sich der hier zitierte Satz auf Seite 33.

Ich bewältige meine Vergangenheit nicht im mindesten, ich vergewaltige sie bloß.

1978 veröffentlichte H. C. Artmann im Residenz Verlag den Band „Nachrichten aus Nord und Süd“, in dem sich dieses Zitat auf Seite 99 findet. Der Satz in Originalorthografie lautet: „Ich bewältige meine vergangenheit nicht im mindesten ich vergewaltige sie bloß.“

Ich bin bis zum Exzess – nicht neugierig.

Alfred Grünewald in: „Lass meine Seele dir Heimat sein“, eine Auswahl aus seinem Werk, aufgenommen in die von Hans Weigel herausgegebene Reihe „Bibliothek Wiederaufnahme Österreichischer Literatur des 20. Jahrhunderts“ (Jungbrunnen Verlag, Wien-München 1990). Der zitierte Ausspruch findet sich auf Seite 87.

Ich bin dein Vater Zephises und habe dir nichts zu sagen: als dieses.

Dieser bekannte Vers stammt aus Ferdinand Raimunds Zauberspiel „Der Diamant des Geisterkönigs“ von 1824. Der Zauberer Zephises ist verstorben und sein Sohn Eduard macht sich auf, von Geisterkönig Longimanus eine diamantene Statue zu erhalten, die ihm sein Vater hinterlassen hat. Longimanus stellt den jungen Mann vor einige nicht ganz einfache Aufgaben, um diese wertvolle Statue zu erhalten und Eduard ruft in einer besonders verzweifelten Situation hilfesuchend den Geist seines toten Vaters an. Dieser erscheint prompt, verkündet jedoch nichts außer dieses einen Satzes. Dieses geflügelte Wort wird gerne eingesetzt, wenn man keine Lust auf langwierige und vor allem unangenehme Diskussionen hat.

(Nachzulesen in: „Raimunds Werke in zwei Bänden“, herausgegeben von Franz Hadamowsky, Das Bergland-Buch, Salzburg 1971, Bd. 1, S. 230).

Ich bin felsenfest davon überzeugt, dass die Menschen den Frieden finden, wenn sie ihn suchen.

Peter Rosegger in: „Wahrheiten und Weisheiten“, Aphorismen (herausgegeben von Bertl Petri, Staackmann Verlag, München 1989). In diesem Band findet sich der hier zitierte Satz auf Seite 38.

Ich bin nämlich immer fürs Moderne.

Auf Wunsch von Helmut Qualtinger schrieb Gerhard Bronner für das „Blattl vorm Mund“-Programm das Lied „Der Halbwilde“. Die Hauptfigur des Liedes sieht im Kärntnerkino mit seiner Freundin Hilde den Marlon Brando-Film „Der Wilde“ und kauft sich anschließend „a klasse Maschin“. Diesen Schritt zur Motorisierung begründet er folgendermaßen: „Ich bin nämlich immer fürs Moderne. Jeder muss sich heute motorisieren.“ Der Text findet sich in den Anmerkungen von Band 2 der fünfbändigen Qualtinger-Werkausgabe (Deuticke Verlag, Wien 1996, S. 332–333).

„Ich bin so frei“, sagte der Markt und erhöhte die Preise.

Der Kabarettist Werner Schneyder hat unter dem Titel „Die Vermeidung von Rückschlägen“ eine Sammlung von Aphorismen, Epigrammen und Gedichten veröffentlicht, in der unter anderem dieses Zitat nachzulesen ist. (Europa Verlag Wien, 1976, S. 434)

Ich brauch überhaupt nix erfinden. Die Wirklichkeit ist viel scheußlicher.

Mit diesen prägnanten Worten resümiert Thomas Bernhard gegenüber dem Stern-Reporter Niklas Frank sein Verhältnis zu Fiktion und Realität.

Das Zitat ist nachzulesen in dem Band: „Von einer Katastrophe in die andere. 13 Gespräche mit Thomas Bernhard“ (herausgegeben von Sepp Dreissinger, Bibliothek der Provinz, Weitra 1992, S. 91).

Ich find alles sehr angenehm, vor allem, wenn ich weit weg bin von daheim.

Thomas Bernhard im Gespräch mit der Journalistin Krista Fleischmann. Wir zitieren nach der als Buch veröffentlichten Abschrift: Thomas Bernhard, „Thomas Bernhard – Eine Begegnung. Gespräche mit Krista Fleischmann“ (Edition S, Verlag der Österreichischen Staatsdruckerei, Wien 1991, S. 37).

Ich finde, dass es ein Fehlgriff der Natur ist, dass gerade der Mensch, die sogenannte Krone der Schöpfung, ein an Jahren so beschränktes Leben hat, während Bäume und auch Tiere viel, viel älter werden.

Das meinte Friederike Mayröcker in einem Gespräch mit Dieter Sperl, welches in dem Band „Friederike Mayröcker“, herausgegeben von Gerhard Melzer und Stefan Schwar, auf Seite 20 nachzulesen ist (Dossier: Die Buchreihe über österreichische Autoren, Bd. 14, Literaturverlag Droschl, Graz-Wien 1999).

Ich finde keine Kategorie mehr.

Reinhard P. Gruber veröffentlichte im Jahr 1973 das Buch „Aus dem Leben Hödlmosers. Ein steirischer Roman mit Regie“. Mit dem hier zitierten

Ausspruch endet die Beschreibung der „szene hödlmoser/fani“, in welcher die beiden genannten Personen sich im Wald sexuellen Vergnügungen hingeben. Der Titelheld ist gegen Ende des Geschehens:

> *... nicht mehr imstande, diesen prozess zu verbalisieren.*
> *er denkt: „ich finde keine kategorie mehr.*

Wir zitieren nach der Sonderausgabe von 1982 (Residenz Verlag, Salzburg, S. 46).

Ich glaube von jedem Menschen das Schlechteste, selbst von mir, und ich hab mich noch selten getäuscht.

Dieser Satz stammt aus Johann Nestroys Posse „Die beiden Nachtwandler oder Das Notwendige und das Überflüssige“ (1. Akt, 16. Szene), aus dem Jahr 1836 und wurde häufig als Beleg für Nestroys pessimistisches Menschenbild herangezogen. Auch wenn der Satz aus der von Nestroy selbst gespielten Rolle des Seilers Fabian Strick stammt, ist eine derart voreilige Identifikation von Autor und Bühnenfigur nicht zulässig.

Ich hab das Fräulein Helen baden sehn.

Ein populäres – und einigermaßen pikantes – Lied aus dem Jahr 1925, das von Fritz Grünbaum getextet und von Fred Raymond vertont wurde. Der Text handelt von dem von Natur aus grantig veranlagten Friedrich, der plötzlich sehr lebensfroh wird, nachdem er im Hotel die falsche Zimmertür und in folge dessen das Fräulein Helene beim Baden erwischt hat: „Und wenn sie ungeschickt sich bückt so/da sieht man ganz genau bei der Frau, oh!“ – Alles weitere erklärt sich von selbst.

Ich hab mein Herz in Heidelberg verloren.

Komponist dieses populären Schlagers aus dem Jahr 1925 ist Fred Raymond, der Text stammt von Fritz Löhner und Ernst Neubach. Dieses heute noch bekannte Lied wurde sofort sehr populär und gab einem Dreiakter den Namen: Am 29. April 1927 führte die Wiener Volksoper die Operette „Ich hab mein Herz in Heidelberg verloren“ auf, an dem Raymond zusammen mit Löhner, Ernst Neubach und Bruno Wradatsch gearbeitet hatte.

1952 wurde unter dem gleichen Titel ein Film gedreht, die Musik dafür bearbeitete wieder Fred Raymond.

Ich habe alles geprüft und erwogen.

Mit der Proklamation „An Meine Völker!“ gab Kaiser Franz Joseph am 29. Juli 1914 seinen Untertanen die Kriegserklärung an Serbien bekannt, die zum Ausbruch des Ersten Weltkriegs führte. Am Ende des Textes findet sich auch dieser Satz, den Karl Kraus bald darauf zu einem in der von ihm herausgegebenen „Fackel“ vielverwendeten geflügelten Wort werden ließ.

In der „Fackel“ Nr. 501 auf Seite 7 lesen wir beispielsweise: „Mit einem ‚Ich habe alles reiflich erwogen‘ springt die Vergangenheit, die sich nicht zu helfen weiß, der Welt an die Gurgel“. Kraus zitierte den Spruch stets mit dem Zusatz „reiflich“ – in der Folge wurde er, Kraus folgend, oftmals falsch zitiert. Daran erinnert zum Beispiel der Ausspruch „Nach reiflicher Erwägung werden gewöhnlich die größten Schandtaten begangen“ von Erwin Chargaff, dem österreichisch-amerikanischen Biochemiker und Kulturkritiker. Nachzulesen in dem Text „Lob des Laien“, der sich in dem „Vermächtnis“ betitelten Sammelband mit Essays von Chargaff findet (Ernst Klett, Stuttgart 1992, S. 35).

Ich habe es nicht gewollt.

Auch an der Verbreitung dieses Ausspruchs hat Karl Kraus mit der von ihm herausgegebenen „Fackel“ seinen Anteil: Die „Neue Preußische Zeitung“ berichtete am 29. Juni 1915, der deutsche Kaiser Wilhelm II. habe bei einem Frontbesuch an einer Stelle, an der „nach heftigen Kämpfen viele brave Söhne des Vaterlandes den Heldentod gefunden“ hatten, erschüttert den Ausspruch getan: „Ich habe es nicht gewollt.“ Am 11. Juli 1915 brachte die Arbeiterzeitung, die zu Kraus’ regelmäßiger Lektüre gehörte, einen Artikel mit der Überschrift: „Ich habe es nicht gewollt“.

Diese Worte sind die Schlussworte des krausschen Weltuntergangsdramas „Die letzten Tage der Menschheit“ geworden: Der Autor lässt am Ende des Stückes Gott sagen: „Ich habe es nicht gewollt.“ Auch in der „Fackel“ wird das Zitat häufig aufgegriffen und abgewandelt, des öfteren in Zusammenhang mit dem Satz von Kaiser Franz Joseph: „Ich habe alles geprüft und erwogen.“ Im Jahr 1920 findet sich beispielsweise der Ausspruch „... will ich dem Wilhelm glauben, dass er es nicht gewollt, oder dem Franz Josef, dass er alles reiflich erwogen hat“ („Die Fackel, Nr. 531, S. 52).

Ich habe geheiratet, gleichsam um reif für die Einsamkeit zu werden.

Anton Wildgans in: „Zu Zeit und Welt", Historisch-Kritische Gesamtausgabe der Werke, Band 7. Der hier zitierte Ausspruch stammt aus Wildgans' Notizbüchern; in der Ausgabe von 1958 (Verlage Bellaria, Wien und Anton Pustet, Salzburg) ist er auf Seite 126 nachzulesen. Wildgans erläutert: „Bevor ich heiratete, war ich meiner viele Jahre hindurch nicht inne geworden. Mein Geschlecht ließ mich nicht zur Ruhe kommen. Ich verlor mich an Frauen, an sinnlose Geselligkeiten, an oberflächliche Freundschaften – und hatte dabei immer die quälende Sehnsucht nach Einsamkeit, ohne für sie damals auch nur im entferntesten reif gewesen zu sein."

Ich habe, Gott sei Dank, oft übers Ziel und selten neben das Ziel geschossen.

Karl Kraus, „Abfälle", in der „Fackel" Nr. 202 vom 30. April 1906, Seite 3.

Ich kann nur mehr amoralisch entrüstet sein.

Karl Kraus, „Abfälle", in der „Fackel" Nr. 202 vom 30. April 1906, Seite 3.

Ich kenne nur einen Schmerz auf der Welt, das sind die versäumten Ekstasen.

Anton Wildgans in: „Zu Zeit und Welt", Historisch-Kritische Gesamtausgabe der Werke, Band 7. Der hier zitierte Ausspruch stammt aus Wildgans' Notizbüchern; in der Ausgabe von 1958 (Verlage Bellaria, Wien und Anton Pustet, Salzburg) ist er auf Seite 17 nachzulesen.

Ich küsse Ihre Hand, Madame.

Fritz Rotter schrieb den Text für den Tango „Ich küsse Ihre Hand, Madame", der im Jahr 1929 dem gleichnamigen Stummfilm mit Marlene Dietrich in einer Interpretation durch Richard Tauber als Tonbeilage diente. Vertont wurde das Lied von Ralph Erwin. Rotter war ebenso wie dieser Österreicher, er arbeitete während der Weimarer Republik erfolgreich in Deutschland. Aufgrund seiner jüdischen Herkunft musste er 1933 emigrieren; er ging zunächst nach Wien, dann über Paris und London nach

Hollywood, wo er als Drehbuchautor arbeitete. Auch Ralph Erwin wurde zur Emigration gezwungen, er starb 1943 im Pariser Exil.

»Ich mag kein Beefsteak, von dem schon ein anderer gekostet hat!«, sagte ein starker Esser der Liebe. Und ward ein Bissen für eine starke Esserin.

Karl Kraus, „Abfälle“, in der „Fackel“ Nr. 198 vom 12. März 1906, Seite 2.

Ich neige dazu, jene Leute für vernünftig zu halten, die man wahnsinnig nennt.

Kaiserin Elisabeth zu Constantin Christomanos, ihrem Vorleser und Griechischlehrer. In seinem Tagebuch sind zahlreiche Aussprüche und Gedanken von „Sisi“ überliefert, die von Renate Daimler zusammengestellt und in dem Band „‚Frei sollen die Frauen sein...‘ Gedanken der Kaiserin Elisabeth von Österreich“ herausgegeben wurden (Verlag Christian Brandstätter, Wien 1998).

Der zitierte Satz findet sich in diesem Buch auf Seite 24. Er wird dort folgendermaßen erläutert: „Die eigentliche Vernunft hält man für ‚gefährliche Verrücktheit‘.“

Ich saß auf einem Steine.

„Ich saz ûf eime steine“ ist die erste Zeile eines Liedes von Walther von der Vogelweide, des bedeutendsten und bekanntesten mittelalterlichen Minnesängers. Über sein Leben ist nicht allzu viel bekannt, gesichert scheint jedoch, dass er im heutigen Niederösterreich um 1170 geboren wurde und eine Zeitlang am Hofe der österreichischen Herzöge in Wien lebte. Nach dem Tode Friedrichs I. (1198) zog er als fahrender Sänger durch die Lande. Er starb um 1230 in Würzburg, wo er im Kreuzgang des Neumünsters begraben liegt.

Es sind über 100 Texte von ihm überliefert, einige Verse sind heute noch bekannt. In dem zitierten Gedicht beschreibt Walther, wie er mit übereinandergeschlagenen Beinen, den Kopf in die Hand gestützt, Überlegungen über die aktuelle politische Situation anstellt. Das Portrait Walthers aus der sogenannten Manessischen Handschrift, das ihn in ebendieser Haltung zeigt, ist eines der bekanntesten und am häufigsten reproduzierten Bilder des Mittelalters.

Wir zitieren nach: Walther von der Vogelweide, „Gedichte". Mittelhochdeutscher Text und Übertragung. Ausgewählt, übersetzt und mit einem Kommentar versehen von Peter Wapnewski (Fischer Bücherei, Frankfurt-Hamburg, 1966, S. 125).

Ich setze meine Feder an den österreichischen Leichnam, weil ich immer noch glaube, dass er Leben atmet.

Karl Kraus, „Kehraus", in der „Fackel" Nr. 229 vom 2. Juli 1907, Seite 6. Heute mag es verwunderlich erscheinen, dass Kraus bereits im Jahr 1907 vom „österreichischen Leichnam" spricht – zu bedenken ist, dass sich damals der Niedergang der k.u.k. Monarchie und die Problematik der Nationalitätenfrage bereits sehr deutlich zeigten.

Ich verstehe die Journalisten, ich bin ja auch ein Lügner.

Ein Ausspruch des Schriftstellers und Dramatikers Peter Turrini, nachzulesen in „Liebe Mörder", einer Anthologie verschiedener Stellungnahmen Turrinis zu politischen und kulturellen Zuständen und Entwicklungen in Österreich (Luchterhand, München 1996, S. 52). Der Titel der Anthologie bezieht sich auf die Ansprache Turrinis anlässlich der Demonstration in Wien nach dem tödlichen Anschlag im burgenländischen Oberwart 1995.

Ich vertraue einzig meiner Leidenschaft.

Franz Werfels Aphorismen und Bonmots sind in dem Band „Zwischen oben und unten" nachzulesen, einem Teil der „Gesammelten Werke". Der hier zitierte Ausspruch findet sich dort auf Seite 797 (Langen-Müller Verlag, München-Wien 1975). Werfel schreibt: „Ich vertraue einzig meiner Leidenschaft, der guten Jagdhündin. Sie leitet mich irre, aber ich weiß, dass dieser Irrtum die wahre Fährte der Erkenntnis ist."

Ich war nie sehr jung – auch nicht als Kind.

In einem Interview mit der „Münchner Abendzeitung", das am 25. Januar 1971 erschien, sagte Helmut Qualtinger: „Ich war nie sehr jung, schon als Kind. Daran hat sich wenig geändert." Der Interviewer Karsten Peters machte diese Aussage in der leicht abgewandelten Form „Ich war nie sehr jung – auch nicht als Kind" zur Überschrift des Beitrags. Anlass für das

Interview war eine Inszenierung von Kleists „Der zerbrochene Krug“ am Hamburger Thalia-Theater.

Ich wünsch mir zum Geburtstag einen Vorderzahn.

Titel eines der vielen bekannten Chansons, die Hugo Wiener für seine Frau Cissy Kraner schrieb, die dieses Lied stets mit deutlich hörbarem Lispeln vorzutragen verstand. Den Text dieses Klassikers findet man in: Cissy Kraner, „Aber der Hugo ließ mich nicht verkommen“ (Amalthea Verlag, Wien 1994, Seite 139).

Ideale und Moral sind das beste Mittel, um das große Loch zu füllen, das man Seele nennt.

So lautet die Überschrift des 46. Kapitels in Robert Musils Roman „Der Mann ohne Eigenschaften“.

Nachzulesen in: Robert Musil, „Der Mann ohne Eigenschaften“ (I, Erstes und Zweites Buch, herausgegeben von Adolf Frisé, Rowohlt Taschenbuch, Reinbek bei Hamburg 1987, S. 185).

Ihr nennt uns Menschen? Wartet noch damit!

Die Schlusszeile von Jura Soyfers „Lied des einfachen Menschen“ wird oft warnend gebraucht, hier der vollständige Text der letzten Strophe:

Wir sind das schlecht entworfne Skizzenbild
Des Menschen, den es erst zu zeichnen gilt.
Ein armer Vorklang nur zum großen Lied.
Ihr nennt uns Menschen? Wartet noch damit!

Wir zitieren nach: Jura Soyfer, „Gesamtausgabe“ (herausgegeben von Horst Jarka, Europaverlag, Wien 1980, S. 214).

Ihr seid schöne Schweine.

Der Band „Überwindung der Blitzangst“ ist eine Zusammenstellung von Prosatexten des Schriftstellers Alois Brandstetter. Die mit „Unschöne Szene“ betitelte Sequenz erzählt folgende Geschichte: „Ein unschöner Jugendlicher mit ungepflegten Haaren hatte während einer nicht genehmigten

Demonstration einem schön seinen Dienst tuenden Wachorgan die unschöne Redensart zugerufen: ‚Ihr seid schöne Schweine.'"

Der unschöne Jugendliche mit den unschönen Haaren, der sich, wie Brandstetter im folgenden erzählt, während des im Anschluss an diese Verbalinjurie gegen ihn stattfindenden Prozesses diverse unschöne Handlungen erlaubte, war niemand anderer als – Peter Handke.

Nachzulesen in: Alois Brandstetter, „Überwindung der Blitzangst" (Residenz Verlag, Salzburg 1971, S. 100).

Im Abstrakten ereignet sich heute das Wesentlichere und das Belanglosere im Wirklichen.

Für Robert Musil war die Frage nach der Bedingtheit dessen, was allgemein als „unbedingte Wirklichkeit" anerkannt wird, ein zentrales Motiv. In seinem „Mann ohne Eigenschaften" sagt Musil: „Die Wahrscheinlichkeit, etwas Ungewöhnliches durch die Zeitung zu erfahren, ist weit größer als die, es zu erleben. Mit anderen Worten, ..."

Wir zitieren nach Robert Musil: „Der Mann ohne Eigenschaften" (I, Erstes und Zweites Buch, herausgegeben von Adolf Frisé, Rowohlt Taschenbuch, Reinbek bei Hamburg 1987, S. 69).

Im Anfang war der Zufall, er hat aber sofort um Namensänderung angesucht.

Erwin Chargaff, „Bemerkungen", eine Sammlung seiner Aphorismen, in der sich der hier zitierte Ausspruch auf Seite 61 findet (Verlag Klett-Cotta, Stuttgart 1981).

Im Augenblick, wo du glaubst, du bist mit einem Problem fertig, ist alles verloren.

Ein Ausspruch des Philosophen Karl R. Popper. Wir zitieren nach dem von Franz Kreuzer herausgegebenen Buch: R. Popper/Konrad Lorenz: „Die Zukunft ist offen. Das Altenberger Gespräch. Mit den Texten des Wiener Popper-Symposiums" (Piper Taschenbuch, München/Zürich, 4. Auflage 1990, S. 131).

Im Gegensatz zur Liebe ist Sex ein reines Vergnügen; man kann es mit anderen teilen, aber auch allein genießen.

Ein für sich selbst sprechendes Zitat aus dem Buch „Ich Fabelwesen“ von Günter Eichberger (Styria, Graz 1996, S. 39).

Im Grund ist alles ein Betrug und ein Selbstbetrug, *aber* eigentlich großartig.

Thomas Bernhard im Gespräch mit der Journalistin Krista Fleischmann. Der Text rund um das hier angeführte Zitat lautet folgendermaßen: „Ob's ein Gastwirt ist oder in einem Kaffeehaus oder am Meer oder im Gebirge – im Grunde ist alles ein Betrug und ein Selbstbetrug, *aber* eigentlich großartig. Ohne den Betrug würde ja alles zusammenfallen und wär nix mehr.“ Wir zitieren nach der als Buch veröffentlichten Abschrift: Thomas Bernhard, „Thomas Bernhard – Eine Begegnung. Gespräche mit Krista Fleischmann“ (Edition S, Verlag der Österreichischen Staatsdruckerei, Wien 1991, S. 22).

Im Kampf zwischen dir und der Welt, sekundiere der Welt.

Neben anderen Notizen findet sich in den „Nachgelassenen Schriften“ von Franz Kafka dieser Ausspruch. Nachzulesen in: Franz Kafka, „Schriften Tagebücher Briefe. Kritische Ausgabe“ (herausgegeben von Jost Schillemeit, S. Fischer Verlag, Frankfurt 1992, Bd. 6.1, S. 58).

Im Laufe des Lebens nützen unsere Laster sich ab wie unsere Tugenden.

Marie von Ebner-Eschenbach zitieren wir nach der Ausgabe ihrer „Aphorismen“ im Insel-Verlag (Wiesbaden 1953, S. 34.)

Im Prater blühn wieder die Bäume.

Ein bekanntes Lied von Robert Stolz aus dem Jahr 1916 trägt diesen Titel. Der Text dieses Liedes stammt von Kurt Robitschek. Wie viele Liedtexter, Komponisten und Literaten aus der untergegangenen k.u.k.-Monarchie lebte und arbeitete der in Prag geborene Robitschek in den zwanziger Jahren in Berlin. Selbst Karl Kraus erwog eine Zeitlang eine Übersiedlung an die Spree. Dass Berlin als die interessantere Stadt erlebt wurde, zeigt das folgende Zitat des Komponisten Hanns Eisler: „Wie geht es Euch in Wien? Nach 14 Tagen Berlin sage ich mir: Nie mehr nach Wien zurück" (aus einer unveröffentlichten Postkarte Hanns Eislers an Rudolf Kolisch vom 4. Oktober 1925).

Kurt Robitschek teilte nach der Machtübernahme der Nationalsozialisten in Deutschland das Schicksal der meisten österreichischen Wahlberliner: 1933 musste er emigrieren und verstarb 1950 in New York.

In Attnang nehmen sie das auch noch weg ...

Ein bekanntes Zitat aus dem Sketch „Die Striptease-Familie" von Helmut Qualtinger. Eine Striptease-Tänzerin wird bei ihrem Tun von einem Herrn in Begleitung von Gattin und Geschäftsfreund sowie von einem Betrunkenen und einem Animiermädchen beobachtet. Der Geschäftsfreund stammt offensichtlich aus der oberösterreichischen Kleinstadt Attnang-Puchheim. Er vergleicht das Geschehen beständig mit dem in der Provinz Gebotenen, wobei der Vergleich für Attnang eher schlecht ausfällt.

Am Ende des Striptease äußert er jedoch den zitierten Satz und lässt damit vermuten, dass die entsprechenden oberösterreichische Damen in ihren Darbietungen um einiges weiter gehen als ihre Wiener Kolleginnen. Was dies über das Verhältnis von österreichischer Provinz- und Großstadtkultur aussagt, bleibt offen ...
Nachzulesen in der fünfbändigen Qualtinger-Werkausgabe (Deuticke Verlag, Wien 1996, Bd. 2, S. 271-273; Anmerkungen S. 363).

In bewegten Zeiten ist das Gegenwärtige immer nur vorläufig.

Anton Wildgans in: „Zu Zeit und Welt", Historisch-Kritische Gesamtausgabe der Werke, Band 7. Er umfasst unter anderem Aufzeichnungen aus Notiz- und Tagebüchern, Austriaca und Viennensia sowie Reden. Der hier zitierte Ausspruch datiert vom November 1918; er stammt aus Wildgans' Notizbüchern und ist in der Ausgabe von 1958 (Verlage Bellaria, Wien und Anton Pustet, Salzburg) auf Seite 156 nachzulesen.

In deinem Lager ist Österreich.

Franz Grillparzer war im Wien des „Vormärz" mit der metternichschen Zensur immer wieder in Konflikt geraten. Nach den Wirren der Revolution, die das System Metternich wegfegte, betrachtete er Feldmarschall Radetzky als Wahrer des habsburgischen Einheitsstaates. Im Sommer des Revolutionsjahres 1848 verfasste er das Gedicht „Feldmarschall Radetzky", aus dem diese bekannte Zeile stammt. Die erste Strophe lautet:

Glück auf, mein Feldherr, führe den Streich!
Nicht bloß um des Ruhmes Schimmer,
In deinem Lager ist Österreich,
Wir anderen sind einzelne Trümmer.

(Franz Grillparzer, „Sämtliche Werke" Carl Hanser Verlag, 2., erweiterte Auflage, München 1970, Bd. 1, S. 318-319).

In den Wissenschaften kommt es leider mehr darauf an, recht zu behalten, als recht zu haben.

Erwin Chargaff in: „Bemerkungen", eine Sammlung seiner Aphorismen, in der sich der hier zitierte Ausspruch auf Seite 37 findet (Verlag Klett-Cotta, Stuttgart 1981).

In der deutschen Literatur gibt es Männer, welche dichten, und dann gibt es – Dichter.

Mit diesen Worten beginnt der scharfzüngige Ferdinand Kürnberger einen Essay über den Dichter Adolf Pichler. Kürnberger lässt keinen Zweifel daran, welcher der beiden Kategorien er den Vorzug gibt, indem er fortfährt: „Die letzteren könnten eigentlich geschlechtslos sein, denn sie wollen nichts als ein Ausfluss von Versen sein, und es ist bekanntlich gleichgültig, ob man sagt: die Quelle oder der Quell. Die Hauptsache ist, dass es fließt und rauscht."

Wir zitieren nach: Ferdinand Kürnberger, „Werke Band 2: Literarische Herzenssachen" (Georg Müller Verlag, München-Leipzig 1911, S. 556).

In der Idee der Rechtgläubigkeit und des Ketzertums sind die kleinlichsten Laster versteckt; jene Laster,

für die die Intellektuellen besonders anfällig sind: Arroganz, Rechthaberei, Besserwissen, intellektuelle Eitelkeit.

1979 führte Franz Kreuzer mehrere Gespräche mit dem großen österreichischen Philosophen Sir Karl Popper, in deren Verlauf dieser noch einmal seine Grundgedanken zusammenfasste. Die Gespräche wurden aus Anlass des 80. Geburtstages Poppers in dem Band „Offene Gesellschaft – offenes Universum; Franz Kreuzer im Gespräch mit Karl R. Popper“ (Deuticke Verlag, Wien 1982) veröffentlicht. Aufgenommen wurde auch Poppers Tübinger Vortrag zum Thema „Duldsamkeit und intellektuelle Verantwortlichkeit“, aus dem das Zitat stammt (4. Auflage 1986, S. 104).

In der Liebe erkennen wir meistens zu spät, ob ein Herz uns nur geliehen, ob es uns geschenkt oder ob es uns gar geopfert wurde.

Dieser Ausspruch stammt von Arthur Schnitzler. Er ist nachzulesen in: „Gesammelte Werke, Aphorismen und Betrachtungen“ (herausgegeben von Robert Weiss, S. Fischer Verlag, Frankfurt 1977, Bd. 1, S. 176).

In der Liebe kommt es nur darauf an, dass man nicht dümmer erscheint, als man gemacht wird.

Karl Kraus, „Abfälle“, in der „Fackel“ Nr. 198 vom 12. Dezember 1906, Seite 2.

In der Zeitung steht es alles. Man muss sie nur mit genug Hass lesen.

Elias Canetti in: „Die Provinz des Menschen. Aufzeichnungen 1942-1972“ (Fischer Taschenbuch Verlag, Frankfurt 1976, S. 330).

In diesen heil'gen Hallen kennt man die Rache nicht.

So lautete die Anfangszeile der Arie des Sarastro im 2. Akt der Oper „Die Zauberflöte“ von Wolfgang Amadeus Mozart. Pamina, die Tochter der Königin der Nacht, wird gegen ihren Willen im Reich des Sonnengottes Sarastro festgehalten. Ihre Mutter fordert sie auf, Sarastro zu töten, um Rache zu nehmen, sonst werde sie sie nicht mehr als ihre Tochter anerkennen. Sarastro weiß von dem Racheschwur der Königin, doch anstatt Pamina und ihre Mutter zu strafen, erklärt er Pamina, dass in seinem Reich Rache unbekannt ist: „In diesen heil'gen Hallen/Kennt man die Rache nicht", und er fährt fort:

In diesen heil'gen Mauern,
Wo Mensch den Menschen liebt,
Kann kein Verräter lauern,
Weil man dem Feind vergibt.

In dieser großen Zeit

Im Sommer 1914 erschien in der von Karl Kraus herausgegebenen „Fackel" ein Nachruf auf den ermordeten Thronfolger Franz Ferdinand. Das nächste Heft der „Fackel", die Nummer 404, wurde erst im Dezember veröffentlicht; es enthält den programmatischen Essay „In dieser großen Zeit" (S. 1ff). Hier finden sich die an den Kraus-Leser Ludwig Wittgenstein gemahnenden Sätze: „Wer etwas zu sagen hat, der trete vor und schweige." Im August 1924 griff Kraus diese Worte für einen von ihm „In dieser kleinen Zeit" betitelten Text wieder auf, wobei er mit den ersten Sätzen auf den Essay von 1914 verweist: Damals sprach er von der „großen Zeit", die er bereits gekannt habe, als sie noch „klein" gewesen sei, jetzt dreht er den Spieß um und spricht von der „kleinen Zeit", die er bereits gekannt habe, als sie noch „groß" gewesen sei (Nr. 657, S. 1ff).

In dieser Welt kommt es darauf an, sein Licht unter einen solchen Scheffel zu stellen, dass alle erkennen, dass dies ein Scheffel ist, unter dem ein Licht steht.

Erwin Chargaff in: „Bemerkungen", eine Sammlung seiner Aphorismen, in der sich der hier zitierte Ausspruch auf Seite 53 findet (Verlag Klett-Cotta, Stuttgart 1981).

In Dingen des Humors verstehe ich keinen Spaß.

Alfred Grünewald in: „Lass meine Seele dir Heimat sein", eine Auswahl aus dem Werk des Dichters, aufgenommen in die von Hans Weigel herausgegebene Reihe „Bibliothek Wiederaufnahme Österreichischer Literatur des

20. Jahrhunderts" (Jungbrunnen Verlag, Wien-München 1990). Das Zitat findet sich auf Seite 95.

In einem aufgeräumten Zimmer ist auch die Seele aufgeräumt.

Ein heute noch bekannter Satz des österreichischen Dichters und Arztes Ernst von Feuchtersleben (1806-1849). Er findet sich im 4. Kapitel seines bekanntesten Werkes „Zur Diätetik der Seele" aus dem Jahr 1838. Feuchtersleben geht von eindeutigen Zusammenhängen zwischen innerer und äußerer Ordnung des Menschen aus. Er schreibt unter anderem: „Wären wir von Kindheit an gewohnt, unsere Umgebung zu einer freundlichen Ordnung zu gestalten, so würde auch unser Inneres diese Ordnung durch eine harmonische Stimmung der Seele abspiegeln." Dieses Buch war zu seiner Zeit ein Bestseller, es erlebte zahlreiche Auflagen und wurde vielfach übersetzt. In der 28. Auflage (Gerold Verlag, Wien 1865) finden sich die genannten Zitate auf Seite 49.

In einem guten Buch stehen mehr Wahrheiten, als sein Verfasser hineinzuschreiben meinte.

Wir zitieren Marie von Ebner-Eschenbach nach der Ausgabe der „Aphorismen" im Insel-Verlag (Wiesbaden 1953, S. 31).

In einem kleinen Land ist alles klein, selbst die Gemeinheit.

Erwin Chargaff in: „Bemerkungen", eine Sammlung seiner Aphorismen, in der sich der hier zitierte Ausspruch auf Seite 30 findet (Verlag Klett-Cotta, Stuttgart 1981).

In einer Druckseite soll man nicht mehr sagen wollen, als mittelmäßige Schreiber in acht auszudrücken suchen.

Karl Kraus, „Kehraus", in der „Fackel" Nr. 229 vom 2. Juli 1907, Seite 5.

In Hinsicht auf den Begriff „Erfahrung" gibt es zwei unangenehme Sorten von Leuten: die, denen Erfahrung

mangelt, und die, welche sich auf Erfahrung zu viel zugute tun.

Hugo von Hofmannsthal im „Buch der Freunde", das 1922 zunächst in einer Auflage von nur 800 Stück im Insel-Verlag, Leipzig, erschien. Unter dem gleichen Titel wurde zuletzt 1985 in der Bibliothek Suhrkamp ein Nachdruck dieser Aphorismensammlung veröffentlicht.

Das Werk wurde auch in Band 10 von Hofmannsthals „Gesammelten Werken in zehn Einzelbänden" (S. Fischer Verlag, Frankfurt 1980) aufgenommen, dort findet sich dieser Ausspruch auf Seite 245.

In keiner anderen Stadt spielen die Zahnärzte so gut Cello.

Mit diesen Worten wird in Hans Weigels „O du mein Österreich. Versuch des Fragments einer Improvisation für Anfänger und solche, die es werden wollen" die österreichische Bundeshauptstadt charakterisiert (Steingrüben Verlag, Stuttgart 1955, S. 25). Etwas später liefert Weigel die Begründung: Ein bekannter Wiener Arzt sollte ein Ordinariat an einer bedeutenden Universität übernehmen. Da er dort keinen brauchbaren Bratschisten für seine Kammermusik fand, lehnte er ab, denn „sein Quartett war ihm wichtiger, Ordinarius würde er noch früh genug werden."

In Linz beginnt's.

Oberösterreichischer Volksspruch, der als Werbeslogan für die Stadt Linz genutzt wurde.

In Linz müsste man sein.

„Der Menschheit Würde ist in Eure Hand gegeben" lautet der Titel der berühmten Theatersatire um zwei alte Mimen von Helmut Qualtinger. Im Dialog der beiden heißt es: „Vom neuen ‚Jedermann' habe ich furchtbare Verrisse gelesen ..." – „Ich habe immer gesagt, das Stück passt nicht zu Salzburg ..." – „Vielleicht zu Linz ... In Linz müsste man sein ..." – „In Linz ..." – „Die jungen Leute, die heute zum Theater gehen, sind arm ..." – „Es fehlt ihnen die Provinz ..."

Der Text ist abgedruckt in der fünfbändigen Qualtinger-Werkausgabe (DeutickeVerlag, Wien 1996, Bd. 2, S. 285–288).

In meinem Reich geht die Sonne nicht unter.

Dieser Satz wird Kaiser Karl V. (1500–1558) zugeschrieben. Infolge der klugen dynastischen Erb- und Heiratspolitik, die die Habsburger seit dem Ende des 15. Jahrhunderts betrieben, herrschte Karl V. nicht nur über die Habsburgischen Erblande, sondern auch über die Niederlande, Böhmen und Ungarn, sowie über Spanien und dessen lateinamerikanische Besitzungen. Das vielzitierte Motto „bella gerant alii, tu felix austria, nube" („Kriege mögen die andern führen, du, glückliches Österreich, heirate"), hat sich an der Person Karls des V. am glücklichsten bewahrheitet.

In Österreich ließen sich die Leute Zeit, auch wenn sie keine hatten.

Ein Bonmot von Alfred Polgar, das sich in einem Text mit dem Titel „Der Österreicher (Ein Nachruf)" findet. Polgar setzt sich dort kritisch mit dem Unterschied zwischen durchschnittlichen Österreichern und Deutschen vor 1938 auseinander („Kleine Schriften" Rowohlt Verlag, Reinbek bei Hamburg 1982, Bd. 1, S. 207).

In Österreich macht man ja alles Ernsthafte zum Kabarett und entschärft es damit. Jeder Ernst wandert auf die Witzseite, und so ertragen die Österreicher den Ernst nur als Witz.

„In anderen Ländern", fährt Thomas Bernhard fort, „gibt es halt noch einen Ernst. Ich bin ja auch ein ernster Mensch, aber nicht ununterbrochen, denn da würde man verrückt werden und wäre außerdem blöd."

Nachzulesen ist dies in: Kurt Hofmann, „Aus Gesprächen mit Thomas Bernhard" (Löcker Verlag, Wien 1988), auf Seite 121.

In Österreich wird man eben nur zum großen Mann, wenn man etwas *auffällig nicht tut*.

Diese interessante These stammt von Egon Friedell. Friedell führt sie folgendermaßen aus: „Kaiser Josef hat unter größtem Aufsehen keine Reformen durchgeführt. Laudon hat unter allgemeiner Aufmerksamkeit Friedrich den Großen nicht besiegt, und Lueger hat unter ungeheurem Zulauf nichts für Wien geleistet."

Wir zitieren nach dem von Otto Schenk herausgegebenen Band „Sachen zum Lachen" (Buchgemeinschaft Donauland, Kremayr & Scheriau, Wien o. J., S. 65).

In unserem Land bekommt jeder Mensch über Nacht einen ungeheuren Zulauf, wenn er sich hinstellt und sagt: „Mir geschieht Unrecht!"

In: „Die Seele des österreichischen Autofahrers" analysiert Erwin Ringel das Innenleben der heimischen Autobesitzer und -benutzer. Es handelt sich dabei um die überarbeitete und erweitere Fassung eines am 13. Mai 1986 in der Wiener Hofburg gehaltenen Vortrags. Nachzulesen ist das Zitat in: „Freiheit mit hundert PS. Der Österreicher und sein Auto" (herausgegeben von Robert Sedlaczek und Günther Hanreich, Österreichischer Bundesverlag/Kremayr & Scheriau, Wien 1989, S. 16).

In Wien beim Schneider sagte man immer: „Ein stärkerer Herr" ... Da sind sie ja nicht so direkt ...

Dieses Zitat Helmut Qualtingers stammt wie zu vermuten aus „Ein stärkerer Herr". (Nachzulesen in der fünfbändigen Qualtinger-Werkausgabe, Deuticke Verlag, Wien 1996, Bd. 3, S. 184, Anmerkungen in Band 4 Deuticke, Wien 1996, S. 259-260).

Intellekt ist etwas zutiefst Unösterreichisches.

Im Jahr 1988 erschien im Residenz Verlag der Band „Reden an Österreich. Schriftsteller ergreifen das Wort", eine Sammlung von Texten, die österreichische Schriftsteller zum Gedenken an den 50. Jahrestag des „Anschlusses" Österreichs an das nationalsozialistische Deutschland im Jahr 1938 verfassten.

Der hier zitierte Satz findet sich in einem Beitrag von Peter Henisch. Henisch schreibt: „Aber die Deutschen wissen schon länger wieder, dass sie Intellektuelle haben – die Österreicher kommen gerade erst jetzt wieder drauf. Intellekt, das haben so manche von uns schon lange geahnt, ist, wenn schon nicht etwas Undeutsches, so wenigstens etwas zutiefst Unösterreichisches" (S. 85f).

Ist ja auch eine Art Geschlechtsverkehr, ein Buch schreiben.

Thomas Bernhard im Gespräch mit der Journalistin Krista Fleischmann. Wir zitieren nach der als Buch veröffentlichten Abschrift: Thomas Bernhard: „Thomas Bernhard – Eine Begegnung. Gespräche mit Krista Fleischmann“ (Edition S, Verlag der Österreichischen Staatsdruckerei, Wien 1991, S. 12).

J

Je älter man wird, desto seltsamer wird das Wetter.

Erwin Chargaff in: „Bemerkungen", eine Sammlung seiner Aphorismen, in der sich der hier zitierte Ausspruch aus dem Jahr 1969 auf Seite 119 findet (Verlag Klett-Cotta, Stuttgart 1981).

Je ferner wir uns selbst werden, desto tiefer sehen wir in uns.

Der Griechischlehrer Constantin Christomanos hat in seinem Tagebuch diesen Ausspruch der Kaiserin Elisabeth festgehalten. Nachzulesen ist er in dem von Renate Daimler zusammengestellten Band „‚Frei sollen die Frauen sein...' Gedanken der Kaiserin Elisabeth von Österreich" (Verlag Christian Brandstätter, Wien 1998). Der hier zitierte Satz findet sich in diesem Buch auf Seite 30.

Je größer der Stiefel, desto größer der Absatz.

Dieses Zitat von Karl Kraus findet sich unter dem Titel „Tagebuch" in der „Fackel" Nr. 270 vom 19. Jänner 1909 auf Seite 33. Der Sinn des Zitats erschließt sich erst richtig, wenn man weiß, dass im wienerischen Sprachgebrauch „Stiefel" so viel wie „Unsinn, Lüge" bedeutet. Jemandem einen Stiefel erzählen, heißt so viel wie jemandem einen Bären aufbinden.

Je kleiner das Sandkörnlein ist, desto sicherer hält es sich für den Mittelpunkt der Welt.

Marie von Ebner-Eschenbach zitieren wir nach der Ausgabe der „Aphorismen" im Insel-Verlag (Wiesbaden 1953, S. 35).

Je länger der sogenannte Volkswohlstand dauert, je hässlicher wird das Land.

Peter Rosegger in: „Wahrheiten und Weisheiten“, Aphorismen (herausgegeben von Bertl Petri, Staackmann Verlag, München 1989). In diesem Band findet sich der hier zitierte Satz auf Seite 18.

Jede Krankheit kränkt.

Erwin Ringel betonte in seinem Vortrag „Von der Krankheit zum kranken Menschen“ ausdrücklich, dass nicht nur der Satz „Was kränkt, macht krank“ zutreffend sei, sondern auch die hier zitierte Wendung dieser Aussage. Nachzulesen in: „Die österreichische Seele. Zehn Reden über Medizin, Politik, Kunst und Religion“ (Europa Verlag, Hamburg-Wien, 13. Auflage 2001), das Zitat findet sich auf Seite 177.

Jede Revolution ist viel weniger Bauplatz der Zukunft als Auktion der Vergangenheit.

Heimito von Doderer in seinem „Repertorium“. Dieses Buch wurde zu seinen Lebzeiten nicht fertig gestellt. Erst 1969 veröffentlichte Dietrich Weber eine Auswahl der Aufzeichnungen Doderers unter dem Titel „Repertorium. Ein Begreifbuch von höheren und niederen Lebens-Sachen“ (Verlag C.H. Beck, 2. Auflage, München 1996). Der hier zitierte Ausspruch findet sich auf Seite197.

Jede Sicherheit ist nachtwandlerisch.

Dieser Aphorismus stammt von Robert Musil, der ihn mit den in Klammern gesetzten Worten ergänzt: „Das Nachtwandlerische ist das Urbild jeder geistigen Sicherheit.“ („Aus einem Rapial“ in: Gesammelte Werke“, Band 7; Rowohlt Verlag, Reinbek bei Hamburg 1978, S. 832).

Jeder Augenblick ist ein entscheidender.

Ernst von Feuchtersleben in dem Band „Lebensblätter“, einer Sammlung von Aphorismen und Notizen zu unterschiedlichsten Themengebieten. Wir zitieren hier nach der 3. (unveränderten) Auflage aus dem Jahr 1851 (Verlag Josef Stöckholzer von Hirschfeld, Wien-Leipzig), in welcher dieses Zitat auf Seite 203 steht.

Jeder Irrtum hat drei Stufen; auf der ersten wird er ins Dasein gerufen, auf der zweiten will man ihn nicht eingestehen, auf der dritten macht nichts ihn ungeschehen.

Von Franz Grillparzer stammt dieser bekannte Spruch, der im Original wie ein Gedicht gesetzt wurde:

Jeder Irrtum hat drei Stufen;
Auf der ersten wird er ins Dasein gerufen,
Auf der zweiten will man ihn nicht eingestehen,
Auf der dritten macht nichts ihn ungeschehen.

Wir zitieren nach: Franz Grillparzer, „Gesammelte Werke. Auf Grund der von der Gemeinde Wien veranstalteten kritischen Gesamtausgabe herausgegeben von Edwin Rollet und August Sauer" (Kunstverlag Anton Schroll & Co, Wien 1923, Bd. 2, S. 106).

Jeder mag sein Land. Ich auch. Nur den Staat mag ich nicht.

Wenige Monate vor seinem Tod brachte Thomas Bernhard in einem Interview mit Conny Bischofberger und Heinz Sichrovsky mit diesen Sätzen sein Verhältnis zu Österreich auf den Punkt.

Das Zitat ist nachzulesen in dem Band: „Von einer Katastrophe in die andere. 13 Gespräche mit Thomas Bernhard" (herausgegeben von Sepp Dreissinger, Bibliothek der Provinz, Weitra 1992, S. 157).

Jeder Mensch hat ein Brett vorm Kopf – es kommt nur auf die Entfernung an.

Wir zitieren Marie von Ebner-Eschenbach nach der Ausgabe der „Aphorismen" im Insel-Verlag (Wiesbaden 1953, S. 54).

Jeder möchte die Welt verbessern und jeder könnte es auch, wenn er nur bei sich selbst anfangen wollte.

Karl Heinrich Waggerl in: „Kleine Münze", Aphorismen (herausgegeben vom Autor, Otto Müller Verlag, Salzburg 1957).

In Waggerls „Sämtlichen Werken" (Otto Müller Verlag, Salzburg-Wien 1970, Neuauflage 1997) sind die Sinnsprüche in Band 2 abgedruckt. Dieses Zitat findet sich dort auf Seite 649.

Jedesmal, wenn ein Wunsch in uns stirbt, stirbt ein Teil unseres Inneren ab.

Kaiserin Elisabeth, zitiert nach ihrem Griechischlehrer Constantin Christomanos, der in seinem Tagebuch zahlreiche Aussprüche von „Sisi“ aufzeichnete. Renate Daimler hat eine Auswahl zusammengestellt und in dem Band „‚Frei sollen die Frauen sein…‘ Gedanken der Kaiserin Elisabeth von Österreich“ herausgegeben (Verlag Christian Brandstätter, Wien 1998). Der hier zitierte Satz findet sich in diesem Buch auf Seite 64.

Jedes Problem wird unlösbar, wenn man es zu lange betrachtet.

Erwin Chargaff in seinen „Bemerkungen“, eine Sammlung seiner Aphorismen, in der sich der hier zitierte Ausspruch auf Seite 16 findet (Verlag Klett-Cotta, Stuttgart 1981).

Jedes Wort, welches mit der Silbe „Psycho“ beginnt, erscheint dem Österreicher suspekt.

So klagte Erwin Ringel in seinem Vortrag „Wege der Selbstverwirklichung in unserer Zeit“. Deswegen scheuten viele seiner Landsleute den Besuch beim Psychotherapeuten, der ihnen aus ihrer schwierigen seelischen Lage heraushelfen könnte. Nachzulesen in: „Die österreichische Seele. Zehn Reden über Medizin, Politik, Kunst und Religion“ (Europa Verlag, Hamburg-Wien, 13. Auflage 2001), wo sich dieser Satz auf Seite 62 findet.

Juden und Deutsche: die beiden tragischen Wörtlichnehmer der Schöpfung.

Diese Beschreibung von Anton Kuh, dem brillanten Wiener Feuilletonisten und Stegreifredner, findet sich in dem Band „Von Goethe abwärts. Aphorismen. Essays. Kleine Prosa“ (Forum Verlag, Wien 1963) auf Seite 298.

K

Kaffeehausbesucher sind Menschen, die allein sein wollen, aber dazu Gesellschaft brauchen.

In seinem Essay „Theorie des Café Central" schreibt Alfred Polgar: „Das Café Central liegt unterm wienerischen Breitengrad am Meridian der Einsamkeit. Seine Bewohner sind größtenteils Leute, deren Menschenfeindschaft so heftig ist wie ihr Verlangen nach Menschen, die allein sein wollen, aber dazu Gesellschaft brauchen."

Wir zitieren nach dem Abdruck des Textes in dem von Petra Neumann zusammengestellten Sammelband „Wien und seine Kaffeehäuser. Ein literarischer Streifzug durch die berühmtesten Cafés der Donaumetropole" (Heyne Verlag, München 1997, S. 128f).

Kaffeehausliterat

Der abwertend gemeinte Begriff „Kaffeehausliterat" wurde wahrscheinlich von Georg Ritter von Schönerer geprägt. Schönerer war Anhänger und Mitbegründer der deutschnationalen Bewegung, in deren Linzer Programm von 1882 sich der Ausdruck erstmals in dieser Form findet.

Das Wort wird heute von verständnislosen Feingeistern für jene Autoren verwendet, die lieber in Kaffeehäusern sitzen, reden und Gedanken austauschen, statt sich „ernsthafter" literarischer Produktion zu widmen.

Zum Thema „Kaffeehausliteraten" gibt es natürlich auch zahllose Bonmots aus den Reihen der „Betroffenen". So schreibt beispielsweise Anton Kuh: „Was ist ein Kaffeehausliterat? Ein Mensch der Zeit hat, im Kaffeehaus darüber nachzudenken, was die anderen draußen nicht erleben." Wir zitieren nach der Anthologie „Wienärrische Welt. Witz Satire Parodie einst und jetzt" (herausgegeben von Hermann Hakel im Forum Verlag, Wien 1961, S. 14).

Kakanien war vielleicht doch ein Land für Genies; und wahrscheinlich ist es daran auch zugrunde gegangen.

Mit diesen Worten endet das 8. Kapitel von Robert Musils „Mann ohne Eigenschaften". Das vollständige Zitat lautet: „Ja, es war, trotz vielem, was dagegen spricht, Kakanien vielleicht doch ein Land für Genies; und wahrscheinlich ist es daran auch zugrunde gegangen."

Wir zitieren nach: Robert Musil, „Der Mann ohne Eigenschaften" (I, Erstes und Zweites Buch, herausgegeben von Adolf Frisé, Rowohlt Taschenbuch, Reinbek bei Hamburg 1987, S. 35).

Kanton Übrig

Spottname für Vorarlberg: Am 11. Mai 1919 brachte eine Volksabstimmung dort eine klare Mehrheit für einen Anschluss an die Schweiz. Durch den Staatsvertrag von Saint-Germain wurde jedoch wenige Monate später bestimmt, dass das nach dem Ersten Weltkrieg verbliebene Rest-Österreich geeint und selbständig bleiben sollte. Auch die Schweiz hatte für einen zusätzlichen Kanton nicht sehr viel übrig, „Kanton Übrig" bedeutet im Alemannischen so viel wie „Der überflüssige Kanton".

Die Diskussion um die Stellung Vorarlbergs innerhalb Österreichs in Abgrenzung zu Westösterreich wurde vor allem in den siebziger Jahren im Zuge der Eröffnung des neuen Arlbergtunnels wiederbelebt; dass dieser Spottname heute noch bekannt ist, dürfte auf diese Zeit zurückgehen.

In diesem Zusammenhang entsannen sich die Skeptiker auch des in Anlehnung an die Bibel geprägten Bonmots: „Was Gott durch einen Berg so schön getrennt hat, soll der Mensch nicht durch ein Loch verbinden!" Neuerdings wurde diese Aussage in den Auseinandersetzungen um den Bau des Semmeringtunnels wieder häufiger aufgegriffen (siehe z. B. Parlamentskorrespondenz/GE/15.05.1998/Nr. 330).

Kapua der Geister

So bezeichnet Grillparzer 1843 die Hauptstadt in seinem Gedicht „Abschied von Wien". Es handelt sich dabei um eine Anspielung auf die antike Stadt Capua, die mit ihrem Reichtum und Annehmlichkeiten Hannibals Kriegern die Lust am Kriegerdasein vergehen ließ. Ähnlich verhängnisvoll, so Grillparzer im Jahr 1843, wirke sich Wien auf den Geist aus:

Schön bist du, doch gefährlich auch
Dem Schüler wie dem Meister,
Entnervend weht dein Sommerhauch,
Du Kapua der Geister!

Dieses Gedicht findet sich in: Franz Grillparzer, „Sämtliche Werke“ (Carl Hanser Verlag, 2., erweiterte Auflage, München 1970, Bd. 1, S. 288).

Karriere ist ein Pferd, das ohne Reiter vor dem Tor der Ewigkeit anlangt.

Karl Kraus, „Nachts“, in der „Fackel“ Nr. 360 vom 7. November 1912, Seite 21.

Kaum gegrüßt – gemieden.

Nikolaus Lenau beschreibt in seinem Gedicht „Der Postillon“ eine schnelle Fahrt mit der Postkutsche: „Wald und Flur im schnellen Zug/Kaum gegrüßt – gemieden.“

Das Gedicht vereint verschiedene Bilder der Vergänglichkeit: die Beschreibung der vorbeifliegenden Landschaft und die Vergänglichkeit des Menschen, denn die eilige Fahrt wird abrupt an einem Kirchhof unterbrochen: Der Kutscher gedenkt eines toten Kollegen. Nachzulesen in: Nikolaus Lenau, „Gesamtausgabe Werke und Briefe“ (Deuticke Verlag/Verlag Klett-Cotta, Wien 1995, Bd. 1, S. 144).

Kein Massaker schützt vor dem nächsten.

Elias Canetti in: „Das Geheimherz der Uhr. Aufzeichnungen 1973-1985“ (Fischer Taschenbuch Verlag, Frankfurt 1990, S. 63).

Kein Zweifel, der Hund ist treu. Aber sollen wir uns deshalb ein Beispiel an ihm nehmen? Er ist doch dem Menschen treu und nicht dem Hund.

Karl Kraus, „Tagebuch“, in der „Fackel“ Nr. 251 vom 28. April 1908, Seite 39.

Keine Grenze verlockt uns mehr zum Schmuggeln als die Altersgrenze.

Karl Kraus, „Sprüche und Widersprüche", in der „Fackel" Nr. 272 vom 15. Februar 1909, Seite 42.

Keine Schraube hätte ich anders gemacht.

Kommentar von Professor Dr.-Ing. h.c. Ferdinand Porsche, als er 1948 nach seiner Entlassung aus französischer Internierungshaft die unter der Leitung seines Sohnes Ferdinand „Ferry" Porsche ausgearbeiteten Konstruktionspläne für das Modell 356, den ersten Porsche-Sportwagen, zu sehen bekam.

Er selbst hatte vor dem Zweiten Weltkrieg den legendären Volkswagen entwickelt, der allerdings nicht gebaut werden konnte. Stattdessen wurde der ebenso legendäre Kübelwagen für die Wehrmacht entwickelt. Der Volkswagen ging erst 1946, nach dem Krieg, in Serie.

Unter Ferry Porsche war bereits 1947 in Gmünd ein Grand-Prix-Rennwagen für Cisitalia konstruiert worden, der 356 wurde auf der Basis von Volkswagenteilen entwickelt.

Kennen Sie die höchsten Gebirge? Ich glaube, dass es die Sehnsüchte der Menschen sind.

H. C. Artmann veröffentlichte 1974 im Residenz Verlag eine Sammlung von Montagen und Sequenzen mit dem Titel „Unter der Bedeckung eines Hutes", in der sich der zitierte Ausspruch auf Seite 94 findet. Der vollständige Satz lautet in der Originalorthografie: „Kennen sie die höchsten gebirge? Ich glaube, daß es die sehnsüchte der menschen sind ..."

Kinder sind die wirklichen Lehrmeister der Menschheit.

Peter Rosegger in: „Wahrheiten und Weisheiten", Aphorismen (herausgegeben von Bertl Petri, Staackmann Verlag, München 1989, Seite 78).

Kluge verständigen sich mittels der Sprache. Dumme wegen der Sprache nicht.

Dieses Bonmot des Kabarettisten Werner Schneyder ist nachzulesen in seinem Buch „Schreibzeit" (Verlag Kremayr & Scheriau, Wien 1997, S. 9).

Komm, lieber Mai!

In seinem Sterbejahr 1791 vertonte Wolfgang Amadeus Mozart das fünfstrophige Gedicht „Fritzchen an den Mai" des deutschen Dichters Adolf Overbeck. Durch die Vertonung wurde es zu einem populären Volkslied, dessen Anfangszeilen heute jeder kennt:

Komm, lieber Mai, und mache
Die Bäume wieder grün,
Und lass mir an dem Bache
Die kleinen Veilchen blühn!

Könne wollen/Wolle können!

Ein Spruch von Anastasius Grün, nachzulesen im 3. Band der von Eduard Castle besorgten Ausgabe der Werke Grüns in sechs Teilbänden (Deutsches Verlagshaus Bong & Co, Berlin o. J., S. 95). Der vollständige Text lautet:

Könne wollen,
Wolle können!
Götter zollen,
Menschen gönnen
Dann dem Wollen
Auch das Können.

Kosmetik ist die Lehre vom Kosmos des Weibes.

Karl Kraus, „Tagebuch", in der „Fackel" Nr. 250 vom 14. April 1908, Seite 35.

Krieg, das ist nur die akute Erscheinung eines chronischen Zustandes.

Anton Wildgans in: „Zu Zeit und Welt" (Historisch-Kritische Gesamtausgabe der Werke, Band 7). Der Band umfasst unter anderem Aufzeichnungen aus Notiz- und Tagebüchern, Austriaca und Viennensia sowie Reden. Der hier zitierte Ausspruch ist datiert auf den 4. Jänner 1916. Er stammt aus Wildgans' Notizbüchern; in der Ausgabe von 1958 (Verlage Bellaria, Wien und Anton Pustet, Salzburg), ist er auf Seite 122 nachzulesen.

Kriege werden um ihrer selbst willen geführt. Solange man sich das nicht zugibt, werden sie nie wirklich zu bekämpfen sein.

Elias Canetti in: „Die Provinz des Menschen. Aufzeichnungen 1942-1972" (Fischer Taschenbuch Verlag, Frankfurt 1976, S. 31).

Kultur ist die Fähigkeit, das öffentlich Vorhandene privat zu genießen.

Erwin Chargaff in: „Bemerkungen", eine Sammlung seiner Aphorismen, in der sich der hier zitierte Ausspruch auf Seite 14 findet (Verlag Klett-Cotta, Stuttgart 1981).

Kunst ist so wichtig oder unwichtig wie das Essen.

Dass Essen jenseits einer naturgegebenen Notwendigkeit auch zur Kunst erhoben und als solche aufs ausführlichste diskutiert werden kann, hat Wolfgang Bauer offensichtlich nicht mitbedacht, als er diesen Ausspruch tat, um seiner Ansicht nach überzogene Kunstdebatten zu kritisieren. Andererseits kann kein Mensch ohne Essen überleben. Und ebenso lebenswichtig ist Kunst für Wolfgang Bauer. Nachzulesen in: Wolfgang Bauer, „Werke" (Droschl Verlag, Graz-Wien 1989, Bd. 6, S. 74).

L

Lasst jedem Menschen sein Steckenpferd, sonst greift er nach dem eurigen.

Erzherzog Carl ist heute noch durch den Sieg bekannt, den er 1809 in der Schlacht bei Aspern über Napoleon errang. Am Wiener Heldenplatz erinnert ein Denkmal an den Reformer des österreichischen Heeres.

Unter Erzherzog Carls gesammelten Schriften findet sich eine Zusammenstellung von Aphorismen, die im Jahr 1893 im Verlag Braunmüller in Wien herausgegeben wurden. Wir zitieren nach dieser Ausgabe, der obige Ausspruch ist auf Seite 46 nachzulesen.

Läufer sind schlechte Geher.

Marie von Ebner-Eschenbach zitieren wir nach der Ausgabe ihrer „Aphorismen" im Insel-Verlag (Wiesbaden 1953, S. 57).

Leben ist ein Wettrennen mit sich selbst.

Erwin Chargaff in: „Bemerkungen", eine Sammlung seiner Aphorismen, in der sich der hier zitierte Ausspruch auf Seite 137 findet (Verlag Klett-Cotta, Stuttgart 1981).

Leben ist Problemlösen.

1979 führte Franz Kreuzer mehrere Gespräche mit dem österreichischen Philosophen Sir Karl Popper, in deren Verlauf dieser noch einmal seine Grundgedanken zusammenfasste. Für Popper ist Leben die Voraussetzung aller Probleme, denn in der unbelebten Natur gibt es diese nicht.

Die Gespräche wurden aus Anlass des 80. Geburtstages Poppers in dem Band „Offene Gesellschaft – offenes Universum; Franz Kreuzer im

Gespräch mit Karl R. Popper" (Deuticke Verlag, Wien 1982) veröffentlicht. Das Zitat findet sich in der 4. Auflage (1986) auf Seite 74.

Leben sollst du, unzählige Male.

Diesen Geburtstagswunsch widmete Barbara Frischmuth ihrem Schriftstellerkollegen Alfred Kolleritsch in einem Gedicht zu seinem 50. Geburtstag im Jahr 1981. Nachzulesen in dem Band „Schamanenbaum" (Droschl Verlag, Graz 2001; Seite 94).

Lebensklugheit bedeutet: alle Dinge möglichst wichtig, aber keines völlig ernst nehmen.

Dieser Ausspruch stammt von Arthur Schnitzler. Er findet sich erstmals im „Buch der Sprüche und Bedenken" von 1927 unter der Rubrik „Kleine Sprüche". Nachzulesen in: „Gesammelte Werke, Aphorismen und Betrachtungen" (herausgegeben von Robert Weiss, S. Fischer Verlag, Frankfurt 1977, Bd. 1, S. 129).

Lebenswelt

Heute wird dieser Ausdruck in seiner popularisierten Bedeutung häufig zur Kennzeichnung geografischer oder zeitlicher Einheiten verwendet, wie beispielsweise „typisch großstädtische Lebenswelten". Geprägt hat ihn der österreichische Philosoph Edmund Husserl (1859 – 1938). Husserl meinte damit die Gesamtheit der Alltagserfahrungen der Menschen jenseits wissenschaftlicher Betrachtungsweisen.

Auf eine frühere Verwendung als begrifflicher Gegensatz zum Totenreich weist das folgende Zitat von Heinrich Heine hin. Heine spricht von menschlichen Zügen, „die mehr dem schweflichten Schattenreich als der sonnigen Lebenswelt zu gehören scheinen". Nachzulesen in dem Text „Florentinische Nächte" (Heinrich Heine, „Werke und Briefe" Aufbau Verlag, Berlin-Weimar 1980, Bd. 4, S. 129-130; Erstdruck in: „Morgenblatt für gebildete Stände" Stuttgart, April u. Mai 1836).

Lebet doch euer eigenes Leben, liebe Mütter, und erspart dafür euren Kindern die Belastung mit all den Hoffnungen und Wünschen, die sie als eine Verpflichtung, es im

Leben euch statt sich selber recht zu machen, mit sich schleppen müssen!

Rosa Mayreder (1858-1938) trat immer wieder dagegen auf, in der Mutterrolle eine natürliche und ausschließliche Vorbestimmung der Frau zu sehen. Sie forderte die Mütter auf, sich ihre Wünsche nicht mehr zu versagen und auf ihre Kinder zu projizieren, sondern danach zu trachten, zu ihrem eigenen Besseren wie zu dem ihrer Kinder ein selbstbestimmtes Leben zu führen.

Wir zitieren nach dem von Hanna Schnedl zusammengestellten und eingeleiteten Band mit Essays von Rosa Mayreder: „Zur Kritik der Weiblichkeit“ (Verlag Frauenoffensive, München 1981, S. 54).

Legenden sind überhaupt das einzige, was in Wien funktioniert.

Dieser Satz steht am Beginn von Friedrich Torbergs Traktat über das Wiener Kaffeehaus aus dem Jahre 1959, das in der „Tante Jolesch“ erneut abgedruckt ist (dtv, 12. Auflage, München 1988, S. 237). Wörtlich heißt es dort: „Wien ist die Stadt der funktionierenden Legenden. Böswillige behaupten, dass die Legenden überhaupt das einzige seien, was in Wien funktioniert, aber das geht entschieden zu weit.“

Leise flehen meine Lieder.

Der Beginn des „Ständchen“ des Berliner Autors Ludwig Rellstab lautet: „Leise flehen meine Lieder/durch die Nacht zu dir“. Dieses Lied wurde sehr populär durch die Vertonung von Franz Schubert in seinem Liederzyklus „Schwanengesang“ aus dem Jahr 1828.

Die abgekürzte Version „Leise flehen meine Lieder“ ist der Titel eines österreichisch-deutschen Spielfilms um Franz Schubert aus dem Jahr 1933, übrigens das Regiedebüt von Willi Forst.

Leoben ... ja, Leoben! Ein Zug, der was *da* drüberkommt, der is aus ’n Wasser!

In Fritz von Herzmanovsky-Orlandos „Das Maskenspiel der Genien“ findet dieser Satz sich als „ständige Redensart der großen österreichischen Eisenbahnfachleute“, wobei wir hier die Friedrich Torberg bearbeitete Version wiedergegeben haben (Herzmanovsky-Orlando, Gesamtwerk, herausgegeben von Friedrich Torberg, Langen-Müller Verlag, München 1957, S. 139). Torberg hat hierbei nur geringfügig in den Text eingegriffen. Im Originalmanuskript ist „Leoben! ... Ja, Leoben!" Teil des Erzähltextes, dann folgt die Redensart der Eisenbahnfachleute mit den Worten: „A Zug der was drüber kommt – der is, kann ma ruhig sagen, aus 'n Wasser." (Vgl. Herzmanovsky-Orlando, Sämtliche Werke, Residenz Verlag, Salzburg-Wien, 1989, Bd. III, S. 12).

Als Hintergrund der Redensart wird der Umstand genannt, dass „bedeutende Schnellzugslinien, deren Expresse unter Pomp, Gestank und Donner von irgendeiner Grenzstation abgelassen werden, im Inneren dieses Landes [gemeint ist das Traumreich Tarockei] nach kurzer Frist spurlos versiegen, nachdem sie zuerst den Speisewagen durch irgendeinen geheimnisvollen Abschuppungsprozess verloren haben." Und weiter heißt es im Originalmanuskript: „Am meisten geschieht dies um Leoben herum, dem Gewitterwinkel des europäischen Reiseverkehrs."

Zu Lebzeiten des Schriftstellers fand sich kein Verleger für das „Maskenspiel der Genien", das als letzter Teil einer Trilogie mit dem Titel „Europa" geplant war. Die Verknüpfung der Romane „Gaulschreck im Rosennetz" und „Rout am Fliegenden Holländer" mit „Das Maskenspiel der Genien" stellte der Autor durch die handelnden Personen her. Es war Friedrich Torberg, der nach Herzmanovsky-Orlandos Tod den Roman 1958 erstmals veröffentlichte.

Leupold, wir geh'n!

Der Spruch, der zum Sinnbild des hastigen Abgangs in einer peinlichen Situation geworden ist, stammt aus Hugo von Hofmannsthals Libretto zu Richard Strauss' „Rosenkavalier". Der Baron Ochs von Lerchenau wird im 3. Akt von allen Protagonisten zum Narren gehalten, sein angestrebtes Schäferstündchen kann nicht stattfinden. Also zieht er es vor, mit seinem Kammerdiener Leupold das Weite zu suchen. (Hugo von Hofmannsthal, Sämtliche Werke, herausgegeben von Dirk O. Hoffmann und Willi Schuh; Band XXIII, Operndichtungen 1, S. Fischer Verlag, Frankfurt am Main 1986, S. 95)

Leute, die über den Wissensdurst getrunken haben, sind eine gesellschaftliche Plage.

Karl Kraus, „Aphorismen", in der „Fackel" Nr. 281 vom 4. Juni 1909, Seite 29.

Lieb Vaterland, magst ruhig sein

Aus dem patriotischen Gedicht „Die Wacht am Rhein“ des deutschen Dichters Max Schneckenburger (1819-1849) stammt diese Zeile, die Johannes Mario Simmel 1965 zum Titel eines Romans machte.

Liebe deinen Fernsten, wie du deinen Nächsten nicht leiden magst, dann wird vielleicht einmal Friede in der Welt werden.

Dieser Ausspruch stammt von Arthur Schnitzler. Er findet sich erstmals im „Buch der Sprüche und Bedenken“ von 1927. Nachzulesen in „Gesammelte Werke, Aphorismen und Betrachtungen“ (herausgegeben von Robert Weiss, S. Fischer Verlag, Frankfurt 1977, Bd. 1, S. 47).

Liebe: Dunkler Erdteil

Ingeborg Bachmann schuf dieses schöne Bild, das einem ihrer Gedichte und einem Gedichtband den Namen gab.

Der Ausdruck „dunkler Erdteil“ ist zurückzuführen auf den Bericht von Henry Morton Stanley (1841-1904) über eine Afrikareise. Sein Buch „Through the Dark Continent“ wurde bereits 1878, im Jahr seines Erscheinens, unter dem Titel „Durch den dunklen Weltteil“ in deutscher Sprache veröffentlicht. Im Begriff des dunklen Weltteils fallen die Eindrücke des Unbekannten mit dem Bild der dunkelhäutigen Menschen zusammen: Mensch und Land scheinen gleichermaßen „dunkel“, rätselhaft.

Liebe gilt nicht dem Vollkommenen, sondern vollendet das Unvollendete.

Mit diesem Satz charakterisiert Hans Weigel in „O du mein Österreich. Versuch des Fragments einer Improvisation für Anfänger und solche, die es werden wollen“ (Steingrüben Verlag, Stuttgart 1955, S. 38), seine Liebe zu Wien. Weiter heißt es: „Liebe sucht nicht Fehlerloses, sondern verklärt die Fehler. Auch Liebe sagt nicht ‚deshalb‘, sondern ‚trotzdem‘.“

Liebe ist nur ein Wort.

Johannes Mario Simmel prägte diesen Spruch und betitelte so einen Roman, der die tragische Liebe zwischen einer verheirateten Frau, für die

„Liebe nur ein Wort" ist und einem 21-jährigen Schüler aus reicher Familie schildert. Den gleichnamigen Film nach dem Roman von Simmel drehte Alfred Vohrer im Jahr 1971.

Liebe Mörder!

Mit diesen Worten begann Peter Turrini eine vieldiskutierten Rede, mit der er sich an die (damals noch unbekannten) Urheber des Bombenanschlags in Oberwart vom 4. Februar 1995 wandte, der vier burgenländischen Roma das Leben kostete.

Nachzulesen ist der Text in: „Liebe Mörder", einer Anthologie verschiedener Stellungnahmen Turrinis zu politischen und kulturellen Zuständen und Entwicklungen in Österreich (Luchterhand Literaturverlag, München 1996, S. 56).

Liebe und Kunst umarmen nicht, was schön ist, sondern was eben dadurch schön wird.

Karl Kraus, „Nachts" in der „Fackel" Nr. 406 vom 5. Oktober 1915, Seite 138.

Lieblich war die Maiennacht.

„Der Postillon" von Nikolaus Lenau beginnt mit diesen bekannten Worten. Lenau schrieb dieses Gedicht 1833 während eines einjährigen Aufenthaltes in Amerika. Die ersten Zeilen lauten:

Lieblich war die Maiennacht,
Silberwölklein flogen,
Ob der holden Frühlingspracht
Freudig hingezogen.

Nachzulesen in: Nikolaus Lenau, „Gesamtausgabe Werke und Briefe" (DeutickeVerlag/Verlag Klett-Cotta, Wien 1995, Bd. 1, S. 277).

Liederliches Kleeblatt

„Der böse Geist Lumpazivagabundus oder Das liederliche Kleeblatt" ist der Titel einer Zauberposse von Johann Nestroy von 1833. Das „Kleeblatt" meint dort drei Handwerksgesellen – heute dient der Ausdruck generell als Bezeichnung für eine Gruppe von drei oder vier Freunden (oder Freundinnen), die sich gerne ausgelassenen Aktivitäten hingibt.

M

Man besingt nur die Braut, solange man sie nicht hat.

Ein Bonmot von Ferdinand Kürnberger. Der vollständige Text lautet: „Man besingt nur die Braut, solange man sie nicht hat; niemand fällt es ein, seine Ehefrau zu besingen.“ Wir zitieren nach: Ferdinand Kürnberger, „Feuilletons“ (Insel Verlag, Frankfurt 1967, S. 103).

Man bleibt jung, solange man noch lernen, neue Gewohnheiten annehmen und Widerspruch ertragen kann.

Marie von Ebner-Eschenbach zitieren wir nach der Ausgabe der „Aphorismen“ im Insel-Verlag (Wiesbaden 1953, S. 41).

Man darf niemanden betrügen, auch nicht die Welt um ihren Sieg.

Neben anderen Notizen findet sich in den „Nachgelassenen Schriften“ von Franz Kafka dieses Bonmot. Nachzulesen in Franz Kafka: „Schriften Tagebücher Briefe. Kritische Ausgabe“ (herausgegeben von Jost Schillemeit, S. Fischer Verlag, Frankfurt 1992, Bd. 6.1, S. 58).

Man fürchtet, was man nicht versteht.

Ein immer noch gültiger Ausspruch des österreichischen Dichter und Arztes Ernst von Feuchtersleben; er findet sich in einer Aphorismensammlung, die in dem Band „Beiträge zur Literatur, Kunst- und Lebens-Theorie“ enthalten ist (Braunmüller Verlag, Wien 1837, S. 375).

Man glaubt gar nicht, wie schwer es oft ist, eine Tat in einen Gedanken umzusetzen!

Karl Kraus, „Vorurteile“, in der „Fackel“ Nr. 241 vom 15. Jänner 1908, Seite 1.

Man handelte in Kakanien immer anders, als man dachte, oder dachte anders, als man handelte.

„Kakanien“ nannte Robert Musil liebevoll-ironisch die versunkene österreichisch-ungarische Monarchie. Das vollständige Zitat lautet: „Man handelte in diesem Land – und mitunter bis zu den höchsten Graden der Leidenschaft und ihren Folgen – immer anders, als man dachte, oder dachte anders, als man handelte.“

Wir zitieren nach: Robert Musil, „Der Mann ohne Eigenschaften“ (I, Erstes und Zweites Buch, herausgegeben von Adolf Frisé, Rowohlt Taschenbuch, Reinbek bei Hamburg 1987, S. 34).

Man hat allerdings Stimmungen, aber wehe dem, den die Stimmungen haben!

Dieses Bonmot des österreichischen Philosophen und Arztes Ernst von Feuchtersleben findet sich in dem bekanntesten Werk des Autors, „Zur Diätetik der Seele“, aus dem Jahr 1838. Dieses Buch war zu seiner Zeit ein Bestseller, es erlebte zahlreiche Auflagen und wurde vielfach übersetzt. Wir geben das Zitat hier nach der 28. Auflage wieder (Gerold Verlag, Wien 1865, S. 48).

Man hat es so leicht, seine Erinnerungen zu schreiben, wenn man ein schlechtes Gedächtnis hat.

Dieser Ausspruch stammt von Arthur Schnitzler. Er findet sich erstmals im „Buch der Sprüche und Bedenken“ von 1927 unter der Rubrik „Kleine Sprüche“. (Nachzulesen in: „Gesammelte Werke, Aphorismen und Betrachtungen“, herausgegeben von Robert Weiss, S. Fischer Verlag, Frankfurt 1977, Bd. 1, S. 131.)

Man ist nur frei, wenn man nichts will.

Elias Canetti in: „Das Geheimherz der Uhr. Aufzeichnungen 1973-1985“ (Fischer Taschenbuch Verlag, Frankfurt 1990, S. 22). Dort wird dieser Aphorismus vervollständigt durch die Frage: „Wozu will man frei sein?“

Man kann die Welt nur von der Welt erlösen.

Franz Werfels Werk enthält zahlreiche Aphorismen und Sentenzen, die in dem Band „Zwischen oben und unten“ nachzulesen sind, einem Teil seiner „Gesammelten Werke“. Der hier zitierte Ausspruch findet sich darin auf Seite 790 (Langen-Müller Verlag, München-Wien 1975).

Man kann die Zeit festhalten, wenn man sie in Tat umsetzt.

Peter Rosegger in: „Wahrheiten und Weisheiten“, Aphorismen (herausgegeben von Bertl Petri, Staackmann Verlag, München 1989, Seite 119).

Man kann einem Menschen nichts Böseres tun, als sich ausschließlich mit ihm beschäftigen.

Elias Canetti in: „Die Provinz des Menschen. Aufzeichnungen 1942-1972“ (Fischer Taschenbuch Verlag, Frankfurt 1976, S. 79).

Man kann es einem Menschen schwer vergessen, wenn man sich um seinetwillen in schlechter Erinnerung hat.

Alfred Grünewald in: „Lass meine Seele dir Heimat sein“, eine Auswahl aus seinem Werk, aufgenommen in die von Hans Weigel herausgegebene Reihe „Bibliothek Wiederaufnahme Österreichischer Literatur des 20. Jahrhunderts“ (Jungbrunnen Verlag, Wien-München 1990). Das Zitat findet sich auf Seite 92.

Man kann nur zwischen Katastrophen wählen, darin besteht die ganze *Freiheit*.

Ein Zitat von Günter Eichberger, das im 3. Kapitel seines Buches „Ich Fabelwesen“ nachzulesen ist (Styria Verlag, Graz 1996, S. 15).

Man kann seinen Beruf auch verfehlen, indem man ihn ausübt.

Karl Heinrich Waggerl in: „Kleine Münze“, Aphorismen (herausgegeben vom Autor, Otto Müller Verlag, Salzburg 1957).

In Waggerls „Sämtlichen Werken“ (Otto Müller Verlag, Salzburg-Wien 1970, Neuauflage 1997), sind die Sinnsprüche in Band 2 abgedruckt. Dieses Zitat findet sich dort auf Seite 651.

Man kann seiner eignen Zeit nicht böse sein, ohne selbst Schaden zu nehmen.

Diese Worte legt Robert Musil in seinem „Mann ohne Eigenschaften“ dem Hauptprotagonisten Ulrich in den Mund.

Wir zitieren nach Robert Musil, „Der Mann ohne Eigenschaften“ (I, Erstes und Zweites Buch, herausgegeben von Adolf Frisé, Rowohlt Taschenbuch, Reinbek bei Hamburg 1987, S. 59).

Man kann viele Dinge kaufen, die unbezahlbar sind.

Marie von Ebner-Eschenbach zitieren wir nach der Ausgabe der „Aphorismen“ im Insel-Verlag (Wiesbaden 1953, S. 12).

Man kann wohl den Weg weisen, – aber *gehen* muss jeder selbst.

Ein Bonmot von Ernst von Feuchtersleben; es findet sich in einer Aphorismensammlung, die in dem Band „Beiträge zur Literatur, Kunst- und Lebens-Theorie“ enthalten ist (Braunmüller Verlag, Wien 1837, S. 360).

Man komponiert nicht, man *wird* komponiert!

Natalie Bauer-Lechner überlieferte diesen Ausspruch von Gustav Mahler. Mahler berichtete ihr in einem Gespräch am 25. Juli 1900 von seinem Eindruck, beim Komponieren von ihm selbst nicht fassbaren Kräften beeinflusst zu werden. Mahlers Ausführungen enden mit dem Ruf: „Ich sehe immer mehr: Man komponiert nicht, man *wird* komponiert!“

Zu finden ist der Satz in: Herbert Killian (Herausgeber), „Gustav Mahler in den Erinnerungen von Natalie Bauer-Lechner“ (Verlag der Musikalienhandlung Karl Dieter Wagner Hamburg, revidierte und erweiterte Auflage 1984, S. 161).

Man konnte schon in Jugendtagen
Mich mit dem Worte „Tugend“ jagen!

Der Wiener Pianist Franz Mittler war Kapellmeister, Kammermusiker und Komponist und vor allem ein begnadeter Schüttelreimer. Unser Reim stammt aus dem von Friedrich Torberg herausgegebenen Band: Franz Mittler, „Gesammelte Schüttelreime“ (Verlag Christian Brandstätter, Wien 1991, S. 29).

Man lebt nicht einmal einmal.

Karl Kraus, „Abfälle“, in der „Fackel“ Nr. 198 vom 12. März 1906, Seite 3.

Man legt oft etwas dem Menschen zur Last, woran eigentlich die Chemie alle Schuld hat.

In den „Studien“ von Adalbert Stifter findet sich unter dem Titel „Primel“ dieser auf den 24. April 1834 datierte Ausspruch. Stifter gibt ein für heutige Leser zunächst seltsam anmutendes Beispiel, um den Satz zu erklären: Er geht davon aus, dass jemand, der an Eisenmangel leidet, geizig werden und Münzen horten wird, um sich so das ihm fehlende Metall zu verschaffen. Bedenkt man jedoch heutige Theorien, nach denen Menschen, denen bestimmte Spurenelemente fehlen, übersteigerten Appetit auf Nahrungsmittel entwickeln, die diese Elemente enthalten, dann muten Stifters Ausführungen überraschend modern an.

(Adalbert Stifter, „Gesamtausgabe“, Kohlhammer Verlag, Stuttgart-Berlin-Köln 1997, Bd. 1.4, S. 45)

Man muss das Gute tun, damit es in der Welt sei.

Marie von Ebner-Eschenbach zitieren wir nach der Ausgabe der „Aphorismen“ im Insel-Verlag (Wiesbaden 1953, S. 9).

Man muss ja nicht alles gleich sagen, was man sagt.

Ilse Aichinger notierte während der Jahre 1950–1985 eine Reihe von Aphorismen und Gedanken zu verschiedenen Themenbereichen. Sie sind nachzulesen in dem Band „Kleist. Moos. Fasane“ (Fischer Taschenbuch Verlag, Frankfurt 1991), der zitierte Ausspruch findet sich auf Seite 84.

Man muss meine Arbeiten zweimal lesen, um Geschmack daran zu finden. Aber ich habe auch nichts dagegen, dass man sie dreimal liest.

Karl Kraus, „Vorurteile", in der „Fackel" Nr. 241 vom 15. Jänner 1908, Seite 28. Kraus schreibt weiter: „Lieber aber ist mir, man liest sie überhaupt nicht, als bloß einmal. Die Kongestionen eines Dummkopfs, der keine Zeit hat, möchte ich nicht verantworten."

Man muss schon etwas wissen, um verbergen zu können, dass man nichts weiß.

Marie von Ebner-Eschenbach zitieren wir nach der Ausgabe der „Aphorismen" im Insel-Verlag (Wiesbaden 1953, S. 39).

Man muss, um leben zu können, Widerstand leisten.

Milo Dor in: „Die weiße Stadt". Wir zitieren nach dem Band „Schriftsteller und Potentaten", einer 1991 veröffentlichten Auswahl von Essays, Aufsätzen und Reden des Autors (Picus Verlag, Wien 1991), der ein längeres Zitat aus dem Roman „Die weiße Stadt" (1969) vorangestellt ist, in dem sich auch dieser Satz findet.

Man muss wissen, was man wissen muss und wollen, was man wollen muss.

Diese vor allem in pädagogischen Zusammenhängen gern zitierte Aufforderung findet sich in einem Brief von Johann Philipp Stadion, Graf von Warthausen, an Metternich aus dem Jahr 1807. Stadion schreibt darin unter anderem: „... dass man weiß, was man wissen muss und dass man will, was man wollen muss". Nachzulesen ist dies in Helmut Rumpler: „Eine Chance für Mitteleuropa. Bürgerliche Emanzipation und Staatsverfall in der Habsburgermonarchie" (Böhlau Verlag, Wien 1997, S. 99).

Stadion war Diplomat und von 1805–1809 österreichischer Außenminister. Nach der Niederlage Österreichs gegen Napoleon im Jahr 1809 wurde er in dieser Funktion von Metternich abgelöst. Doch er zog sich nicht aus der Politik zurück: 1816 wurde er Finanzminister, gründete die Österreichische Nationalbank und setzte eine Reform des Steuerwesens durch.

Man pflegt Leute, die unter allen Umständen bei ihrer einmal gefassten Meinung verharren, für Charaktere zu halten. Ich möchte sie Starrköpfe nennen.

Peter Rosegger in: Wahrheiten und Weisheiten", Aphorismen (herausgegeben von Bertl Petri, Staackmann Verlag, München 1989, Seite 154).

Man soll das Schicksal nicht mit Vorschlägen verärgern, es legt zu viel Wert auf seine eigenen Einfälle.

Karl Heinrich Waggerl in: „Kleine Münze", Aphorismen (herausgegeben vom Autor, Otto Müller Verlag, Salzburg 1957).

In Waggerls „Sämtlichen Werken" (Otto Müller Verlag, Salzburg-Wien 1970, Neuauflage 1997) sind die Sinnsprüche in Band 2 abgedruckt. Dieses Zitat findet sich dort auf Seite 645.

Man soll nicht mehr lernen, als man unbedingt gegen das Leben braucht.

Karl Kraus, „Pro domo et mundo", in der „Fackel" Nr. 309 vom 31. Oktober 1910, Seite 31.

Man sagt mir oft, dass manches, was ich gefunden habe, ohne es zu suchen, wahr sein müsse, weil es auch F. gesucht und gefunden habe. Solche Wahrheit wäre wohl ein trostloses Wertmaß. Denn nur dem, der sucht, ist das Ziel wichtig. Dem, der findet, aber der Weg. Die beiden treffen sich nicht.

Kaum ein Ausspruch von Karl Kraus bringt seine Sicht auf die von ihm sehr aufmerksam beobachtete Entstehung der Psychoanalyse und ihren Entwickler Sigmund Freud deutlicher zum Ausdruck als dieses Zitat (selbstverständlich bezieht sich das Kürzel „F." auf Freud). Kraus will nicht nur seine Arbeit nicht durch den Vergleich mit der Psychoanalyse bewerten lassen, er will sich auch von Freuds Vorgehen und Interessen grundsätzlich abgrenzen.

Die folgenden Sätze lassen keinen Zweifel an Kraus' Einschätzung: „Der eine geht schneller, als der andere zum Ziel kommt. Irgendetwas ist ihnen gemeinsam. Aber der Prophet ist immer schon da und verkündet den apokalyptischen Reiter."

Nachzulesen unter dem Titel „Nachts" in der Fackel Nr. 360 vom 7. November 1912, Seite 7.

Man sollte nicht nur zu wissen meinen, sondern auch zu meinen wissen.

Karl Heinrich Waggerl in: „Kleine Münze", Aphorismen (herausgegeben vom Autor im Otto Müller Verlag, Salzburg 1957).

In Waggerls „Sämtlichen Werken" (Otto Müller Verlag, Salzburg-Wien 1970, Neuauflage 1997), sind die Sinnsprüche in Band 2 abgedruckt. Dieses Zitat findet sich dort auf Seite 649.

Man tut das, was man ist. Man wird das, was man tut.

Dieser Aphorismus stammt von Robert Musil. Er findet sich unter dem Titel „Motive-Überlegungen" in Band 7 der „Gesammelten Werke" (Rowohlt Verlag, Reinbek bei Hamburg 1978, S. 867).

Man vergisst vieles so schnell in diesem Land ...

Im Jahr 1988 erschien im Residenz Verlag der Band „Reden an Österreich. Schriftsteller ergreifen das Wort", eine Sammlung von Texten, die österreichische Schriftsteller zum Gedenken an den 50. Jahrestag des „Anschlusses" Österreichs an das nationalsozialistische Deutschland im Jahr 1938 verfassten.

Der hier zitierte Satz findet sich in dem Beitrag von Erwin Einzinger (S. 19). Einzinger schreibt: „Erinnerungen sind Verbindungen von Proteinen und Säuren in Nervenzellen. Sie sind ganze Teilchen oder Verbindungen von Teilchen, die nicht leicht auszulöschen sind. Und trotzdem: Man vergisst vieles so schnell in diesem Land ..."

Man weiß nie, was einen erwartet, wenn man seine Grenzen überschreitet, fortgejagt oder freiwillig, das fällt nicht ins Gewicht.

1978 veröffentlichte H. C. Artmann im Residenz Verlag den Band „Nachrichten aus Nord und Süd", in dem sich dieses Zitat auf Seite 137 findet. Der Satz lautet in Originalorthografie: „Man weiß nie was einen erwartet wenn man seine grenzen überschreitet fortgejagt oder freiwillig das fällt nicht ins gewicht."

Man will ja gern seinen Nächsten lieben, aber doch nicht den Nächstbesten.

Karl Heinrich Waggerl in: „Kleine Münze", Aphorismen (herausgegeben vom Autor, Otto Müller Verlag, Salzburg 1957).

In Waggerls „Sämtlichen Werken" (Otto Müller, Salzburg-Wien 1970, Neuauflage 1997), sind die Sinnsprüche in Band 2 abgedruckt. Dieses Zitat findet sich dort auf Seite 644.

Manche Ehen sind ein Zustand, in dem zwei Leute es weder mit noch ohne einander durch längere Zeit aushalten können.

Marie von Ebner-Eschenbach zitieren wir nach der Ausgabe der „Aphorismen" im Insel-Verlag (Wiesbaden 1953, S. 58).

Manche meinen, lechts und rinks kann man nicht velwechsern. Werch ein Illtum!

Das berühmte „lechts und rinks" stammt aus Ernst Jandls Gedicht „Lichtung" (siehe „Gesammelte Werke", herausgegeben von Klaus Siblewski, Luchterhand Literaturverlag, München 1985). Da Jandl auf Kleinschreibung wert legte und der optischen Anordnung der Wörter große Bedeutung beimaß, soll das Gedicht hier so wiedergegeben werden, wie es ursprünglich im Luchterhand Literaturverlag zu Lebzeiten des Autors abgedruckt wurde:

lichtung
manche meinen
lechts und rinks
kann man nicht
velwechsern.
werch ein illtum!

Ernst Jandls literarisches Schaffen war von der Wiener Gruppe beeinflusst, allerdings gehörte er ihr nicht an. Diese Vereinigung setzte sich zusammen aus H. C. Artmann, Friedrich Achleitner, Konrad Bayer, Gerhard Rühm und Oswald Wiener (siehe den Eintrag „Wiener Schule“).

Manche Talente bewahren ihre Frühreife bis ins späte Alter.

Karl Kraus, „Nachts“, in der „Fackel“ Nr. 406 vom 5. Oktober 1915, Seite 132.

Manche Zeitungen sind an und für sich ein Druckfehler.

Dieses Bonmot des Kabarettisten Werner Schneyder ist nachzulesen in seinem Buch „Schreibzeit“ (Verlag Kremayr & Scheriau, Wien 1996, S. 12).

Manchen Gedanken schicke ich fort – in der Zuversicht, dass er wiederkommt.

Alfred Grünewald in: „Lass meine Seele dir Heimat sein“, eine Auswahl aus seinem Werk, aufgenommen in die von Hans Weigel herausgegebene Reihe „Bibliothek Wiederaufnahme Österreichischer Literatur des 20. Jahrhunderts“ (Jungbrunnen Verlag, Wien-München 1990). Der zitierte Ausspruch findet sich auf Seite 83.

Mancher geht aus einem Sieg über sich selbst als der Besiegte hervor.

Alfred Grünewald in: „Lass meine Seele dir Heimat sein“, eine Auswahl aus seinem Werk, aufgenommen in die von Hans Weigel herausgegebene Reihe „Bibliothek Wiederaufnahme Österreichischer Literatur des 20. Jahrhunderts“ (Jungbrunnen Verlag, Wien-München 1990). Der zitierte Ausspruch findet sich auf Seite 84.

Manchmal fällt es wie Schuppen von den Worten.

Alfred Grünewald in: „Lass meine Seele dir Heimat sein“, eine Auswahl aus seinem Werk, aufgenommen in die von Hans Weigel herausgegebene Reihe „Bibliothek Wiederaufnahme Österreichischer Literatur des 20. Jahrhunderts“ (Jungbrunnen Verlag, Wien-München 1990). Der zitierte Ausspruch findet sich auf Seite 95.

Martern aller Arten

Die „Martern-Arie“ der Konstanze aus dem Singspiel „Die Entführung aus dem Serail“ von Wolfgang Amadeus Mozart beginnt mit dieser Zeile. Konstanze, die Geliebte Belmontes, wird von Bassa Selim in dessen Serail festgehalten. In dieser Arie widersetzt sie sich den Annäherungsversuchen des Bassa Selim:

Martern aller Arten
Mögen meiner warten,
Ich verlache Qual und Pein.
Nichts soll mich erschüttern.
Nur dann würd ich zittern,
Wenn ich untreu könnte sein.

Diese Oper wurde am 16. Juli 1782 in Wien uraufgeführt. Das Libretto erhielt Mozart von Johann Gottlieb Stephanie dem Jüngeren, der als Vorlage einen Text von Christoph Friedrich Bretzner verwendete. Das geflügelte Wort „Martern aller Arten“ wird heute eher mit Zahnarztbesuchen, schlechtem Essen oder mäßigen Konzerten in Verbindung gebracht.

Mehr als begehrenswert ist: entsagenswert.

Alfred Grünewald in: „Lass meine Seele dir Heimat sein“, eine Auswahl aus seinem Werk, aufgenommen in die von Hans Weigel herausgegebene Reihe „Bibliothek Wiederaufnahme Österreichischer Literatur des 20. Jahrhunderts“ (Jungbrunnen Verlag, Wien-München 1990). Der zitierte Ausspruch findet sich auf Seite 82.

Mehr als die Menschen lieben wir zumeist die Bilder, die wir uns von ihnen gemacht haben.

Anton Wildgans in: „Zu Zeit und Welt“, Historisch-Kritische Gesamtausgabe der Werke, Band 7. Der Band umfasst unter anderem Aufzeichnungen aus Notiz- und Tagebüchern, Austriaca und Viennensia sowie Reden. Der hier zitierte Ausspruch stammt aus Wildgans' Notizbüchern; in der Ausgabe von 1958 (Verlage Bellaria, Wien und Anton Pustet, Salzburg) ist er auf Seite 153 nachzulesen.

Mein idealer Lebenszweck ist Borstenvieh und Schweinespeck.

In der 3. Szene der Operette „Der Zigeunerbaron" von Johann Strauss Sohn singt diese Worte Koloman Zsupán, ein wohlhabender Schweinezüchter. Damit begründet er, warum das Schreiben und das Lesen in seinem Leben eine eher untergeordnete Rolle spielen, denn diese seien „nie sein Fach gewesen". Das Libretto dieses Stücks schuf Ignaz Schnitzer nach einer Novelle von Mór Jókai, die Uraufführung fand am 24. Oktober 1885 im Theater an der Wien statt.

Mein Vaterland, das, feige, dumm, die Ferse dem Despoten küsst.

Im Jahr 1831 verließ der damals 28-jährige Dichter Nikolaus Lenau Österreich, da die Zensur des metternichschen Regimes seine Arbeit zu sehr einschränkte, und ging nach Stuttgart. Schon ein Jahr später verließ er auch diese Stadt, diesmal in Richtung Amerika, um sich dort eine neue Existenz aufzubauen. Vor der Abreise schrieb er das Gedicht „Abschied", das „Lied eines Auswandernden":

Sei mir zum letztenmal gegrüßt,
Mein Vaterland, das, feige, dumm,
Die Ferse dem Despoten küsst,
Und seinem Wink gehorchet stumm.

Lenau erwarb in Amerika Grundbesitz, kehrte jedoch nach nur einem Jahr wieder nach Europa zurück und pendelte zwischen seiner Wahlheimat Schwaben und Wien. Nach einem Schlaganfall verbrachte er die Jahre 1844 bis zu seinem Tod 1850 in geistiger Umnachtung; die Ereignisse der Revolution von 1848 hat der einst politisch so sehr Interessierte nicht mehr wahrgenommen. („Lenaus Werke", herausgegeben von Carl Schaeffer, Bibliographisches Institut, Leipzig und Wien o. J., Band 1, S. 150)

Meine Heimat ist dort, wo ich grad bin.

Thomas Bernhard im Gespräch mit der Journalistin Krista Fleischmann. Wir zitieren nach der als Buch veröffentlichten Abschrift: Thomas Bernhard: „Thomas Bernhard – Eine Begegnung. Gespräche mit Krista Fleischmann" (Edition S, Verlag der Österreichischen Staatsdruckerei, Wien 1991, S. 12).

Menschen im Hotel

1929 schrieb die österreichische Schriftstellerin Vicki Baum den Roman, der dem berühmt gewordenen amerikanischen Film „Grand Hotel" zugrunde liegt. Der ursprüngliche Titel des Buches lautete „Grandhotel. Kolportageroman mit Hintergründen"; das Werk erschien zunächst als Fortsetzungsroman in der „Berliner Illustrierten". Baum beschreibt das Leben im Berliner Grand Hotel Ende der zwanziger Jahre, indem sie klischeehafte Figuren einer – vermeintlich – „großen" Welt in ihrer Zwielichtigkeit, Einsamkeit und Haltlosigkeit zeigt. Der Film stammt aus dem Jahr 1932, in der Hauptrolle war Greta Garbo zu sehen. Der deutsche Titel lautet „Menschen im Hotel". Der Titel wurde zum Inbegriff für entwurzelte Menschen, die beziehungslos auf engem Raum nebeneinander herleben.

Menschsein heißt, jedoch auf dem Weg in die Zukunft der Vergangenheit zu gedenken.

Erwin Chargaff in dem Essay „Vermächtnis", nachzulesen im gleichnamigen Sammelband von Chargaff (Ernst Klett, Stuttgart 1992, S. 22).

Mich wundert, dass ich so fröhlich bin.

Johannes Mario Simmel gab 1948 seinem ersten Roman diesen Titel. Er stellte ihm ein Gedicht des Angelus Silesius aus dem „Cherubinischen Wandersmann" voran:

Ich bin, ich weiß nicht wer.
Ich komme, ich weiß nicht woher.
Ich gehe, ich weiß nicht wohin.
Mich wundert, dass ich so fröhlich bin.

Eine ältere Version des Gedichtes von Martinus von Biberach ist in Österreich vor allem durch Maximilian I. bekannt. Heute noch findet man die Zeilen auf der Innenseite des Bettes von Maximilian. Sie sind dort in altertümlicher Handschrift mit Kreide angeschrieben – ob es sich wirklich um die Originalhandschrift Maximilians handelt, mag dahin gestellt bleiben. Sicher ist, dass diese Aufschrift zur Popularität des Gedichtes in Österreich in starkem Ausmaß beigetragen hat.

Die Zeilen „Ich komm, weiß wohl, woher. Ich geh, weiß wohl wohin. Mich wundert, dass ich traurig bin“ stammen von Maximilians Zeitgenossen Martin Luther.

Mir bleibt nichts erspart.

Mit diesen Worten soll Kaiser Franz Joseph auf die Nachricht von der Ermordung seiner Gattin Elisabeth in Genf reagiert haben. Doch ist nirgends belegt, dass der schwer geprüfte Monarch diesen Satz jemals gesagt hätte. Die Historikerin Brigitte Hamann schreibt, die Reaktion Franz Josephs sei weit weniger dramatisch gewesen und beruft sich dabei auf seine Tochter, Erzherzogin Valerie. Sie berichtet, ihr Vater habe zwar geweint, „aber fassungslos war er auch da nicht, und bald darauf wieder ruhig wie damals nach Rudolfs Tod.“ (Brigitte Hamann, „Elisabeth – Kaiserin wider Willen“, Amalthea Verlag, Wien 1982, S. 602).

Nicht zuletzt Karl Kraus hat dazu beigetragen, den Satz als Ausspruch des Kaisers zu verbeiten, finden sich doch in der „Fackel“ in Verbindung mit Franz Joseph zahlreiche Abwandlungen desselben. Beispielsweise dient das Zitat als Refrain in einem „Couplet macabre“, das in der 1915 veröffentlichten „Ballade vom Papagei“ enthalten ist („Die Fackel“ Nr. 508, April 1919, S. 49 ff.).

Mir fällt zu Hitler nichts ein.

Kaum ein Zitat von Karl Kraus ist so populär wie dieses, das ihm oftmals zum Vorwurf gemacht wurde und wird – meist ohne Kenntnis des Kontextes. Es ist der erste Satz der „Dritten Walpurgisnacht“, geschrieben 1933. Als Buch wurde die „Walpurgisnacht“ jedoch erst 1952 veröffentlicht, da Kraus seinerzeit fürchtete, eine Veröffentlichung würde nicht nur nichts gegen das Hitler-Regime ausrichten, sondern eher zu exemplarischen Greueltaten reizen.

Die Schrift dokumentiert viele jener Greueltaten, die später niemand gesehen haben wollte: Es ist offensichtlich, dass Kraus eine ganze Menge zu

Hitler und dem Nationalsozialismus eingefallen ist. Der zitierte Satz ist vielmehr programmatisch zu verstehen: Kraus war der Ansicht, dass Satire und Polemik nicht die Mittel seien, mit denen man einer Diktatur gegenüber treten könne. Vor diesem Hintergrund versuchte er eine Bestandaufnahme der deutschen Zustände des Jahres 1933. Bereits in den zwanziger Jahren hatte Kraus in der „Fackel" aufmerksam das Erstarken der Nationalsozialisten in Deutschland verfolgt und vor der kommenden Gefahr gewarnt.

Mir ist der Würfel in den Rubikon gefallen.

„Der Würfel ist gefallen", soll Cäsar gesagt haben, als er den entscheidenden Schritt über den Fluss Rubicon tat – die hier zitierte Abwandlung stammt von Erwin Chargaff. Unter dem Titel „Bemerkungen" erschien eine Sammlung seiner Aphorismen, in der sich der hier zitierte Ausspruch auf Seite 74 findet (Verlag Klett-Cotta, Stuttgart 1981).

Mit dem Ohr der Menschheit ist es so beschaffen, dass es den Schall zu verschlafen und erst durch das Echo zu erwachen pflegt.

Dieser Ausspruch stammt von Arthur Schnitzler. Er findet sich erstmals im „Buch der Sprüche und Bedenken" von 1927 unter der Rubrik „Kleine Sprüche". (Nachzulesen in: „Gesammelte Werke, Aphorismen und Betrachtungen", herausgegeben von Robert Weiss, S. Fischer Verlag, Frankfurt 1977, Bd. 1, S. 128.)

Mit den meisten Leuten, mit denen man über alles sprechen kann, kann man über gar nichts sprechen.

Alfred Grünewald in: „Lass meine Seele dir Heimat sein", eine Auswahl aus seinem Werk, aufgenommen in die von Hans Weigel herausgegebene Reihe „Bibliothek Wiederaufnahme Österreichischer Literatur des 20. Jahrhunderts" (Jungbrunnen Verlag, Wien-München 1990). Der zitierte Ausspruch findet sich auf Seite 89.

Mit drei Ständen habe ich nichts zu schaffen: Beamte, Gelehrte und Pfaffen.

Hofrat (!) Franz Grillparzer ist der Autor dieser in ihrem Inhalt sehr eindeutigen Aussage. Wir zitieren nach: Franz Grillparzer, „Gesammelte Werke. Auf Grund der von der Gemeinde Wien veranstalteten kritischen Gesamtausgabe herausgegeben von Edwin Rollet und August Sauer“ (Kunstverlag Anton Schroll & Co, Wien 1923, Bd. 2, S. 17).

Mit jedem neuen Lichtstrahl eröffnet die Wissenschaft neue Finsternisse.

Erwin Chargaff in: „Bemerkungen“, eine Sammlung seiner Aphorismen, in der sich der zitierte Ausspruch auf Seite 15 findet (Verlag Klett-Cotta, Stuttgart 1981).

Mitunter hat die Vorsicht das Nachsehen.

Alfred Grünewald in: „Lass meine Seele dir Heimat sein“, eine Auswahl aus seinem Werk, aufgenommen in die von Hans Weigel herausgegebene Reihe „Bibliothek Wiederaufnahme Österreichischer Literatur des 20. Jahrhunderts“ (Jungbrunnen Verlag, Wien-München 1990). Der zitierte Ausspruch findet sich auf Seite 97.

Moderne Architektur ist das aus der richtigen Erkenntnis einer fehlenden Notwendigkeit erschaffene Überflüssige.

Karl Kraus, „Pro domo et mundo“, in der „Fackel“ Nr. 300 vom 9. April 1910, Seite 24. Kraus wendet sich mit dieser Aussage gegen die Ornamentfreudigkeit seiner Zeit; er war ein guter Freund von Adolf Loos und unterstützte die in dessen Streitschrift „Ornament und Verbrechen“ vorgebrachte Argumentation, die für eine funktionale Architektur ohne Ornamentik eintritt.

Moralische Grundsätze sind unentbehrlich, um den Genuss am Skandal zu würzen.

Karl Kraus, „Splitter“, in der „Fackel“ Nr. 201 vom 19. April 1906, Seite 17.

Moral, ein Maulkorb für den Willen; Logik, ein Steigriemen für den Geist.

In Franz Grillparzers umfangreichen Werk finden sich auch brillante Aphorismen. Dieser Satz ist nachzulesen in: Franz Grillparzer, „Gesammelte Werke. Auf Grund der von der Gemeinde Wien veranstalteten kritischen Gesamtausgabe herausgegeben von Edwin Rollet und August Sauer" (Kunstverlag Anton Schroll & Co, Wien 1923, Bd. 2, S. 138).

Muss selbst den Weg mir weisen.

Dieser Seufzer findet sich in der zweiten Strophe des Gedichtes „Gute Nacht", einem Teil des Gedichtszyklus' „Winterreise", den Wilhelm Müller in den Jahren 1821/24 verfasste und Franz Schubert 1827 vertonte. Diese Strophe besingt einen von enttäuschter Liebeshoffnung niedergeschlagenen Wanderer, der einen Weg durch die Dunkelheit seiner Einsamkeit sucht:

Ich kann zu meiner Reisen
Nicht wählen mit der Zeit:
Muss selbst den Weg mir weisen
In dieser Dunkelheit.
Es zieht ein Mondenschatten
Als mein Gefährte mit,
Und auf den weißen Matten
Such ich des Wildes Tritt..

Müßiggang ist aller Laster Anfang, aller Tugenden Krönung.

Neben anderen Notizen findet sich in den „Nachgelassenen Schriften" von Franz Kafka dieses Bonmot. Nachzulesen in: Franz Kafka, „Schriften Tagebücher Briefe. Kritische Ausgabe" (herausgegeben von Jost Schillemeit, S. Fischer Verlag, Frankfurt, 1992, Bd. 6.1, S. 55).

Müßiggang ist aller Künste Anfang.

Erwin Chargaff in: „Bemerkungen", eine Sammlung seiner Aphorismen, in der sich der hier zitierte Ausspruch auf Seite 78 findet (Verlag Klett-Cotta, Stuttgart 1981).

N

Nach Ägypten wär's nicht so weit. Aber bis man zum Südbahnhof kommt.

Karl Kraus, „Tagebuch", in der „Fackel" Nr. 256 vom 5. Juni 1908, Seite 32.

Nach Gangsterkriegen kann es leider nur Gangsterfrieden geben.

Der Kabarettist Werner Schneyder hat unter dem Titel „Die Vermeidung von Rückschlägen" eine Sammlung von Aphorismen, Epigrammen und Gedichten veröffentlicht, in der unter anderem dieses Zitat nachzulesen ist (Europa Verlag, Wien 1976, S. 30).

Nach Mozart hat man *keine Quartette mehr zu schreiben!*

Peter Altenberg polemisiert unter dem Titel „Gegen" in seiner Schrift „Semmering" gegen den Glauben an einen beständigen Fortschritt und führt eine Reihe seiner Meinung nach unübertreffbarer Leistungen der Menschheit an. Nachzulesen in: Peter Altenberg, „Ausgewählte Schriften in zwei Bänden" (Carl Hanser Verlag, München 1979, S. 249).

Nach rechts hin ist in beiden Parteien ein großes Gedränge.

Der Band „Überwindung der Blitzangst" ist eine Zusammenstellung von Prosatexten des Schriftstellers Alois Brandstetter. Unter der Überschrift „Parteien" findet sich unter anderem dieses Bonmot.
Nachzulesen in: Alois Brandstetter, „Überwindung der Blitzangst" (Residenz Verlag, Salzburg 1971, S. 99).

Nationalökonomen wissen ganz genau, dass die ganze Welt pleite ist. Das Einzige, was sie nicht wissen: ihretwegen.

Dieses Bonmot des Kabarettisten Werner Schneyder ist nachzulesen in seinem Buch „Schreibzeit" (Verlag Kremayr & Scheriau, Wien 1997, S. 9).

Neben anderen Merkmalen unterscheidet den Steirer vom anderen Menschen der Steireranzug.

Reinhard P. Gruber veröffentlichte im Jahr 1973 das Buch „Aus dem Leben Hödlmosers. Ein steirischer Roman mit Regie". In Teil III („kurzexcurse") variiert Gruber unter dem Titel „der steireranzug" ein von ihm an den Anfang dieser Passage gesetztes Zitat, das er Peter Rosegger zuschreibt: „an seinem anzug magst du den steirer erkennen." Er schreibt unter anderem:

> *neben anderen merkmalen unterscheidet den steirer vom andern menschen der steireranzug.*
> *er ist so HERRLICH wie sein land.*

Wir zitieren nach der Sonderausgabe von 1982 (Residenz Verlag, Salzburg, S. 19).

Nein, wenn die Gäst wüssten, wie z'wider sie einem oft sind, es ließ sich gar kein Mensch mehr einladen auf der Welt.

Aus Johann Nestroys Stück „Das Mädel aus der Vorstadt oder Ehrlich währt am längsten" stammt dieses Zitat. Es findet sich im 1. Akt, am Ende des 6. Auftritts. Entstanden ist das Werk 1841, in der produktivsten Schaffensphase Nestroys. Wegen der Thematisierung erotischer Beziehungen, die für dieses Stück besonders charakteristisch ist, wurde Nestroy von seinen Zeitgenossen immer wieder heftig angegriffen; auch die Verwendung französischer Vaudevilles als Vorlagen (in diesem Fall „La jolie fille du fauborg" nach einem Roman von Paul de Kock) galt den Sittenwächtern als moralisch bedenklich.

Neue Ideen begeistern jene am meisten, die auch mit den alten nichts anzufangen wussten.

Karl Heinrich Waggerl in: „Kleine Münze", Aphorismen (herausgegeben vom Autor, Otto Müller Verlag, Salzburg 1957).

In Waggerls „Sämtlichen Werken“ (Otto Müller Verlag, Salzburg-Wien 1970, Neuauflage 1997), sind die Sinnsprüche in Band 2 abgedruckt. Dieses Zitat findet sich dort auf Seite 648.

Neulich traf ich einen Menschen, der sich so verändert hatte, dass ich mich nicht wiedererkannte.

Alfred Grünewald in: „Lass meine Seele dir Heimat sein“, eine Auswahl aus seinem Werk, aufgenommen in die von Hans Weigel herausgegebene Reihe „Bibliothek Wiederaufnahme Österreichischer Literatur des 20. Jahrhunderts“ (Jungbrunnen Verlag, Wien-München 1990). Der zitierte Ausspruch findet sich auf Seite 92.

Nicht alles, was totgeschwiegen wird, lebt.

Karl Kraus, „Sprüche und Widersprüche“, in der „Fackel“ Nr. 275 vom 22. März 1909, Seite 29.

Nicht das ist das Genie, welches alles kann, sondern das ist's, welches weiß, was man nicht kann!

Ein Aphorismus des heute in Vergessenheit geratenen Feuilletonisten Ferdinand Kürnberger (1821-1879). Nachzulesen in dem Buch „Werke Band 2: Literarische Herzenssachen“ (Georg Müller Verlag, München-Leipzig 1911, S. 53).

Nicht der Mörder, der Ermordete ist schuldig.

So lautet der Titel einer Novelle von Franz Werfel aus dem Jahr 1920. Werfel beschreibt in diesem Buch einen Vater-Sohn-Konflikt: Ein Offizierssohn schließt sich einer militanten Anarchistengruppe an, nach einem versuchten Attentat wird er verhaftet und muss sich vor seinem Vater, der inzwischen einen hohen Rang bekleidet, rechtfertigen.

Nicht der Täter wird unrein durch die Tat; nur die Tat durch den Täter.

Hugo von Hofmannsthal im „Buch der Freunde“, das zunächst in einer Auflage von nur 800 Stück 1922 im Insel-Verlag erschien. Unter dem gleichen Titel wurde zuletzt 1985 in der Bibliothek Suhrkamp ein Nachdruck dieser Aphorismensammlung veröffentlicht.

Das Werk wurde auch in Band 10 von Hofmannsthals „Gesammelten Werken in zehn Einzelbänden" (S. Fischer Verlag, Frankfurt 1980) aufgenommen, dort findet sich dieser Ausspruch auf Seite 238.

Nicht der weiß ein Glück zu schätzen, welcher es gewonnen, sondern der, welcher es verloren hat.

Peter Rosegger in: „Wahrheiten und Weisheiten", Aphorismen (herausgegeben von Bertl Petri, Staackmann Verlag, München 1989). In diesem Band findet sich der hier zitierte Satz auf Seite 141.

Nicht die Dinge selbst beunruhigen uns, sondern die Meinung, die wir darüber haben.

Peter Rosegger in: „Wahrheiten und Weisheiten", Aphorismen (herausgegeben von Bertl Petri, Staackmann Verlag, München 1989, Seite 128). Rosegger greift hierbei einen Gedanken des Stoikers Epiktet auf, der ihn in den Mittelpunkt seines „Handbüchleins der Moral" stellt.

Nicht die Geliebte, die entfernt ist, sondern Entfernung ist die Geliebte.

Karl Kraus, „Kehraus", in der „Fackel" Nr. 229 vom 2. Juli 1907, Seite 7.

Nicht immer regiert der Kopf.

Paul Flora hat nach eigenen Angaben diesen Satz auf einem Skizzenblock Fritz von Herzmanovsky-Orlandos gefunden, als er in den Nachlass des Schriftstellers Einblick nahm, um ein Vorwort für dessen „Tarockanische Geheimnisse" zu schreiben. Dieses 1974 in der Edition Tusch erschienene Buch enthält Farbzeichnungen Herzmanovsky-Orlandos.

Paul Flora schreibt in dem Vorwort des Bandes (S. 6): „Man mag sich getrost den vielen Wegweisern anvertrauen, die oft in die Irre führen, aber auch zu mystischen und mythischen Orten, zu Quellheiligtümern, zu den Geheimnissen der Venus und auch AD ABSURDUM und zu einem verwitterten Gedenkstein, auf welchem steht: ‚Nicht immer regiert der Kopf'. Wie wahr!" Der Gedenkstein dürfte eine Erfindung Floras sein und in keinem Zusammenhang zu einer bestimmten Stelle im Werk Herzmanovsky-Orlandos stehen, das Zitat selbst stammt aber vom Autor des „Maskenspiels der Genien“, auf das in den „Tarockanischen Geheimnissen“ Bezug genommen wird.

Nicht jeder Mist ist ein Dünger.

Erwin Chargaff in: „Bemerkungen“, eine Sammlung seiner Aphorismen, in der sich der hier zitierte Ausspruch auf Seite 133 findet (Verlag Klett-Cotta, Stuttgart 1981).

Nichts altert schneller als ein Wunderkind.

Erwin Chargaff in: „Bemerkungen“, eine Sammlung seiner Aphorismen, in der sich der hier zitierte Ausspruch auf Seite 117 findet (Verlag Klett-Cotta, Stuttgart 1981).

Nichts beweist mehr gegen eine Theorie als ihre Durchführbarkeit.

Karl Kraus, „Kehraus“, in der„Fackel“ Nr. 229 vom 2. Juli 1907, Seite 3.

Nichts fürchtet der Mensch mehr als die Berührung durch Unbekanntes.

Elias Canetti beginnt sein 1960 erschienenes und immer wieder aufgelegtes Hauptwerk „Masse und Macht“ mit diesem immer noch aktuellen Satz.

Nichts ist ein Allheilmittel.

Konrad Bayer war einer der Begründer der Wiener Gruppe, einer avantgardistischen Vereinigung von Künstlern und Schriftstellern im Wien der fünfziger und sechziger Jahre. Unter seinen Notizen aus dem Jahr 1963 findet sich auch dieser Satz. Nachzulesen in: Konrad Bayer, „Sämtliche Werke“ (herausgegeben von Gerhard Rühm, Österreichischer Bundesverlag/Verlag Klett-Cotta, Wien 1985, Bd. 1, S. 343).

Nichts ist erregender als die Wahrheit.

„Nichts ist verblüffender als die einfache Wahrheit, nichts ist exotischer als unsere Umwelt, nichts ist phantasievoller als die Sachlichkeit." Dieser Satz findet sich in dem Vorwort, das Egon Erwin Kisch seinem 1925 erschienenen Buch „Der rasende Reporter" voranstellte. („Gesammelte Werke", herausgegeben von Bodo Uhse und Gisela Kisch, Aufbau Verlag, Berlin und Weimar 1978, Bd. 5, S. 660). In der vereinfachten Form „Nichts ist erregender als die Wahrheit" ist dieser Spruch zu einer Art Markenzeichen von Kisch geworden.

Berühmt wurde Kisch vor allem durch seine Milieustudien. Er proklamierte, dass „die Orte und Erscheinungen, die er (der Reporter) beschreibt, die Versuche, die er anstellt, die Geschichte, deren Zeuge er ist, und die Quellen, die er aufsucht" gar nicht so fern und gar nicht so selten sein müssen, „wenn er in einer Welt, die sich vergessen will und darum bloß auf Unwahrheit ausgeht, die Hingabe an sein Objekt hat" (ebenfalls S. 660). Der gute Reporter braucht also vor allem eines – Erlebnisfähigkeit.

Nichts ist gefährlicher als die Großmannsucht der Kleinen.

Dies beklagt Stefan Zweig in der „Welt von Gestern" und fährt fort: „... und das erste der kleinen Staaten, kaum dass sie geschaffen wurden, war, gegeneinander zu intrigieren und sich um winzige Landstriche zu streiten, Polen gegen Tschechen, Ungarn gegen Rumänen, Bulgaren gegen Serben, und als der Schwächste von allen in diesen Rivalitäten stand das winzige Österreich gegen das übermächtige Deutschland."

Nachzulesen in: Stefan Zweig, „Die Welt von Gestern" (Bermann-Fischer Verlag, Stockholm 1944); wir zitieren nach der ungekürzten Ausgabe im Fischer Taschenbuchverlag, Frankfurt 1970, in der sich das Zitat auf Seite 455 findet.

Nichts ist haltbarer als ein schlampiges Kartenhaus.

Erwin Chargaff in: „Bemerkungen", eine Sammlung seiner Aphorismen, in der sich der hier zitierte Ausspruch auf Seite 23 findet (Verlag Klett-Cotta, Stuttgart 1981).

Nichts ist schon da gewesen, und alles ist möglich!

Diesen Satz äußerte der österreichische Nobelpreisträger Konrad Lorenz in einem Gespräch mit Franz Kreuzer. Lorenz verweist zunächst auf sein Buch „Der Abbau des Menschlichen". Dann sagt er: „Ich habe den ganzen ersten Teil meines Buches der Unbestimmtheit des Weltgeschehens, der Unvoraussagbarkeit des Weltgeschehens gewidmet, weil es so ungeheuer nahe liegt zu glauben, es müsse nach oben gehen. Der praktische Mensch kennt die Entwicklung nur vom Samenkorn zum Getreide, vom Ei zum Hühnchen, und wenn man ihm einen schönen Stammbaum von der Amöbe bis zum Menschen vormacht, liegt es zwingend nahe zu glauben, die innere, bessere Zukunft sei determiniert. Und daher muss man es dem Menschen unter die Nase reiben, dass er von jedem erreichten Niveau der Evolution nach oben, aber auch nach unten gehen kann und dass nirgends beschrieben steht, dass der Mensch nicht jetzt auf dem Gipfelpunkt seiner Entwicklung ist und nun im Begriff ist, zu vermassen, dass Erkenntnisse und Fortschritte in der Wissenschaft in der Vermassung stecken bleiben und alles in Richtung auf ein schauerliches arbeitsteiliges Termitensystem zugeht."

Wir zitieren nach dem von Franz Kreuzer herausgegebenen Band: Karl R. Popper/Konrad Lorenz, „Die Zukunft ist offen. Das Altenberger Gespräch. Mit den Texten des Wiener Popper-Symposiums" (Piper Taschenbuch, München/Zürich, 4. Auflage 1990, S. 41–43).

Nichts vielleicht macht den ungeheuren Rückfall sinnlicher, in den die Welt seit dem Ersten Weltkrieg geraten ist, als die Einschränkung der persönlichen Bewegungsfreiheit des Menschen und die Verminderung seiner Freiheitsrechte.

„Vor 1914 hatte die Erde allen Menschen gehört. Jeder ging, wohin er wollte und blieb, solange er wollte. Es gab keine Erlaubnisse, keine Verstattungen, und ich ergötze mich immer wieder neu an dem Staunen junger Menschen, sobald ich ihnen erzähle, dass ich vor 1914 nach Indien und Amerika reiste, ohne einen Pass zu besitzen oder überhaupt je gesehen zu haben. Man stieg ein und stieg aus, ohne zu fragen und gefragt zu werden, man hatte nicht ein einziges von den hundert Papieren auszufüllen, die heute abgefordert werden. Es gab keine Permits, keine Visen, keine Belästigungen; dieselben Grenzen, die heute von Zollbeamten, Polizei, Gendarmerieposten dank des pathologischen Misstrauens aller gegen alle in einen Drahtverhau verwandelt sind, bedeuteten nichts als symbolische Linien, die man ebenso sorglos überschritt wie den Meridian in Greenwich."

Stefan Zweig beschreibt seine Welt in: „Die Welt von Gestern" Bermann-Fischer Verlag, Stockholm 1944; wir zitieren nach der ungekürzten Ausgabe im Fischer Taschenbuchverlag (Frankfurt 1970, S. 465).

Niemand ist eine Insel.

Ein Romantitel von Johannes Mario Simmel, der auf den englischen Geistlichen John Donne (1572-1631) zurückgeht. In „Devotions upon Emergent Occasions" findet sich in der 17. Andacht folgendes Zitat: „No man is an Island, entire of it self."

Simmel war nicht der erste, der diesen Ausspruch als Buchtitel verwendete: 1955 erschien „No Man is an Island" von Thomas Merton, und 1972 „Kein Mensch ist eine Insel", die deutschsprachige Übersetzung von Honor Arundels „The Terrible Temptation".

Nimm dir nichts vor, dann kommt es von selbst.

Elias Canetti in: „Aufzeichnungen 1973-1984" (Carl Hanser Verlag, München-Wien 1999, S. 66).

Nur das Unwahrscheinliche ist interessant.

Dieser Ausspruch stammt von dem Philosophen Karl R. Popper. Er lautet im Originaltext: „Man kann zeigen, dass wir im Lernen immer etwas Unwahrscheinliches lernen, nicht etwas Wahrscheinliches. Und daher ist die ganze Idee des Wahrscheinlichkeitsschlusses ein Fehler. Es gibt deduktive Schlüsse, und in der Wahrscheinlichkeitslehre gibt es auch nur deduktive Schlüsse; je wahrscheinlicher etwas wird im Sinne der Wahrscheinlichkeitstheorie, um so leerer und uninteressanter wird es. Nur das Unwahrscheinliche ist interessant. Das Neue ist immer ganz unwahrscheinlich."

Nachzulesen in dem von Franz Kreuzer herausgegebenen Band: Karl R. Popper/Konrad Lorenz, „Die Zukunft ist Offen. Das Altenberger Gespräch. Mit den Texten des Wiener Popper-Symposiums" (Piper Taschenbuch, München/Zürich, 4. Auflage 1990, S. 27).

Nur dem, der das Glück verachtet, wird Erkenntnis.

Dieser Ausspruch stammt von Georg Trakl; er ist nachzulesen in: „Dichtungen und Briefe“ (Otto Müller Verlag, 2., ergänzte Auflage, Salzburg 1987, S. 463).

Nur der Wein wird besser, wenn er anfängt, alt zu werden.

Ludwig Bernauer verfasste das bekannte Wienerlied „Die alte Zahnradbahn“. Ausgehend vom Motiv der alten Zahnradbahn, die „längst zum alten Eisen“ gehört, widmet sich das Lied der Vergänglichkeit von Dingen und Menschen: Alles veraltet im Laufe der Zeit – nur der Wein wird besser, je älter er ist.

Nachzulesen ist der Text in dem Band „Die schönsten Wiener Lieder. Gesammelt und herausgegeben von Leo Parthé“ (Perlen-Reihe Band 1015, Deuticke Verlag, 4., völlig neu bearbeitete Auflage, Wien-München o. J., S. 55-56).

Nur ka Wasser net!

Der Volkssänger, Theaterdirektor und -schriftsteller Johann Fürst (1825-1882) war der Autor des Liedes „Na, nur ka Wasser net, na, na, des mag i net“, aus dem der alkoholselige Ausspruch „nur ka Wasser net“ sich als geflügeltes Wort etabliert hat.

Nur kan Genierer!

Heute wird dieser Ausruf meist als Aufforderung seitens eines Gastgebers gebraucht, wenn er seine Gäste auffordert, sich beim Essen nicht zu zieren, sondern ohne jede Scham kräftig zuzulangen.

Peter Wehle schreibt in seinem Buch „Singen Sie wienerisch?“ zu diesem Ausspruch: „Mit dieser Redensart forderte der Volkssänger Anton Stöckl sein Publikum auf, ihm seine gewollten Entgleisungen nicht übel zu nehmen. Er muss es arg getrieben haben, aber seine Anhänger haben sich zerbröselt.“ (Verlag Ueberreuter, Wien 1986, S. 14)

Nur nicht gleich sachlich werden! Es geht ja auch persönlich.

Dieser Satz stammt von Anton Kuh. Die erste Buchveröffentlichung des

Zitats erfolgte 1931 in „Physiognomik. Aussprüche“. Wir zitieren nach: „Luftlinien“ (Löcker Verlag, Wien 1981, S. 308).

Nur Richtung ist Realität, das Ziel ist immer eine Fiktion, auch das erreichte – und dieses oft ganz besonders.

Dieser Ausspruch stammt von Arthur Schnitzler. Er findet sich erstmals im „Buch der Sprüche und Bedenken“ von 1927 unter der Rubrik „Kleine Sprüche“. Nachzulesen in: „Gesammelte Werke, Aphorismen und Betrachtungen“ (herausgegeben von Robert Weiss, S. Fischer Verlag, Frankfurt 1977, Bd. 1, S. 131).

Nur wenn die Waage zittern kann, kann sie wägen.

Mit diesem Bild illustriert Erwin Chargaff die Zerstörung des Umweltgleichgewichts durch die moderne Technik – er meint: „Das ungeheure Netz von Geburt und Tod, von Gewinn und Verlust, das über die ganze Welt, ja das Weltall verbreitet war, ist gebrochen worden durch den Aberwitz einer Art von Lebewesen; aber die Gnade des Gleichgewichts ist allen entzogen worden.“

Nachzulesen ist das Zitat in Erwin Chargaffs Essay-Sammlung „Vermächtnis“ (Ernst Klett, Stuttgart 1992, S. 15).

Nur wer untergehn kann, kann auferstehn.

Erwin Chargaff in: „Bemerkungen“, eine Sammlung seiner Aphorismen, in der sich der hier zitierte Ausspruch auf Seite 25 findet (Verlag Klett-Cotta, Stuttgart 1981).

O

O Diamant! Der Bimsstein gehört auch zu den Mineralien.

Marie von Ebner-Eschenbach zitieren wir nach der Ausgabe der „Aphorismen“ im Insel-Verlag (Wiesbaden 1953, S. 57).

O du mein Österreich!

Je nach Empfindungslage des Sprechers ist dieser Ausruf heutzutage mit Freude oder mit einem Seufzer verbunden. Seine literarische Vorgeschichte ist ebenfalls von Ambivalenz geprägt: Im Jahr 1849 fand im Theater an der Wien die Premiere des Dialektmärchenspiels „'s Alraunerl“ von Anton Freiherr von Klesheim statt. Die Musik dazu schrieb der damalige Theaterkapellmeister Franz von Suppé. In diesem Stück findet sich das patriotische Lied „Das Röserl“, dessen erste Strophe folgendermaßen lautet:

Dort wo die Schneeberg stolz die Köpf in d' Wolken tragn
akrat als müssten s' was dem lieben Himmel sagn,
dort wo das reinste Wasser aus die Quellen fließt
dort wo der Jagerbua die Gamseln obaschiaßt,
wenn er so oben steht, hoch auf der Felsenwand,
ja, das ist mein Österreich, das ist mein Vaterland,
das ist mein Österreich, mein Vaterland!

Das Lied kam anfangs beim Publikum nicht gut an, die Sängerin wurde sogar ausgepfiffen. Als jedoch einige Jahre später der Schauspieler Karl Treumann der selben Melodie ein Spottlied auf Österreich unterlegte und damit sehr erfolgreich war, erlangte auch der ursprüngliche Text wieder mehr Bedeutung. Gegen Ende des 19. Jahrhunderts wurde er als patriotisches Lied viel gesungen, wobei aus „das ist mein Österreich“ „O du mein Österreich wurde“.

Den Titel „O du mein Österreich“ trägt auch eine „Musikalische Parade“ von Karl Farkas, Geza Herczeg und Hubert Marischka, die sie unter

Verwendung des Schwankes „Feldherrnhügel“ von Roda Roda und Carl Rössler verfassten, die Musik dazu stammt von Richard Fall. Das Stück datiert vom November 1933 und war als bewusstes patriotisches Bekenntnis zu einem politisch selbständigen Österreich in Abgrenzung zum nationalsozialistischen Deutschland gedacht. Die Premiere nach dem Krieg fand am 24. März 1954 im Raimundtheater statt.

Ob blond, ob braun, ich liebe alle Frau'n.

Titel und Refrain eines populären Foxtrotts von Ernst Marischka, den Robert Stolz vertonte. Das Lied wurde insbesondere durch den Film „Ich liebe alle Frauen“ aus dem Jahr 1935 bekannt und dient Schürzenjägern als willkommene Rechtfertigung.

Ob schwarz oder rot, Politiker sind immer dasselbe Gesindel.

Thomas Bernhard im Gespräch mit der Journalistin Krista Fleischmann. Wir zitieren nach der als Buch veröffentlichten Abschrift: Thomas Bernhard, „Thomas Bernhard – Eine Begegnung. Gespräche mit Krista Fleischmann“ (Edition S, Verlag der Österreichischen Staatsdruckerei, Wien 1991, Seite 91).

„Öffentliche Meinung!“ Machen uns doch schon die Meinungen der Einzelnen genug zu schaffen, – und nun erst eine, die aus allen zusammengesetzt ist!

Ernst von Feuchtersleben in: „Lebensblätter“, eine Sammlung von Aphorismen und Notizen zu unterschiedlichsten Themengebieten. Wir zitieren hier nach der 3. (unveränderten) Auflage aus dem Jahr 1851 (Verlag Josef Stöckholzer von Hirschfeld, Wien-Leipzig), in welcher dieses Zitat auf Seite 203 steht.

Oh, du lieber Augustin, alles ist hin.

> *zur pestzeit ist ein Spihlman gewest, welcher sich nach ibler gewohnheit fast täglich voll getrunkhen.*
> *einsmal lag er sternvol auf der gassen, welchen die Siechknecht undt totengraber fir tot gehalten, dahero*

den selbigen gleich andern auf den wagen gelegt undt in die grueben hinunder gelassen, worinnen er die
ganze nacht under den kerpern gelegen. wie er des andern tags aufgeniechtert, da kont er sich ganz undt
gar nit darein finden, wo er seie. enttlich zu seinem glikh hate er sein an der girtl hangenden tudelsa(k)h,
oder wie andere reden: sackpfeiffen. diese hat er angefangen auffzublasen undt zu spihlen, iber welches
sich die ankommenden Siechknecht hegst verwundert, den selbigen endtlich mit strikhen || aufgezogen. er
aber hat wenig dag iberlebt undt bekenen miesen, das die trunkhenheit seins todts ursach seie.

In der Schrift „Der wohlangefüllte Weinkeller" erzählt Abraham a Sancta Clara mahnend von allerlei Missgeschicken, die Zechern widerfahren. Den „Lieben Augustin" nennt er darin nicht mit Namen, aber die Geschichte klingt doch sehr vertraut. („Werke von Abraham a Sancta Clara. Aus dem handschriftlichen Nachlass herausgegeben von der Akademie der Wissenschaften in Wien. Bearbeitet von Karl Betsche", III. Band, Verlag Adolf Holzhausens Nachfolger Wien 1945, S. 154). Der Tod eines anonymen Dudelsackpfeifers ist übrigens urkundlich für das Wien des Jahres 1684 belegt.

Das Lied „Oh, du lieber Augustin" stammt aus dem Nordischen Krieg (1700–1721) und war auf August den Starken von Sachsen und seinen Verlust der polnischen Krone 1706 gemünzt. Später wurde das Lied von Soldaten nach Österreich gebracht und auf den anonymen Wiener Dudelsackpfeifer übertragen.

Der Liedtext wurde natürlich auch immer wieder umgedichtet. Hans Weigel tat dies in seinem 1974 erschienenen „Antiwörterbuch" mit dem Titel „Die Leiden der jungen Wörter" wie folgt: „O du lieber Augustin, alles ist in, Geld ist in, Sex ist in, Marx ist in, in ist in, o du lieber Augustin, alles ist in."

Ohne die Selbstliebe ist kein Leben möglich, auch nicht der leiseste Entschluss, nichts als Verzweiflung und Starrheit.

Hugo von Hofmannsthal im „Buch der Freunde", das zunächst in einer Auflage von nur 800 Stück 1922 im Insel-Verlag erschien. Unter dem gleichen Titel wurde zuletzt 1985 in der Bibliothek Suhrkamp ein Nachdruck dieser Aphorismensammlung veröffentlicht.

Das Werk wurde auch in Band 10 von Hofmannsthals „Gesammelten Werken in zehn Einzelbänden“ (S. Fischer Verlag, Frankfurt 1980), aufgenommen, dort findet sich dieser Ausspruch auf Seite 17.

Opposition nennt man die Kunst, den Ast, auf dem die Regierung sitzt, so abzusägen, dass man selbst bequem darauf Platz hat.

Im Anhang der Karl-Farkas-Biografie „Das große Karl Farkas Buch“ von Georg Markus finden sich einige kurzgefasste Definitionen und Bonmots des Altmeisters des Wiener Kabaretts. Der hier zitierte Ausspruch ist dort auf Seite 291 nachzulesen (Amalthea Verlag, Wien-München 1993).

Österreich, das ist die Labilität.

Reinhard P. Gruber veröffentlichte im Jahr 1973 das Buch „Aus dem Leben Hödlmosers. Ein steirischer Roman mit Regie“. In Teil I („zur steiermark als voraussetzung des steirers“) führt Gruber aus:

> *steiermark, das ist die resistenz.*
> *österreich, das ist die labilität.*

Wir zitieren nach der Sonderausgabe von 1982 (Residenz Verlag, Salzburg, S. 9).

Österreich ist eine Fiktion.

Mit Blick auf die Geschichte des ehemaligen Vielvölkerstaates Österreich trifft Peter Turrini diese Feststellung: Er geht davon aus, dass sich nach dem Untergang der k.u.k. Monarchie ein allgemeiner Eindruck der Unwirklichkeit breit gemacht habe, der alle Menschen in einen Zustand des „als ob“ versetze und zu einer umfassenden Theatralisierung führe.

Nachzulesen in: „Liebe Mörder“, einer Anthologie verschiedener Stellungnahmen Turrinis zu politischen und kulturellen Zuständen und Entwicklungen in Österreich (Luchterhand Literaturverlag, München 1996, S. 69).

Österreich ist eine Insel der Seligen.

Im Rahmen seines Staatsbesuchs in Italien wurde Bundespräsident Franz Jonas am 18. November 1971 von Papst Paul VI. in Audienz empfangen. Während dieses Gesprächs meinte der Papst, Österreich komme ihm vor wie eine „Insel der Seligen". Der Ausdruck wurde durch die mediale Berichterstattung rund um Jonas' Staatsbesuch sofort sehr populär und wird heute noch vielfach verwendet.

Österreich ist seine Sprache.

„Glückliches Österreich. Literarische Besichtigung eines Vaterlandes" lautet der Titel eines im Jahr 1978 (im Residenz Verlag, Salzburg) erschienen Sammelbandes: Verschiedene Autoren wurden nach ihrem Verhältnis zu Österreich gefragt, die Beiträge von Jochen Jung gesammelt und herausgegeben.

Der hier zitierte Satz stammt aus dem Beitrag von Helmut Eisendle. Eisendle erklärt darin: „Ich behaupte einzig und allein die sprachliche Existenz Österreichs. Österreich ist seine Sprache."

Österreich über alles, wann es nur will.

Titel einer merkantilistischen Untersuchung, in welcher der Volkswirtschaftler Philipp Wilhelm von Hörnigk (1640 – 1714) auf die bedeutenden wirtschaftlichen Möglichkeiten der habsburgischen Länder eingeht, die hier zum ersten Mal im wirtschaftlichen Sinn zusammenfassend Österreich genannt werden. Der Titel wird zitiert nach dem 1997 erschienenen Faksimile der 1684 veröffentlichten Erstausgabe.

P

Perversität ist die Gabe, Vorstellungswerte und Empfindungen zu einem Ideal zu summieren.

Karl Kraus, „Abfälle", in der „Fackel" Nr. 198 vom 12. März 1906, Seite 2.

Plakate sind das richtige Sinnbild für politische Propaganda: Hinten angeschmiert und vorne große Parolen.

Mit diesem Satz kritisierte Karl Farkas die Parteienpropaganda der fünfziger und sechziger Jahre. Das vollständige Zitat lautet: „Na ja, Plakate sind ja das richtige Sinnbild für politische Propaganda: Hinten angeschmiert und vorne große Parolen." Das Zitat findet sich in dem Ausstellungskatalog „Die Welt des Karl Farkas" (herausgegeben von Marcus G. Patka und Alfred Stalzer, Holzhausen Verlag, Wien 2001, S. 157).

Politik packt die Affekte. Kunst erzieht sie.

Dieser Aphorismus stammt von Robert Musil. Er findet sich unter dem Titel „Aus einem Rapial" in Band 7 der „Gesammelten Werke" von Musil (Rowohlt Verlag, Reinbek bei Hamburg 1978, S. 851).

Prinz Eugen, der edle Ritter

Prinz Eugen von Savoyen wurde 1668 in Paris geboren, durfte aber wegen Intrigen am französischen Hofe nicht ins Militär eintreten. Die Habsburger nahmen ihn in Wien auf, womit sie sich einen herausragenden Feldherren für ihre Dienste sicherten. Im Jahr 1719, zwei Jahre nach seiner Eroberung der Festung Belgrad, wurde er durch das heute noch bekannte Volkslied verherrlicht (entstanden in Leipzig, Verfasser unbekannt). Die erste Strophe lautet:

Prinz Eugenius, der edle Ritter,
Wollt' dem Kaiser wied'rum kriegen
Stadt und Festung Belgerad.
Er ließ schlagen eine Brukken,
Dass man kunnt hinüberrucken
Mit d'r Armee wohl vor die Stadt.

Auch der deutsche Dichter Ferdinand Freiligrath (1810–1876) griff das Prinz-Eugen-Thema für eine Ballade auf, die von Carl Loewe unter der Verwendung der alten Melodie vertont wurde. Diese Melodie soll übrigens auf ein älteres Lied zurückgehen, das die Befreiung Wiens von den Türken besang. Und später wurde die prägnante, rhythmische Weise für andere Lieder herangezogen, etwa für General Laudon, Erzherzog Carl und Feldmarschall Radetzky (siehe auch: „Lieder fürs Leben", herausgegeben von Josef Lechthaler, Gustav Moissl und Sigismund Schnabel, Österreichischer Bundesverlag, Wien 1950, Seite 166 f.).

Professoren lehnen guten Stil als unwissenschaftlich ab. Lesbarkeit ist für sie von Übel.

Eine bemerkenswerte Beobachtung von Hans Weigel, nachzulesen in: „Die tausend Todsünden" (Styria Verlag, Graz 1988). Wir zitieren nach der Lizenzausgabe für die Buchgemeinschaft Donauland, Seite 90.

Protektion nennt man jene Karriere, bei der selbst Intelligenz kein Hindernis ist.

Im Anhang der Karl-Farkas-Biografie „Das große Karl Farkas Buch" von Georg Markus (Amalthea Verlag, Wien-München 1993) finden sich einige kurzgefasste Definitionen und Bonmots des Altmeisters des Wiener Kabaretts. Der hier zitierte Ausspruch ist dort auf Seite 295 nachzulesen.

Psychoanalyse ist jene Geisteskrankheit, für deren Therapie sie sich hält.

Karl Kraus, „Nachts", in der „Fackel" Nr. 376 vom 30. Mai 1913, Seite 21. Kraus stand anfangs Sigmund Freuds Schaffen durchaus positiv gegenüber, nicht zuletzt weil er in ihm einen Verbündeten gegen die zeitgenössische Psychiatrie sah, eine der Grundlagen der von Kraus kritisierten Sexualjustiz. Auch Freud stand dem krausschen Unternehmen vorerst positiv gegenüber: Am 2. Oktober 1904 erhielt Kraus von Sigmund Freud einen anerkennenden Leserbrief.

Eine wichtige Rolle für Kraus' letztliche Ablehnung der Psychoanalyse spielte der zeitweilige „Fackel"-Mitarbeiter Fritz Wittels. Kraus war grundsätzlich der Ansicht, dass die Privatsphäre Verstorbener respektiert werden müsse, auch wenn es um künstlerische Werke ging. Um so erbitterter war er, als er erfuhr, dass Wittels vor seiner Zeit als „Fackel"-Mitarbeiter Autor eines von Kraus in der „Fackel" geschmähten Leserbriefes war, der Goethes „Zauberlehrling" als Beweis für dessen masturbatorische Neigungen interpretierte.

Psychologie ist alles!

Der hier zitierte Ausspruch stammt aus der „Rede über Österreich", die Anton Wildgans 1929 für die Schwedisch-Österreichische Gesandtschaft in Stockholm verfasste. Wildgans beschreibt, wie der „Deutschösterreicher" durch seine Geschichte zum „Völkerkenner, Menschenkenner, Seelenkenner, mit einem Wort: Psychologe" wurde, und meint: „Und Psychologie ist alles! Und Psychologie ist Pflicht im Zusammenleben der Menschen und Völker!"

Nachzulesen in: „Zu Zeit und Welt", Historisch-Kritische Gesamtausgabe der Werke von Anton Wildgans, Band 7. (Aufzeichnungen aus Notiz- und Tagebüchern, Austriaca und Viennensia sowie Reden; Verlage Bellaria, Wien und Anton Pustet, Salzburg 1958, S. 417 f.)

Publikumsbeschimpfung

Das Debütstück von Peter Handke trägt diesen bekannten Titel. Erstmals inszeniert wurde es von Claus Peymann 1966 im Frankfurter Theater am Turm, das Buch erschien 1970 im Frankfurter Suhrkamp Verlag. Das Stück hat keine Handlung, es besteht lediglich aus rhythmischen Wort- und Satzfolgen, die gleichmäßig auf vier Sprecher verteilt werden. Während es zunächst weniger Beschimpfung als Ansprache ist, endet es in einer Schlussbeschimpfung des Publikums, dessen Konsumverhalten angeprangert werden soll.

Der Ausdruck „Publikumsbeschimpfung" wird heute gern benutzt, um Situationen zu kennzeichnen, die Zuschauer im Theater eher als ärgerlich denn als unterhaltsam empfinden.

R

Realpolitiker sind Männer der Praxis. In der Theorie.

Der Kabarettist Werner Schneyder hat unter dem Titel „Die Vermeidung von Rückschlägen" eine Sammlung von Aphorismen, Epigrammen und Gedichten veröffentlicht, in der unter anderem dieses Zitat nachzulesen ist (Europa Verlag, Wien 1976, S. 24).

Reich mir die Hand, mein Leben!

Im 1. Akt der Oper „Don Giovanni" von Wolfgang Amadeus Mozart wirbt der ewige Verführer mit dieser Aufforderung um die Bauerntochter Zerline. Er versichert ihr, sie sei zu reizend, um einem einfachen Bauern angetraut zu werden, denn er will sie ihrem Bräutigam Masetto kurzfristig abspenstig machen.

Das italienische Libretto dieses Werkes stammt von Lorenzo da Ponte, wobei sogar Giacomo Casanova, der zur Zeit der Uraufführung im Herbst 1787 in Prag weilte, sich für den Text interessiert haben soll.

Reif ist, wer auf sich selbst nicht mehr hereinfällt.

Heimito von Doderer in: „Repertorium". Dieses Buch wurde zu seinen Lebzeiten nicht fertig gestellt. Erst 1969 veröffentlichte Dietrich Weber eine Auswahl der Aufzeichnungen Doderers unter dem Titel „Repertorium. Ein Begreifbuch von höheren und niederen Lebens-Sachen" (Verlag C. H. Beck, 2. Auflage, München 1996). Die hier zitierte Definition findet sich dort auf Seite 195.

Reiseziele sind nur deswegen begehrenswert, weil die Reise dazwischen liegt.

Kaiserin Elisabeth meinte dies zu Constantin Christomanos, ihrem Vorleser und Griechischlehrer.

In seinem Tagebuch hat Christomanos zahlreiche Aussprüche und Gedanken von „Sisi“ festgehalten, die von Renate Daimler zusammengestellt und in dem Band „‚Frei sollen die Frauen sein…‘ Gedanken der Kaiserin Elisabeth von Österreich“ herausgegeben wurden (Verlag Christian Brandstätter, Wien 1998). Der hier zitierte Satz findet sich in diesem Buch auf Seite 51.

Reue ist Verstand, der zu spät kommt.

Ein Ausspruch des österreichischen Dichters und Arztes Ernst von Feuchtersleben; er findet sich in einer Aphorismensammlung, die in dem Band „Beiträge zur Literatur, Kunst- und Lebens-Theorie“ enthalten ist (Braunmüller Verlag, Wien 1837, S. 380).

S

’s gibt nur a Kaiserstadt, ’s gibt nur a Wien!

Adolf Bäuerle schrieb 1822 die Oper „Aline“, in der sich das Lied „Was macht denn der Prater?“ findet. Sein Kehrreim lautet: „Ja nur ein Kaiserstadt, ja nur ein Wien.“ 1907 nahm der Komponist Leo Ascher diese Worte wieder auf, als er eine Operette mit dem Titel „ ’s gibt nur a Kaiserstadt“ schrieb. Der heute wenig bekannte Ascher emigrierte 1938 nach Amerika, wo er kurz darauf verstarb.

Das Zitat wird heute in der abgekürzten und zeitgemäßen Form „’s gibt nur a Wien“ verwendet, sei es in spöttischer oder freundlicher Beschreibung der Stadt Wien.

’s muss geschieden sein.

Mit diesen Worten verabschiedet sich in Ferdinand Raimunds Zaubermärchen „Der Bauer als Millionär“ die Jugend von dem reichen, aber alten Wurzel, der sie trotz seines Vermögens nicht zurückhalten kann. Das Lied „Brüderlein fein“ wurde bei der Uraufführung 1826 von Therese Krones gesungen und war sofort ein ungeheurer Erfolg. Die Krones wurde zum Liebling der Wiener, Moritz von Schwind porträtierte sie in ihrer Paraderolle, Joseph Kriehuber stellte Lithographien des Gemäldes her, die zu Tausenden verkauft wurden.Die Zuckerbäcker formten die Figur der Jugend aus Marzipan oder Zucker, für die Kinder wurden sogar Ausschneidebilder hergestellt. Nachzulesen ist das Lied in: „Raimunds Werke in zwei Bänden“ (herausgegeben von Franz Hadamowsky, Das Bergland-Buch, Salzburg 1971, S. 274 ff.).

Sag beim Abschied leise Servus.

Titel und Anfangszeile eines sehr bekannten Wienerliedes aus dem Jahr 1936. Der Text stammt von Hans Lengsfelder und Siegfried Tisch; nicht, wie vielfach angenommen, von Harry Hilm. Dieser fungierte nur als „arischer“ Strohmann für die beiden jüdischen Texter.

Die Musik schrieb der deutsche Komponist Peter Kreuder, der später in Österreich lebte und in Salzburg verstarb. Über die Melodie vermerkt Peter Wehle: „Musiker wissen, dass die Musik tontönlich von der ‚Blinde-Kuh-Polka‘ abgeschrieben ist, und die stammt von Johann Strauß.“ Der Text des Liedes lautet:

Sag beim Abschied leise „Servus“
Nicht „Lebwohl“ und nicht „Adieu“
Diese Worte tun nur weh!
Doch das kleine Wörterl „Servus“
Ist ein lieber letzter Gruß,
Wenn man Abschied nehmen muss.
's gibt jahraus, jahrein an neuen Wein,
Und neue Liebelein.
Sag beim Abschied leise „Servus“,
Denn gibt's auch kein Wiedersehen,
Einmal war es doch schön.

Die Geschichte der Komposition dieses Liedes kann beispielhaft für die Schwierigkeiten gesehen werden, die sich beim Versuch ergeben, die genaue Herkunft von Werken jüdischer Autoren und Komponisten aus den zwanziger und dreißiger Jahren zu klären. Nachlesen kann man unter anderem in: „Sag beim Abschied ... Wiener Publikumslieblinge in Bild & Ton. Sammlung Robert Dachs. 158. Ausstellung des Historischen Museums der Stadt Wien“ (Eigenverlag der Museen der Stadt Wien, Wien 1992, S. 12- 13).

Sag etwas, das sich von selbst versteht, zum ersten Mal, und du bist unsterblich.

Marie von Ebner-Eschenbach zitieren wir nach der Ausgabe der „Aphorismen“ im Insel-Verlag (Wiesbaden 1953, S. 5).

Scheint die Sonne noch so schön, einmal muss sie untergehen.

Diese Zeilen finden sich in dem Lied der „Jugend“ aus dem Zaubermärchen „Der Bauer als Millionär“ von Ferdinand Raimund, Musik von Joseph

Drechsler. Die Melodie zu diesem Lied stammt von Raimund selbst, der in der Uraufführung am 10. November 1826 auch die Hauptfigur Fortunatus Wurzel spielte. (Siehe auch den Eintrag: „s'muss geschieden sein."). Die erste Strophe des Liedes lautet:

Brüderlein fein, Brüderlein fein,
Musst mir ja nicht böse sein!
Scheint die Sonne noch so schön,
Einmal muss sie untergehen.
Brüderlein fein, Brüderlein fein,
Musst nicht böse sein!

Nachzulesen ist das Lied in: „Raimunds Werke in zwei Bänden" (herausgegeben von Fritz Hadamowsky, Das Bergland-Buch, Salzburg 1971, S. 274 ff.).

Schlechtes Gewissen macht schlechten Teint.

Diese Beobachtung stammt von Anton Kuh. Wir zitieren nach dem Band „Von Goethe abwärts. Aphorismen. Essays. Kleine Prosa" (Forum Verlag, Wien 1963, S. 321).

Schließlich finden wir unter den Feinden der Literatur die besten Anhänger der Theorie, dass Literatur die Welt verändern kann. Sonst würden sie nämlich die Literatur, die ihnen nicht genehm ist, nicht unterdrücken.

Der Lyriker Erich Fried dokumentiert in dem Band „Nicht verdrängen, nicht gewöhnen. Texte zum Thema Österreich" (herausgegeben von Michael Lewin, Europaverlag, Wien 1987), seine ständige Auseinandersetzung mit dem Land, das er seinerzeit verlassen musste, um zu überleben. Einige seiner Erkenntnisse beziehen sich aber nicht ausschließlich auf Österreich, wie etwa dieses Zitat auf Seite 38.

Schnorrer kann man überall brauchen.

Mit diesem Ausruf soll sich Anton Kuh entschlossen haben, nach Amerika zu emigrieren. Nachzulesen ist dies in Friedrich Torbergs „Die Tante Jolesch oder Der Untergang des Abendlandes in Anekdoten" (dtv, 12. Auflage, München 1988, S. 187).

Schon Adam und Eva waren sowohl Ursache als Symptom.

Erwin Chargaff in: „Bemerkungen", eine Sammlung seiner Aphorismen, in der sich der hier zitierte Ausspruch auf Seite 129 findet (Verlag Klett-Cotta, Stuttgart 1981).

Schön ist so ein Ringelspiel!

Peter Wehle überliefert folgende Entstehungsgeschichte dieses bekannten Wienerliedes von Hermann Leopoldi und Peter Herz: Die beiden waren zusammen in der Krieau beim Trabrennen gewesen, wo Leopoldi seine gesamte Barschaft verwettet hatte, weshalb sie zu Fuß in die Stadt zurück gehen mussten. Als sie beim Wurstelprater vorbeikamen, blieben sie beim „Fortuna-Damenkarussell" stehen und beobachteten interessiert, „wie der Wind die Röcke von den Mädeln durcheinandergewirbelt hat. Der Herr Leopoldi, der ein gewaltiger Weiberer vor dem Herrn war, hat sich von den pikanten lebenden Bildern gar nicht trennen können."

Als sein Begleiter weiter gehen will, seufzt Leopoldi: „Schön ist so ein Ringelspiel!" Als er dann noch erzählt, dass einer seiner Freunde einst an ebendiesem Ringelspiel von seiner Frau mit seinem „schlamperten Verhältnis" angetroffen wurde, steht der kultur- und gesellschaftsgeschichtlich recht aussagekräftige Inhalt des künftigen Wienerliedes so gut wie fest. Die 3. Strophe beginnt wie folgt:

Der Herr Franz ganz diskret
Mit sein' Flirt in Prater geht:
Er ist zwar ein Ehemann,
doch was liegt ihm dran?

Zu ihrem Schrecken entdeckt die – anzunehmender Weise junge – Dame plötzlich die Angetraute ihres Liebsten: „Franzl, schau, is das nicht dei' Frau?!/‚Ja', schreit er, ‚Fix-laudon-stern!-/mit mein' Zimmerherrn!'"
Die Geschichte des Liedes wirft im übrigen auch ein interessantes Licht auf den Refrain:

Schön ist so ein Ringelspiel!
Das is a Hetz und kost' net viel;
Damit auch der kleine Mann
Sich eine Freude leisten kann.

Der Text des Liedes findet sich in: „Die schönsten Wiener Lieder. Gesammelt und herausgegeben von Leo Parthé“ (Perlen-Reihe Band 1015, Deuticke Verlag, 4., völlig neu bearbeitete Auflage, Wien-München o. J., S. 153 ff.), seine Entstehungsgeschichte ist nachzulesen in: Peter Wehle, „Singen Sie wienerisch?“ (Verlag Ueberreuter, Wien 1986, S. 97f.).

Schönheit hat ihren Preis, und hohe Kunst kostet eben alles.

Thomas Bernhard im Gespräch mit Krista Fleischmann. Wir zitieren nach der als Buch veröffentlichten Abschrift: Thomas Bernhard, „Thomas Bernhard – Eine Begegnung. Gespräche mit Krista Fleischmann“ (Edition S, Verlag der Österreichischen Staatsdruckerei, Wien 1991, S. 213).

Schönheit kann man mit *einer* Hand zudecken.

Ein Zitat aus Friedrich Torbergs „Tante Jolesch oder Der Untergang des Abendlandes in Anekdoten“ (dtv, 12. Auflage, München 1988, S. 21). Als einer der Neffen der Tante Jolesch auf Freiersfüßen wandelte und zum Lob seiner Auserwählten nichts weiter vorzubringen hatte als deren Schönheit, bedachte ihn die Tante Jolesch mit der nüchternen Zurechtweisung: „Schön is sie? No und? Schönheit kann man mit *einer* Hand zudecken!“

Schönheit vergeht, weil Tugend besteht.

Karl Kraus, „Kehraus“, in der „Fackel“ Nr. 229 vom 2. Juli 1907, Seite 5.

Schutz vor Täuschungen: Ich nehme die Leute, wie ich bin.

Alfred Grünewald in: „Lass meine Seele dir Heimat sein“, eine Auswahl aus seinem Werk, aufgenommen in die von Hans Weigel herausgegebene Reihe „Bibliothek Wiederaufnahme Österreichischer Literatur des 20. Jahrhunderts“ (Jungbrunnen Verlag, Wien-München 1990). Der zitierte Ausspruch findet sich auf Seite 94.

Schwamm drüber!

Dieses geflügelte Wort dürfte eine Anspielung auf die früher vor allem in Schulen verwendeten Schiefertafeln sein, auf denen mit Kreide und Griffeln geschrieben wurde. Das Geschriebene konnte dann mit einem Schwamm wieder gelöscht werden.

In der hier zitierten Form lässt sich der Ausruf auf die Operette „Der Bettelstudent" von Karl Millöcker zurückführen. Die Erstaufführung dieser Operette fand am 6. Dezember 1882 im Theater an der Wien statt. Den Text verfassten Camillo Walzel und Richard Genée nach „The Lady of Lyons" von Edward Bulwer-Lytton und „Les noces de Fernande" von Victorien Sardou. Im letzten Lied vor dem Finale singt Graf Ollendorf den Text:

Am Reichstag dort in Polen
ging's zu wie bei Mongolen,
es stritten sich, ich bitte,
die ‚Rechte', ‚Linke', ‚Mitte',
na das kommt zu Gesichte
wohl nie mehr der Geschichte,
da sind wir längst hinüber.
Schwamm drüber! Schwamm drüber!

Schweigen ist ein köstlicher Genuss, aber um ihn ganz auszuschöpfen, muss man einen Gefährten haben. Allein ist man nur stumm.

Karl Heinrich Waggerl in: „Kleine Münze", Aphorismen (herausgegeben vom Autor, Otto Müller Verlag, Salzburg 1957).

In Waggerls „Sämtlichen Werken" (Otto Müller Verlag, Salzburg-Wien 1970, Neuauflage 1997), sind die Sinnsprüche in Band 2 abgedruckt. Dieses Zitat findet sich dort auf Seite 647.

Sei radikal in deinem Zweifel und in deiner Kritik.

Dieser Ratschlag findet sich in dem Text „An meinen Sohn" von Milo Dor. Wir zitieren nach dem Band „Schriftsteller und Potentaten", einer Auswahl von Essays, Aufsätzen und Reden des Autors (Picus Verlag, Wien 1991, S. 46).

Seien Sie, bitte, dem Österreicher nicht böse, denn das besorgt er selbst schon in mehr als ausreichendem Maße.

Mit diesem Satz beginnt das erste Kapitel in Hans Weigels Buch „O du mein Österreich. Versuch des Fragments einer Improvisation für Anfänger und solche, die es werden wollen“ (Steingrüben Verlag, Stuttgart 1955, S. 11). Weiter heißt es im Text: „Er (der Österreicher) hat seit urdenklichen Zeiten immer wieder Kriege verloren, und das tut nicht gut; drum führt er noch einen dazu, zäh, verbissen, ohne Unterbrechung, einen Krieg, den er unbedingt gewinnen muss, und es ergibt sich die paradoxe Situation, dass Österreich gleichzeitig gewinnt und unterliegt – denn Österreich kämpft gegen Österreich. Jeder Sieg eine Niederlage, jede Niederlage ein Sieg!“

Selbsterkenntnis ist die erste Pflicht – gegen die anderen. Sie ist das erste soziale Gebot.

Anton Wildgans in: „Zu Zeit und Welt“, Historisch-Kritische Gesamtausgabe der Werke, Band 7. Dieser umfasst unter anderem Aufzeichnungen aus Notiz- und Tagebüchern, Austriaca und Viennensia sowie Reden. Der hier zitierte Ausspruch stammt aus Wildgans’ Notizbüchern; in der Ausgabe von 1958 (Verlage Bellaria, Wien und Anton Pustet, Salzburg) ist er auf Seite 128 nachzulesen.

Selbsterkenntnis ist fast niemals der erste Schritt zur Besserung, aber oft genug der letzte zur Selbstbespiegelung.

Dieser Ausspruch stammt von Arthur Schnitzler. Er findet sich erstmals im „Buch der Sprüche und Bedenken“ von 1927 unter der Rubrik „Kleine Sprüche“. (Nachzulesen in: „Gesammelte Werke, Aphorismen und Betrachtungen“, herausgegeben von Robert Weiss, S. Fischer Verlag, Frankfurt 1977, Bd. 1, S. 131).

Selbstliebe und Selbsthass sind die tiefsten von den irdischen produktiven Kräften.

Hugo von Hofmannsthal im „Buch der Freunde“, das zunächst in einer Auflage von nur 800 Stück 1922 im Insel-Verlag erschien. Unter dem gleichen Titel wurde zuletzt 1985 in der Bibliothek Suhrkamp ein Nachdruck dieser Aphorismensammlung veröffentlicht.

Das Werk wurde auch in Band 10 von Hofmannsthals „Gesammelten Werken in zehn Einzelbänden“ (S. Fischer Verlag, Frankfurt 1980) aufgenommen, dort findet sich dieser Ausspruch auf Seite 253.

Sich etwas Schädliches verbieten können, ist die Probe der Lebenskraft!

Diesen Satz sagt Clarisse in Robert Musils Roman „Der Mann ohne Eigenschaften“. Das vollständige Zitat lautet: „Sich etwas Schädliches verbieten können, ist die Probe der Lebenskraft! Den Erschöpften lockt das Schädliche! – Was meinst du dazu? Nietzsche behauptet, dass es ein Zeichen von Schwäche ist, wenn sich ein Künstler zuviel mit der Moral seiner Kunst beschäftigt.“

Wir zitieren nach: Robert Musil, „Der Mann ohne Eigenschaften“ (I, Erstes und Zweites Buch, herausgegeben von Adolf Frisé, Rowohlt Taschenbuch, Reinbek bei Hamburg 1987, S. 49).

Sie brauchen in der Welt nach nichts streben, weil Sie werden eh hineingestoßen. Streben ist immer Blödsinn gewesen ... Wenn Sie streben, werden Sie eben ein Streber.

Kurt Hofmann führte mit Thomas Bernhard Gespräche über seine Arbeit, seine Einstellung zum Leben und vor allem zum Schreiben. Nachzulesen ist das Zitat in dem Band „Aus Gesprächen mit Thomas Bernhard“ (Löcker Verlag, Wien 1988), auf Seite 26.

„Sie kommen mir bekannt vor“, ist eine Beleidigung.

Alfred Grünewald in: „Lass meine Seele dir Heimat sein“, eine Auswahl aus seinem Werk, aufgenommen in die von Hans Weigel herausgegebene Reihe „Bibliothek Wiederaufnahme Österreichischer Literatur des 20. Jahrhunderts“ (Jungbrunnen Verlag, Wien-München 1990). Der zitierte Ausspruch findet sich auf Seite 87.

Simmering – Kapfenberg, das nenn i Brutalität.

Fußballspiele zwischen Simmering und Kapfenberg zeichneten sich in den fünfziger und sechziger Jahren meist durch besondere Härte aus. Beide Mannschaften spielten kampfbetont und waren des öfteren vom Abstieg bedroht. Das Zitat ist in einem der zwölf Sketches aus „Travniceks gesammelten Werken“ enthalten, die Carl Merz und Helmut Qualtinger von 1958 bis 1975 verfassten. Sie sind in der fünfbändigen Qualtinger-Werkausgabe zu finden (Deuticke Verlag, Wien 1996, Bd. 3, S. 9–56, Anmerkungen in Band 4, S. 219–229).

Die Travnicek-Szenen standen im Mittelpunkt der Kabarett-Programme im Fernsehen des Österreichischen Rundfunks mit dem Titel „Spiegel vorm Gesicht". Die Serie wurde mit „Travnicek im Urlaub" am 22. Oktober 1958 gestartet, Darsteller waren Gerhard Bronner und Helmut Qualtinger. Da die beiden bei ihrem Auftritt karierte Sakkos trugen, sprach man auch von den „Dialogen der beiden Karierten."

In dem Sketch „Travnicek im Urlaub" werden alle denkbaren Reisedestinationen abgehandelt. Als Travnicek von seinem Freund gefragt wird, was er von Spanien halte, antwortet er: „Offen gestanden – nichts. Die Stierkämpf – a matte Sache ... Simmering – Kapfenberg, das nenn i Brutalität."

Über die Entstehung der Travnicek-Dialoge berichtet Carl Merz: „In den fünfziger Jahren machte die Familie Qualtinger gelegentlich Urlaub in Jugoslawien, wobei man sich einmal via Adria zu Schiff weiter nach Süden begab." Unter den Reisenden sei ein Herr gewesen, der sich unter all den raunzenden Urlaubern besonders hervortat. „Er beklagte sich über das fremdartige Essen, belegte es mit verächtlichen Bezeichnungen, gab seiner Sehnsucht nach kalten Wiener Schnitzeln mit Erdäpfelsalat Ausdruck und war im allgemeinen von der Tatsache negativ beeindruckt, dass die Einheimischen im Ausland Ausländer zu sein pflegten."

Small is beautiful.

Der Philosoph und Ökonom Leopold Kohr wurde am 5. Oktober 1909 in Oberndorf bei Salzburg geboren. 1938 emigrierte Kohr in die USA, im Jahr 1983 erhielt er für sein Werk den alternativen Nobelpreis. Er verstarb am 26. Februar 1994 in seiner britischen Wahlheimat Gloucester.

Kohr gilt als der geistige Vater des bekannten Slogans „Small is beautiful": Im Gegensatz zur gängigen Meinung, nur permanentes wirtschaftliches Wachstum könne die Zukunft der Menschheit sichern, war Kohr der Überzeugung, dass die Rückkehr zu einem „menschlichen Maß", d. h. kleineren wirtschaftlichen und politischen Einheiten notwendig sei. „Small is beautiful" ist auch der Titel einer Sammlung mit ausgewählten Schriften Kohrs (Deuticke Verlag, Wien 1995).

So alle fünf, sechs Jahre sollte ein politischer Umsturz stattfinden.

Seine Kritik an den erstarrten politischen und gesellschaftlichen Verhältnissen in Österreich brachte Thomas Bernhard im Jahr 1978 in einem Interview mit Brigitte Hofer folgendermaßen auf den Punkt: „ ... das ist alles eingeschlafen, und zwar seit ungefähr acht, neun Jahren ..., das ist einfach zu lang. Ich glaub, so alle fünf, sechs Jahre sollte tatsächlich ein politischer Umsturz stattfinden ..."

Das Zitat ist nachzulesen in dem Band: „Von einer Katastrophe in die andere. 13 Gespräche mit Thomas Bernhard" (herausgegeben von Sepp Dreissinger, Bibliothek der Provinz, Weitra 1992, S. 60).

So eine Buchsaison ist auch nichts anderes als eine Neueröffnung von einem Friedhof.

Thomas Bernhard im Gespräch mit der Journalistin Krista Fleischmann. Bernhards prekäres Verhältnis zu Büchern drückt er im Zusammenhang mit der Erinnerung an einen gemeinsam mit Fleischmann besuchten Friedhof so aus: „Aber so eine Buchsaison ist auch nichts anderes als eine Neueröffnung von einem Friedhof, nicht. Wenn hunderttausend Neuerscheinungen sind, die in Frankfurt vorg'stellt werden, sind's wie hunderttausend neueröffnete Gräber mit Papierkränzen."

Wir zitieren nach der als Buch veröffentlichten Abschrift: Thomas Bernhard „Thomas Bernhard – Eine Begegnung. Gespräche mit Krista Fleischmann" (Edition S, Verlag der Österreichischen Staatsdruckerei, Wien 1991, S. 79 f.).

So fremd wie das Bekannte kann das Unbekannte nie werden.

Ilse Aichinger notierte während der Jahre 1950–1985 in ihren Aufzeichnungen eine Sammlung von Aphorismen und Gedanken zu verschiedenen Themen. Sie sind nachzulesen in dem Band „Kleist. Moos. Fasane" (Fischer Taschenbuch Verlag, Frankfurt 1991), der zitierte Ausspruch findet sich auf Seite 56. Er wird dort mit den Worten weitergeführt: „Und das Ungeliebte nie so fremd wie das Geliebte".

So leb denn wohl, du stilles Haus.

In Ferdinand Raimunds Romantisch-Komischem Original-Zauberspiel „Der Alpenkönig und der Menschenfeind" singt die arme Kohlenbrennerfamilie Glühwurm die Verse „So leb denn wohl du stilles Haus /Wir ziehn betrübt aus dir hinaus". Sie müssen ihr vom reichen Rappelkopf gekauftes

Haus verlassen, denn dieser will fortan in ihrer Köhlerhütte leben. Er ist von misanthropischen Wahnvorstellungen besessen und glaubt, seine nächste Umgebung wolle ihn ermorden. Das vollständige Lied ist nachzulesen in: „Raimunds Werke in zwei Bänden" (herausgegeben von Franz Hadamowsky, Das Bergland-Buch, Salzburg 1971, Bd. 1, S. 465-468).

Dieses Stück aus dem Jahr 1828 war einer der größten Erfolge Ferdinand Raimunds. Im selben Jahr wurde der Autor, Schauspieler und Regisseur, der seine berufliche Laufbahn mit einer abgebrochenen Lehre als Zuckerbäcker begonnen hatte, Direktor des Leopoldstädter Theaters.

So manche Wahrheit ging von einem Irrtum aus.

Marie von Ebner-Eschenbach zitieren wir nach der Ausgabe der „Aphorismen" im Insel Verlag (Wiesbaden 1953, S. 23).

So mancher geht blind seiner Wege, weil er ein Ziel im Auge hat.

Alfred Grünewald in: „Lass meine Seele dir Heimat sein", eine Auswahl aus seinem Werk, aufgenommen in die von Hans Weigel herausgegebene Reihe „Bibliothek Wiederaufnahme Österreichischer Literatur des 20. Jahrhunderts" (Jungbrunnen Verlag, Wien-München 1990). Der zitierte Ausspruch findet sich auf Seite 90.

So mancher steigt herum, der Hochmut bringt ihn um.

So beginnt der Text des „Aschenliedes" aus Ferdinand Raimunds Zaubermärchen „Der Bauer als Millionär". Die Hauptfigur Fortunatus Wurzel singt im 3. Akt ein Couplet, dessen erste Strophe lautet:

So mancher steigt herum,
der Hochmut bringt ihn um,
trägt einen schönen Rock,
ist dumm als wie ein Stock,
von Stolz ganz aufgebläht,
o Freundchen das ist öd!
Wie lang stehts denn noch an,
bist auch ein Aschenmann!
Ein Aschen! Ein Aschen!

Der Ausdruck „Ein Aschen!“ ist auch in den allgemeinen Sprachgebrauch übergegangen, als resignierender Kommentar zu wertlosem Besitz oder hohlen Versprechungen. Nachzulesen ist das „Aschenlied“ in: „Raimunds Werke in zwei Bänden“ (herausgegeben von Franz Hadamowsky, Das Bergland-Buch, Salzburg 1971, S. 296f.).

So stellt sich die Neurose und die neurotische Psyche als ein Versuch dar, sich jedem Zwang der Gemeinschaft durch einen Gegenzwang zu entziehen.

Ein prägnanter Satz von Alfred Adler, einem ehemaligen Schüler Sigmund Freuds, der die Individualpsychologie begründete. Er sieht im Gegensatz zu Freud den Hauptantrieb menschlichen Handelns nicht im Sexualtrieb, sondern im Streben nach sozialer Anerkennung.

Dieses Zitat bringt seine Sicht des Zusammenhangs zwischen individuellen und sozialen Verhältnissen besonders klar zum Ausdruck. Es ist zu finden unter „Weitere Leitsätze zur Praxis der Individualpsychologie“ (1913 unter dem Titel „Neue Leitsätze zur Individualpsychologie“ entstanden), einem Teil des Bandes „Praxis und Theorie der Individualneurose“ von 1920. (Wir zitieren nach der Ausgabe im Fischer-Verlag, Frankfurt 1978, S. 40.)

So wie wir geboren werden, werden wir auch gestorben.

Karl Heinrich Waggerl in: „Kleine Münze“, Aphorismen (herausgegeben vom Autor, Otto Müller Verlag, Salzburg 1957).

In Waggerls „Sämtlichen Werken“ (Otto Müller Verlag, Salzburg-Wien 1970, Neuauflage 1997), sind die Sinnsprüche in Band 2 abgedruckt. Dieses Zitat findet sich auf Seite 647.

Solange du einen Anderen lieben kannst, liebst du dich noch selbst.

Im Jahr 1996 wurden die Werke des Schriftstellers Josef Weinheber in einer Neuausgabe im Otto Müller Verlag publiziert. Im 3. Band dieser Ausgabe finden sich einige aus verschiedenen Handschriften zusammengestellten Notizen und Aphorismen; der hier zitierte Satz ist auf Seite 526 nachzulesen. Er wird folgendermaßen weitergeführt: „Einsam macht erst die Selbstverachtung, mit der man sich im andern hasst. Aber auch dies hat seinen tiefsten Grund noch in der Eitelkeit.“

Sollte der Fall eintreten, dass ein Teil Österreichs zerfällt, so ist damit notwendigerweise auch der Zerfall Österreichs gegeben.

Reinhard P. Gruber veröffentlichte im Jahr 1973 das Buch „Aus dem Leben Hödlmosers. Ein steirischer Roman mit Regie". In Teil I („zur steiermark als voraussetzung des steirers") führt Gruber aus:

„sollte der fall eintreten, dass ein teil österreichs zerfällt, so ist damit, weil dieser teil bestandteil ist, notwendigerweise auch der zerfall des bestandes österreichs gegeben; denn:
DER BESTAND HÄNGT VON SEINEN TEILEN AB, DIE SEINE BESTANDTEILE BILDEN."

Wir zitieren nach der Sonderausgabe von 1982 (Residenz Verlag, Salzburg, S. 7).

Sonderbar! Die sich niemals sammeln, brauchen am meisten Zerstreuung.

Alfred Grünewald in: „Lass meine Seele dir Heimat sein", eine Auswahl aus seinem Werk, aufgenommen in die von Hans Weigel herausgegebene Reihe „Bibliothek Wiederaufnahme Österreichischer Literatur des 20. Jahrhunderts" (Jungbrunnen Verlag, Wien-München 1990). Der zitierte Ausspruch findet sich auf Seite 85.

Sozialdemokratie: Bei schlechtem Wetter findet die Revolution im Saale statt.

Erwin Chargaff in: „Bemerkungen", eine Sammlung seiner Aphorismen, in der sich der hier zitierte Ausspruch auf Seite 104 findet (Verlag Klett-Cotta, Stuttgart 1981).

Sozialismus ist nicht halb richtig, sondern ganz falsch.

Der streitbare Ökonom Friedrich von Hayek liebt die Provokation und die zugespitzte Formulierung. Seine Politik- und Wirtschaftstheorien brachten ihm 1974 den Nobelpreis ein, seine Thesen werden gegenwärtig, im Zeitalter des entfesselten Kapitalismus und der Globalisierung, wieder heftig diskutiert.

1983 führte Franz Kreuzer ein Gespräch mit Friedrich von Hayek, welches in dem Band „Markt, Plan, Freiheit, Franz Kreuzer im Gespräch mit Friedrich von Hayek und Ralf Dahrendorf" (Deuticke Verlag, Wien 1983), nachzulesen ist; das Zitat findet sich auf Seite 14.

Spanien ist das einzige Land, das mir nicht spanisch vorkommt.

Thomas Bernhard im Gespräch mit der Journalistin Krista Fleischmann. Wir zitieren nach der als Buch veröffentlichten Abschrift: Thomas Bernhard, „Thomas Bernhard – Eine Begegnung. Gespräche mit Krista Fleischmann" (Edition S, Verlag der Österreichischen Staatsdruckerei, Wien 1991, S. 57).

Spezialitäten aller Länder vereinigt euch!

Diese Umformung des Slogans „Proletarier aller Länder vereinigt euch!" findet sich in „Der Herr Karl" von Helmut Qualtinger und Carl Merz. Die gleichnamige Hauptfigur arbeitet im Keller eines Feinkostgeschäfts und erzählt aus ihrem Leben, wobei auch Ereignisse aus der jüngeren Geschichte Österreichs zur Sprache kommen. Es handelt sich um die Sichtweise eines apolitischen und opportunistischen Kleinbürgers, der sich mit jedem Regime auf irgendeine Weise arrangiert. Der Psychiater Erwin Ringel bezeichnete einmal die Figur des „Herrn Karl" als „die Inkarnation der österreichischen Neurose."

Das Zitat steht in Zusammenhang mit einem Plakat mit dem Text „Spezialitäten aus allen Ländern", das der Herr Karl sieht, nachdem er eine Flasche Cognac geöffnet und davon getrunken hat. „Ich siech – Spezialitäten aus allen Ländern. Spezialitäten aller Länder vereinigt euch! *Er lacht.* Das ist mir so eing'falln – jetzt." (Deuticke Verlag, Wien 1996, S. 22)

Sternstunden der Menschheit

Im Jahr 1927 veröffentlichte Stefan Zweig einen Band mit Essays unter diesem Titel. Zweig schrieb im Vorwort: „Solche dramatisch geballten, solche schicksalsträchtigen Stunden, in denen eine zeitüberdauernde Entscheidung auf ein einziges Datum, eine einzige Stunde und oft nur eine Minute zusammengedrängt ist, sind selten im Leben des Einzelnen und selten im Laufe der Geschichte."

Das Buch besteht aus exemplarischen Erzählungen historischer Sternstunden. Den Ausdruck wählte der Autor, „weil sie leuchtend und unwandelbar wie Sterne die Nacht der Vergänglichkeit überglänzen.“ Wir zitieren nach der Lizenzausgabe für den Bertelsmann Lesering (Frankfurt 1950, S. 6).

Stil ist die Scheuklappe, die es einem gestattet, den Weg zu sehen.

Erwin Chargaff in: „Bemerkungen“, eine Sammlung seiner Aphorismen, in der sich der hier zitierte Ausspruch auf Seite 121 findet (Verlag Klett-Cotta, Stuttgart 1981).

T

Tänzerinnen haben die Sexualität in den Beinen, Tenore im Kehlkopf. Darum täuschen sich die Frauen in den Tenoren und die Männer in den Tänzerinnen.

Karl Kraus, „Abfälle" in der „Fackel" Nr. 202 vom 30. April 1906, Seite 2.

Talent haben – Talent sein: Das wird immer verwechselt.

Karl Kraus, „Tagebuch", in der „Fackel" Nr. 251 vom 28. April 1908, Seite 38.

Talent ist oft ein Charakterfehler.

Karl Kraus, „Persönliches", in der „Fackel" Nr. 266 vom 30. November 1909, Seite 20.

Tempi passati!

Mit diesem Ausruf („Vergangene Zeiten!") soll Joseph II. in Venedig ein Bild des Malers Frederigo Zuccari (1540–1605) kommentiert haben. Dieses Werk aus dem Jahr 1582 zeigt Friedrich I. Barbarossa am Markusplatz in Venedig vor Papst Alexander III. auf den Knien liegend: Der Papst löst unter der Vermittlung des Dogen Sebastiano Ziani den Kirchenbann von Friedrich I. Das Gemälde ist auch heute noch in Venedig zu sehen. Es ist eines von zwölf Bildern auf der rechten Seite der Sala del Maggior Consiglio im Dogenpalast.

Der Ausruf von Josef II. muss vor dem Hintergrund seiner Kirchenpolitik gesehen werden: Er ließ eine Reihe von Klöstern schließen und schuf mit dem eingezogenen Stifts- und Klostergütern einen Religionsfonds, der zur Besoldung des Klerus diente. Von diesen und anderen kirchenpolitischen Maßnahmen hielten ihn auch die massiven Proteste des römisch-katholischen Klerus nicht ab.

Ein Kniefall vor dem Oberhaupt der Kirche gehörte somit der Vergangenheit an. Ganz im Gegenteil: Im Jahre 1782 reiste Papst Pius VI. sogar persönlich nach Wien, um Joseph II. von seinem antiklerikalen Kurs abzubringen; seinen Bemühungen war allerdings kein Erfolg beschieden: Er wurde in Wien zwar freundlich empfangen, in seinem Vorgehen blieb Josef II. jedoch unnachgiebig. Dazu passt auch die folgende Anekdote, die in Zusammenhang mit diesem Besuch erzählt wird: Der Jesuit Aloys Blamauer habe, so wird tradiert, während des päpstlichen Segens seinen Hut aufbehalten, was ihm scharfe Kritik einbrachte. Blamauers Kommentar: „Ist der Segen gut, so geht er durch den Hut."

Teschek, bedien dich!

Der ungarische Ausdruck „tessék" bedeutet „bitte", daher rührt die Redensart „Einer muss der Teschek sein", die auf Menschen anspielt, die alles mit sich machen lassen, sich immer wieder in der Rolle des Bittstellers wiederfinden.

Diese Redewendung wird von Hugo von Hofmannsthal im Libretto zu Richard Strauss' Oper „Arabella" aufgegriffen, als Mandryka gegen Ende des 1. Aktes dem verarmten „Teschek" Waldner sein wohlgefülltes Portemonnaie hinhält mit der Aufforderung, sich zu bedienen.

Tiere sind schon darum merkwürdiger als wir, weil sie ebensoviel erlebt haben, es aber nicht sagen können. Ein sprechendes Tier wäre nicht mehr als ein Mensch.

Elias Canetti in: „Die Provinz des Menschen. Aufzeichnungen 1942-1972" (Fischer Taschenbuch Verlag, Frankfurt 1976, S. 287).

Traumdeutung: Das Unbewusste macht schlechte Witze.

Karl Kraus in: „Illusionen", in der „Fackel" Nr. 237 vom 2. Dezember 1907, Seite 9. Er fährt fort: „Aber erklärt werden sie durch das bewusste Denken F.'s. Das ist verdächtig. Ich werde erst dran glauben, wenn das Unbewusste F.'s die Kalauer erklärt, die das Unbewusste seiner Patienten macht." Die Abkürzung „F." bezieht sich natürlich auf Sigmund Freud.

Treu ist der sich, welcher unermüdlich nach besserer Erkenntnis trachtet.

Peter Rosegger in: „Wahrheiten und Weisheiten", Aphorismen (herausgegeben von Bertl Petri, Staackmann Verlag, München 1989). In diesem Band findet sich der zitierte Satz auf Seite 22.

Rosegger schreibt: „Treu ist nicht der sich, der unter allen Umständen an einem als vage erkannten Prinzip festhält; treu ist der sich, welcher unermüdlich nach besserer Erkenntnis trachtet."

U

Über das Kommen mancher Leute tröstet uns nichts als – die Hoffnung auf ihr Gehen.

Marie von Ebner-Eschenbach zitieren wir nach der Ausgabe der „Aphorismen“ im Insel-Verlag (Wiesbaden 1953, S. 20).

Über dem Atlantik befand sich ein barometrisches Minimum.

Mit diesem lakonisch-ironischen Satz beschreibt Robert Musil in seinem „Mann ohne Eigenschaften“ die Weltwetterlage – während seine Titelfigur Ulrich gleich zu Anfang des Romans einen Unfall erleidet.

Wir zitieren nach: Robert Musil, „Der Mann ohne Eigenschaften“ (I, Erstes und Zweites Buch, herausgegeben von Adolf Frisé, Rowohlt Taschenbuch, Reinbek bei Hamburg 1987, S. 9).

Über Österreich schreiben? Hartes Brot.

„Glückliches Österreich. Literarische Besichtigung eines Vaterlandes“ lautet der Titel eines im Jahr 1978 (im Residenz Verlag, Salzburg) erschienenen Sammelbandes: Verschiedene Autoren wurden nach ihrem Verhältnis zu Österreich befragt, die Beiträge von Jochen Jung gesammelt und herausgegeben.

Der hier zitierte Ausspruch stammt von Gertrud Fussenegger. Er findet sich in dem genannten Band auf Seite 71.

Über Österreich zu schreiben ist schwer. Was wird das Ausland dazu sagen?

Diese Sätze finden sich in einem Text von Egon Friedell. Wir zitieren nach dem von Otto Schenk herausgegebenen Band „Sachen zum Lachen“ (Buchgemeinschaft Donauland Kremayr & Scheriau, Wien o. J., S. 63).

Überhaupt hat der Fortschritt das an sich, dass er viel größer ausschaut, als er wirklich ist.

Eines der bekanntesten Zitate von Johann Nestroy: Es findet sich in dem Stück „Der Schützling“ (1847), 4. Akt, 10. Szene. Kurz vor der Revolution von 1848 traf Nestroy mit der Fortschrittsthematik im „Schützling“ einen Nerv seiner Zeit und feierte mit dem Stück einen großen Erfolg. Auch wenn bei Nestroy in dem betreffenden Monolog und dem nachfolgenden „Fortschritts-Couplet“ in erster Linie der technische Fortschritt angesprochen wird, lässt sich der Satz verallgemeinernd auf jegliche Art von Fortschritt anwenden.

Um die Wut brauchen Sie sich auch nicht zu sorgen, die kommt.

Thomas Bernhard im Gespräch mit der Journlistin Krista Fleischmann. Bernhard erzählt unter anderem, dass Ärgernisse für ihn den Antrieb zum Schreiben bilden – und dass er keine Angst hat, dieses Stimulans zu verlieren.

Wir zitieren nach der als Buch veröffentlichten Abschrift: Thomas Bernhard: „Thomas Bernhard – Eine Begegnung. Gespräche mit Krista Fleischmann“ (Edition S, Verlag der Österreichischen Staatsdruckerei, Wien 1991, S. 35).

Um ein öffentliches Amt glänzend zu verwalten, braucht man eine gewisse Anzahl guter – und schlechter Eigenschaften.

Marie von Ebner-Eschenbach zitieren wir nach der Ausgabe der „Aphorismen“ im Insel-Verlag (Wiesbaden 1953, S. 36).

Um in Österreich gefeiert zu werden, muss man bekanntlich entweder der Mittelpunkt zahlreicher Bestechungsaffären oder ein rosa getünchter Schauspieler oder ein schwachsinniger Professor sein.

Mit diesen Worten bedauerte Egon Friedell das geringe öffentliche Interesse an Alfred Polgars 50. Geburtstag. Aus der Essay-Sammlung „Selbstanzeige“, zitiert nach: „Das Friedell-Lesebuch“ (herausgegeben von Heribert Illig, Verlag C. H. Beck, München 1988, S. 87).

Um Ja- und Nein-Sagen zu lernen, braucht man das Studium eines ganzen Lebens.

Alfred Grünewald in: „Lass meine Seele dir Heimat sein“, eine Auswahl aus seinem Werk, aufgenommen in die von Hans Weigel herausgegebene Reihe „Bibliothek Wiederaufnahme Österreichischer Literatur des 20. Jahrhunderts“ (Jungbrunnen Verlag, Wien-München 1990). Der zitierte Ausspruch findet sich auf Seite 91.

Um Katastrophen braucht man sich eigentlich eh nicht zu sorgen, die kommen schon.

Allerdings meint Thomas Bernhard, dass man notfalls ein wenig nachhelfen müsse, damit das Eintreten der Katastrophe nicht zu lange auf sich warten lasse. Nachzulesen ist dies im Band „Aus Gesprächen mit Thomas Bernhard“ (Löcker Verlag, Wien 1988), auf Seite 61.

Umändern kann sich niemand, bessern jeder.

Ein Ausspruch des österreichischen Dichters und Arztes Ernst von Feuchtersleben; er findet sich in einer Aphorismensammlung, die in dem Band „Beiträge zur Literatur, Kunst- und Lebens-Theorie“ enthalten ist (Braunmüller Verlag, Wien 1837, S. 382).

Und in Kakanien wurde überdies immer nur ein Genie für einen Lümmel gehalten, aber niemals, wie es anderswo vorkam, schon der Lümmel für ein Genie.

Robert Musil im „Mann ohne Eigenschaften“ zur Charakterisierung des Landes Kakanien. In diesem Fall wird ein eher angenehmer Zug des Landes angesprochen.

Wir zitieren nach: Robert Musil, „Der Mann ohne Eigenschaften“ (I, Erstes und Zweites Buch, herausgegeben von Adolf Frisé, Rowohlt Taschenbuch, Reinbek bei Hamburg 1987, S. 33).

Und kein bisschen weise

Im Jahr 1976 erschienen unter diesem Titel die Memoiren von Curd Jürgens. Der Ausspruch stammt aus dem Lied „60 Jahre und kein bisschen weise" (von Hammer/Francis), das Curd Jürgens selbst mit großem Erfolg 1975 vortrug. Der Refrain lautet:

60 Jahre und kein bisschen weise,
Aus gehabtem Schaden nichts gelernt.
60 Jahre, auf dem Weg zum Greise
Und doch 60 Jahr davon entfernt.

Und nichts Sensationelleres gibt es in der Welt als die Zeit, in der man lebt!

Dieser Satz findet sich im Vorwort, das Egon Erwin Kisch seinem 1925 erschienenen Buch „Der rasende Reporter" voranstellte. Weiter heißt es dort: „Der Reporter dient der Sensation – das liegt in dem Fremdwort, unter dem man sich den Berichterstatter amerikanischen Tempos denkt. Unamerikanisch ist vielleicht die Unabhängigkeit von der Augenblickswirkung, ist vielleicht der Wille zur Sachlichkeit, zur Wahrheit. Ist sie in diesem Buche gegeben?" (Egon Erwin Kisch, „Gesammelte Werke", herausgegeben von Bodo Uhse und Gisela Kisch, Aufbau Verlag, Berlin und Weimar 1978, Bd. 5, S. 660).

Und Vergangenheit träumt still in die Zukunft hinein.

Die „Wiener Elegien" sind das bekannteste Werk des Schriftstellers Ferdinand von Saar (1833–1906). Der 1893 veröffentlichte Zyklus besteht aus 15 Gedichten, in denen von Saar melancholisch Erinnerungen an frühere Zeiten mit dem zeitgenössischen Wien konfrontiert. Das vierte Gedicht endet mit den Zeilen: „Fast mit jeglichem Jahr schwindet ein Reiz aus dem Bild;/Aber noch immer behauptet sich Altes inmitten des Neuen /Und Vergangenheit träumt still in die Zukunft hinein."

Wir zitieren nach der von Karl Wagner herausgegebenen Ausgabe der „Wiener Elegien" (Deuticke Verlag, Wien 1997, S. 10).

Und weiter hast du keine Schmerzen?

Ein geflügeltes Wort aus dem „Don Giovanni" von Wolfgang Amadeus Mozart: Zerline trifft auf den lauthals lamentierenden Masetto, der ihr jammernd aufzählt, was ihm alles weh tut – er ist gerade von Don Giovanni mit der Kehrseite jenes Degens verprügelt worden, mit dem er diesen ermorden wollte.

Die Zeile wird heute gern in der scherzhaften Form „Hast du sonst noch Schmerzen?“ zitiert im Sinne von „Wenn's sonst nichts ist“ oder „Es hätte schlimmer kommen können“.

Und wie ma da so sitzen in der „Eden“ und reden ...

Gerhard Bronners „Der Papa wird's schon richten“ (siehe diesen Eintrag) ist in der Interpretation Helmut Qualtingers der erfolgreichste Song dieser beiden Kabarettisten geworden. Er ist abgedruckt in der fünfbändigen Qualtinger-Werkausgabe (Deuticke Verlag, Wien 1996, Bd. 2, S. 349-351). In der „Eden“, einer Bar in der Wiener Innenstadt, trafen sich häufig Prominente. Der Text des Liedes beginnt mit den Worten:

Da neulich, da sitz' man in der „Eden“ und reden,.
Der Gießhübl, der Puntigam und i.
Man red't so – was soll ich Ihnen sagen –
Vom Wagen, und was man schon so red't um zwei Uhr früh.

Auslöser für das Lied, das erstmals am 3. Juni 1959 im ORF gesendet wurde, war die Affäre um einen Sohn von Nationalratspräsident Felix Hurdes, deren „Folgen“ der einflussreiche Vater mildern wollte.

Das „Und wie ma da so sitzen ...“ wird heute noch als Sinnbild des Absturzes in einer Bar zitiert, vor allem, wenn Vertrauliches ausgeplaudert wurde, weil man vor Müdigkeit nicht mehr auf seine Worte geachtet hat.

Und wem der Ahorn nicht recht ist, der soll es mit den Weiden versuchen.

Ilse Aichinger notierte während der Jahre 1950–1985 in ihren Aufzeichnungen eine Sammlung von Aphorismen und Gedanken zu verschiedenen Themenbereichen. Sie sind nachzulesen in dem Band „Kleist. Moos. Fasane“ (Fischer Taschenbuch Verlag, Frankfurt 1991), der zitierte Ausspruch findet sich auf Seite 46.

„Unkraut verdirbt nicht“, sagte es und verdarb.

Erwin Chargaff in: „Bemerkungen“, eine Sammlung seiner Aphorismen, in der sich der hier zitierte Ausspruch auf Seite 161 findet (Verlag Klett-Cotta, Stuttgart 1981).

Unschuld vom Lande

Durch die Operette „Die Fledermaus" (1874) von Johann Strauss Sohn wurde dieser Ausdruck populär: Das Kammermädchen Adele singt die Ariette „Spiel ich die Unschuld vom Lande", in der sie eindeutig zweideutig die erotische Anziehungskraft des vermeintlich unschuldig-naiven Landmädchens karikiert:

Spiel ich die Unschuld vom Lande,
natürlich im kurzen Gewande,
so hüpf ich ganz neckisch umher,
als ob ich ein Eichkatzerl wär.

Der Ausdruck ist in die Alltagssprache eingegangen als Bezeichnung für jene Personen, die sich naiv geben, um knallhart ihre Interessen zu verfolgen – und das gilt nicht nur für junge Mädchen.

Unser Fühlen und Denken von heute ist unser Schicksal von morgen.

Erwin Ringel in: „Der Friede im Lichte der Tiefenpsychologie, dargestellt an Beispielen aus der Oper".

Der politisch interessierte Psychiater hat sich nicht nur mit den seelischen Erkrankungen von Einzelmenschen befasst, sondern sich auch verpflichtet gefühlt, immer wieder auf Fehlentwicklungen in der Gesellschaft hinzuweisen. „Erkranken können ja nicht nur Einzelpersonen, sondern auch Gemeinschaften, von der kleinsten, der Familie, angefangen bis zur größten, dem Staat." Der vollständige Text ist nachzulesen in: „Die österreichische Seele. Zehn Reden über Medizin, Politik, Kunst und Religion." Wir zitieren nach der 13. Auflage (Europa Verlag, Hamburg-Wien 2001, S. 228).

Unser Ziel ist zugleich der Weg zum Ziel, während wir es darüber hinaus suchen und an ihm achtlos vorüber gehen.

Kaiserin Elisabeth zu Constantin Christomanos, ihrem Vorleser und Griechischlehrer. In seinem Tagebuch hat Christomanos zahlreiche Aussprüche und Gedanken von „Sisi" überliefert, die von Renate Daimler zusammengestellt und in dem Band „‚Frei sollen die Frauen sein...' Gedanken der Kaiserin Elisabeth von Österreich" herausgegeben wurden (Verlag Christian

Brandstätter, Wien 1998). Der hier zitierte Satz findet sich in diesem Buch auf Seite 30.

Unsere Fehler bleiben uns immer treu, unsere guten Eigenschaften machen alle Augenblicke kleine Seitensprünge.

Marie von Ebner-Eschenbach zitieren wir nach der Ausgabe der „Aphorismen" im Insel-Verlag (Wiesbaden 1953, S. 42).

Unsere Kultur ist eine Mörderkultur.

„In den fünfziger Jahren, als die Besatzer mit ihren Jeeps durch Österreich brausten und von Heimat keine Rede mehr war, entstanden die Heimatfilme. Die Vergiftung unserer Lebensmittel mündete beinahe zwangsläufig in den Kult mit der gesunden, natürlichen Ernährung. Als Tracht und Brauchtum tot waren, wurden die Trachtenvereine gegründet. ... Zuerst bringt man alles um und dann lässt man es hochleben. Unsere Kultur ist eine Mörderkultur."

So resümiert Peter Turrini die kulturelle Entwicklungen des 20. Jahrhunderts – nachzulesen in: „Liebe Mörder", einer Anthologie verschiedener Stellungnahmen Turrinis zu politischen und kulturellen Zuständen und Entwicklungen in Österreich (Luchterhand Literaturverlag, München 1996, S. 36).

Unsere Träume sind immer schöner, wenn wir sie nicht verwirklichen.

Kaiserin Elisabeth zu Constantin Christomanos, ihrem Vorleser und Griechischlehrer, der in seinem Tagebuch zahlreiche Aussprüche und Gedanken von „Sisi" überliefert. Renate Daimler hat einige davon zusammengestellt und in dem Band „‚Frei sollen die Frauen sein...' Gedanken der Kaiserin Elisabeth von Österreich" herausgegeben (Verlag Christian Brandstätter, Wien 1998). Der hier zitierte Satz findet sich in diesem Buch auf Seite 29.

Unsere Welt ist bevölkert von verzweifelten Optimisten.

Erwin Chargaff in: „Bemerkungen", eine Sammlung seiner Aphorismen, in der sich der hier zitierte Ausspruch auf Seite 58 findet (Verlag Klett-Cotta, Stuttgart 1981).

Unsere Heimat ist nicht mehr von dieser Welt.

So klagte Franz Theodor Csokor in einem Brief an seinen Bruder vom 10. November 1945. Er findet sich in dem Band „Zeuge einer Zeit. Briefe aus dem Exil 1933-1950“ (Langen-Müller Verlag, München-Wien 1964, S. 320). Der Autor war ein überzeugter Anhänger des Vielvölkerstaates Österreich-Ungarn gewesen, Nationalismus jeder Art und eine kleinkarierte Nationalstaatsidee blieben ihm ein Leben lang suspekt.

Unter allen Mitteln, eine Sache zu bezahlen, stellt sich das Zahlen als das billigste heraus.

Diese elegante Variante des Spruches „There is no free lunch“ findet sich bei Anton Kuh in: „Von Goethe abwärts. Aphorismen. Essays. Kleine Prosa“ (Forum Verlag, Wien 1963) auf Seite 322.

Unter dem Doppeladler

Der österreichische Militärkapellmeister Josef Franz Wagner gilt als der „österreichische Marschkönig“. Der Marsch „Unter dem Doppeladler“ mit der Opuszahl 19 bezieht sich auf den Doppeladler im Wappenschild der k.u.k. Monarchie. Er war so populär, dass er schon dreimal von der seinerzeit weltberühmten Sousa Band auf Schallplatte eingespielt wurde, bevor der Komponist 1908 im Alter von 52 Jahren verstarb. Er wurde zum offiziellen Regimentsmarsch des österreichischen Ersten Artillerie-Regiments Nummer 2.

Der Ausdruck „Unter dem Doppeladler“ wird heute gern als generelle Bezeichnung der k.u.k. Monarchie verwendet.

Unter „Fortschritt“ verstehen die meisten – unbewusst – die Unfähigkeit Wurzel zu fassen.

Richard von Schaukals Roman „Leben und Meinungen des Herrn Andreas von Balthessar“ erschien erstmals 1907: Ein fiktiver Berichterstatter zeichnet die Ansichten des „Dandy“ Balthessar nach, wobei er Äußerungen zur bürgerlichen Gesellschaft seiner Zeit mittels Glossen, Gesprächen und Aphorismen einfügt. Am Ende des Werks findet sich „Einiges aus Andreas von Balthessars leider nicht gesammelten Sinnsprüchen und Glossen“ – dort ist auch dieses Zitat nachzulesen. (In: „Um die Jahrhundertwende“, herausgegeben von Lotte von Schaukal und Joachim Schondorff, Albert Langen/Georg Müller Verlag, München-Wien 1965, S. 278)

Unter Menschenfressern ist der Vegetarier hoch geehrt wegen seines ungewöhnlichen Aromas.

Erwin Chargaff in: „Bemerkungen", eine Sammlung seiner Aphorismen, in der sich der hier zitierte Ausspruch auf Seite 91 findet (Verlag Klett-Cotta, Stuttgart 1981).

Unter zwanzig Leuten, die ich am Morgen nach ihrer Gesundheit frage, sind meistens zehn, denen ich lieber eine Ohrfeige gäbe. Was mich unter anderem hindert, ist der lästige Umstand, dass ich bei mir selbst beginnen müsste.

Karl Heinrich Waggerl in: „Kleine Münze", Aphorismen (herausgegeben vom Autor, Otto Müller Verlag, Salzburg 1957).

In Waggerls „Sämtlichen Werken" (Otto Müller Verlag, Salzburg-Wien 1970, Neuauflage 1997) sind die Sinnsprüche in Band 2 abgedruckt. Dieses Zitat findet sich auf Seite 644.

Unwissen ist die einzige Tragödie des Daseins.

Diese Aussage des Schriftstellers und Bohemiens Peter Altenberg findet sich in seiner Schrift „Prodromos" aus dem Jahr 1906. Wir zitieren nach: Peter Altenberg, „Ausgewählte Werke in zwei Bänden" (Carl Hanser Verlag, München 1979, S. 121).

Ursache eines Eisenbahnzusammenstoßes: Die Züge hatten ihre fahrplanmäßige Verspätung nicht eingehalten.

Dieser Ausspruch stammt von Anton Kuh. Wir zitieren nach dem Band „Luftlinien" (Löcker Verlag, Wien 1981), in dem sich das Zitat in dem Kapitel „Res Publica oder Der Bürger" auf Seite 258 findet.

V

Vergewaltigung der Natur ist ein starkes Ingrediens unserer Kultur seit hunderten Jahren.

Hugo von Hofmannsthal im „Buch der Freunde“, das zunächst in einer Auflage von nur 800 Stück 1922 im Insel-Verlag erschien. Unter dem gleichen Titel wurde zuletzt 1985 in der Bibliothek Suhrkamp ein Nachdruck dieser Aphorismensammlung veröffentlicht.

Das Werk wurde auch in Band 10 von Hofmannsthals „Gesammelten Werken in zehn Einzelbänden“ (S. Fischer Verlag, Frankfurt 1980) aufgenommen, dort findet sich dieser Ausspruch auf Seite 272.

Verkaufts mei G’wand, i fahr in Himmel!

Urheber dieses heute noch gängigen Ausspruchs soll der Stegreifdichter Ferdinand Sauter (1804–1854) gewesen sein. Nachzulesen ist dies in dem Band „Gedichte von Ferdinand Sauter. Erste Gesamtausgabe, herausgegeben und eingeleitet von Wilhelm Börner“ (Vorzugsausgabe, Anzengruber-Verlag Brüder Suschitzky, Wien-Leipzig 1918, S. XXX).

Fest steht, dass das Zitat durch ein Wienerlied populär wurde. Auch in der von Karl Kraus herausgegebenen „Fackel“ ist es anzutreffen; dort lesen wir zum Beispiel in Zusammenhang mit Otto Weininger: „Eine Selbstmordphantasie in Wiener Mundart: ‚Verkauft’s mei Gwand, i fahr in Himmel‘?“ (Nr. 169 vom 23. November 1904, S. 11).

Wenn man heute im Internet nach diesem Ausspruch sucht, so landet man erstaunlicherweise auf militärgeschichtlichen Seiten: Das Zitat findet sich auf einem deutschen Jagdflugzeug der Type Focke Wulf D-9 mit der Bezeichnung „Rot 1“, das von Hauptmann Heinz Sachsenberg im Frühjahr 1945 geflogen wurde. Ende April sollten die Maschinen von Sachsenberg in München-Riem zerstört werden. Er flog jedoch mit dem Rest seiner Staffel auf den Flugplatz Ainring (Berchtesgadener Land), weshalb einige Flugzeuge den Amerikanern anfangs Mai 1945 unversehrt in die

Hände fielen. Offensichtlich hatten alle Maschinen des Geschwaders mehr oder weniger sinnvolle Sprüche aufgemalt: Das Flugzeug „Rot 3“ etwa „Im Auftrage der Reichsbahn“, auf „Rot 4“ findet sich „Der nächste Herr dieselbe Dame!“ und „Rot 13“ trug den Spruch „‚Rein muss er‘ und wenn wir beide weinen!“

Verkehr mit Menschen verführt zur Selbstbeobachtung.

Neben anderen Notizen findet sich in den „Nachgelassenen Schriften“ von Franz Kafka dieser Ausspruch. Nachzulesen in Franz Kafka: „Schriften Tagebücher Briefe. Kritische Ausgabe“ (herausgegeben von Jost Schillemeit, S. Fischer Verlag, Frankfurt 1992, Bd. 6.1, S. 68).

Verlassen bin i, wie der Stein auf der Straßen.

Der Verfasser des Liedes „Verlassen!“, der inoffiziellen Hymne Kärntens, ist Thomas Koschat, ein aus Kärnten stammender Komponist, Volksliedsammler und Mundartdichter des 19. Jahrhunderts. Er gilt als einer der Initiatoren der Volksmusikbewegung in Österreich.

Verlust der Mitte

Titel einer viel beachteten Schrift des österreichischen Kunsthistorikers Hans Sedlmayr aus dem Jahr 1948. Sedlmayr ging davon aus, dass die damalige Kunst die Verfasstheit der Menschen zeige, die vom Verlust der inneren Mitte geprägt sei. Als Motto hat Sedlmayr dem Buch ein Zitat von Blaise Pascal vorangestellt: „Die Mitte verlassen heißt, die Menschlichkeit verlassen“. Hans Sedlmayr hatte an der Universität Wien von 1936-1945 gelehrt und war 1945 wegen mangelnder Distanz zum NS-Regime in den zwangsweisen Ruhestand versetzt worden. Sein Appell an Menschlichkeit und Ausgeglichenheit schien daher vor allem der jungen Generation unglaubwürdig.

Auf die Diskussion um dieses Werk ging unter anderem Ingeborg Bachmann in ihren Frankfurter Vorlesungen vom Winter 1959/60 ein. Sie begann ihre Charakterisierung der zeitgenössischen Literaturkritik folgendermaßen: „Von der einen Seite hören Sie das Wehklagen über den Verlust der Mitte ...“ (Ingeborg Bachmann, „Frankfurter Vorlesungen. Probleme zeitgenössischer Dichtung“, Piper Verlag, München-Zürich 1982, S. 9).

Veronika, der Lenz ist da.

Wenige Österreicher wissen, dass dieser bekannte Schlager aus dem Jahr 1930, der durch die „Comedian Harmonists" sehr populär wurde, zwei österreichische Verfasser hat: Walter Jurmann vertonte einen Schlager von Fritz Rotter.

Beide arbeiteten zu dieser Zeit in Berlin, aus dem Rotter erst 1933 gezwungenermaßen nach Österreich zurückkehrte. Jurmann ging im selben Jahr nach Amerika, wohin ihm Rotter später folgte. Jurmann lebte bis zu seinem Tod 1971 in Hollywood; er machte eine glanzvolle Karriere als Filmkomponist. Sein Name ist heute in den USA weitaus bekannter als in Österreich.

„Versager" sind in Österreich sehr erwünscht, denn mit jedem von ihnen scheidet ein potenzieller Konkurrent aus.

Erwin Ringel in seiner Rede: „Wege der Selbstverwirklichung in unserer Zeit." Ringel fährt folgendermaßen fort: „... dennoch ist der Ausdruck ‚Versager' ein Schimpfwort, obwohl doch schon die Sprache feinsinnig sagt, dieses Phänomen kommt offenbar dadurch zustande, dass man diesen Menschen etwas ‚versagt', verweigert hat."

Die Rede ist nachzulesen in: Erwin Ringel, „Die österreichische Seele. Zehn Reden über Medizin, Politik, Kunst und Religion." Wir zitieren nach der 13. Auflage (Europa Verlag, Hamburg-Wien 2001), in der sich dieser Satz auf Seite 64 findet.

Verwelkt ist ihre müde Pracht,
Das ist's, was sie so prüde macht.

Der Wiener Pianist Franz Mittler war Kapellmeister, Kammermusiker und Komponist und vor allem ein begnadeter Schüttelreimer. Unser Reim stammt aus dem von Friedrich Torberg herausgegebenen Band: Franz Mittler, „Gesammelte Schüttelreime" (Verlag Christian Brandstätter, Wien 1991, S. 30).

Verwirrung der Gefühle

Stefan Zweig gab 1927 einer Novellen-Trilogie diesen Titel („Vierundzwanzig Stunden im Leben einer Frau", „Untergang des Herzens" und „Verwirrung der Gefühle"). In allen drei Novellen wird die Hauptperson von einem nie vorher empfundenen Gefühl übermannt. Die Titelnovelle erzählt die Geschichte eines genialen Gelehrten, der sich eines ihn verehrenden Studenten annimmt. Der junge Mann stürzt seinen Mentor in große Verwirrung, als dieser bei sich homoerotische Gefühle für seinen Schützling entdeckt.

Viel genossen, viel gelitten und das Glück lag in der Mitten.

So beginnt die „Grabinschrift", die der Wiener Stegreifdichter Ferdinand Sauter (1804–1854), der auf dem Hernalser Friedhof seine letzte Ruhe fand (B, Familiengrab Nr. 23), für sich selbst verfasste:

Viel genossen, viel gelitten,
Und das Glück lag in der Mitten;
Viel empfunden, nichts erworben,
Froh gelebt und leicht gestorben.
Fragt nicht nach der Zahl der Jahre!
Kein Kalender ist die Bahre,
Und der Mensch in Leichentuch
Bleibt ein zugeklapptes Buch.
Deshalb, Wand'rer, zieh doch weiter,
Denn Verwesung stimmt nicht heiter.

Wir zitieren nach: „Gedichte von Ferdinand Sauter. Erste Gesamtausgabe, herausgegeben und eingeleitet von Wilhelm Börner" (Vorzugsausgabe, Anzengruber-Verlag Brüder Suschitzky, Wien-Leipzig 1918, S. 78).

Viel Übles hab an Menschen ich bemerkt, das Schlimmste aber ist ein unversöhnlich Herz.

Diese Zeilen finden sich in Franz Grillparzers „Medea" (2. Aufzug), dem letzten Teil der Trilogie „Das goldene Vlies", („Der Gastfreund", „Die Argonauten", „Medea"). Das goldene Vlies ist ein Motiv aus der Argonauten-Sage, einer der ältesten griechischen Mythen: ein goldenes Schaffell, das die Visionen und Utopien symbolisiert, nach denen die Menschen suchen. Grillparzer arbeitete von 1818 bis 1821 an dieser Trilogie.

Das Zitat findet sich in: „Sämtliche Werke", Carl Hanser Verlag, 2., erweiterte Auflage, München 1970, Bd. 1, S. 913. Es kommt häufig in leicht abgewandelter Form zur Sprache: „Viel Übles hab ich am Menschen bemerkt, das Schlimmste aber ist ein unversöhnlich Herz."

Viele glauben tief zu sein, indessen nur ihre Oberfläche groß ist.

Anton Wildgans in: „Zu Zeit und Welt“, Historisch-Kritische Gesamtausgabe der Werke, Band 7. Der hier zitierte Ausspruch stammt aus Wildgans’ Notizbüchern; in der Ausgabe von 1958 (Verlage Bellaria, Wien und Anton Pustet, Salzburg) ist er auf Seite 85 nachzulesen.

Viele Menschen bewerten heute den Führerschein höher als ein Maturazeugnis.

Unter dem Titel „Die Seele des österreichischen Autofahrers“ analysiert Erwin Ringel das Innenleben der heimischen Autobesitzer und -benutzer. Es handelt sich dabei um die überarbeitete und erweitere Fassung eines am 13. Mai 1986 in der Wiener Hofburg gehaltenen Vortrags.

Nachzulesen ist das Zitat in: „Freiheit mit hundert PS. Der Österreicher und sein Auto“ (herausgegeben von Robert Sedlaczek und Günther Hanreich, Österreichischer Bundesverlag/Kremayr & Scheriau, Wien 1989, S. 20).

Viele Worte sind lange zu Fuß gegangen, bevor sie geflügelte Worte wurden.

Marie von Ebner-Eschenbach zitieren wir nach der Ausgabe der „Aphorismen“ im Insel-Verlag, (Wiesbaden 1953, S. 45).

Vieles ist ein Schwindel, aber nichts ein Zufall.

Titel des Beitrags von Barbara Frischmuth in dem Band „Reden an Österreich. Schriftsteller ergreifen das Wort“, einer Sammlung von Texten, die österreichische Schriftsteller zum Gedenken an den 50. Jahrestag des „Anschlusses“ Österreichs an das nationalsozialistische Deutschland im Jahr 1938 verfassten.

Nachzulesen in: „Reden an Österreich. Schriftsteller ergreifen das Wort“ (herausgegeben von Jochen Jung, Residenz Verlag, Salzburg 1988, S. 38).

Vielleicht ertragen wir das Leben nur deshalb, weil wir noch immer hoffen, uns einmal grandios selbst überraschen zu können.

Franz Werfels Werk enthält zahlreiche Aphorismen und Sentenzen, die in dem Band „Zwischen oben und unten“ nachzulesen sind, einem Teil der „Gesammelten Werke“ Werfels. Der hier zitierte Ausspruch findet sich dort auf Seite 806. (Langen-Müller Verlag, München-Wien 1975).

Vielleicht heißt österreichisch sein, dass die Konturen aller Dinge gemütlich verwaschen sein sollen.

So mutmaßte Erich Fried in einem Text, den er für die Tagung „Emigration und Exil heute“ (Universität Wien, November 1984, Symposium der Grazer Autorenversammlung) verfasste. Abgedruckt ist er in dem Band „Nicht verdrängen, nicht gewöhnen. Texte zum Thema Österreich“ (herausgegeben von Michael Lewin, Europa Verlag, Wien 1987, S. 61).

Vip-Vip-Hurra!

Die „VIPS“ ist eines der bekanntesten Lieder, mit denen der Kabarettist Erwin Steinhauer auftrat. Der Text entstand in Zusammenarbeit mit Wolfgang Teuschl, die Melodie stammt von Arthur Lauber. Das Lied macht sich über gewisse snobistische Zeitgenossen lustig, deren Lebensstil wenig geistige Interessen, aber um so mehr Geld verrät. Der Refrain lautet:

Das sind die VIPS.
Vip-Vip-Hurra!
Das sind die VIPS
Vom Scheitel bis zum A ...
Vip-Vip-Hurra!

Nachzulesen ist der Text in Erwin Steinhauer: „Cafe Plem Plem. 15 Jahre Kabarett“ (herausgegeben von Helmuth A. Niederle, Verlag Ueberreuter, Wien 1989, S. 82).

Viribus unitis

Anlässlich seiner Krönung entschloss sich Kaiser Franz Josef I. im Jahr 1848 für diesen Wahlspruch („Mit vereinten Kräften“), der sofort populär und in unterschiedlichen Zusammenhängen aufgegriffen wurde.

So dichtete beispielsweise Franz Grillparzer den Spottvers: „Das ‚viribus‘ war länger schon in Zweifel,/nun geht auch das ‚unitis‘ noch zum Teufel.“ (Nachzulesen in: Franz Grillparzer, „Gesammelte Werke. Auf Grund der von der Gemeinde Wien veranstalteten kritischen Gesamtausgabe herausgegeben von Edwin Rollet und August Sauer“, Kunstverlag Anton Schroll & Co, Wien 1923, Bd. 2, S. 137).

Auf vielen öffentlichen Gebäuden, wie etwa der „Schemmerl-Bücke“ in Wien, einem Teil der von Otto Wagner errichteten Nussdorfer Wehranlage, findet sich heute noch die Inschrift „Viribus unitis“ in großen Goldbuchstaben.

Vivat Bacchus, Bacchus lebe!

Ein heute noch verwendeter Trinkspruch, der auf Mozarts Singspiel „Die Entführung aus dem Serail“ zurückgeht. Konstanze, die Geliebte Belmontes, wird von Bassa Selim im Serail festgehalten. Pedrillo, Vertrauter des Belmonte, macht den Aufseher Osmin betrunken, um die Flucht Konstanzes zu ermöglichen. Der Refrain des Trinklieds wurde zum geflügelten Wort, nicht nur bei Heurigenbesuchern.

Den Text für dieses Singspiel schrieb Johann Gottlieb Stephanie der Jüngere frei nach einer Vorlage von Christoph Friedrich Bretzner. Die Premiere fand am 16. Juli 1782 statt, das Stück wurde schon zu Mozarts Lebzeiten ein großer Erfolg und ist eines seiner beliebtesten Werke geblieben.

Volk der Richter und Henker

In seinem Weltuntergangsdrama „Die letzte Tage der Menschheit“ (siehe diese) wandelte Karl Kraus die Charakterisierung der Deutschen als „Volk der Dichter und Denker“ in diese nicht sehr schmeichelhaften Worte um (Suhrkamp Verlag, Frankfurt 1986, S. 200). Die Formulierung selbst ist allerdings schon älter, Kraus verwendet sie bereits im Jahr 1908 in der 253. Ausgabe der Fackel auf Seite 1.

Die ursprüngliche Formulierung hat mehrere Urheber: Der Schriftsteller Johann Karl August Musäus spricht in der Einleitung seiner „Volksmärchen der Deutschen“ (5 Bände, 1782–1786) vom „enthusiastischen Volk unserer Denker, Dichter, Schweber, Seher“. Die Formulierung „Dichter und Denker“ mit explizitem Bezug zu Deutschland findet sich auch in der 1839 erstmals publizierten „Eröffnung“ der „Schriften“ von Georg Herwegh („Werke“, herausgegeben von Hermann Tardel, Deutsches Verlagshaus Bong & Co, Berlin 1909, Bd. 2, S. 21).

Vom Unsäglichen darf man nicht einmal schweigen.

Erwin Chargaff in: „Bemerkungen", eine Sammlung seiner Aphorismen, in der sich der hier zitierte Ausspruch auf Seite 49 findet (Verlag Klett-Cotta, Stuttgart 1981).

Von einem gewissen Punkt gibt es keine Rückkehr mehr. Dieser Punkt ist zu erreichen.

Neben anderen Notizen findet sich in den „Nachgelassenen Schriften" von Franz Kafka dieser Ausspruch. Nachzulesen in Franz Kafka: „Schriften Tagebücher Briefe. Kritische Ausgabe" (herausgegeben von Jost Schillemeit, S. Fischer Verlag, Frankfurt 1992, Bd. 6.1, S. 34).

Von gewissen Menschen möchte man sagen: Sie schriftdeutscheln.

Dieser Satz stammt von Anton Kuh. Die erste Buchveröffentlichung des Zitats erfolgte 1931 im Kapitel „Renkontre oder der Plebejer" in „Physiognomik. Aussprüche" und später in „Luftlinien" (Löcker Verlag, Wien 1981, S. 293). Das vollständige Zitat lautet: „Von gewissen Menschen möchte man sagen: Sie schriftdeutscheln. Das heißt: sie sprechen die Bildungssprache wie eine Demonstration gegen den Jargon, der in ihrer Kehle steckt."

Von Humanität durch Nationalität zur Bestialität

Der Weg der neuern Bildung geht
Von Humanität
Durch Nationalität
Zur Bestialität.

Diese Worte schrieb Franz Grillparzer in der auf das Revolutionsjahr 1848 folgenden Reaktionszeit. Heute wird der Spruch häufig in verkürzter Form zitiert.

Nachzulesen ist die Originalfassung in: Franz Grillparzer, „Gesammelte Werke. Auf Grund der von der Gemeinde Wien veranstalteten kritischen Gesamtausgabe herausgegeben von Edwin Rollet und August Sauer" (Kunstverlag Anton Schroll & Co, Wien 1923, Bd. 2, S. 95).

Von sich berauscht sein, ist ein kleines, mit sich zufrieden sein, das Größte.

Ernst von Feuchtersleben in: „Lebensblätter", eine Sammlung von Aphorismen und Notizen zu unterschiedlichsten Themengebieten. Wir zitieren hier nach der 3. (unveränderten) Auflage aus dem Jahr 1851 (Verlag Josef Stöckholzer von Hirschfeld, Wien-Leipzig), in welcher dieses Zitat auf Seite 212 steht.

Von wie vielen Menschen kann man sagen, dass die Furcht vor dem Tod sie am Leben gehindert hat!

Erwin Chargaff in: „Bemerkungen", eine Sammlung seiner Aphorismen, in der sich der hier zitierte Ausspruch auf Seite 13 findet (Verlag Klett-Cotta, Stuttgart 1981).

Von zwei Lehrmeinungen ist mitunter ein Gemeinsames richtig: Dass die eine so falsch ist wie die andere.

1996 wurden die Werke des Schriftstellers Josef Weinheber in einer Neuausgabe im Otto Müller Verlag publiziert. Im 3. Band dieser Ausgabe finden sich einige aus verschiedenen Handschriften zusammengestellten Notizen und Aphorismen; der hier zitierte Satz ist auf Seite 533 nachzulesen.

Vor dem Friseur sind alle gleich.

Karl Kraus, „Aphorismen", in der „Fackel" Nr. 287 vom 16. September 1909, Seite 19.

Vor einem hüte dich, o Sohn, vor der Erfüllung deiner Sehnsucht.

Franz Werfels Werk enthält zahlreiche Aphorismen und Sentenzen, die in dem Band „Zwischen oben und unten" nachzulesen sind, einem Teil seiner „Gesammelten Werke". Der zitierte Ausspruch findet sich dort auf Seite 790 (Langen-Müller Verlag, München-Wien 1975).

Vor lauter Weltgenüssen haben die Leute keine Zeit mehr, sich selbst zu genießen.

Peter Rosegger in: „Wahrheiten und Weisheiten", Aphorismen (herausgegeben von Bertl Petri, Staackmann Verlag, München 1989). In diesem Band findet sich der hier zitierte Ausspruch auf Seite 126.

Vorsicht ist die Tochter der Überlegung, doch wächst sie leicht ihrer Mutter über den Kopf.

Franz Grillparzers Ausspruch ist nachzulesen in: „Gesammelte Werke. Auf Grund der von der Gemeinde Wien veranstalteten kritischen Gesamtausgabe herausgegeben von Edwin Rollet und August Sauer" (Kunstverlag Anton Schroll & Co, Wien 1923, Bd. 2, S. 137).

W

Während ein Feuerwerk abgebrannt wird, sieht niemand nach dem gestirnten Himmel.

Marie von Ebner-Eschenbach zitieren wir nach der Ausgabe der „Aphorismen“ im Insel-Verlag (Wiesbaden 1953, S. 52).

Wanderer, kommst du nach Österreich, sei darauf gefasst, dass dir unaufhörlich eine Schar intelligenter und kultivierter Menschen begegnen wird, welche dir in wohlgesetzter Rede versichern werden, dass es in ihrem Land ausschließlich Analphabeten gebe.

Hans Weigel zitiert sich selbst in: „Die tausend Todsünden“ (Styria Verlag, Graz 1988). Wir zitieren nach der Lizenzausgabe für die Buchgemeinschaft Donauland, in der diese Abwandlung des bekannten Spruches „Wanderer, kommst du nach Sparta ...“ sich auf Seite 36 findet. Die Charakterisierung der Österreicher hatte Hans Weigel ursprünglich für das Auftragswerk „O du mein Österreich“ formuliert. Es sollte in die Reihe „Unsere Nachbarn und wir“ des Stuttgarter Steingrüben-Verlags aufgenommen werden, um „deutsche Leser über Österreich zu informieren“, wie Weigel im Vorwort erklärte. (Hans Weigel, „O du mein Österreich“, dtv, München 1973, Seite 9)

Wann geht der nächste Schwan?

Mit diesem geistesgegenwärtigen Spruch rettete der große Leo Slezak eine Lohengrin-Aufführung, in der der Schwan so rasch über die Bühne gezogen wurde, dass Lohengrin Slezak ihn nicht mehr besteigen konnte. Leo Slezaks Sohn, der Schauspieler Walter Slezak, erzählt diese und viele andere Anekdoten in „Wann geht der nächste Schwan“ (Piper Verlag, München 1964), das Zitat findet sich auf Seite 300. Auch Leo Slezak selbst hat seine

Erinnerungen aufgezeichnet, die zur Pflichtlektüre für Opernfans mit Sinn für Humor wurden: „Meine sämtlichen Werke", „Der Wortbruch", „Der Rückfall" und „Mein Lebensmärchen". Die Frage nach dem nächsten Schwan wird inzwischen auch in Zusammenhang mit verpassten Autobussen, Straßenbahnen und sogar Zügen und Flugzeugen gestellt.

Wann mi das Reisebüro net vermittelt hätt!

Carl Merz und Helmut Qualtinger schrieben von 1958 bis 1975 „Travniceks gesammelte Werke": zwölf Dialoge, die von Helmut Qualtinger und Gerhard Bronner interpretiert wurden. Das Zitat „Wann mi das Reisebüro net vermittelt hätt ..." stammt aus „Travnicek im Urlaub", einer Doppelconference, die am 22. Oktober 1958 ausgestrahlt wurde (siehe auch das Zitat: „Simmering – Kapfenberg, das nenn i Brutalität"). Als Travnicek am Ende des Sketches „Travnicek im Urlaub" von seinem Freund gefragt wird, warum er sich denn immer vom Reisebüro vermitteln lasse, antwortet er: „Was soll i denn machen? I bin der Chef!"

Alle zwölf Dialoge finden sich in der fünfbändigen Werkausgabe Qualtingers (Deuticke Verlag, Wien 1996, Bd. 3, S. 9-56; Anmerkungen Bd. 4, S. 219–229).

Ein zweites Mal taucht das Zitat am Ende des Sketches „Travnicek und das neue Wien" auf, als sich herausstellt, dass Travnicek und sein Freund bereits im Himmel sind. „Aber wieso kommen Sie ausgerechnet in den Himmel?" fragt der Freund. Antwort: „Wann mi das Reisebüro net vermittelt hätt ..."

Diese Szene wurde vermutlich von Qualtinger allein verfasst. Sie erschien erstmals in seinem Buch „Schwarze Wiener Messe" (mit dem Zyklus von 12 Grafiken „Versuche über die gemütvollen Regungen des goldenen Wiener Herzens" von Adolf Frohner; Verlag Kremayr & Scheriau, Wien 1973).

Wär ich ein Apfel, ich würde mich bemühen, weit vom Stamme zu fallen.

Franz Werfel in: „Zwischen oben und unten", Aphorismen und Sentenzen, nachzulesen in den „Gesammelten Werken". Der hier zitierte Ausspruch findet sich dort in den „Profanen Nachträgen" zu den „Theologumena" betitelten Überlegungen (Langen-Müller Verlag, München-Wien 1975, S. 185).

Wären wir nicht aus dem Paradies vertrieben worden, hätte das Paradies zerstört werden müssen.

Neben anderen Notizen findet sich in den „Nachgelassenen Schriften" von Franz Kafka dieses Bonmot. Nachzulesen in: Franz Kafka, „Schriften Tagebücher Briefe. Kritische Ausgabe" (herausgegeben von Jost Schillemeit, S. Fischer Verlag, Frankfurt 1992, Bd. 6.1, S. 73).

Warten können heißt: niemals warten.

Alfred Grünewald in: „Lass meine Seele dir Heimat sein", eine Auswahl aus seinem Werk, aufgenommen in die von Hans Weigel herausgegebene Reihe „Bibliothek Wiederaufnahme Österreichischer Literatur des 20. Jahrhunderts" (Jungbrunnen Verlag, Wien-München 1990). Der zitierte Ausspruch findet sich auf Seite 97.

Warten lernen wir gewöhnlich dann, wenn wir nichts mehr zu erwarten haben.

Marie von Ebner-Eschenbach zitieren wir nach der Ausgabe der „Aphorismen" im Insel-Verlag (Wiesbaden 1953, S. 7).

Warum drohen Sie mir? Ihre Existenz genügt doch.

Dem Band „Zeitspiel", einer Sammlung kabarettistischer Texte von Werner Schneyder, sind einige seiner besten Bonmots vorangestellt, darunter auch dieses (Verlag Kremayr & Scheriau, Wien 1997, S. 9).

Warum sind wir Österreicher alle so bös aufeinander? Weil wir alle so begabt sind!

In einem Interview mit Werner Schima in der Zeitschrift „Basta" Nr. 10, 1984 (S. 108 ff.) erzählt Helmut Qualtinger, dass dieser Satz aus einem Dialog mit dem Schriftsteller Alexander Lernet-Holenia entstanden ist. „Den Lernet-Holenia hab ich einmal g'fragt: ‚Warum sind wir Österreicher alle so bös aufeinander?' Hat er mir geantwortet: ‚Weil wir alle so begabt sind, lieber Qualtinger.' Und da hat er eigentlich recht. Dass es dann so viele Unbegabungen gibt, die sich breit machen, ist kein Widerspruch. Die Begabten gehen weg und schaffen Platz. Die Unbegabungen bleiben da ..."

Was die Natur betrifft, genügt mir der Schnittlauch auf der Suppe.

Diesen Satz – so erfahren wir in Friedrich Torbergs „Die Tante Jolesch oder Der Untergang des Abendlandes in Anekdoten" (dtv, 12. Auflage, München 1988, S. 83) – hat Rudi Thomas geprägt, der stellvertretende Chefredakteur des „Prager Tagblattes". Er brachte damit „seine äußerst dürftige Beziehung zu Wald und Feld und Flur" zum Ausdruck.

Was die naturwissenschaftliche Auffassung gemeinhin als das Normale hinstellt, ist das Durchschnittliche, und sie erblickt in jedem Abweichen von dieser Norm schon ein Symptom der Krankhaftigkeit und der Entartung.

Diese faktische Gleichstellung des Durchschnittlichen mit Normalität ist nach Ansicht Rosa Mayreders (1858–1938) fatal, denn sie hindert am Erkennen des Außergewöhnlichen, ja sie pathologisiert sogar alles ihr nicht Konforme.

Wir zitieren nach dem von Hanna Schnedl zusammengestellten und eingeleiteten Band mit Essays von Rosa Mayreder, „Zur Kritik der Weiblichkeit" (Verlag Frauenoffensive, München 1981, S. 177).

Was du dir selbst glaubst, glaubt dir jeder.

Ernst von Feuchtersleben, zitiert nach einer Aphorismensammlung, die in dem Band „Beiträge zur Literatur, Kunst- und Lebens-Theorie" enthalten ist (Braunmüller Verlag, Wien 1837, S. 384).

Was ein Mann schöner is wie ein Aff, is ein Luxus.

Mit dieser wichtigen Erkenntnis schließt das 1. Kapitel von Torbergs „Tante Jolesch". Torberg leitet das Diktum der Tante Jolesch mit folgenden Worten ein: „Sie hielt nicht viel von Schönheit, bei Frauen nicht und schon gar nicht bei Männern." Im folgenden „Exkurs über die Bedeutung des Wörtchens ‚was'" entwickelt Torberg eine „grammatikalisch korrekte (und somit unbrauchbare) Fassung" des Satzes. Sie lautet: „Jedes Ausmaß männlicher Schönheit, das die Schönheit eines Affen übersteigt, ist ein Luxus."

(„Die Tante Jolesch oder Der Untergang des Abendlandes in Anekdoten", dtv, 12. Auflage, München 1988, S. 21)

Was einmal tief und wahrhaft dich gekränkt,/Das bleibt auf ewig dir ins Mark gesenkt.

Diese Zeilen finden sich in dem Gedicht „Robert und der Invalide" von Nikolaus Lenau. (Nikolaus Lenau, „Gesamtausgabe Werke und Briefe", Verlag Deuticke/Klett-Cotta, Wien 1995, Bd. 1, S. 34 ff)

Was frag ich viel nach Geld und Gut, wenn ich zufrieden bin!

Das Gedicht „Zufriedenheit" von Johannes Martin Miller (1750-1814) wurde durch Mozarts Vertonung bekannt. Es lobt das Glück, das der Mensch in kleinen Alltäglichkeiten und in der Freude am einfachen Leben finden kann. Die vollständige erste Strophe lautet:

Was frag ich viel nach Geld und Gut,
Wenn ich zufrieden bin!
Gibt Gott mir nur gesundes Blut,
So hab ich frohen Sinn
Und sing mit dankbarem Gemüt
Mein Morgen- und mein Abendlied.

Was gewesen ist, kann ich nicht wissen; was sein wird, will ich nicht wissen; was ist, weiß ich nicht.

Erwin Chargaff in: „Bemerkungen", eine Sammlung seiner Aphorismen, in der sich der hier zitierte Ausspruch auf Seite 56 findet (Verlag Klett-Cotta, Stuttgart 1981).

Was gut ist, weiß niemand. Man weiß, was besser wäre.

Elias Canetti in: „Aufzeichnungen 1973-1984" (Carl Hanser Verlag, München-Wien 1999, S. 7).

Was Hänschen nicht lernt, braucht Hans nicht zu vergessen.

Richard von Schaukal in: „Leben und Meinungen des Herrn Andreas von Balthessar" (Roman, 1907), im Kapitel „Einiges aus Andreas von Balthessars leider nicht gesammelten Sinnsprüchen und Glossen". (In: „Um die Jahrhundertwende“, herausgegeben von Lotte von Schaukal und Joachim Schondorff, Albert Langen/Georg Müller Verlag, München-Wien 1965, S. 278).

Was ich anstrebe, ist die Abschaffung der Gleichgültigkeit unter Menschen.

H. C. Artmann veröffentlichte 1974 im Residenz Verlag eine Sammlung von Montagen und Sequenzen mit dem Titel „Unter der Bedeckung eines Hutes“, in der sich der zitierte Ausspruch auf Seite 47 findet. Der vollständige Satz lautet in Originalorthografie: „Was ich anstrebe, ist die abschaffung der gleichgültigkeit unter menschen, auch sollte man sich kein *x* für ein *u* vormachen; in kostbare schleier gehüllt zeigt sich allezeit die konvention als scheinbar schönes gespenst.“

Was ist die Neunte Symphonie neben einem Gassenhauer, den ein Leierkasten und eine Erinnerung spielen!

Karl Kraus, „Kehraus“, in der „Fackel“ Nr. 229 vom 2. Juli 1907, Seite 6. Gemeint ist natürlich die Neunte Symphonie von Ludwig van Beethoven.

Was ist ein Kollektiv? Eine Häufung von Nullen, die auf den Individualismus verzichtet haben, aber auf Namensnennung Wert legen.

Dieser Satz stammt von Anton Kuh. Er taucht erstmals 1931 in „Physiognomik. Aussprüche“ auf, eine weitere Veröffentlichung erfolgte 1981 in „Luftlinien“ (Löcker Verlag, Wien 1981, S. 255).

Was ist ein Verleger? Ein Bettvorleger, das ist eindeutig, was das ist. Aber ein Verleger, ohne Bett vorn, das ist schon sehr schwierig zu beantworten. Oder wenn jemand was verlegt und dann nicht mehr findet. Das ist ja eigentlich die Definition von einem Verleger.

Thomas Bernhard sprach mit Kurt Hofmann über seine Arbeit und seine Einstellung zum Leben und vor allem zum Schreiben. Seine – nicht immer schmeichelhafte – Meinung über Verleger ist nachzulesen in: Kurt Hofmann, „Aus Gesprächen mit Thomas Bernhard“ (Löcker Verlag, Wien 1988, S. 72).

Was ist Geist? Die Luftlinie vom Gehirn zur Sache.

Anton Kuh in: „Physiognomik. Aussprüche" (1931), nachzulesen in: „Luftlinien" (Löcker Verlag, Wien 1981, S. 308).

Was ist Kultur? Zu wissen, was einen angeht, und zu wissen, was einen zu wissen angeht.

Hugo von Hofmannsthal im „Buch der Freunde", das zunächst in einer Auflage von nur 800 Stück 1922 im Insel-Verlag erschien. Unter dem gleichen Titel wurde zuletzt 1985 in der Bibliothek Suhrkamp ein Nachdruck dieser Aphorismensammlung veröffentlicht.

Das Werk wurde auch in Band 10 von Hofmannsthals „Gesammelten Werken in zehn Einzelbänden" (S. Fischer Verlag, Frankfurt 1980), aufgenommen, dort findet sich dieser Ausspruch auf Seite 264.

Was ist Reue? Eine große Trauer darüber, dass wir so sind, wie wir sind.

Marie von Ebner-Eschenbach zitieren wir nach der Ausgabe der „Aphorismen" im Insel-Verlag (Wiesbaden 1953, S. 25).

Was kann der Sigismund dafür, dass er so schön ist?

Diese Frage stellt sich der schöne Sigismund selbst in der erstmals 1930 in Berlin – mit großem Erfolg – aufgeführten Revueoperette „Im weißen Rössl". Bei der Wiener Uraufführung am 25. September 1931 wurde die Figur des Sigismund von Karl Farkas gespielt, der zuvor die Operette zusammen mit Hubert Marischka für das österreichische Publikum überarbeitet hatte. Die Musik schrieb Ralph Benatzky, den Text Hans Müller und Robert Gilbert. Allerdings gibt es mehrere Einlagen, deren Melodien nicht von Benatzky stammen: Das Sigismund-Lied textete und vertonte der Berliner Gilbert.

Verfilmungen des Stückes trugen zu seiner großen Popularität bei; die bekannteste ist jene mit Peter Alexander in der Hauptrolle des Kellners Leopold.

Was machst du mit dem Knie, lieber Hans?

Einer der beliebtesten Schlagertitel von Fritz Löhner; die Musik für diesen Paso-Doble schrieb Richard Fall. Diese Worte werden heute noch gerne in Situationen der anzüglicheren Art zitiert.

Beide Autoren dieses Liedes wurden in Auschwitz ermordet (zu Löhner siehe: „Das Buchenwaldlied"). Fall, der nach seiner geglückten Flucht in Amerika lebte, kehrte 1943 nach Frankreich zurück und wurde dort von der Gestapo aufgegriffen. Er wurde Anfang 1945 in Auschwitz ermordet.

Was macht a Nackerter im Hawelka?

„jö schau" heißt das Lied, in dem Georg Danzer den Auftritt einer minder bekleideten Person männlichen Geschlechts im Café Hawelka in der Wiener Dorotheergasse besingt. Der Herr stellt sich den zunächst verblüfften Hawelka-Habitués als „elegantester flitzer von wien" vor. Danzers „Nackerter" stößt bei Gästen und Caféhausleitung auf geteilte Meinungen, doch am Ende des Liedes wird den nackten Tatsachen ein nicht zu übersehender „reiz" zugestanden und beschlossen:

mach ma halt a ausnahm
san wir heut ned grausam
weu ein bohemienlokal
pfeift auf spießbürgermoral

(Allerdings muss man im Zusammenhang mit dieser in Wiener Kaffeehäusern eher seltenen Toleranz auf André Hellers Charakterisierung jener Habitués verweisen: „Die Dorotheergasse 6 beherbergt ebenerdig hauptsächlich Leute, die nicht gehalten haben, was sie sich von sich selbst versprachen.")

Wir zitieren nach dem von Petra Neumann zusammengestellten Sammelband „Wien und seine Kaffeehäuser. Ein literarischer Streifzug durch die berühmtesten Cafés der Donaumetropole" (Heyne Verlag, München 1997, S. 196-199).

Was man kennt, geht einem verloren, wenn man es zu kennen glaubt.

Ilse Aichinger notierte während der Jahre 1950 – 1985 in ihren Aufzeichnungen Aphorismen und Gedanken zu verschiedenen Themenbereichen.

Sie sind nachzulesen in dem Band „Kleist. Moos. Fasane“ (Fischer Taschenbuch Verlag, Frankfurt 1991, Seite 76).

Was mich betrifft: Je weiter der Nächste von mir entfernt ist, desto lieber liebe ich ihn.

Karl Heinrich Waggerl in: „Kleine Münze“, Aphorismen (herausgegeben vom Autor, Otto Müller Verlag, Salzburg 1957).

In Waggerls „Sämtlichen Werken“ (Otto Müller, Salzburg-Wien 1970, Neuauflage 1997) sind die Sinnsprüche in Band 2 abgedruckt. Dieses Zitat findet sich dort auf Seite 644.

Was mich betrifft, so habe ich die Erfahrung gemacht, dass die guten Wünsche derjenigen am ehrlichsten sind, die dafür ein Trinkgeld bekommen.

Joseph Roth reiste auf Grund seiner journalistischen Arbeit viel umher, einige seiner Erkenntnisse hinsichtlich der Verhaltensweisen der menschlichen Spezies hat er, wie er selbst erzählt, während seiner zahlreichen Hotelaufenthalte gewonnen. In „Panoptikum. Gestalten und Kulissen“ zeichnet Joseph Roth gestochen scharfe Porträts von Hotelpersonal und Gästen. (Verlag Allert de Lange, Amsterdam, und Verlag Kiepenheuer und Witsch, Köln, 1976 und 1983, Zitat S. 66),

Was mir das Leben gibt, das bin ich ihm schuldig – und vielleicht sogar mehr.

Anton Wildgans in: „Zu Zeit und Welt“, Historisch-Kritische Gesamtausgabe der Werke, Band 7. Der hier zitierte Ausspruch stammt aus Wildgans' Notizbüchern; in der Ausgabe von 1958 (Verlage Bellaria, Wien und Anton Pustet, Salzburg), ist er auf Seite 18 nachzulesen.

Was wir nicht mehr vermissen, haben wir verloren.

Erwin Chargaff in: „Bemerkungen“, eine Sammlung seiner Aphorismen, in der sich der hier zitierte Ausspruch auf Seite 32 findet (Verlag Klett-Cotta, Stuttgart 1981).

Weh dem, der lügt!

Der Titel des Lustspiels von Franz Grillparzer ist zum geflügelten Wort geworden. Das Stück wurde am 8. März 1838 uraufgeführt und war ein eklatanter Misserfolg. Der enttäuschte Grillparzer zog daraufhin seine weiteren Dramen zurück, weshalb das Werk erst 1840 gedruckt wurde. Der Titel des Lustspiels klingt ein wenig moralinsauer. Das Lustspiel ist das aber keineswegs, denn der Küchenjunge Leon, dem diese Warnung auf einen schwierigen Weg mitgegeben wird, stellt fest, dass er mit der Wahrheit deshalb besser fährt, weil ihm ohnehin niemand glaubt, dass er nicht lügt.

Weil ich nie genug gemacht hab.

So beantwortete die Tante Jolesch am Sterbebett die Frage ihrer Lieblingsnichte Louise, warum denn ihre Krautfleckerln immer restlos aufgegessen wurden. Anstatt das Rezept preiszugeben, sagte sie: „Weil ich nie genug gemacht hab." Sprach's, lächelte und verschied. Das Zitat stammt aus Friedrich Torbergs „Die Tante Jolesch oder Der Untergang des Abendlandes in Anekdoten" (dtv, 12. Auflage, München 1988, S. 20).

Wein, Weib und Gesang

Der Ausspruch „Wer nicht liebt Wein, Weib und Gesang, der bleibt ein Narr sein Leben lang" wird Martin Luther zugeschrieben. Die hier zitierten Worte sind als Titel eines Walzers für Männerchor und Orchester von Johann Strauss Sohn populär geworden. Den lebensfrohen Text schrieb Josef Weyl, zur Aufführung gelangte das Werk bei einem Narrenabend im Ballsaal des Dianabades am 2. Februar 1869.

Ebenfalls unter dem Titel „Wein, Weib und Gesang" verfasste der 1944 im amerikanischen Exil verstorbene, zu seiner Zeit sehr populäre Sänger und Operettenkomponist Bruno Granichstaedten im Jahr 1909 eine Operette.

Wem historisches Bewusstsein und Psychologie zum Instinkt geworden sind, der neigt dazu, nicht gleich in jedem Wechsel der Dinge einen Fortschritt zu erblicken.

Anton Wildgans in: „Zu Zeit und Welt", Historisch-Kritische Gesamtausgabe der Werke, Band 7.

Der hier zitierte Ausspruch stammt aus der bekannten „Rede über Österreich“, die Wildgans 1929 für die Schwedisch-Österreichische Gesandtschaft in Stockholm verfasste; in der Ausgabe von 1958 (Verlage Bellaria, Wien und Anton Pustet, Salzburg) ist er auf Seite 420 nachzulesen. Wildgans charakterisiert mit dieser Aussage das grundsätzliche Verhältnis der österreichischen Bevölkerung zu Veränderungen kultureller und historischer Art.

Wenig erhält so jung wie der Hass.

Erwin Chargaff in: „Bemerkungen“, eine Sammlung seiner Aphorismen, in der sich der hier zitierte Ausspruch auf Seite 46 findet (Verlag Klett-Cotta, Stuttgart 1981).

Wenn alle an den Ort ihrer Wünsche gelangen, dann ist es kein Ort der Wünsche mehr.

Ein Ausspruch von Peter Turrini, nachzulesen in: „Liebe Mörder“, einer Anthologie verschiedener Stellungnahmen Turrinis zu politischen und kulturellen Zuständen und Entwicklungen in Österreich (Luchterhand Literaturverlag München 1996, S. 38).

Wenn alle überzeugt sind, sollte man anfangen zu zweifeln.

Konrad Bayer war einer der Begründer der Wiener Gruppe, einer avantgardistischen Vereinigung von Künstlern und Schriftstellern im Wien der fünfziger und sechziger Jahre. Unter seinen Notizen aus dem Jahr 1963 findet sich auch dieser Satz. Nachzulesen in: Konrad Bayer, „Sämtliche Werke“ (herausgegeben von Gerhard Rühm, Österreichischer Bundesverlag/Verlag Klett-Cotta, Wien 1985, Bd. 1, S. 343)

Wenn auch Not Beten lehrt, müssen wir uns hüten, dafür zu beten, dass Not über die Menschen komme.

Erwin Ringel in seinem Vortrag „Wege der Selbstverwirklichung in unserer Zeit.“ Hier wendet sich der Psychotherapeut gegen die christliche Leidensverliebtheit („Gott, je mehr Leid Du mir schickst, desto mehr liebst du mich“), die er als pathologischen neurotischen Masochismus bezeichnet.

Nachzulesen ist der Vortrag in: Erwin Ringel, „Die österreichische Seele. Zehn Reden über Medizin, Politik, Kunst und Religion." Wir zitieren nach der 13. Auflage (Europa Verlag, Hamburg-Wien 2001), in der sich dieser Satz auf Seite 73 findet.

Wenn der Glaube stark ist, kann er Berge versetzen. Aber ist er auch noch blind, dann begräbt er das Beste darunter.

Karl Heinrich Waggerl in: „Kleine Münze", Aphorismen (herausgegeben vom Autor, Otto Müller Verlag, Salzburg 1957).

In Waggerls „Sämtlichen Werken" (Otto Müller Verlag, Salzburg-Wien 1970, Neuauflage 1997) sind die Sinnsprüche in Band 2 abgedruckt. Dieses Zitat findet sich auf Seite 641.

Wenn der Herrgott net will, nutzt es gar nix.

Diese Redewendung ist durch das gleichnamige Wienerlied von Ernst Arnold populär geworden. Den Text des Liedes verfasste der Komponist gemeinsam mit Artur Kaps. Er ist nachzulesen in dem Band „Die schönsten Wiener Lieder. Gesammelt und herausgegeben von Leo Parthé" (Perlen-Reihe, Band 1015, Deuticke Verlag, 4., völlig neu bearbeitete Auflage, Wien-München o. J., S. 174-175).

Wenn der Topf leer ist, tönt er.

Karl Heinrich Waggerl in: „Kleine Münze", Aphorismen (herausgegeben vom Autor, Otto Müller Verlag, Salzburg 1957).

In Waggerls „Sämtlichen Werken" (Otto Müller Verlag, Salzburg-Wien 1970, Neuauflage 1997) sind die Sinnsprüche in Band 2 abgedruckt. Dieses Zitat findet sich auf Seite 653.

Wenn der weiße Flieder wieder blüht

Den meisten Menschen ist dieses Lied vor allem aus dem gleichnamigen Film mit Romy Schneider und Götz George bekannt. Vorlage für den Film aus dem Jahr 1953 war ein Text des aus Österreich stammenden Fritz Rotter. Das Lied selbst wurde bereits im Jahr 1928 verfasst. Komponist des Liedes und der Filmmusik war der Deutsche Franz Doelle.

Wenn die Elisabeth nicht so schöne Beine hätt!

Der Text dieses populären Schlagers aus dem Jahr 1930 stammt von Karl Farkas, die Melodie von dem 1942 im amerikanischen Exil verstorbenen und heute in Vergessenheit geratenen Robert Katscher. Sie schrieben dieses Lied als Teil des in den Wiener Kammerspielen aufgeführten Stückes „Wunder-Bar".

Farkas erzählte später, wie Text und Melodie kreiert wurden, nachdem der Direktor der Kammerspiele von den beiden etwas Derbes, Schlagertaugliches gefordert hatte. Katscher und Farkas waren ob dieser Aufforderung nicht sehr erfreut, bemühten sie sich doch in ihren Werken um ein gewisses Niveau. Also textete Farkas innerhalb weniger Minuten den simpelsten Text, der ihm einfiel, zu einer entsprechenden Melodie – in der stillen Hoffnung, das Lied werde beim Publikum durchfallen. Es wurde jedoch (ebenso wie das gesamte Stück) ein riesiger Erfolg und ist auch heute noch bekannt. So wird die Titelzeile gern zitiert, wenn ein Mann den Reizen einer Frau verfällt.

Nachzulesen ist diese Geschichte in: Georg Markus, „Das große Karl Farkas Buch" (Amalthea Verlag, Wien-München 1993).

Wenn die kleinen Veilchen blühen

1932 komponierte Robert Stolz die Melodie zu diesem bekannten Lied, das auch einer seiner Operetten den Namen gab. Den Text schrieb Bruno Wradatsch. Das Motiv der blühenden Veilchen ist nicht nur aus dem von Wolfgang Amadeus Mozart vertonten Lied „Fritzchen an den Mai" bekannt (siehe den Eintrag „Komm, lieber Mai"). Das Erscheinen des ersten Veilches als Vorbote des Frühlings wurde im mittelalterlichen Wien als Fest gefeiert.

Wenn die Liebe erkaltet, wird Wärme frei. Nütze sie!

Alfred Grünewald in: „Lass meine Seele dir Heimat sein", eine Auswahl aus seinem Werk, aufgenommen in die von Hans Weigel herausgegebene Reihe „Bibliothek Wiederaufnahme Österreichischer Literatur des 20. Jahrhunderts" (Jungbrunnen Verlag, Wien-München 1990). Der zitierte Ausspruch findet sich auf Seite 85.

Wenn die Nachtigallen aufhören zu schlagen, fangen die Grillen an zu zirpen.

Marie von Ebner-Eschenbach zitieren wir nach der Ausgabe der „Aphorismen“ im Insel-Verlag (Wiesbaden 1953, S. 45).

Wenn die Sonne der Kultur tief steht, werfen selbst Zwerge lange Schatten.

Dieser Satz wird immer wieder Karl Kraus zugeschrieben, stammt aber nicht von ihm. Dies lässt sich deshalb mit Bestimmtheit sagen, weil die Österreichische Akademie der Wissenschaften in der maschinenlesbaren Arbeitsdatei der gesamten „Fackel“, aber auch in Kraus' Texten außerhalb der „Fackel“ keinen Hinweis auf dieses Bonmot gefunden hat. Auch eine Umfrage der Zeitschrift „Österreich in Geschichte und Kultur“ konnte bislang keine Klarheit über den wirklichen Urheber erbringen.

Wenn die Wiener Bauordnung in Venedig gelten würde, wäre ganz Venedig voller Geländer, damit niemand ins Wasser fällt.

Dieses Bonmot stammt von Friedrich Achleitner, dem Wiener Universitätsprofessor und Architekturkritiker. Er äußerte ihn am 12. Dezember 1995 im Österreichischen Fernsehen in der „Nette Leit-Show“.

Wenn die Zeit kommt, in der man könnte, ist die vorüber, in der man kann.

Marie von Ebner-Eschenbach zitieren wir nach der Ausgabe der „Aphorismen“ im Insel-Verlag (Wiesbaden 1953, S. 20).

Wenn du das Leben aushalten willst, richte dich auf den Tod ein.

Dieser Satz findet sich in Sigmund Freuds Schrift „Zeitgemäßes über Krieg und Tod“ aus dem Jahre 1915. Freud schließt den zweiten Teil dieses Textes mit der Überlegung:
„Wir erinnern uns des alten Spruches: *Si vis pacem, para bellum*. Wenn du den Frieden erhalten willst, so rüste zum Kriege.

Es wäre zeitgemäß, ihn abzuändern: *Si vis vitam, para mortem.* Wenn du das Leben aushalten willst, richte dich auf den Tod ein."

Nachzulesen in Sigmund Freud: „Studienausgabe Bd. IX. Fragen der Gesellschaft. Ursprünge der Religion" (S. Fischer Verlag, Frankfurt 1974, S. 60).

Wenn du zwischen zwei Übeln zu wählen hast, so nimm lieber gleich das größere auf dich.

Anton Wildgans in: „Zu Zeit und Welt", Historisch-Kritische Gesamtausgabe der Werke, Band 7. Der hier zitierte Ausspruch stammt aus Wildgans' Notizbüchern; in der Ausgabe von 1958 (Verlage Bellaria, Wien und Anton Pustet, Salzburg) ist er auf Seite 189 nachzulesen. Wildgans schreibt weiter: „Denn es würde ohnehin aus dem geringeren entstehen, falls du dich schwachmütig für dieses Mittel entschieden hättest."

Wenn eine Frau schweigt, lügt sie.
Wenn eine Frau redet, lügt sie.
Wenn eine Frau stottert – lügt der Mann.

So der spitzfindige Anton Kuh in: „Von Goethe abwärts. Aphorismen. Essays. Kleine Prosa" (Forum Verlag, Wien 1963); das Zitat findet sich auf Seite 292.

Wenn einer gar kein Gesicht hat, ein wichtiges bringt er immer noch zustande.

Alfred Grünewald in: „Lass meine Seele dir Heimat sein", eine Auswahl aus seinem Werk, aufgenommen in die von Hans Weigel herausgegebene Reihe „Bibliothek Wiederaufnahme Österreichischer Literatur des 20. Jahrhunderts" (Jungbrunnen Verlag, Wien-München 1990). Der zitierte Ausspruch findet sich auf Seite 92.

Wenn einer in Österreich ein Bösewicht ist, dann ist es ein Nestroyschuft.

Im Jahr 1988 erschien im Residenz Verlag der Band „Reden an Österreich. Schriftsteller ergreifen das Wort", eine Sammlung von Texten, die österreichische Schriftsteller zum Gedenken an den 50. Jahrestag des „Anschlusses“ Österreichs an das nationalsozialistische Deutschland im Jahr 1938 verfassten.

Der hier zitierte Satz findet sich in dem Beitrag von Inge Merkel. Merkel meint: „Wenn einer in Österreich ein Bösewicht ist, dann ist es kein Richard III., kein Jago, dann ist es ein Nestroyschuft. Diese sind zwar zutiefst gemein und niederträchtig, aber ein gefälliger Regisseur kann sie unschwer zur komischen Figur machen, über die man lachen muss; dabei vergisst man, dass Komik Niedertracht nicht ausschließt, nur gefährlicher macht“ (S. 114).

Wenn es einen Glauben gibt, der Berge versetzen kann, so ist es der Glaube an die eigenen Kraft.

Marie von Ebner-Eschenbach zitieren wir nach der Ausgabe der „Aphorismen“ im Insel-Verlag (Wiesbaden 1953, S. 7).

Wenn es keine Juden gäbe, müssten die Antisemiten sie erfinden.

Hermann Bahr stellte 1893 Interviews mit verschiedenen Persönlichkeiten zum Thema Antisemitismus zusammen, nachdem er sich nach Aufenthalten in Berlin, Paris und St. Petersburg – mit Abstechern nach Spanien und Nordafrika – wieder in Wien aufhielt. In seinem Vorwort kommentiert er die sehr unterschiedlichen Antworten, die er auf die von ihm verschickten Fragen erhalten hatte.

Unser Zitat findet sich in der Ausgabe: Hermann Bahr, „Der Antisemitismus – ein internationales Interview“ (herausgegeben und mit eine Nachwort versehen von Hermann Greive, Jüdischer Verlag, Königstein/Ts. 1979), auf Seite 16.

Wenn es möglich gewesen wäre, den Turm von Babel zu bauen, ohne ihn zu erklettern – der Bau wäre erlaubt worden.

Neben anderen Notizen findet sich in den „Nachgelassenen Schriften“ von Franz Kafka dieses Bonmot. Nachzulesen in: Franz Kafka, „Schriften Tagebücher Briefe. Kritische Ausgabe“ (herausgegeben von Jost Schillemeit, S. Fischer Verlag, Frankfurt 1992, Bd. 6.1, S. 45).

Wenn es Wirklichkeitssinn gibt, muss es auch Möglichkeitssinn geben.

Das 4. Kapitel von Robert Musils „Mann ohne Eigenschaften“ trägt diese Überschrift. Musil führt die für ihn so wichtige Relativierung dessen, was allgemein als Wirklichkeit angesehen wird, im anschließenden Text folgendermaßen aus: „So ließe sich der Möglichkeitssinn geradezu als die Fähigkeit definieren, alles, was eben so gut sein könnte, zu denken und das, was ist, nicht wichtiger zu nehmen als das, was nicht ist.“

Weiters weist Musil darauf hin, dass solche Möglichkeitsmenschen „in einem Gespinst von Dunst, Einbildung, Träumerei und Konjunktiven“ leben. „Kindern, die diesen Hang haben, treibt man ihn nachdrücklich aus und nennt solche Menschen vor ihnen Phantasten, Träumer, Schwächlinge und Besserwisser oder Krittler.“

Nachzulesen sind diese Ausführungen in: Robert Musil, „Der Mann ohne Eigenschaften“ (I, Erstes und Zweites Buch, herausgegeben von Adolf Frisé, Rowohlt Taschenbuch, Reinbek bei Hamburg 1987, S. 16).

Wenn jemand zu mir sagt: „Finden Sie nicht auch?“ lass ich ihn allein suchen.

Richard von Schaukal, „Leben und Meinungen des Herrn Andreas von Balthessar“ (Roman, 1907), im Kapitel „Einiges aus Andreas von Balthessars leider nicht gesammelten Sinnsprüchen und Glossen“. (In: „Um die Jahrhundertwende“, herausgegeben von Lotte von Schaukal und Joachim Schondorff, Albert Langen/Georg Müller Verlag, München-Wien 1965, S. 279).

Wenn man an den Denkmälern einer Stadt in einer Automobildroschke vorüberkommt, dann können sie einem nichts anhaben.

Karl Kraus, „Illusionen“, in der „Fackel“ Nr. 237 vom 2. Dezember 1907, Seite 12.

Wenn man eine trockene Periode hat oder einfach nichts trinken will, ist man in Österreich schwer geschädigt, finanziell und von der Auswahl.

Das sagte Helmut Qualtinger in einem Interview mit Armin Thurnher, erschienen in der Zeitschrift „Falter“ (Nr. 20, 1986). Weiter führt er aus: „Woll’n S’ a Fanta, woll’n S’ an Almdudler, woll’n S’ an Apfelsaft? – Aus. Oder einen relativ sehr teuren Pago. Um das Geld kann man sich kaufen drei Vierteln Wein, einen anständigen Landwein ...“

Wenn man etwas mit fünf Worten genauso gut sagen kann wie mit zwanzig, so kann man es ohne Worte noch besser sagen.

Erwin Chargaff in: „Bemerkungen“, eine Sammlung seiner Aphorismen, in der sich der hier zitierte Ausspruch auf Seite 83 findet (Verlag Klett-Cotta, Stuttgart 1981).

Wenn man in Österreich den Schleichhandel abschaffen will, so lädt man die Schleichhändler zu einer Enquete ein und lässt sich von ihnen beweisen, dass der Schleichhandel moralisch und notwendig sei.

Anton Wildgans in: „Zu Zeit und Welt“, Historisch-Kritische Gesamtausgabe der Werke, Band 7. Der hier zitierte Ausspruch stammt aus Wildgans’ Notizbüchern; in der Ausgabe von 1958 (Verlage Bellaria, Wien und Anton Pustet, Salzburg), ist er auf Seite 187 nachzulesen.

Wenn man mir die ganze Hand gibt, will ich gleich den kleinen Finger.

Alfred Grünewald in: „Lass meine Seele dir Heimat sein“, eine Auswahl aus seinem Werk, aufgenommen in die von Hans Weigel herausgegebene Reihe „Bibliothek Wiederaufnahme Österreichischer Literatur des 20. Jahrhunderts“ (Jungbrunnen Verlag, Wien-München 1990). Der zitierte Ausspruch findet sich auf Seite 87.

Wenn man sein Haus bestellt hat, soll man auch ein Weib freien.

Mit diesen Worten beginnt das 6. Kapitel von Robert Musils „Mann ohne Eigenschaften“. Es trägt den Titel „Leona oder eine perspektivische Verschiebung“.

Wir zitieren nach Robert Musil: „Der Mann ohne Eigenschaften“ (I,

Erstes und Zweites Buch, herausgegeben von Adolf Frisé, Rowohlt Taschenbuch, Reinbek bei Hamburg 1987, S. 21).

Wenn Menschen auseinandergehen, so sagen sie: Auf Wiedersehn! Ja Wiedersehn!

So lautet der Schlussreim des unter dem Übertitel „Nach altdeutscher Weise" veröffentlichten Gedichtes „Es ist bestimmt in Gottes Rat" des Arztes und Dichters Ernst von Feuchtersleben. Wahrscheinlich schrieb Feuchtersleben dieses Gedicht als vierzehnjähriger Schüler in den Jahren 1821/22. Später sprach er sich vehement gegen das Anfang des 19. Jahrhunderts beliebte Dichten in volkstümlichen „altdeutschen" Stil aus.

Das Gedicht wurde mehrfach vertont, unter anderem im Jahr 1839 von Felix Mendelssohn Bartholdy, der es unter dem Titel „Volkslied" sehr populär machte; heute wird es zumeist als Grablied vorgetragen.

Nachzulesen ist es in von Feuchterslebens „Sämtlichen Werke und Briefe" (Verlag der Österreichischen Akademie der Wissenschaften, Wien 1987, Bd. 1.1, S. 22). Auch die Entstehungsgeschichte ist dort recherchiert (Bd. 1.2, S. 500 ff.).

Wenn Menschen einander hassen, so kennen sie sich nicht.

Ein Ausspruch des österreichischen Dichters und Arztes Ernst von Feuchtersleben; er findet sich in einer Aphorismensammlung, die in dem Band „Beiträge zur Literatur, Kunst- und Lebens-Theorie" enthalten ist (Braunmüller Verlag, Wien 1837, S. 386).

Wenn Sie sich in einem Land befinden, wo zwei Parteien regieren, die sich zugleich die Opposition machen, dann sind sie in Österreich.

Der Kabarettist Carl Merz brachte mit diesen Worten das Unbehagen der Österreicher an den ÖVP-SPÖ-Koalitionen in den fünfziger und sechziger Jahren zum Ausdruck. „Wenn Sie sich in einem Land befinden, in dem die eine Partei regiert, während die andere die Opposition stellt, dann sind sie in einer Demokratie. Wenn Sie in einem Land sind, in dem eine Partei regiert und keine die Opposition macht, weil sie verboten ist, dann ist das eine Diktatur. Wenn Sie sich in einem Land befinden, wo zwei Parteien regieren, die sich zugleich die Opposition machen, dann sind sie in Österreich. Deshalb kommt dem Cabaret in Österreich eine so eminente Bedeutung zu, weil es die einzige wirklich vorhandene Opposition ist, die etwas zu sagen hat. Man nennt unsere österreichische Regierungsform daher mit Recht eine kabarettistische ..." Der Text wird zitiert in dem Buch „Cabaret und Kabarett in Wien" von Rudolf Weys (Verlag Jugend und Volk, Wien-München, 1970).

Wenn wir der Intoleranz den Rechtsanspruch zugestehen, toleriert zu werden, dann zerstören wir die Toleranz und den Rechtsstaat.

1979 führte Franz Kreuzer mehrere Gespräche mit dem österreichischen Philosophen Sir Karl Popper, in deren Verlauf dieser noch einmal seine Grundgedanken zusammenfasste. Die Gespräche wurden aus Anlass des 80. Geburtstages Poppers in dem Band „Offene Gesellschaft – offenes Universum, Franz Kreuzer im Gespräch mit Karl R. Popper" (Deuticke Verlag, Wien 1982) veröffentlicht. Aufgenommen wurde auch Poppers Tübinger Vortrag zum Thema „Duldsamkeit und intellektuelle Verantwortlichkeit", aus dem das Zitat stammt (4. Auflage 1986, S. 105).

Wenn wir nur noch das sehen, was wir zu sehen wünschen, sind wir bei der geistigen Blindheit angelangt.

Marie von Ebner-Eschenbach zitieren wir nach der Ausgabe der „Aphorismen" im Insel-Verlag (Wiesbaden 1953, S. 37).

Wer allzu viel umarmt, der hält nichts fest.

Die kluge Marschallin im „Rosenkavalier" weiß, dass Zuneigung nicht erzwungen werden kann. Deswegen behält sie die Fassung, als ihr Geliebter Oktavian sich von ihr ab- und der gleichaltrigen Sophie zuwendet.

(Hugo von Hofmannsthal, Sämtliche Werke, herausgegeben von Dirk O. Hoffmann und Willi Schuh; Band XXIII, Operndichtungen 1, S. Fischer Verlag, Frankfurt 1986, S. 95)

Wer an die Freiheit des menschlichen Willens glaubt, hat nie geliebt und nie gehasst.

Marie von Ebner-Eschenbach zitieren wir nach der Ausgabe der „Aphorismen" im Insel-Verlag (Wiesbaden 1953, S. 31).

Wer andern keine Grube gräbt, fällt selbst hinein.

Karl Kraus, „Abfälle", in der „Fackel" Nr. 198 vom 12. März 1906, Seite 3.

Wer angibt, hat mehr vom Leben.

Diese Beobachtung stammt von Wolfgang Bauer. (Nachzulesen im 6. Band seiner „Gesammelten Werke", Droschl Verlag, Graz-Wien 1989, S. 114).

Wer die Zeit immer totgeschlagen hat, dem bleibt ein Kadaver in Erinnerung.

Alfred Grünewald in: „Lass meine Seele dir Heimat sein", eine Auswahl aus seinem Werk, aufgenommen in die von Hans Weigel herausgegebene Reihe „Bibliothek Wiederaufnahme Österreichischer Literatur des 20. Jahrhunderts" (Jungbrunnen Verlag, Wien-München 1990). Der zitierte Ausspruch findet sich auf Seite 91.

Wer einem hilft, hat allen geholfen.

Karl Heinrich Waggerl in: „Kleine Münze", Aphorismen (herausgegeben vom Autor, Otto Müller Verlag, Salzburg 1957).

In Waggerls „Sämtlichen Werken" (Otto Müller Verlag, Salzburg-Wien 1970, Neuauflage 1997) sind die Sinnsprüche in Band 2 abgedruckt. Dieses Zitat findet sich dort auf Seite 643.

Wer das Gesellschaftliche anders als symbolisch nimmt, geht fehl.

Hugo von Hofmannsthal im „Buch der Freunde", das zunächst in einer Auflage von nur 800 Stück 1922 im Insel-Verlag erschien. Unter dem gleichen Titel wurde zuletzt 1985 in der Bibliothek Suhrkamp ein Nachdruck dieser Aphorismensammlung veröffentlicht.

Das Werk wurde auch in Band 10 von Hofmannsthals „Gesammelten Werken in zehn Einzelbänden" (S. Fischer Verlag, Frankfurt 1980) aufgenommen, dort findet sich dieser Ausspruch auf Seite 246.

Wer das Herz am rechten Fleck hat, dem sitzt es nicht auf der Zunge.

Alfred Grünewald in: „Lass meine Seele dir Heimat sein", eine Auswahl aus seinem Werk, aufgenommen in die von Hans Weigel herausgegebene Reihe „Bibliothek Wiederaufnahme Österreichischer Literatur des 20. Jahrhunderts" (Jungbrunnen Verlag, Wien-München 1990). Der zitierte Ausspruch findet sich auf Seite 91.

Wer den Honig liebt, darf die Biene nicht scheuen.

Erwin Chargaff in: „Bemerkungen", eine Sammlung seiner Aphorismen, in der sich der hier zitierte Ausspruch auf Seite 10 findet (Verlag Klett-Cotta, Stuttgart 1981). Dort ist auch nachzulesen, wie Chargaff seinen Gedanken fortführt: „Daran werden wir alle noch zugrunde gehen, die wir durch zuviel Arbeitsteilung stumpf geworden sind."

Wer die höchste Unwirklichkeit erfasst, wird die höchste Wirklichkeit gestalten.

Hugo von Hofmannsthal im „Buch der Freunde", das zunächst in einer Auflage von nur 800 Stück 1922 im Insel-Verlag erschien. Unter dem gleichen Titel wurde zuletzt 1985 in der Bibliothek Suhrkamp ein Nachdruck dieser Aphorismensammlung veröffentlicht.

Das Werk wurde auch in Band 10 von Hofmannsthals „Gesammelten Werken in zehn Einzelbänden" (S. Fischer Verlag, Frankfurt 1980) aufgenommen, dort findet sich dieser Ausspruch auf Seite 262.

Wer ein richtiger österreichischer Patriot ist, ist mindestens einmal in seinem Leben Hochverräter gewesen!

So rief der Sozialdemokrat Engelbert Pernerstorfer 1917 im Reichsrat aus, als ihm eine Debatte zum Thema Landesverrat zu bunt wurde. Dies berichtet Anton Kuh in dem Band „Von Goethe abwärts". Aphorismen. Essays. Kleine Prosa (Forum Verlag, Wien 1963). Das Zitat findet sich auf Seite 9.

Wer Geld hat, kommt nach Österreich. Wer keins hat, ist schon hier geboren.

Im Anhang der Karl-Farkas-Biografie „Das große Karl Farkas Buch" von Georg Markus finden sich einige kurzgefasste Definitionen und Bonmots des Altmeisters des Wiener Kabaretts. Der hier zitierte Ausspruch ist dort auf Seite 292 nachzulesen (Amalthea Verlag, Wien-München 1993).

Wer glaubt, kann keine Wunder erleben. Bei Tag sieht man keine Sterne.

Neben anderen Notizen findet sich in den „Nachgelassenen Schriften" von Franz Kafka dieses Bonmot. Nachzulesen in Franz Kafka: „Schriften Tagebücher Briefe. Kritische Ausgabe" (herausgegeben von Jost Schillemeit, S. Fischer Verlag, Frankfurt 1992, Bd. 6.1, S. 49).

Wer im Verkehr mit Menschen die Manieren einhält, lebt von seinen Zinsen, wer sich über sie hinwegsetzt, greift sein Kapital an.

Hugo von Hofmannsthal im „Buch der Freunde", das zunächst in einer Auflage von nur 800 Stück 1922 im Insel-Verlag erschien. Unter dem gleichen Titel wurde zuletzt 1985 in der Bibliothek Suhrkamp ein Nachdruck dieser Aphorismensammlung veröffentlicht.

Das Werk wurde auch in Band 10 von Hofmannsthals „Gesammelten Werken in zehn Einzelbänden" (S. Fischer Verlag, Frankfurt 1980) aufgenommen, dort findet sich dieser Ausspruch auf Seite 249.

Wer in seiner Zeit nicht leben kann, hätte es in keiner können.

Erwin Chargaff in: „Bemerkungen", eine Sammlung seiner Aphorismen, in der sich der hier zitierte Ausspruch auf Seite 135 findet (Verlag Klett-Cotta, Stuttgart 1981).

Wer jetzt kein Haus hat, baut sich keines mehr.

Diese melancholische Zeile stammt aus dem Gedicht „Herbsttag" von Rainer Maria Rilke. Die letzte Strophe dieses Werks beginnt mit den Worten

„Wer jetzt kein Haus hat, baut sich keines mehr./Wer jetzt allein ist, wird es lange bleiben“. Das Gedicht wurde erstmals 1902 in Rilkes „Buch der Bilder“ veröffentlicht.

Wer nachgibt, geht unter.

Diesen Satz schreibt Milo Dor in dem Text „An meinen Sohn“ aus dem Jahr 1984, in dem er die guten und die nicht nur guten Seiten des Lebens in seiner Heimat Österreich zusammenfasst. Wir zitieren nach dem Band „Schriftsteller und Potentaten“, einer Auswahl von Essays, Aufsätzen und Reden des Autors (Picus Verlag, Wien 1991, S. 46).

Wer nicht ausgetreten die Kinderschuhe, den klemmen sie ein bis zur Totenruhe.

„Unmündigkeit“ ist der Titel dieses Epigramms von Franz Grillparzer. Es ist nachzulesen in seinen „Sämtlichen Werken“ (Carl Hanser Verlag, 2., erweiterte Auflage, München 1970, Bd. 1, S. 534).

Wer nicht helfen kann, kann überhaupt nichts.

Im Jahr 1996 wurden die Werke des Schriftstellers Josef Weinheber in einer Neuausgabe im Otto Müller Verlag, Salzburg, publiziert. Im 3. Band findet sich der zitierte Satz auf Seite 530.

Wer nicht selbst ein Charakter ist, dem ist jeder Charakter zuwider.

Peter Rosegger in: „Wahrheiten und Weisheiten“, Aphorismen (herausgegeben von Bertl Petri, Staackmann Verlag, München 1989). In diesem Band findet sich der zitierte Satz auf Seite 96.

Wer nicht säuft, setzt heutzutage schon eine beachtliche und freiwillige Mehrleistung.

Heimito von Doderer leitet seine Betrachtung folgendermaßen ein: „Ich halte jeden Menschen für voll berechtigt, auf die – von den Ingenieursgesichtern und Betriebswissenschaftlern herbeigeführte – derzeitige Beschaffenheit unserer Welt mit schwerstem Alkoholismus zu reagieren ...“ (In:

„Repertorium. Ein Begreifbuch von höheren und niederen Lebens-Sachen", herausgegeben von Dietrich Weber, Verlag C. H. Beck, 2. Auflage, München 1996).

Wer nichts Böses tut, hat damit noch nichts Gutes getan.

Karl Heinrich Waggerl in: „Kleine Münze", Aphorismen (herausgegeben vom Autor, Otto Müller Verlag, Salzburg 1957).

In Waggerls „Sämtlichen Werken" (Otto Müller Verlag, Salzburg-Wien 1970, Neuauflage 1997) sind die Sinnsprüche in Band 2 abgedruckt. Das Zitat findet sich dort auf Seite 642.

Wer offene Türen einrennt, braucht nicht zu fürchten, dass ihm die Fenster eingeschlagen werden.

Karl Kraus, „Sprüche und Widersprüche", in der „Fackel" Nr. 275 vom 22. März 1909, Seite 29.

Wer sagen kann „Ich sterbe", der lebt.

Dieser Satz findet sich in Hans Weigels „O du mein Österreich. Versuch des Fragments einer Improvisation für Anfänger und solche, die es werden wollen" (Steingrüben Verlag, Stuttgart 1955, S. 203). Weiter heißt es: „Und wer zu singen vermag ‚Alles is hin', der beweist dadurch, dass vieles vorhanden und in Ordnung ist."

Wer seine Schranken kennt, der ist der Freie,/Wer frei sich wähnt, ist seines Wahnes Knecht.

Dieser Vers stammt aus dem 3. Auftritt von Franz Grillparzers Trauerspiel „Libussa" („Sämtliche Werke", Carl Hanser Verlag, 2., erweiterte Auflage, München 1970, Bd. 2, S. 302). Grillparzer, der sich nach dem Misserfolg von „Weh dem, der lügt" im Jahr 1838 vom Theater zurückgezogen hatte, verfügte in seinem Testament die Vernichtung dieses Werkes (zusammen mit den ebenfalls erst um 1850 fertiggestellten Werken „Ein Bruderzwist in Habsburg" und „Die Jüdin von Toledo"). Die Uraufführung fand deshalb erst am 21. Jänner 1874 statt, zwei Jahre nach dem Tod des Dichters.

Wer sich bewegen kann, ist nicht verpflichtet, Meinungen zu widerlegen.

Richard von Schaukal, „Leben und Meinungen des Herrn Andreas von Balthessar". Das Zitat findet sich am Ende des Romans im Kapitel „Einiges aus Andreas von Balthessars leider nicht gesammelten Sinnsprüchen und Glossen". (In: „Um die Jahrhundertwende", herausgegeben von Lotte von Schaukal und Joachim Schondorff, Albert Langen/Georg Müller Verlag, München-Wien 1965, S. 272)

Wer sich in diesen Zeiten entschlossen hat, mit dem Kopf zu arbeiten, ohne ein Fußballer zu sein, ist Kummer gewohnt.

Ein selten zitiertes Bonmot von Helmut Qualtinger und Carl Merz aus der am 8. Juni 1957 erschienenen Kurier-Kolumne „Blattl vorm Mund". Es handelte sich um die hundertste Kolumne, und sie trug den Titel „Bei Blattschluss ...". Sie wurde eingeleitet mit den Worten: „Bei Blattschluss erreicht uns die Nachricht, dass das ‚Blattl vorm Mund' soeben seinen hundertsten Geburtstag feiert, den es in voller körperlicher Frische und tiefster geistiger Umnachtung begeht."

Genau genommen lautet das Zitat: „Doch ist, wer sich in diesen Zeiten entschlossen hat, mit dem Kopf zu arbeiten, ohne ein Fußballer zu sein, Kummer gewohnt." (Qualtinger Werkausgabe, Deuticke Verlag, Wien 1997, Bd. 5, S. 105) Am 25. Mai 1957 gewann die österreichische Nationalmannschaft übrigens im ersten Ausscheidungsspiel zur Fußballweltmeisterschaft gegen Holland im Wiener Stadion nach einem dramatischen Verlauf 3:2, wobei sich die Holländer als schlechte Verlierer zeigten.

Wer sich in Familie begibt, kommt darin um.

Heimito von Doderer im „Repertorium". Dieses Buch wurde zu seinen Lebzeiten nicht fertig gestellt. Erst 1969 veröffentlichte Dietrich Weber eine Auswahl der Aufzeichnungen Doderers unter dem Titel „Repertorium. Ein Begreifbuch von höheren und niederen Lebens-Sachen" (Verlag C. H. Beck, 2. Auflage, München 1996). Der hier zitierte Ausspruch aus dem Jahr 1964 findet sich darin auf Seite 78. Doderer äußert sich in ebenso eindeutiger wie negativer Weise zum Thema „Familie": Er spricht von der Familie als „Zwang" und sieht ihren Ursprung im „Personsverlust" (S. 77).

Wer sich nach dem Frühling sehnt, darf nicht auf den Nussbaum schauen.

Hugo von Hofmannsthal im „Buch der Freunde", das zunächst in einer Auflage von nur 800 Stück 1922 im Insel-Verlag erschien. Unter dem gleichen Titel wurde zuletzt 1985 in der Bibliothek Suhrkamp ein Nachdruck dieser Aphorismensammlung veröffentlicht.

Das Werk wurde auch in Band 10 von Hofmannsthals „Gesammelten Werken in zehn Einzelbänden" (S. Fischer Verlag, Frankfurt 1980) aufgenommen, dort findet sich dieser Ausspruch auf Seite 252.

Wer sich nicht oft gern täuscht, der hat die rechte Weisheit noch nicht.

Ernst von Feuchtersleben in: „Lebensblätter", eine Sammlung von Aphorismen und Notizen zu unterschiedlichsten Themengebieten. Wir zitieren hier nach der 3. (unveränderten) Auflage aus dem Jahr 1851 (Verlag Josef Stöckholzer von Hirschfeld, Wien-Leipzig), in welcher dieses Zitat auf Seite 231 steht.

Wer sich selbst wirklich erkannt hat, der erkennt auch die übrige Welt.

Anton Wildgans in: „Zu Zeit und Welt", Historisch-Kritische Gesamtausgabe der Werke, Band 7. Der hier zitierte Ausspruch stammt ursprünglich aus Wildgans' Notizbüchern; in der Ausgabe von 1958 (Verlage Bellaria, Wien und Anton Pustet, Salzburg) ist er auf Seite 128 nachzulesen.

Wer sich Zeit nimmt, der hat sie.

Peter Rosegger in: „Wahrheiten und Weisheiten", Aphorismen (herausgegeben von Bertl Petri, Staackmann Verlag, München 1989). In diesem Band findet sich der hier zitierte Satz auf Seite 162.

Wer sucht, findet nicht, wer nicht sucht, wird gefunden.

Franz Kafka in den „Nachgelassenen Schriften". Nachzulesen in: Franz Kafka, „Schriften Tagebücher Briefe. Kritische Ausgabe" (herausgegeben von Jost Schillemeit, S. Fischer Verlag, Frankfurt 1992, Bd. 6.1, S. 63).

Wer unter Toren schweigt, lässt Vernunft, wer unter Vernünftigen schweigt, Torheit vermuten.

Ernst von Feuchtersleben in: „Lebensblätter“, eine Sammlung von Aphorismen und Notizen zu unterschiedlichsten Themen. Wir zitieren hier nach der 3. (unveränderten) Auflage aus dem Jahr 1851 (Verlag Josef Stöckholzer von Hirschfeld, Wien-Leipzig), Seite 237.

Wer von uns träumt nicht davon, den alltäglichen Trott zwischen einem falschen Beruf und einer durch Zufall zustande gekommenen Familie hinter sich zu lassen.

Dieser Stoßseufzer findet sich in dem Text „Meine Gedichte“ von Milo Dor. Dor führt den Satz folgendermaßen fort: „... und in einem anderen Land und unter einem anderen Namen ein ganz anderes Leben anzufangen.“

Wir zitieren nach dem Band „Schriftsteller und Potentaten“, einer Auswahl von Essays, Aufsätzen und Reden des Autors (Picus Verlag, Wien 1991, S. 15).

Wer zöge nicht eine wohlorganisierte Maus einem dreibeinigen Elefanten vor?

Ernst von Feuchterslebens in: „Lebensblätter“, eine Sammlung von Aphorismen und Notizen zu unterschiedlichsten Themen. Wir zitieren hier nach der 3. (unveränderten) Auflage aus dem Jahr 1851 (Verlag Josef Stöckholzer von Hirschfeld, Wien-Leipzig), in welcher die Frage auf Seite 217 steht. Feuchtersleben kritisiert mit diesen Worten Künstler, die ihre Werke groß anlegen, ohne sie entsprechend ausführen zu können.

Werde dir selbst erst befremdlich – und bald wird dir nichts mehr fremd sein.

Heimito von Doderer in: „Repertorium“. Ein Begreifbuch von höheren und niederen Lebens-Sachen“ (herausgegeben von Dietrich Weber, Verlag C. H. Beck, 2. Auflage, München 1996). Das hier zitierte Bonmot aus dem Jahr 1954 findet sich dort auf Seite 157.

Werden die Mittel komplexer, so werden die Probleme komplexer.

Konrad Bayer war einer der Begründer der Wiener Gruppe, einer avantgardistischen Vereinigung von Künstlern und Schriftstellern im Wien der fünfziger und sechziger Jahre. Unter seinen Notizen aus dem Jahr 1963 findet sich auch dieser programmatischer Ausspruch. Nachzulesen in: Konrad Bayer, „Sämtliche Werke" (herausgegeben von Gerhard Rühm, Österreichischer Bundesverlag/Verlag Klett-Cotta, Wien 1985, Bd. 1, S. 343).

Wes das Herz leer ist, des gehet der Mund über.

Karl Kraus, „Persönliches", in der „Fackel" Nr. 266 vom 30. November 1908, Seite 19.

Hier wandelt der Spötter das Bibelzitat „Wes das Herz voll ist, des geht der Mund über" (Matthäus 12,34) auf seine unnachahmliche Weise ab.

Wie kann der Mensch noch Bücher kaufen, seitdem die Illustrierte existiert?

Diese Frage wurde von Johann Nestroy 1845 im Zusammenhang mit der Posse „Die beiden Herren Söhne" aufgeworfen. In der Endfassung des Stücks kommt der Satz allerdings nicht mehr vor. Mit den Veränderungen der Lesegewohnheiten hat sich Nestroy immer wieder beschäftigt.

Wie legst du es an? Hintergründig!

Auf die Frage „Wie legst du es an?" wird heute gern mit „Hintergründig!" geantwortet. Diese Formulierung geht zurück auf Helmut Qualtingers „Der Menschheit Würde ist in Eure Hand gegeben." Dabei handelt es sich um einen Dialog zweier nicht besonders erfolgreicher Mimen, in dem es unter anderem heißt: „Morgen habe ich einen Funk. Kinderstunde ... ‚Schneewittchen' ... Ich spiele einen Zwerg ..." – „Welchen?" – „Den vierten ..." – „Wie legst du ihn an?" – „Hintergründig ..."

Der Text ist abgedruckt in der fünfbändigen Qualtinger-Werkausgabe (Deuticke Verlag, Wien 1996, Bd. 2, S. 285 ff.).

Wie leicht sich das sagt: sich selber finden! Wie man erschrickt, wenn es wirklich geschieht.

Elias Canetti in: „Die Provinz des Menschen. Aufzeichnungen 1942-1972" (Fischer Taschenbuch Verlag, Frankfurt 1976, S. 102).

Wie oft muss man sich sagen, was man ist, bevor man es wirklich wird?

Elias Canetti in: „Die Provinz des Menschen. Aufzeichnungen 1942-1972" (Fischer Taschenbuch Verlag, Frankfurt 1976, S. 201).

Wie sich der kleine Moritz die Weltgeschichte vorstellt – genau so ist sie.

Dieser Satz stammt von Anton Kuh. Die erste Buchveröffentlichung des Zitats erfolgte 1931 in „Physiognomik. Aussprüche", eine weitere Veröffentlichung in „Luftlinien" (Löcker Verlag, Wien 1981, S. 299).

Wie wird man aufs einfachste Prophet? – Wenn man eine Dummheit ausspricht und andere sie nachmachen.

Dieses Bonmot stammt von Robert Musil. Es findet sich unter dem Titel „Aus einem Rapial" in Band 7 seiner „Gesammelten Werke" (Rowohlt Verlag, Reinbek bei Hamburg 1978, S. 836). Die Originalversion lautet: *„Wie wird man aufs einfachste Prophet?* (kann man P. werden?) Indem man die Zukunft voraussieht? Nein. Indem man ihren Weg weist? Nein. Wenn man eine Dummheit ausspricht u. andere sie nachmachen."

Wien bleibt Wien.

Die älteste bislang verifizierte Verwendung dieses geflügelten Wortes ist eine gleichnamige Komposition, ein Marsch von Johann Schrammel aus dem Jahr 1886. Er gab seinem populärsten Marsch folgende Zueignung mit auf den Weg: „Den lieben Wienern hochachtungsvoll gewidmet."

Der Komponist gehörte einer bekannten Musikerfamilie an: „Schrammelmusik" nannte man die Musik der kleinen Tanztheater und Heurigenlokale. Der Name bezog sich auf das Schrammelquartett, das aus den prominentesten Vertretern dieser Gattung bestand: 1878 wurde es von Johann und Josef Schrammel (Geiger) und deren Freund Anton Strohmayer (Kontragitarrist) als Trio gegründet, 1879 durch den Klarinettisten Georg Dänzer zum berühmten Schrammel-Quartett erweitert. Nach Dänzers Tod wurde die Klarinette durch ein Akkordeon ersetzt. „Schrammel-Musik" ist heute noch populär und wird in unterschiedlicher Besetzung immer noch gespielt.

Wien bleibt Wien ist eine gefährliche Drohung.

Mit diesem Satz wird Karl Kraus in Verbindung gebracht. Alfred Polgar wird eine ähnliche Aussage zugeschrieben: „Ich muss über diese Stadt ein vernichtendes Urteil abgeben: Wien bleibt Wien." Wir finden diese Behauptung in Friedrich Torbergs „Tante Jolesch" (dtv, 12. Auflage, München 1988, S. 196). Das selbe Polgar-Zitat überliefert Erwin Ringel in folgender Form: „Wien bleibt Wien, und das ist das schlimmste, was man über diese Stadt sagen kann." Nachzulesen in: Erwin Ringel, „Eine neue Rede über Österreich" („Die österreichische Seele. Zehn Reden über Medizin, Politik, Kunst und Religion", Europa Verlag, Hamburg-Wien, 13. Auflage 2001, S. 38)

Wien ist anders!

Dieser Werbeslogan der Stadt Wien ist auch jenseits der offiziellen Wien-Werbung schnell und nachhaltig zum vielverwendeten geflügelten Wort geworden.

Wien ist ein bisserl groß für Österreich.

Der Band „Überwindung der Blitzangst" ist eine Zusammenstellung von Prosatexten des Schriftstellers Alois Brandstetter. Unter der Überschrift „Wien für Linzer Begriffe" findet sich eine Kurzbeschreibung der österreichischen Hauptstadt, gesehen durch die Augen des aus Linz nach Wien gekommenen, wobei jeder Satz dieser Charakterisierung das Wort „bisserl" enthält.

Nachzulesen in: Alois Brandstetter, „Überwindung der Blitzangst" (Residenz Verlag, Salzburg 1971, S. 48).

Wien ist nicht umzubringen.

Otto F. Beer gab diesen Titel einem Aufsatz über Wien, in dem er sich mit der Weltuntergangsfreudigkeit der Wiener Bevölkerung, den häufigen Zerstörungen der Stadt und anderen Viennensia befasst.

Wir zitieren nach der Anthologie „Heiteres Österreich" (herausgegeben von Brigitte Sinhuber-Erbacher, Amalthea Verlag, Wien-München 1982, S. 334).

Wien, Wien, nur du allein

So lautet der Refrain des bekannten Wienerliedes „Wien, du Stadt meiner Träume", als dessen Verfasser Rudolf Sieczynski gilt:

Wien, Wien, nur du allein
Sollst stets die Stadt meiner Träume sein!
Dort, wo die alten Häuser stehn,
Dort, wo die lieblichen Mädchen gehen!
Wien, Wien, nur du allein
Sollst stets die Stadt meiner Träume sein!
Dort, wo ich glücklich und selig bin,
Ist Wien, ist Wien, mein Wien!

Der Text ist nachzulesen in dem Band „Die schönsten Wiener Lieder. Gesammelt und herausgegeben von Leo Parthé" (Perlen-Reihe Band 1015, Deuticke, 4., völlig neu bearbeitete Auflage, Wien-München o. J., S. 180-181).

Wiener Schule

Dieser Begriff wird heute zur Kennzeichnung ganz unterschiedlicher Bereiche verwendet. Es gibt zum Beispiel die „Wiener Schule des Phantastischen Realismus" (als deren geistiger Vater Albert Paris Gütersloh gilt). Aber auch die „Wiener Schule der Rechtstheorie" (begründet 1934 von Hans Kelsen, dem Schöpfer der österreichischen Bundesverfassung von 1920) und die „Wiener medizinische Schule" (begründet 1745 von Gerard van Swieten) sind bekannt.

In unspezifizierter Form wird die Bezeichnung „Wiener Schule" für musikalische Strömungen verwendet. Als Begründer der „Ersten Wiener Schule" gilt Georg Christoph Wagenseil, der Klavierlehrer Maria Theresias.

Bekannter ist die „Zweite“ oder „Neue Wiener Schule“, eine Gruppe von Musikern rund um Arnold Schönberg, insbesondere Alban Berg und Anton von Webern, die 1902 seine Schüler wurden. Dieses Jahr wird als Gründungsjahr der „Neuen Wiener Schule“ angesehen, die verkürzend auch nur „die Wiener Schule“ genannt wird.

Nicht zu verwechseln ist die „Wiener Schule“ mit dem „Wiener Kreis“ und der „Wiener Gruppe“: Der „Wiener Kreis“ war eine Vereinigung bedeutender Philosophen, Mathematiker und Angehöriger anderer Natur- und Sozialwissenschaften im Wien der Zwischenkriegszeit. Die „Wiener Gruppe“ bestand in den fünfziger Jahren aus den Schriftstellern und Künstlern H. C. Artmann, Friedrich Achleitner, Konrad Bayer, Gerhard Rühm und Oswald Wiener.

Will der Herr Graf den Tanz mit mir wagen, mag er's nur sagen, ich spiel ihm auf.

Die Drohung des Figaro ist zum geflügelten Wort geworden für jene, die beschlossen haben, sich gegen Willkür zur Wehr zu setzen.

Das Libretto zu Mozarts „Hochzeit des Figaro“ stammt von Lorenzo da Ponte, es basiert auf der Komödie „Le mariage de Figaro“ von Pierre Augustin Caron de Beaumarchais aus dem Jahr 1784.

Willst du mit den Kinderhänden in des Schicksal Speichen greifen?

Ein Zitat aus dem vierten Aufzug von Franz Grillparzers Schicksalstragödie „Die Ahnfrau“ aus dem Jahr 1817. Der tödlich verwundete Graf Borotin richtet die Worte an seine Tochter Berta, als diese sich flehend an ihn klammert und ihn beschwört, nicht zu sterben. Nachzulesen in: „Sämtliche Werke“ (Carl Hanser Verlag, 2., erweiterte Auflage, München 1970, Bd. 1, S. 680).

Wir alle sterben an Österreich.

Erwin Ringel überlieferte diesen Ausspruch des Historikers und Kulturkritikers Friedrich Heer. Er berichtet von Besuchen bei Heer, bei denen dieser immer wieder äußerte: „Schaut mich an, ich bin ein Sterbender ... Und wenn ihr wissen wollt, woran ich sterbe, dann sage ich euch, ich sterbe an Österreich, wir alle sterben an Österreich.“ Ringel versucht dieses Phänomen damit zu erläutern, dass das „österreichische Schicksal" ungeheuer anstrengend sei. Man müsse viel zu viel Energie aufbringen, um Sachfragen maßgeblichen Personen begreiflich zu machen. Diese Zermürbungstaktik führe dazu, dass selbst bei erfolgreicher Durch*setzung* einer Sache deren Durch*führung* durch die große Erschöpfung der Beteiligten weiter verzögert wird.

Nachzulesen ist dies in: Erwin Ringel, „Die österreichische Seele. Zehn Reden über Medizin, Politik, Kunst und Religion." (Wir zitieren nach der 13. Auflage, Europa Verlag, Hamburg-Wien 2001, S. 25.)

Wir haben keinen größeren Feind als uns selbst.

Peter Rosegger in: „Wahrheiten und Weisheiten", Aphorismen (herausgegeben von Bertl Petri, Staackmann Verlag, München 1989). In diesem Band findet sich der zitierte Satz auf Seite 131.

„Wir haben Recht behalten", triumphieren jene, die lange nicht hören wollten und zu guter Letzt wirklich taub wurden.

Alfred Grünewald in: „Lass meine Seele dir Heimat sein", eine Auswahl aus seinem Werk, aufgenommen in die von Hans Weigel herausgegebene Reihe „Bibliothek Wiederaufnahme Österreichischer Literatur des 20. Jahrhunderts" (Jungbrunnen Verlag, Wien-München 1990). Der zitierte Ausspruch findet sich auf Seite 97.

Wir haben uns die Fliegenbärtchen abrasiert.

„Der Alte Nazi kehrt zurück" ist ein bekanntes Lied des Kabarettisten Lukas Resetarits. Der Text stammt von Heinz R. Unger, bei der Melodie wirkte Georg Herrnstadt mit. Das Lied erschien 1979 auf Resetarits' erster Langspielplatte, „Ein Abend mit Lukas Resetarits". Der Refrain lautet:

Wir haben uns die Fliegenbärtchen abrasiert,
wir sind ganz unverdächtig durch die Stadt marschiert
denn heute gibt's zum Feiern einen guten Grund
für jeden alten Herrn vom Kameradschaftsbund.

Nachzulesen ist der Text in: Lukas Resetarits, „Rekapituliere. 10 Programme und 1" (Verlag Kremayr & Scheriau, Wien 1987, S. 17).

Wir kürzen uns die Zeit mit Kopfrechnen ab. Ich ziehe die Wurzel aus ihrer Sinnlichkeit und sie erhebt mich zur Potenz.

Karl Kraus, „Vorurteile", in der „Fackel" Nr. 241 vom 15. Jänner 1908, Seite 8.

Wir leben jeder unter anderen Voraussetzungen. Mancher braucht ein Leben lang, um die seinen kennen zulernen.

Alfred Grünewald in: „Lass meine Seele dir Heimat sein", eine Auswahl aus seinem Werk, aufgenommen in die von Hans Weigel herausgegebene Reihe „Bibliothek Wiederaufnahme Österreichischer Literatur des 20. Jahrhunderts" (Jungbrunnen Verlag, Wien-München 1990). Der zitierte Ausspruch findet sich auf Seite 84.

Wir Marktwirtschaftler haben noch eine Utopie zu bieten – der Kommunismus hat keine mehr.

Der streitbare Ökonom Friedrich von Hayek liebt die Provokation und die zugespitzte Formulierung. Seine Politik- und Wirtschaftstheorien brachten ihm 1974 den Nobelpreis ein, seine Thesen werden gegenwärtig, im Zeitalter des entfesselten Kapitalismus und der Globalisierung, wieder heftig diskutiert.

1983 führte Franz Kreuzer ein Gespräch mit Friedrich von Hayek, welches in dem Band „Markt, Plan, Freiheit, Franz Kreuzer im Gespräch mit Friedrich von Hayek und Ralf Dahrendorf" (Deuticke Verlag, Wien 1983) nachzulesen ist, das Zitat findet sich auf Seite 51.

Wir Menschen von heute haben keine Gegenwart, unsere Zeit besteht aus Trümmern der Vergangenheit und Keimen der Zukunft.

Peter Rosegger in: „Wahrheiten und Weisheiten", Aphorismen (herausgegeben von Bertl Petri, Staackmann Verlag, München 1989). Der zitierte Satz findet sich auf Seite 26.

Wir müssen die Klischees der Zivilisation, die zum Schutz der Unmenschlichkeit dienen, durchbrechen, wo immer wir können.

Erich Fried hat aus seinem politischen Engagement nie ein Hehl gemacht und dieses auch in seine Verse und Prosa einfließen lassen. Das Zitat stammt aus der Rede „Was soll und kann Literatur verändern", die er auf dem Symposion „Literatur und Macht" (Wien, 4.–8. Mai 1983) hielt. Abgedruckt ist der Text im Band „Nicht verdrängen, nicht gewöhnen. Texte zum Thema Österreich" (herausgegeben von Michael Lewin, Europa Verlag, Wien 1987, S. 42).

Wir müssen lernen, dass Selbstkritik die beste Kritik ist; dass aber die *Kritik durch andere* eine Notwendigkeit ist. Sie ist fast ebenso gut wie die Selbstkritik.

Am Ende eines Vortrags zum Thema „Duldsamkeit und intellektuelle Verantwortlichkeit" formulierte der Philosoph Karl R. Popper zwölf Prinzipien als Grundlage für eine neue Berufsethik für Naturwissenschaftler, wobei er betonte, dass diese zwölf Prinzipien auch für andere Berufe gelten könnten. Der Vortragstext ist in dem Band „Offene Gesellschaft – offenes Universum, Franz Kreuzer im Gespräch mit Karl R. Popper" abgedruckt (Deuticke Verlag, Wien 1982; 4. Auflage 1984), das Zitat findet sich auf Seite 116 (Hervorhebungen vom Autor).

Wir Österreicher haben die großen Niederlagen hinter uns und wissen daher, wie vergänglich alle Macht und Größe auf dieser Welt sind.

In dem Text „An meinen Sohn" aus dem Jahr 1984 setzt sich Milo Dor mit der österreichischen Geschichte und den daraus resultierendenden Eigenheiten der Österreicher auseinander. Den zitierten Satz erläutert er folgendermaßen: „Wir sind also im Vorteile all den andren Nationen gegenüber, die sie erst vor sich haben. Ich finde das höchst angenehm. Es ist viel anstrengender, in einem Land zu leben, das unter seiner eingebildeten Größe leidet und sie immer wieder bestätigen muss." Wir zitieren nach dem Band „Schriftsteller und Potentaten", einer Auswahl von Essays, Aufsätzen und Reden des Autors (Picus Verlag, Wien 1991, S. 45).

Wir Österreicher lieben unsere Geschichte – solange sie uns nicht an unsere Vergangenheit erinnert.

Dieser Satz entstammt einer Sendung des ORF-Schulfunks vom 1. Februar 1988. Er ist als Motto dem Band „Reden an Österreich. Schriftsteller ergreifen das Wort“ vorangestellt, einer Sammlung von Texten, die österreichische Schriftsteller zum Gedenken an den 50. Jahrestag des „Anschlusses“ Österreichs an das nationalsozialistische Deutschland im Jahr 1938 verfassten.

Wir reifen allmählich, aber wir altern in Sprüngen.

Erwin Chargaff in: „Bemerkungen“, eine Sammlung seiner Aphorismen, in der sich der zitierte Ausspruch auf Seite 48 findet (Verlag Klett-Cotta, Stuttgart 1981).

Wir sind das Bauvolk der kommenden Welt.

Dies ist die erste Zeile des Liedes „Die Arbeiter von Wien“. Zur Entstehungsgeschichte des Liedes gibt es zwei verschiedene Versionen: Zum einen wird der „Internationalen Jugendtag“, der 1929 in Wien stattfand, als Uraufführungsdatum angegeben, zum anderen die Februartage des Jahres 1934. In beiden Fällen wird Fritz Briegel als Textdichter ausgewiesen. Gesungen wird das Lied auf die Melodie des „Roten Armeemarsches“ von 1920.

„Wir sind doch unter uns“, sage ich nicht einmal zu mir selbst.

Alfred Grünewald in: „Lass meine Seele dir Heimat sein“, eine Auswahl aus seinem Werk, aufgenommen in die von Hans Weigel herausgegebene Reihe „Bibliothek Wiederaufnahme Österreichischer Literatur des 20. Jahrhunderts“ (Jungbrunnen Verlag, Wien-München1990). Der zitierte Ausspruch findet sich auf Seite 88.

Wir sind so eitel, dass uns sogar an der Meinung der Leute, an denen uns nichts liegt, etwas gelegen ist.

Marie von Ebner-Eschenbach zitieren wir nach der Ausgabe der „Aphorismen“ im Insel-Verlag (Wiesbaden 1953, S. 14).

Wir suchen die Wahrheit, finden wollen wir sie aber nur dort, wo es uns beliebt.

Marie von Ebner-Eschenbach zitieren wir nach der Ausgabe der „Aphorismen“ im Insel-Verlag (Wiesbaden 1953, S. 57).

Wir wern sie schon demoralisieren.

Nach dem „Anschluss“ Österreichs an das nationalsozialistische Deutschland im Jahr 1938 musste der Großteil der in Österreich lebenden Kabarettisten emigrieren, um der drohenden Deportation in Konzentrationslager zu entgehen. Von den wenigen verbliebenen wurde das „Wiener Werkel“ gegründet, die damals einzige Kabarettbühne Österreichs.

Dort wurde unter anderem das wienerische Traumspiel „Herrn Sebastian Kampels Höllenfahrt“ aufgeführt, als dessen Autoren Rudolf Weys und Franz Paul auftraten. Tatsächlich schrieben das Stück jedoch die im Untergrund lebenden „nichtarischen“ Schriftsteller Fritz Eckhardt und Kurt Nachmann. Das Mittelstück „Das chinesische Wunder“ ist unschwer als Parabel auf die damalige Situation Österreichs zu erkennen: Die Fähigkeit der Bewohner von „Wi-En“, sich mit der Besatzungsmacht, den „Tokioten“, zu arrangieren, äußert sich paradigmatisch in der Figur des Hofrates Pechacek (geschrieben „Pe-Cha-Tschek“).

Dieser antwortet auf die verängstigte Frage seines Amtsdieners, was denn angesichts der Besatzungsmacht geschehen solle: „Gar nix, lieber Po-Ma-Li. Sans net nervös, wir wern sie schon demoralisieren! Mit demselben Tempo, mit dem s' alles machen, werden sie sich auch an unsere untertänige Mentalität gewöhnen. An unsere Schlamperei, an unseren Zopf, weil s' net wissen, dass dieser Zopf das große chinesische Wunder ist, das uns net untergehen lasst, auch wenn wir uns noch so oft anschließen.“ Wir zitieren nach der von Herrmann Hakel herausgegebenen Anthologie: „Wigl Wogl. Kabarett und Varieté in Wien“ (Forum Verlag, Wien-Hannover-Bern 1962, S. 233f).

Wirklichen Humor hat nämlich nur das Leben, und das einzige, was Humoristen tun können, besteht darin, dass sie diesen Humor abschreiben.

Das meint Egon Friedell in seiner „Kulturgeschichte der Neuzeit“; wir zitieren nach „Das Friedell-Lesebuch“ (herausgegeben von Heribert Illig, Verlag C. H. Beck, München 1988, S. 224).

Wissen ist wenig; im rechten Bezug zu wissen ist viel, im rechten Punkt zu wissen ist alles.

Hugo von Hofmannsthal im „Buch der Freunde", das zunächst in einer Auflage von nur 800 Stück 1922 im Insel-Verlag erschien. Unter dem gleichen Titel wurde zuletzt 1985 in der Bibliothek Suhrkamp ein Nachdruck dieser Aphorismensammlung veröffentlicht.

Das Werk wurde auch in Band 10 von Hofmannsthals „Gesammelten Werken in zehn Einzelbänden" (S. Fischer Verlag, Frankfurt 1980) aufgenommen, dort findet sich dieser Ausspruch auf Seite 261.

Wissen S' an Bessern? – Das ist die ewige Frage, die ich in Österreich immer wieder höre.

Diesen Satz sagte Helmut Qualtinger in einem Interview in der „Wochenpresse", das am 12. Februar 1985 erschien. Die Frage von Klaus Khittl bezog sich auf Bundeskanzler Fred Sinowatz. Die vollständige Antwort Qualtingers lautete: „Ja, mit dem is es die ewige Frage, die ich in Österreich immer wieder hör, auch im Theater und in der Kunst: Wissen S' an Bessern? ... Die Parteien haben sich halt um die Jungen nie gekümmert – und jetzt ham s' nix danach ..."

Witz ist der als Vorhut reitende Hinterhalt.

Erwin Chargaff in: „Bemerkungen", eine Sammlung seiner Aphorismen, in der sich der hier zitierte Ausspruch auf Seite 28 findet (Verlag Klett-Cotta, Stuttgart 1981).

Witz ist Unzucht wider die Kausalität.

Der Theaterkritiker Alfred Polgar in: „Handbuch des Kritikers". Wir zitieren nach der Neuauflage aus dem Jahr 1997 (Paul Zsolnay Verlag, Wien), in der sich dieses Bonmot auf Seite 75 findet.

Witzigkeit ist manchmal Witzarmut, die ohne Hemmung sprudelt.

Karl Kraus, „Tagebuch", in der „Fackel" Nr. 270 vom 19. Jänner 1909, Seite 33.

Wo i geh und steh

Nach seinem Engagement im Tiroler Freiheitskrieg verbot Kaiser Franz I./II. seinem Bruder Erzherzog Johann, Tirol zu betreten. Er lebte fortan als volksnaher Förderer von Kunst, Wissenschaft und Wirtschaft in der Steiermark.

Der Erzherzog-Johann-Jodler gilt als inoffizielle Hymne der Steiermark. Sein Komponist, der Militärkapellmeister Josef Franz Wagner (1856–1908), wird als „Österreichischer Marschkönig" bezeichnet. Er komponierte über 400 Werke, von denen circa 250 verlegt wurden. Eines seiner bekanntesten Lieder ist der Erzherzog-Johann-Jodler, dessen erste Strophe lautet:

Wo i geh und steh
Tut mir mei' Herz so weh
Um mei Steiermark, ja, glaubt's ma's gwiss
Wo das Büchserl knallt
Und der Gamsbock fallt
Wo mei' liaba Herzog Johann is.
Jodler

Wo Es war, muss Ich werden.

Dies ist der vorletzte Satz der 31. Vorlesung (Titel: „Die Zerlegung der psychischen Persönlichkeit") aus Sigmund Freuds „Vorlesungen zur Einführung in die Psychoanalyse. Neue Folge" von 1932. Diese Vorlesungen wurden nie gehalten, Freud wählte die äußere Form der Vorlesung lediglich in Anschluss an die „Vorlesungen zur Einführung in die Psychoanalyse", die er in den Jahren 1915 bis 1917 an der Wiener psychiatrischen Klinik gehalten hatte. Nachzulesen ist der Text in: Sigmund Freud, „Studienausgabe" (11., korrigierte, Auflage, S. Fischer Verlag, Frankfurt 1989, Bd. 1, S. 516).

In „Die Zerlegung der psychischen Persönlichkeit" skizziert Freud seine Sicht der menschlichen Psyche, die auf einer Dreiteilung in „Es", „Ich" und „Über-Ich" aufbaut: „Es" steht für das Triebhaft-Unbewusste, „Ich" für das Bewusstsein, „Über-Ich" für die Instanzen des Gewissens. Der Satz „Wo Es war, muss Ich werden", zeigt deutlich Freuds Einschätzung dieser verschiedenen Instanzen; er ist heute einer der bekanntesten Aussprüche Freuds.

Wo es Krisen gibt, gibt es Fachleute zu ihrer Verschärfung.

Erwin Chargaff hat immer wieder das moderne Spezialistentum und den damit einhergehenden Kult um Fachwissen und Fachleute angeprangert. Wir zitieren nach dem Text „Zu müssen, was man nicht soll", abgedruckt in: Erwin Chargaff, „Vermächtnis" (Ernst Klett, Stuttgart 1992, S. 171).

Wo ist dein Selbst zu finden? Immer in der tiefsten Bezauberung, die du erlitten hast.

Hugo von Hofmannsthal im „Buch der Freunde", das zunächst in einer Auflage von nur 800 Stück 1922 im Insel-Verlag erschien. Unter dem gleichen Titel wurde zuletzt 1985 in der Bibliothek Suhrkamp ein Nachdruck dieser Aphorismensammlung veröffentlicht.

Das Werk wurde auch in Band 10 von Hofmannsthals „Gesammelten Werken in zehn Einzelbänden" (S. Fischer Verlag, Frankfurt 1980) aufgenommen, dort findet sich dieser Ausspruch auf Seite 256.

Wo's dunkel wird, beginnt das Okkulte.

Dieser Ausspruch stammt von Anton Kuh. Wir zitieren nach dem Band „Luftlinien" (Löcker Verlag, Wien 1981), in dem sich das Zitat auf Seite 305 findet.

Wo weder zum Weinen noch zum Lachen Kraft ist, lächelt der Humor unter Tränen.

Karl Kraus, „Kehraus", in der „Fackel" Nr. 229 vom 2. Juli 1907, Seite 6.

Woraus bemerkenswerter Weise nichts hervorgeht.

So lautet die Überschrift des 1. Kapitels von Robert Musils „Mann ohne Eigenschaften" (I, Erstes und Zweites Buch, herausgegeben von Adolf Frisé, Rowohlt Taschenbuch, Reinbek bei Hamburg 1987, S. 9).

Wörter ziehen viel Schmutz an, und die einzige Reinigung und Desinfektion besteht darin, dass man genau nachliest.

Erwin Chargaff ist mit seinen wissenschafts- und kulturkritischen Essays zu einem der profiliertesten Kritiker der modernen Naturwissenschaften geworden. Ein besonderes Anliegen Chargaffs ist die Hinterfragung von

Wortbedeutungen, die gerne als allgemeingültig hingenommen werden; Chargaff setzt sich dafür ein, immer wieder den ursprünglichen Sinn von Wörtern gleichsam aus der Menge des sie umgebenden Ballastes herauszuschälen.

Nachzulesen in dem Text: „Vermächtnis", der sich im gleichnamigen Sammelband mit Essays von Chargaff findet (Ernst Klett, Stuttgart 1992, S. 27).

Worüber du auch urteilst, es ist immer ein Urteil über dich selbst.

Karl Heinrich Waggerl in: „Kleine Münze", Aphorismen (herausgegeben vom Autor, Otto Müller Verlag, 1957).

In Waggerls „Sämtlichen Werken" (Otto Müller Verlag, Salzburg-Wien 1970, Neuauflage 1997) sind die Sinnsprüche in Band 2 abgedruckt. Dieses Zitat findet sich dort auf Seite 643.

Wovon man nicht sprechen kann, darüber muss man schweigen.

Dieser viel zitierte „Satz Nr. 7" ist der letzte des „Tractatus Logico-Philosophicus" von Ludwig Wittgenstein – des einzigen zu seinen Lebzeiten in Buchform publizierten philosophischen Werkes. Der „Tractatus" – Wittgenstein selbst gebrauchte diesen Titel nie, sondern sprach immer von der „Logisch-philosophischen Abhandlung" – wurde hauptsächlich in der Zeit des Ersten Weltkrieges geschrieben und erschien erstmals 1921 in Ostwalds „Annalen der Naturphilosophie". Wittgenstein ging es darum, eine Philosophie ohne Metaphysik zu begründen. Er wollte mit dieser Aussage darauf hinweisen, dass über Metaphysik keine sinnvollen Aussagen möglich seien.

Heute wird der Satz in trivialer Form verwendet, um jemanden zu disqualifizieren, im Sinne von: Wer von etwas keine Ahnung hat, soll darüber nicht reden.

Wohin kämen wir, wenn wir immer nur Idealen nachhängen würden? Zu den Idealen!

Ein Bonmot aus der Schrift „Märchen des Lebens" von Peter Altenberg. Es findet sich in unter dem Titel „Aus unseren Tränen wird Weisheit; aber aus eurem Lächeln?!?" In der Originalversion ist das Zitat auf zwei Sprecher aufgeteilt und lautet: „„Wohin kämen wir, bitte, wenn wir nur immer Idealen nachhängen würden?!?',*Zu den Idealen!*'"Wir zitieren nach: Peter Altenberg, „Ausgewählte Werke in zwei Bänden" (Carl Hanser Verlag, München 1979, Band 1, S. 160).

Wunschtraum der Menschheit: Romantik mit Wasserspülung.

Offenbar gab es schon zu Anton Kuhs Zeiten den Trend zum mit allen Schikanen ausgestatteten einfachen Landleben. Nachzulesen in: „Von Goethe abwärts. Aphorismen. Essays. Kleine Prosa" (Forum Verlag, Wien 1963), das Zitat findet sich auf Seite 322.

Z

Zwei Herzen im Dreivierteltakt

Titelwalzer einer 1933 uraufgeführten Operette von Robert Stolz sowie des zwei Jahre vorher entstandenen gleichnamigen Spielfilms mit Willi Forst. Es war der erste deutschsprachige Musikfilm. Stolz schrieb für diesen Film die Musik; der Anekdote zufolge hat er den Walzer in einem Restaurant auf der Speisekarte notiert. Der Text ist von Paul Knepler, Ignaz Michael Welleminsky und Robert Gilbert.

Heute wird dieser Ausdruck verwendet, um verliebte Menschen zu beschreiben, die in völliger Harmonie leben.

Zu befürchten ist, dass Österreich genau die Regierung hat, die es gewollt hat.

Im Jahr 1988 erschien im Residenz Verlag der Band „Reden an Österreich. Schriftsteller ergreifen das Wort", eine Sammlung von Texten, die österreichische Schriftsteller zum Gedenken an den 50. Jahrestag des „Anschlusses" Österreichs an das nationalsozialistische Deutschland im Jahr 1938 verfassten.

Das hier zitierte Bonmot findet sich in dem Beitrag von Reinhard P. Gruber auf Seite 6.

Zu den schlechten Beispielen, die gute Sitten verderben, gehören die guten Beispiele.

Karl Kraus, „Aphorismen", in der „Fackel" Nr. 294 vom 31. Jänner 1910, Seite 26.

Kraus war Anhänger einer seinen Vorstellungen entsprechenden, reduzierten Moral, er wandte sich gegen die gängigen Moralvorstellungen seiner Zeit.

Zu viel Sitzen verdirbt den schönsten Lorbeer.

Erwin Chargaff in: „Bemerkungen“, eine Sammlung seiner Aphorismen, in der sich der Ausspruch auf Seite 35 findet (Verlag Klett-Cotta, Stuttgart 1981).

Zu viele Berührungspunkte ergeben Reibungsflächen.

Alfred Grünewald in: „Lass meine Seele dir Heimat sein“, eine Auswahl aus seinem Werk, aufgenommen in die von Hans Weigel herausgegebene Reihe „Bibliothek Wiederaufnahme Österreichischer Literatur des 20. Jahrhunderts“ (Jungbrunnen Verlag, Wien-München 1990). Das Zitat findet sich auf Seite 88.

Zum Kranklachen wäre alles, wenn es nicht zum Totlachen wäre.

Ilse Aichinger notierte während der Jahre 1950–1985 in ihren Aufzeichnungen eine Sammlung von Aphorismen und Gedanken zu verschiedenen Themenbereichen. Sie sind nachzulesen in dem Band „Kleist. Moos. Fasane“ (Fischer Taschenbuch Verlag, Frankfurt 1991), der zitierte Ausspruch findet sich auf Seite 87.

Weiterführende Literatur:

Archiv Bibliographia Judaica: Lexikon deutsch-jüdischer Autoren. K. G. Saur, München 1992ff.

Bolbecher, Siglinde, Konstantin Kaiser: Lexikon der österreichischen Exilliteratur. Deuticke, Wien 2000

Czeike, Felix: Das Grosse Groner Wien Lexikon. Verlag Fritz Molden, Wien-München-Zürich 1974

Dachs, Robert, Walter Öhlinger, Adalbert Schusser: Sag beim Abschied ... Wiener Publikumslieblinge in Bild & Ton. Sammlung Robert Dachs. 158. Ausstellung des Historischen Museums der Stadt Wien in Zusammenarbeit mit dem Jüdischen Museum der Stadt Wien, 23. Jänner bis 22. März 1992. Eigenverlag der Museen der Stadt Wien, 1992

Die geistige Elite Österreichs 1816–1936. C. Barth, Wien

Dokumentationsarchiv des österreichischen Widerstandes (Hg.): Österreicher im Exil. USA 1938–1945. Eine Dokumentation, Band 1. Österreichischer Bundesverlag, Wien 1995

Hall, Murray G., Gerhard Renner: Handbuch der Nachlässe und Sammlungen österreichischer Autoren. 2., neu bearbeitete und erweiterte Auflage, Böhlau, Wien-Köln-Weimar 1995

Giebsch, Hans, Gustav Gugitz (Hg.): Bio-Bibliographisches Literaturlexikon Österreichs. Brüder Hollinek, Wien 1964

Lehmann, Klaus-Dieter (Hg.): Deutsches Exilarchiv 1933–1945. Sonderveröffentlichungen der Deutschen Bibliothek Frankfurt. Metzler, Stuttgart 1989

Strauss, Herbert A,. Werner Röder, Institut für Zeitgeschichte München, Foundation for Jewish Immigration Inc. New York (Hg.): Biographisches Handbuch der deutschsprachigen Emigration nach 1933. K. G. Saur, München u.a., 1983

Tetzlaff, Walter: Kurzbiographien bedeutender deutscher Juden. Askania Verlagsgesellschaft, Lindhorst 1982

Pass, Walter, Gerhard Scheit, Wilhelm Svoboda: Orpheus im Exil. Die Vertreibung der österreichischen Musik von 1938 bis 1945. Verlag für Gesellschaftskritik, Wien 1995

Planer, Franz (Hg.): Jahrbuch der Wiener Gesellschaft. Verlag Franz Planer, Wien 1928 und 1929

Wehle, Peter: Singen Sie wienerisch? Eine satirische Liebeserklärung an das Wienerlied. Ueberreuter, Wien 1986

Wehle, Peter: Sprechen Sie Wienerisch? Von Adaxl bis Zwutschkerl. Ueberreuter, Wien, 1980.

Welzig, Werner (Hg.): Wörterbuch der Redensarten zu der von Karl Kraus 1899 –1936 herausgegebenen Zeitschrift Die Fackel. Verlag der Österreichischen Akademie der Wissenschaften, Wien 1999

Copyright-Vermerk:

Hornig, Josef: s'wird schöne Maderln geb'n. © Bosworth Musikverlag, Wien o. J.

Jandl, Ernst: poetische werke. hg. von Klaus Siblewski © Luchterhand Literaturverlag GmbH, München 1997

Kaps, Artur: Wenn der Herrgott net will. © Bosworth Musikverlag, Wien o. J.

Kreuzer, Franz, Hg.: Karl R.Popper/Konrad Lorenz, Die Zukunft ist offen. Das Altenberger Gespräch. Mit den Texten des Wiener Popper-Symposiums. © Piper Verlag GmbH, München 1985

Kuh, Anton: Luftlinien. © Löcker Verlag, Wien 1981; Von Goethe abwärts. Forum Verlag 1963 © Thomas Sessler Verlag, Wien

Mayröcker, Friederike: Friederike Mayröcker, hg. von Gerhard Melzer und Stefan Schwar, Dossier: Die Buchreihe über österreichische Autoren, Band 14. © Droschl Verlag, Graz 1999

Musil, Robert: Gesammelte Werke, hg. von Adolf Frisé. © Rowohlt Verlag GmbH, Reinbek bei Hamburg 1978

Polgar, Alfred: Kleine Schriften. © Rowohlt Verlag GmbH, Reinbek bei Hamburg 1982; Handbuch des Kritikers. © Paul Zsolnay Verlag, Wien 1980, 1997

Prosel, Theo: I hab die schönen Maderln net erfunden. Arold Musikverlag, Wien o. J.

Resetarits, Lukas: Rekapituliere. 10 Programme und 1. © Verlag Kremayr & Scheriau, Wien 1987

Ringel, Erwin: Die österreichische Seele. © Europa Verlag, Hamburg – Wien 2001, 13. Auflage

Schaukal, Richard von: Um die Jahrhundertwende, hg. von Lotte von Schaukal und Joachim Schondorff. © Albert Langen/Georg Müller Verlag, München – Wien 1965

Schneyder, Werner: Schreibzeit. © Kremayr & Scheriau, Wien 1996; Zeitspiel. © Kremayr & Scheriau 1997

Sieczynski, Rudolf: Wien, du Stadt meiner Träume. © Musikverlag Robitschek, Wien o. J.

Soyfer, Jura: Das Gesamtwerk, hg. von Horst Jarka. © Europa Verlag, Wien 1980

Steinhauer, Erwin: Café Plem Plem. 15 Jahre Kabarett, hg. von Helmuth A. Niederle. © Verlag Ueberreuter, Wien 1989

Torberg, Friedrich: Die Tante Jolesch oder Der Untergang des Abendlandes in Anekdoten. © Langen-Müller, o. J.

Turrini, Peter: Liebe Mörder! © Luchterhand Literaturverlag GmbH, München 1996

Waggerl, Karl Heinrich: Sämtliche Werke. © Otto Müller Verlag, Salzburg – Wien 1970, 1997

Weigel, Hans: Die tausend Todsünden. © Styria Verlag, Graz 1988

Weinheber, Josef: Werke. © Otto Müller Verlag, Salzburg – Wien 1996

Werfel, Franz: Leben heißt, sich mitteilen. Betrachtungen, Reden, Aphorismen. © Albert Langen – Georg Müller Verlag GmbH, München/ Wien 1975. Alle Rechte vorbehalten. S. Fischer Verlag GmbH, Frankfurt am Main

Wittgenstein, Ludwig: Tractatus logico-philosophicus. © Suhrkamp Verlag, Frankfurt am Main o. J.

Zweig, Stefan: Die Welt von Gestern. Erinnerungen eines Europäers. © Bermann – Fischer Verlag A.B., Stockholm 1944

Die Rechtslage bezüglich der abgedruckten Texte wurde – soweit möglich – sorgfältig geprüft; eventuelle berechtige Ansprüche werden vom Verlag in angemessener Weise abgegolten.

Namensverzeichnis

Recherche und Redaktion
Dr. Robert Sedlaczek

Lektorat
Else Rieger

www.deuticke.at

Umschlaggestaltung: Robert Hollinger
Umschlagfoto: Stefan Badegruber, Wien
Herstellung: Josef Embacher
Druck: Wiener Verlag, Himberg
Printed in Austria
ISBN 3-216-30613-5